Zu diesem Buch

Der Arzt Imhotep wird als junger Mann an den Hof des Pharaos gerufen, weil die Kunde von seiner medizinischen Kunst bis nach Oberägypten in die Hauptstadt Nechen gedrungen ist. Imhotep rettet das Leben der Königin, die bei der Geburt des späteren Pharaos Djoser zu verbluten droht. Doch schon kurze Zeit nach seiner Ankunft bei Hofe stirbt Imhoteps eigene Frau bei der Geburt ihres ersten Sohnes. Der Versuch, ihren Körper durch Mumifizierung auf ewig vor dem Verfall zu bewahren – ein Verfahren, das er als erster anwandte –, gelingt. Auf dem Schiff, das Imhotep nach Unterägypten bringt, um seine Frau in ihrer Heimat zu bestatten, reist auch die Prinzessin Senui von Memphis. Er lernt sie kennen und lieben. Eine Liebe, die noch viele Wechselfälle überstehen wird...

Imhotep wird dank seiner außergewöhnlichen Gaben zu einem geschätzten Berater des Pharaos, der ihn schon nach kurzer Zeit zu seinem ersten Minister ernennt. Imhotep ordnet die Verwaltung neu und sichert Frieden und Wohlstand des Landes – bis unter den Erben des verstorbenen Pharaos ein Krieg ausbricht. Um in den unruhigen Jahren die Kontinuität des Staates zu sichern, wird Imhotep von Djoser zum Obersten Priester des Landes ernannt. Schließlich macht Imhotep sich endlich an die größte Aufgabe seines Lebens: Als Grabmal zu Ehren des Pharaos Djoser baut er die heute noch erhaltene Stufenpyramide von Sakkara, das erste Bauwerk seiner Art, das ganz aus Stein gefügt ist.

«Wer feurige Abenteuer in fernen Zeiten und Landen liebt... kommt auf seine Kosten.» («Brigitte»)

Pierre Montlaur, geboren 1927, arbeitet als Tierarzt und Kunstgutachter. Seine Freizeit widmet er der Ägyptologie. Montlaur lebt in Toulouse.

Pierre Montlaur

IMHOTEP
Arzt der Pharaonen

Roman

Deutsch von Rita Lutrand
und Elisabeth Vieth

[redacted]

rororo

Rowohlt

[redacted]

Die Originalausgabe erschien 1984
unter dem Titel «Imhotep. Le Mage du Nil»
bei Albin Michel, Paris
Umschlaggestaltung Jürgen Kaffer

24.–31. Tausend Mai 1991

Veröffentlicht im Rowohlt Taschenbuch Verlag GmbH,
Reinbek bei Hamburg, August 1990

Gesamtherstellung Clausen & Bosse, Leck
Printed in Germany
1280-ISBN 3 499 12792 x

Meinem lieben Freund René-Victor

IMHOTEP

ERSTES BUCH

DER ARZT

I

Als die königliche Barke sich spätnachmittags dem Hafen vom Norden näherte, liefen winkende Frauen und lachende, rufende Kinder zum Ufer, um sie aus der Nähe zu sehen.

Am Fuß des Hauptmastes, unter einem Innensegel aus blauem, mit Goldfäden durchwirktem Leinen, saß ein stattlicher junger Mann. Er trug die traditionelle Perücke der Schreiber, schien den fröhlichen Aufruhr nicht zu bemerken und sah gedankenverloren auf das Ufer. Vor wenigen Tagen noch hatte Imhotep im Norden, in der Stadt Schmunu gelebt und war dort mit Leidenschaft dem Arztberuf nachgegangen. Und nun reiste er auf Befehl Seiner Majestät an Bord des Staatsschiffes, das ihn zu seinem Herrscher in die Hauptstadt des Südens bringen sollte. Sein Blick schweifte über die lärmende Menschenmenge am Anlegesteg hinweg zum Palast des mächtigen Pharaos Chasechem. Dort würde er von nun an unter den Fürsten und den hohen Beamten des Landes leben; die Verantwortung für die Gesundheit des Herrschers von Ägypten lag fortan auf seinen Schultern.

Ein schriller Pfiff des obersten Steuermanns ließ ihn aus seinen Gedanken auffahren. Die Matrosen entrollten Taue und bereiteten das Anlegemanöver vor, während an Land die Soldaten der Wache mit ihren Lederschilden die Schaulustigen zurückdrängten und Schritt für Schritt den Steg räumten. Imhotep schob das Sonnensegel beiseite und wandte sich an eine

Frau, die in der Kabine hinter ihm auf prachtvollen Kissen ruhte: «Unsere Reise ist zu Ende, Meri-Anch.»

Ein zögerndes, zartes Lächeln huschte über ihr Gesicht. Sie griff sich an die Stirn und ließ ihren Kopf müde zur Seite sinken, ohne zu antworten.

«Diese Reise hat dich erschöpft, Liebste,» sagte Imhotep, «in deinem Zustand wäre es besser gewesen, wir hätten sie erst gar nicht antreten müssen.» Der Trost, der in Imhoteps schöner, dunkler Stimme schwebte, konnte der Ermüdeten nicht die Kräfte zurückgeben, die ihr offenkundig fehlten.

Meri-Anch erwartete ein Kind, sie stand kurz vor der Niederkunft. Sie hatte noch nie eine Schiffsreise auf dem Nil gemacht und war vom ersten Tag an, trotz Imhoteps liebevoller Pflege, krank gewesen. Er machte sich große Sorgen. Zwar wußte er, daß ihre Unpäßlichkeit nicht lebensgefährlich war und ihr Zustand sich wieder bessern würde, sobald sie an Land gingen, doch seine Liebe zu Meri-Anch litt unter ihrem Leiden, und seine medizinischen Kenntnisse halfen nicht, den womöglich grundlosen Kummer seines Herzens zu begütigen.

Inzwischen hatten die Soldaten des Pharao am Kai halbwegs Ordnung geschaffen. Sie bildeten ein glanzvolles Ehrenspalier, das durch die Menge einen breiten Gang freihielt. Der Arzt schritt über den Landungssteg, blieb dann aber verblüfft stehen, weil ein breitschultriger Mann auf ihn zukam – hinter ihm eine Eskorte.

Wie die meisten Männer dieser Gegend war er nur mit einem weißen Leinenschurz bekleidet, trug jedoch Gürtel und Sandalen aus Leder. Seinen Kopf bedeckte eine eindrucksvolle geflochtene Perücke, die eher einem Helm als einer Haartracht glich. Er wurde von vier ebenso gekleideten schwarzen Soldaten und von Lanzenträgern begleitet. Einige Schritte vor dem verblüfften Imhotep blieb er stehen, musterte ihn eine Weile aufmerksam und fragte mit amtlicher Würde, so, daß auch die neugierigen Zuschauer ihn verstehen konnten:

«Bist du Imhotep?»

«Der bin ich.»

«Kommst du aus Schmunu, der Stadt, die Thoth, dem Gott der Schreiber, geweiht ist?»

«Von dorther komme ich. Ich verehre Thoth. Und ich bin Arzt.»

«Ich bin General Uni. Seine Majestät schickt mich, um dich im Namen der Einwohner der Hauptstadt Nechen willkommen zu heißen.»

Imhotep verbeute sich.

«Möge Seine Majestät im Vollbesitz seiner Kraft und Gesundheit leben bis in alle Ewigkeit.»

Kaum hatte er sich aufgerichtet, da hörte er über den am Ufer herrschenden Lärm hinweg einen Schmerzensschrei. Imhotep erkannte die Stimme seiner Frau, sprang aufs Schiff zurück und hastete zur Kabine. Meri-Anch saß auf ihrem Lager und preßte beide Hände gegen ihren gespannten Leib. Mit aufgerissenen Augen starrte sie ihn an: «Ich glaube, es ist soweit, es schmerzt.» Sie lehnte sich in die Kissen zurück und stöhnte. Imhotep versuchte, sie zu beruhigen.

«Liebste, es sind die ersten Wehen.»

Als Arzt wußte er, daß bis zur Geburt noch mehrere Stunden vergehen könnten; Meri-Anch erwartete ihr erstes Kind.

«Ich will mich sofort darum kümmern, daß du an Land gebracht wirst», sagte er.

«Ruh dich aus. Hab keine Angst.»

Als er sah, daß sie sich ein wenig entspannt hatte, kehrte er zum General zurück, der, ohne eine geringste Regung von Neugier zu verraten, am Ufer gewartet hatte.

«Meine Frau, sie leidet sehr. Sie steht kurz vor der Niederkunft, und die Geburtswehen haben eingesetzt. Verzeih, ich war sehr unhöflich und bin ohne nachzudenken...»

Uni fiel ihm ins Wort:

«Du hast recht getan.»

Die Antwort überraschte Imhotep, und er betrachtete den Offizier mit größerer, vertrauensvoller Aufmerksamkeit. Das scharfgeschnittene Gesicht mit den hervorstehenden Backenknochen und dem ausgeprägten Kinn schien zwar einem verwegenen Krieger zu eigen, und dennoch glomm tief in seinen Augen ein freundschaftliches Leuchten. Imhotep lächelte.

«Ich danke dir für dein Verständnis», sagte er ruhig.

«Auch ich habe Frau und Kinder. Wir werden die Dienste des berühmten Arztes von Schmunu brauchen.»

«Warum nennst du mich berühmt? Warum versuchst du mir zu schmeicheln? Ist das hier im Süden oder am Hofe des Herrschers so Sitte?»

«Der Pharao Chasechem ist ein großer, aufrechter Herrscher. Er verabscheut Schmeicheleien und katzbuckelnde Höflinge.»

Imhotep wunderte sich über die offene Art des Generals; alle konnten ihn hören. Er sprach frei heraus und legte Imhotep seine – mit unverhoffter Zuneigung – Hand auf die Schulter: «Dein Ruf ist deiner Ankunft vorausgeeilt!»

Imhotep war, wie kaum anders zu erwarten, gegen derlei Lob nicht gefeit. Jene Zuneigung erwidernd, sagte er: «Wir sind beide ungefähr im gleichen Alter. Man muß sich durch außergewöhnliche Tapferkeit ausgezeichnet haben, wenn man mit fünfundzwanzig Jahren einen so hohen Dienstgrad bekleidet wie du.»

Er war noch keine fünf Minuten an Land, und Imhotep war es gelungen, einen Freund zu gewinnen.

Vier Soldaten trugen Meri-Anch in einer Sänfte durch die Stadt. Ihr Mann, begleitet von einigen mit dem Gepäck beladenen Matrosen, folgte zu Fuß. Der General und seine Leibwache geleiteten den kleinen Zug durch enge Gassen hinauf zum Palast des Pharao. Er stand außer Reichweite der jährlichen Überschwemmungen auf einem Hügel und blickte auf das westliche Flußufer hinunter.

Als die junge erschöpfte Frau endlich in den für sie hergerichteten Räumen angelangt war, wurde sie auf weiche Kissen gebettet. Imhotep, der von seinem Begleiter Abschied genommen hatte, setzte sich an ihr Lager. Seinen Antrittsbesuch beim Herrscher, so ließ er mitteilen, wolle er in Anbetracht der Umstände auf einen späteren Zeitpunkt verschieben.

Durch das kleine Fenster des niedrigen Raumes konnte er die Lehmhäuser sehen, die sich im Schutz mächtiger Befestigungsmauern bis hinunter zum Fluß dicht aneinander drängten. Am östlichen Horizont, auf der anderen Seite des Nils, zeichneten sich, umgeben von den Wohnhäusern der Priester, die Umrisse des Tempels der Geiergöttin ab.

Nechen war die Hauptstadt, von der aus der Pharao Chasechem über das Niltal und das Delta herrschte. Von dieser bescheidenen Ansiedlung aus versuchte er die Einheit der Beiden Länder, die Einheit von Ober- und Unterägypten zu verwirklichen. Die Hitze, der Staub, die Gerüche der Ansiedlung – alles vermengte sich für Imhotep im Erlebnis einer dörflichen Welt, nicht aber zum Bild eines Weltzentrums. Er wunderte sich:

«Wie kann man erfolgreich den Norden regieren, wenn man so weit im Süden residiert?» Doch dann schob er den unbotmäßigen Gedanken achselzuckend beiseite; dies war, so dachte er, wirklich nicht sein Problem. Auch hatte er noch keine Zeit gehabt, seine neue Residenz genauer zu betrachten.

Meri-Anch erwachte aus ihrer Betäubung mit einem klagenden Schmerzensruf. Imhotep beugte sich über seine Frau, strich ihr zärtlich über die heiße Stirn und sah sie prüfend an. Ihre Augen glänzten und schienen ihn kaum noch zu erkennen.

«Jetzt ist es bald soweit. Sei mutig, mein Liebes, die Geburtshelferinnen kommen gleich, sie werden dir beistehen.»

Nach alter Tradition brachten die Frauen Ägyptens ihre Kinder in Hockstellung zur Welt. Dabei befanden sich unter jedem Fuß einige saubere Ziegelsteine, um dem Neugeborenen genügend Platz zu schaffen. Zwei kräftige Matronen stützten die Gebärende von hinten, während die für den eigentlichen Geburtsvorgang zuständige Hebamme sich um das Kind kümmerte. Kein Mann, und sei es auch ein großer Arzt, durfte einer Geburt beiwohnen. Unter dem Gesetz dieses Brauches verließ auch Imhotep den Raum und überließ seine Frau der Obhut der herbeigeeilten Geburtshelferinnen. Welch eine Ankunft! Imhotep versagte es sich, das Glück seiner Berufung an den Königshof zu bedenken, die Gedanken an Meri-Anch verzehrten ihn.

Während der Tag sich neigte, wandelte er ruhelos im großen Saal des Erdgeschosses umher, verzweifelt, weil er nicht helfen konnte, und innerlich zu unruhig, um zu meditieren oder irgend etwas zu unternehmen. Als bei Einbruch der Nacht noch nichts geschehen war, brachten Diener Öllampen herbei, um das ganze Haus zu erleuchten. Ihr Geruch verbreitete ein anheimelndes Gefühl von nächtlicher Sicherheit. Einer der Diener reichte ihm auf einem Tablett frisches Fladenbrot, Feigen und Datteln – in ihrer ländlichen Einfachheit nicht das Essen, das am Königshof erwartet werden konnte; aber Imhotep hatte keine Zeit, darüber nachzudenken. Er dankte mit einer Handbewegung, rührte aber keine der Speisen an, weil das Klagen und das hin und wieder von aufmunternden Zusprüchen der drei Frauen unterbrochene Stöhnen seiner Frau kein Ende nehmen wollte. Imhoteps Ohnmacht wuchs mit jedem Schlag seines verzweifelten Herzens.

Plötzlich erblickte er in der Tür die mächtige Silhouette des Generals, der barsch hervorstieß:

«Wo ist Imhotep?»

Von dem harten Tonfall überrascht, trat der Arzt hastig aus dem Halbdunkel hervor, das ihn dem Blick seines Besuchers verborgen hatte.

«Ich bin hier», antwortete er. «Was gibt es zu dieser späten Stunde? Nicht so laut!» Seine Hand wies auf die Tür, hinter der seine Frau litt. Der General aber schien plötzlich ein anderer: «Seine Majestät schickt mich. Du mußt sofort kommen!»

Imhotep trat langsam näher. Er blickte seinem Gegenüber ruhig und bestimmt in die Augen und sagte: «Nenne mir zunächst die Gründe für diesen Befehl.»

Der General erklärte ihm den Ernst der Lage: Die königliche Gemahlin Nimaathapu hatte gerade ihren zweiten Sohn geboren. Das Kind war schön und kräftig, doch die Königin verlor noch immer viel Blut. Die Ärzte und Zauberer aus ihrem Gefolge waren außerstande, die Blutung zum Stillstand zu bringen, und man befürchtete, sie müsse verbluten.

Uni sprach mit gleichförmiger Stimme, doch schien er sich noch möglichst schnell eines Geständnisses entledigen zu wollen, und seine Stimme klang plötzlich milder:

«Verzeih mir, Imhotep, ich wußte sehr wohl, daß auch deine Frau in Gefahr ist. Trotzdem habe ich Seiner Majestät den Vorschlag gemacht, dich zu holen».

Dabei las der Arzt soviel Aufrichtigkeit und Wertschätzung in seinem Blick, daß er sogleich erwiderte: «Du hast recht getan», und damit absichtlich die einfachen Worte wieder aufgriff, die der General bei ihrer ersten Begegnung gebraucht hatte. Er suchte aus seinem Gepäck, das immer noch aufgestapelt neben der Tür lag, ein Lederetui und einen aus Papyrusstreifen geflochtenen Korb heraus und sagte:

«Ich bin bereit! Zeig mir den Weg.»

Sie hatten kaum die Schwelle überschritten, als durch das Fenster der oberen Etage wieder Meri-Anchs Klagerufe auf die Straße drangen. Uni sah dem Arzt prüfend in die Augen. «Komm schnell», sagte er, «deine Zeit ist kostbar.»

Obwohl der Palast des Pharao Chasechem nur aus sonnengetrockneten Lehmziegeln errichtet war, wie fast alle Bauten im fruchtbaren Niltal, versetzte er jeden Besucher durch den prachtvollen Reichtum seines Innern in Erstaunen. Es war, als hätte der Reichtum des Pharaos dem Volk ein Rätsel aufgegeben, das erst im Innern gelöst werden sollte. Die mit feinem Putz geglätteten Wände und Decken waren mit bunt schillernden Wandmalereien geschmückt, und in den Gängen, deren Böden mit Schilfmatten bedeckt waren, verbreiteten wohlriechende Bienenwachslampen ein ungewöhnlich helles Licht.

Als Imhotep in Unis Begleitung aus dem Dunkel der Nacht durch das große Eingangsportal trat, wurde er von dieser Helligkeit überrascht. Er wußte, daß das Licht ihm die Aufgabe erleichtern könnte – falls er sich einer chirurgischen Aufgabe stellen müßte. Sein Ehrgeiz regte sich, und fast vergaß er die verzweifelte Situation seiner jungen Frau.

«So wie die Lage ist, werden wir uns über das Protokoll hinwegsetzen», sagte der General. «Sobald du das königliche Gemach betreten hast, gehst du sofort zur Königin. Überlaß mir das offizielle Begrüßungszeremoniell.»

Imhotep war sich bewußt, daß die nächsten Minuten sein weiteres Schicksal bestimmen würden. Die Königin schwebte in Gefahr. Er allein konnte sie retten. Er schloß die Augen und atmete tief. Die Götter hatten ihn vor eine große Herausforderung gestellt. Konnte er sie bestehen? Auf seiner Stirn erschienen einen Augenblick lang zwei tiefe Falten. Doch sofort entspannte er sich wieder und sagte mit ruhigem, beinah heiterem Gesicht:

«Möge Thoth, der göttliche Schreiber und Gott der Stadt Schmunu, mir sein Wissen verleihen! Geh voraus, Uni. Ich will mein Bestes tun.»

Wenige Augenblicke später kniete er neben dem Lager der Großen Königsgemahlin. Das Kerzenlicht goß warmes Licht in die Kammer. Er schob die kostbaren Tücher beiseite, mit denen die Hebammen versucht hatten, die Blutung zu stillen, und stellte schnell einen Dammriß fest, der bei der Geburt entstanden war. Ohne Zeit zu verlieren, zog Imhotep aus seinem Etui eine feine, glänzende Elfenbeinnadel und Leinengarn.

«Haltet eure Herrin gut fest» sagte er leise zu den drei Hebammen, die, als er eingetreten war, in den hinteren Teil des Gemaches zurückgewichen waren. «Was ich jetzt tun muß, ist sehr schmerzhaft.»

Mit schnellen, präzisen Griffen unterband er die Blutung, vernähte dann, trotz der lauten Klagen der Kranken, Stich für Stich die klaffende Wunde und tupfte die Naht mit einem sauberen Tuch ab. Als er fertig war, wandte er sich an die Frauen, die ihm mit sprachlosem Staunen bei der Arbeit zugesehen hatten:

«Auf diese Wunde müssen Kompressen aus frischem Fleisch gelegt und fünfmal täglich erneuert werden. Darüber hinaus soll die Kranke mit Rindergalle vermischte Kuhmilch trinken. Und um das Fieber fernzuhalten, sollen die Zauberer siebenmal die geheiligten Formeln sprechen. Wenn alles gutgeht, wird unsere Pharaonin in vier Tagen wieder aufstehen können. Möge ihr ewiges Leben zuteil werden!»

«Man führe unverzüglich die vom Obersten Vorsteher der Ärzte von Ober- und Unterägypten erteilten Anordnungen aus!» sagte eine gebieterische Stimme, die von der Tür her kam.

Imhotep, der noch am Fuße des Lagers kniete, fuhr auf. Der Pharao, bekleidet mit einem Schurz aus feinstem Leinen, stand vor Imhotep und blickte auf ihn hinunter. Die Arme hatte er vor der Brust verschränkt, und über sein zerfurchtes Gesicht, dessen rechte Seite von einer Narbe entstellt wurde, huschte ein Lächeln. «Steh auf», sagte er leise, während sein Blick auf das Lager der Pharaonin fiel – sie schien einzuschlafen, ihr Atem ging ruhig.

«Dein Können, Imhotep, steht deinem Ruf in nichts nach. Ohne dein Eingreifen wäre Nimaathapu nicht mehr bei uns.»

«Die Götter haben mich beraten, Majestät!», sagte Imhotep, überrascht und erschrocken, dem Pharao so unverhofft gegenüberzustehen. Doch sein Selbstbewußtsein gewann die Oberhand, und er lächelte zaghaft.

«Ich zweifle nicht an den Göttern», sagte der Pharao, «doch weiß ich vor allem deine außergewöhnlichen Fähigkeiten zu schätzen. Meine Berater, die dich empfohlen haben, haben mich nicht getäuscht.»

General Uni fühlte sich angesprochen, doch sein Mienenspiel ließ seinen Stolz nur für einen kurzen Augenblick erkennen. Er folgte seinem Herrscher, der mit Imhotep das Geburtszimmer verließ. Wenig später wachte Nimaathapu wieder auf. Sie richtete sich ein wenig auf, ließ den Blick langsam durchs Zimmer wandern und sagte mit schwacher Stimme:

«Wo ist mein Sohn, mein Neugeborener? Bringt ihn mir schnell! Ich will ihn in meinen Armen wiegen!» Imhotep, der seine Patientin vom Gang aus gehört hatte, eilte zurück; der Pharao folgte. «Holt das Kind!» rief Chasechem, wandte sich dann aber, als bedaure er seine Voreiligkeit, Imhotep zu. «Wie denkst du darüber? Kann man das der Pharaonin zumuten?»

«Sicherlich, Majestät. Im Augenblick steht dem Wunsch der Großen Gemahlin nichts im Wege.»

«Wer bist du?» fragte Nimaathapu, als sie den jungen Fremden an der Seite ihres Mannes erblickte.

«Ich bin Euer Arzt», erwiderte er und beugte das Knie.

«Der Arzt aus Schmunu!» fügte der Pharao hinzu. «Er heißt Imhotep.»

«Warst du es, der mir gerade so weh getan hat? Hast du mich zum Schreien gebracht?»

«Ja, das war ich...»

«Er hat dir das Leben gerettet», fiel Chasechem ihm ins Wort, «er hat deine Blutung zum Stillstand gebracht.» Doch schwerlich konnte er ihr sagen, daß er die Operation mit eigenen Augen gesehen hatte – die unglaubliche Fertigkeit dieses Fremden, der ein Wunder vollbracht hatte.

Die Amme, die dem Befehl des Pharaos folgend ins Nebenzimmer geeilt war, trat mit dem Säugling an das Lager und legte ihn in die Arme der Mutter. Und mochte sie auch göttlich sein, so war ihre Freude doch die einer jungen, glücklichen Frau; ihre Lippen berührten die winzige Nase des Neugeborenen, und in dieser unschuldigen, zärtlichen Geste enthüllte sich alle Anmut einer jungen und stolzen Mutter. Plötzlich hob sie den Sohn mit beiden Händen empor und hielt ihn mit ausgestreckten Armen dem Arzt entgegen.

«Sieh! Das ist Djoser! Mein Sohn! Djoser der Prächtige, das schönste Kind im Land Kêmi!»

Imhotep aber, statt zu lächeln und das Knie zu beugen, erbleichte und erhob sich langsam, als wollte er das Glück der Mutter fliehen. In seinen angespannten Gesichtszügen spiegelte sich Angst, und der Atem schien ihm zu stocken. Wortlos neigte er den Kopf und trat einige Schritte zurück. In der Begeisterung für seinen Beruf und in der Aufregung über das soeben Erlebte hatte er seine eigenen Sorgen, ja, seine eigene Frau vergessen. Meri-Anch!... Die schwere Geburt!... Lebensgefahr!... Keine Hilfe in der Nähe!...

Überraschend über diese unerklärliche Reaktion des jungen Arztes zog die Pharaonin den Säugling wieder an ihre Brust. Sie war erzürnt, und ihr Blick brachte ihren Unwillen deutlich zum Ausdruck: Der Fremde schien die Gesetze des Hofes zu mißachten. Zwei Hebammen tuschelten, als General Uni, der sich im Hintergrund gehalten hatte, bemerkte, was vor sich ging; er trat mit schnellen Schritten ans Fußende des Lagers, verneigte sich tief und wandte sich feierlich an Nimaathapu:

«Verzeiht die Kühnheit Eures ergebenen Untertanen, oh Große Gemahlin. Aber ich bitte für Imhotep um die Erlaubnis, sich zurückzuziehen und für mich um die Erlaubnis, ihn bis zu seiner Wohnung begleiten zu dürfen, denn die Straßen von Nechen sind ihm noch nicht vertraut.»

«Warum trägt er diese Bitte nicht selber vor, General? Hat der Mann aus Schmunu die Sprache verloren?» antwortete sie schroff.

Imhotep aber hatte sich schnell gefangen. Mit vollkommener Selbstbeherrschung beugte auch er das Knie vor der Frau des Herrschers, verneigte sich, blickte ihr dann aber gerade in die Augen und sagte ruhig:

«Schon seit unserer Ankunft am frühen Nachmittag liegt meine geliebte Frau in den Wehen. Sie ist jung und schön, doch furchtsam und ohne Erfahrung. Heute nacht kommt sie zum erstenmal nieder. Als ich Djoser so schön und so lebendig sah, oh Große Gemahlin, habe ich an mein Kind gedacht, das gerade auf die Welt kommt. Vielleicht braucht mich seine Mutter.»

«Geh, Imhotep! Schnell!» antwortete Nimaathapu, «und du mit ihm, Uni! Lauft! Ihr habt schon zuviel Zeit mit unnötigem Reden vergeudet!»

Pharao Chasechem hatte die Reaktionen des Arztes aufmerksam verfolgt.

«Ich wünsche dir einen ebenso kräftigen Sohn wie den meinen! Geh! Und komm morgen wieder zu mir!»

Als die beiden Männer atemlos bei dem kleinen Haus ankamen, färbte bereits der erste Schimmer der Morgendämmerung den Horizont. Pelikane segelten in Gruppen über die Dächer der Stadt, unterwegs zum Nil. Vor der Türschwelle schwatzten die drei Hebammen. Sie traten beiseite, um die Männer durchzulassen.

«Meri-Anch?» fragte Imhotep.

«Sie schläft. Sie ist sehr erschöpft», antwortete die Frau, die die Geburt geleitet hatte. «Das Kind liegt in der Wiege neben seiner Mutter.»

«Und?»

«Ein Junge! Sehr dunkel, sehr groß und kerngesund.»

Die Anspannung in Imhoteps Gesicht löste sich. Er legte seine Hand auf Unis Schulter und sagte leise:

«Du bist mein Freund. Kann ich dich noch um einen Dienst bitten? Schick mir bei Tagesanbruch ein Dienerpaar.»

«Was täte man nicht alles, um der Freund eines berühmten Mannes zu sein?» sagte Uni lachend. «Du bekommst, was du verlangst. Aber inzwischen werde ich schlafen, denn die Nacht war anstrengend!»

«Ihr könnt jetzt gehen», entließ Imhotep die Frauen. «Ich werde selbst bei meiner Frau und meinem Sohn wachen. Euren Lohn werdet ihr bekommen. Ich danke euch.»

Sie lächelten und brachen auf; Imhotep aber lief ihnen einige Schritte nach, und fragte: «Hat Meri-Anch dem Kind einen Namen gegeben?»

«Ja! Er soll Hori heißen.»

2

Die Sonne stand bereits über der Stadt, als das Dienerpaar, von Uni entsandt, bei seinem neuen Herrn erschien. Imhotep gab ihnen auf, nach einer Amme zu suchen; denn der Säugling weinte bereits seit geraumer Zeit – wohl weil er Hunger hatte. Die geschwächte Meri-Anch schien außerstande, ihn zu nähren: matt und erschöpft lag sie auf ihrem Lager. Anders als die Pharaonin schwebte sie in großer Gefahr – ihr Gesundheitszustand schien sich von Stunde zu Stunde zu verschlimmern. Imhotep aber brach auf, um jene Kräuter zu suchen, die er für die Zubereitung eines Heiltrankes benötigte. Eine der drei Hebammen, die zurückgekehrt war, um sich nach dem Befinden der jungen Wöchnerin zu erkundigen, wollte während seiner Abwesenheit an Meri-Anchs Lager wachen.

Schnellen Schrittes verließ er die zum Leben erwachte Stadt, mied die Blicke der Neugierigen und wandte sich gen Norden. Nach der jährlichen Überschwemmung war der Nil in sein ursprüngliches Flußbett zurückgekehrt. Das Land sah aus, als hätte eine mächtige Hand die Erde aus dem Wasser emporgehoben – glänzende Wasserlachen und schimmernder Schlamm lagen vor ihm, bereit zur Bestellung. Imhotep lenkte seine Schritte dorthin, wo der Fluß nicht alles überspült hatte. Soweit das Auge reichte, war das Land auf beiden Seiten der Ufer bis zur roten Erde der Wüste hin schwarz von Schlamm, dem fruchtbaren Geschenk des Nils. Auf den Feldern arbeiteten unzählige Bauern. Die natürliche Bewässerung war in diesem Jahr reichlich ausgefallen: Der Fluß war hoch genug gestiegen, um weite Flächen zu überspülen; und die Überschwemmung hatte lange genug gedauert, so daß sich der Schlamm in dicken Schichten hatte ablagern können. Nun kam es darauf an, das Geschenk der Götter auszunutzen, um eine möglichst reiche Ernte vorzubereiten.

Am Fuß der ersten Hügel begann Imhotep verschiedene Heilkräuter zu sammeln. Nach einer Stunde aufmerksamer Suche richtete er sich auf und ruhte sich, da die Sonne bereits hoch am Himmel stand, einen Augenblick im Schatten eines Baumes aus.

In seiner Nähe ging die Feldarbeit gut voran. Die paarweise ins Joch gespannten und mit dicken, geflochtenen Lederriemen an den Hörnern zusammengebundenen Rinder zogen die hölzernen Pflüge gleichmäßig durch den lockeren, noch feuchten Boden. Jedes Gespann wurde von zwei Männern geführt: Einer lenkte den Pflug, der andere, der mit einem langen Stock ausgerüstet war, trieb mit lebhaften Gesten und Zurufen die fügsamen Tiere von einem Ende des Feldes zum anderen. Der feuchte, süße Geruch, der von der warmen Krume aufstieg, die Heerscharen der Vögel, Störche, Ibisse in weiß und rot, die den Pflügenden folgten – dies alles fügte sich zu einem Bild des Friedens und des Wohlstands. Doch in diesem Moment brach ein junger, widerspenstiger, offenkundig schlecht abgerichteter Ochse aus dem Gespann. Wild schüttelte er seinen mächtigen Kopf hin und her, um das Joch loszuwerden, das ihn an seinen Artgenossen band, unbeholfen schlug er seitwärts aus. Doch mit einer Flut von Schimpfwörtern und geschickten Stockschlägen brachte der Bauer das störrische Tier wieder zur Ruhe und klopfte ihm schließlich mit der flachen Hand auf das Maul. Das kleine Drama währte nur kurz – sein Gefährte hatte die Pflugschar geschickt und mit aller Kraft in die Erde gerammt, um das Gespann ruhigzustellen, bis es schließlich wieder weiterziehen konnte. Für einen kurzen Augenblick hatte Imhotep den Sinn seiner Suche am Feldrand verdrängt, doch nun eilte er weiter – auf zu den vom Fluß am weitesten entfernten Äckern. Er brauchte einige Maß Getreide als Grundlage für seine verschiedenen Arzneien, und er wußte, daß dort das Pflügen beendet war. Die Aussaat auf dem sorgfältig bereiteten Schlamm hatte bereits begonnen. Die Männer gingen in einer Reihe zu dritt oder viert in ruhigem Gleichmaß über das Land und säten in breitem Wurf das Korn aus. Das Saatgut entnahmen sie schräg über die Schulter hängenden Beuteln. Die Menge, die sie mit sich führten, reichte für einen Gang über das weite Feld hin und zurück.

Auf einem Weg, neben einem gelbgoldenen Saatkornhaufen, saß der Kornschreiber, der auf einer Tafel sorgfältig die Anzahl der aufgefüllten Beutel vermerkte. Auch war es seine Pflicht, die Qualität der Arbeit und die Größe der eingesäten Flächen zu kontrollieren und den zu erwartenden Ernteertrag zu veranschlagen. Er war, das konnte jeder sehen, von der Wichtigkeit seines Amtes überzeugt – als hänge das Wohl und Wehe des Reiches von ihm allein ab. Imhotep faßte sich ein Herz und sprach ihn an:

«Ich bin der neue Arzt Seiner Majestät und benötige für die Zubereitung meiner Arzneien einige Handvoll Getreide.» Er hatte offenkundig den richtigen Tonfall getroffen – eine Mischung aus Würde, Demut und Amtsstolz.

«Wende dich an den Mann dort drüben,» antwortete der Schreiber und wies mit dem Finger in die Richtung, der er folgen sollte. «Seine Aussaat ist bereits beendet, und er wird dir die Bitte mit einem Rest von Saatgut erfüllen können.» Imhotep konnte den Mann nicht erkennen, doch er ging einfach los – warum er das gleiche Korn nicht von dem Getreidehaufen haben durfte, sagte der Schreiber nicht. Aber vielleicht hatte es mit seiner Buchführung zu tun? Imhotep ging los.

Über die bereits eingesäten Felder trieben ein paar Hirten mit tatkräftiger Unterstützung einer großen schreienden Kinderschar ihre Schafherden, die mit ihren scharfen Schalen das Korn in den weichen Boden eintreten sollten. So wurden Weizen und Gerste vor Wildvögeln und der brennenden Sonne geschützt, und die Saat konnte besser aufgehen. Indes – Schafe sind eigensinnige Tiere, und es schien keine Kleinigkeit, sie dazu zu bewegen, über das ganze Feld zu laufen. Das Blöken der Schafe, die immer wieder störrisch stehenblieben und eigensinnig ihre Mäuler in den Wind hielten, mischte sich mit dem Lachen und dem Geschrei der Kinder und den schrillen Pfiffen der Hirten, die ihre Herden anzutreiben versuchten. Imhotep beschleunigte seine Schritte.

Die Hebamme, die er als Wache zurückgelassen hatte, empfing ihn vor dem Haus. Mit hoher Fistelstimme und aufgeregten, weit ausholenden Gebärden erklärte sie ihm, daß ihre Schwester gekommen sei, um das Kind zu stillen, daß dies aber einmalig und außergewöhnlich bleiben solle, da sie ihre Milch für den eigenen Sohn aufsparen müsse.

«Dein Diener hat immer noch keine Amme gefunden! Was sollen wir tun?»

Er antwortete nicht. Während er ins Haus ging, erkundigte er sich hastig nach dem Befinden seiner Frau.

«Unverändert! Das Fieber trocknet ihre Brüste aus und bereitet ihr heftige Kopfschmerzen. Warum läßt du nicht die Zauberer kommen?»

«Ja, ja, bald,» sagte Imhotep – wie auch konnte er ihr erklären, was er selbst erst ahnte: Daß in manchen Fällen jegliche Magie nutzlos schien? Statt dessen zeigte er der Hebamme die Kräuter, die er gepflückt hatte, und bat sie, Wasser zu kochen, die Weizenkörner auf einem Stein fein zu stoßen und ihm bei der Herstellung der Arzneien zu helfen. Auch sie, so erklärte er, seien Zaubermittel, Dinge, die von den Göttern bereitgestellt wurden.

Als er einen Augenblick später am Lager seiner Frau kniete, sah er, daß das Fieber sich keineswegs gelegt hatte, im Gegenteil: Meri-Anch dämmerte dahin, tauchte aus ihrem fast bewußtlosen Zustand auf, um wieder zu versinken. Sie wälzte sich unruhig hin und her, und ihr Unterkiefer war verkrampft. Er rief mit halblauter Stimme ihren Namen, während er zärtlich ihre glühende Wange mit seinen Lippen berührte. Aber sie reagierte nicht. Dann mischte er die Kräuter und das Mehl, das die Hebamme aus dem Saatgut bereitet hatte, mit kühlem Wasser zu einem Heiltrank, den er seiner Frau einflößte.

«Es ist die einzige Möglichkeit, sie zu retten.» War es falsch gewesen, seine Frau auf die lange Reise mitzunehmen? Sollte sie seinem Ehrgeiz zum Opfer fallen?

Imhotep stand regungslos vor der Wiege seines Sohnes, als ihm der rettende Gedanke kam.

«Eine Amme! Ich weiß, wo eine Amme ist! Ich hole sie! Wenn ich mich verspäten sollte», sagte er zur Hebamme, «bitte noch einmal deine Schwester, einzuspringen und dem Kind die Brust zu geben. Und lege Meri-Anch warme Tücher auf die Stirn. Warte auf meine Rückkehr, und du wirst belohnt werden.»

«Wohin willst du gehen, Herr?» fragte sie ganz überrascht.

«Ich gehe zur Großen Königsgemahlin Nimaathapu!»

«Der Oberste Vorsteher der Ärzte des Landes Kêmi bittet um Audienz», meldete der Haushofmeister in feierlichem Ton.

«Er soll eintreten!» sagte Chasechem. «Er ist willkommen.» Ruhigen Schrittes durchquerte Imhotep den großen Empfangssaal. Sein offizieller Titel und die Überzeugung, am letzten Abend einen wirklichen Beweis seiner Fähigkeiten geliefert zu haben, schienen ihm eine gewisse Sicherheit verliehen zu haben – vielleicht war es aber auch das Ungeheuerliche seines Vorhabens, was seinem Auftritt jene Würde verlieh, die ihn nun selbst gefangennahm. Es ging um ein Leben, das Leben seines erstgeborenen Sohnes.

In der Nähe eines Fensters saß die Pharaonin unter einem Baldachin aus besticktem Tuch und stillte ihr Kind. Neben ihr stand der Pharao; auf seinem harten Gesicht lag ein Ausdruck stolzer Freude: Die Dynastie war gesichert.

Imhotep aber warf sich vor dem Herrscherpaar nieder.

«Laß gleich hören, wie es Deiner Frau geht», sagte Nimaathapu besorgt.

«Meri-Anch hat mir einen Sohn geschenkt», antwortete Imhotep ernst, «aber sie ist sehr, sehr krank.»

«Und das Kind?»

«Es lebt. Es will leben, denn es schreit vor Hunger, und ich habe noch keine Amme gefunden.»

«Nimm meine Amme», sagte die Pharaonin sofort. «Es ist Neset, die Frau unseres Kammerherrn Sepa. Ich habe genug Milch für meinen Sohn.» Imhotep stand auf – die Zuneigung, die er in den Worten der Herrscherin vernommen hatte, die Gewährung seiner unausgesprochenen Bitte erfüllten ihn mit einem Gefühl von Dankbarkeit, ja Liebe.

«Neset soll unverzüglich zu Imhotep gehen», sagte der Pharao, «und sie soll sein Kind so lange stillen wie es ihm richtig erscheint. Und nun, mein Freund», fuhr er fort, «komm und rede ein wenig mit mir! In welcher Stadt bist du geboren?»

«Ich bin in Anchtue geboren», sagte Imhotep, «einem kleinen Dorf des Deltas nahe der großen Stadt Memphis. Mein Vater ist Kanufer, der Baumeister. Er hat sein Handwerk nach den Überlieferungen gelernt. Und seit meiner frühesten Kindheit hat er mich mit seinem Beruf vertraut gemacht. Er lehrte mich, mit Lineal, Winkel und Zirkel umzugehen.»

Überrascht sah der Pharao seinen jungen Arzt an: «Das Können hast Du doch niemals angewandt», unterbrach er Imhotep, «ich jedenfalls habe dich als Arzt geholt, nicht als Baumeister!»

«Schon lange bevor ich Arzt wurde, folgte ich meinem Vater auf die Baustellen. Von ihm habe ich gelernt, Grundmauern auszurichten und Sklaven beim Bau anzuleiten und anzuspornen.»

«Deine Augen glänzen, wenn du über den Beruf deines Vaters sprichst, Imhotep», sagte Chasechem.

«Ich rede gern darüber, denn es ist auch mein Beruf.» Der Pharao wandte sich lächelnd seiner Frau zu. «Ist so etwas möglich? Hast du zugehört, Nimaathapu? Ich habe geglaubt, den besten Arzt im Lande gefunden zu haben! Ich bewundere sein Können, ich danke den Freunden, die ihm den Weg zu mir gewiesen haben, ich preise die Götter für Imhoteps Künste: Ein Heilkundiger? Welch ein gewaltiger Irrtum! Nun erfahre ich, daß er eigentlich Baumeister ist!»

«Baumeister des Lebens», sagte Imhotep.

Sein Einwand erheiterte die Königin und auch den Pharao. Imhotep lächelte, wenngleich er nicht wußte, ob die Laune des Pharaos nicht sogleich sich wenden würde in Zorn ob der Doppeldeutigkeit seiner Bemerkung.

Chasechem aber klatschte in die Hände und befahl:

«Bringt uns Met! Ich will auf diese gute Nachricht etwas trinken.»

Zwei Diener huschten hinter einem Vorhang hervor, als hätten sie auf den Wunsch gewartet, und stellten drei gefüllte Schalen aus fein ziseliertem Alabaster auf einen niedrigen Tisch.

«Fahre fort», sagte der König, nachdem er in kräftigen Zügen getrunken hatte. «Ich will alles über dich wissen. Wieso also bist du auch Arzt?»

Imhotep hob an, seine Kindheit zu erzählen: Seine Mutter, die Zauberin und Priesterin Keredu-Anch hatte ihren Sohn frühzeitig eingeweiht in ihr Wissen. Sie hatte ihn dazu angehalten, alle Formeln zu lernen, mit denen eine Krankheit beschworen werden konnte, sowie die Zubereitung aller Arzneien und Kräutertränke zu beherrschen. Doch früh schon hatte er schnell erkannt, wie bruchstückhaft dieses Wissen war. Und während er die verletzten Sklaven auf den Baustellen behandelte, ihre Wunden versorgte oder ihre Knochenbrüche richtete, hatte er langsam seine Kenntnisse um zahlreiche praktische Erfahrungen bereichert und gleichzeitig seine Beobachtungsgabe und seine Geschicklichkeit weiterentwickelt. Erst viel später hatte er sich an das Fieber und an jene inneren Krankheiten herangewagt, jene seltsamen, von den Geistern und Göttern gesandten Zeichen, die am geheimnisvollsten sind.

«Und diese schwierige Kunst hast du ganz allein erlernt?» fragte Chasechem.

«Nur zum Teil. In Memphis, wo ich ja immer noch mit meinem Vater wohnte, durfte ich als Baumeister für die meisten Ärzte des Provinzgouverneurs arbeiten. Und sie haben bereitwillig ihr Wissen mit mir ausgetauscht.»

«Und dennoch bist du in Oberägypten berühmt geworden! Warum hast du das Delta verlassen?» fragte der Pharao verwundert.

Bei dieser Frage mußte Imhotep unwillkürlich lächeln; denn sie war ihm willkommen, um dem Herrscher eine neue Seite seiner Fähigkeiten vor Augen zu führen – sein Selbstbewußtsein grenzte durchaus an Eitelkeit, und manchmal verlor er den Kampf gegen diese Charakterschwäche. Eingehend schilderte er, wie er, nach Jahren der Lehrzeit, das Bedürfnis verspürt hatte, endlich auf eigenen Füßen zu stehen und der Aufsicht des Vaters zu entkommen. Während der Arbeit mit Hammer und Meißel auf den Baustellen war es ihm zur Gewohnheit geworden, aus reinem Vergnügen Tiere in Stein zu hauen. Eines Tages hatte er dann erfahren, daß sich die Priester des Großen Gottes Thoth, des Herren der Schrift, mit dem

Plan trugen, ihren Tempel auszuschmücken. Und so hatte er den Entschluß gefaßt, sein Glück als Bildhauer zu versuchen, und war nach Schmunu gegangen.

Die Pharaonin, die der Unterhaltung mit wachsendem Interesse gefolgt war, unterbrach ihn plötzlich:

«Könntest du also auch Talismane für mich schneiden, Imhotep?»

Das Gesicht des jungen Arztes wurde ernst. Er wußte, daß er die ganze Wahrheit nicht sagen durfte – nicht nur, weil er fürchten mußte, die Gefühle der Pharaonin zu verletzen, sondern auch, weil der Pharao selbst auf seiner Brust ein goldenes Amulett trug. Schon seit langem hatte Imhotep aufgehört, den Kräften der Magie seinen ganzen Glauben zu schenken, und er weigerte sich, sie bei jeder Gelegenheit, wie üblich unter seinen Kollegen, zu beschwören. Er ließ die Magie aus Ehrfurcht vor den alten Traditionen zwar gelten, übte sie aber selber nie aus. Nimaathapus Frage brachte ihn in Verlegenheit. Verärgerte er die Herrscherin, die ihm soeben großzügig eine Amme angeboten hatte, so bewies er Undankbarkeit und Ungeschick, und wer konnte wissen, ob er damit nicht auch den Pharao kränkte? Um eine Antwort kam Imhotep indes nicht herum, und so erklärte er ernsthaft, daß er alle erwünschten Formen aus Stein hauen oder schneiden und jeden Text darauf gravieren könne, da er alle Schriften beherrsche. Er sei imstande, Vasen und jegliche Art von Geschirr aus Sandstein und Alabaster herauszuschälen. Desgleichen könne er Ohrringe, Diademe, Goldanhänger oder «Lebenszeichen», wie die Götter sie trugen, herstellen. Dann schränkte er ein: Obwohl er also die Fähigkeiten eines Bildhauers, Baumeisters und eines Arztes in sich vereinigte, sei er kein Magier, sondern einfach nur ein Mensch, den die Götter mit Talenten beschenkt hätten. Der Gegenstand, der seinen Händen entspringe, berge aber keinerlei übernatürliche Macht in sich. Dieses Talent hätten ihm die Schöpfer der Welt und die Vorfahren der Pharaonen vorenthalten. Als er Nimaathapus Augen bei der Erwähnung des Goldschmuckes begehrlich funkeln sah, wurde ihm klar, daß sein Redeschwall erfolgreich war – also erzählte er ihr von zwei bis ins kleinste Detail identischen Skarabäen aus Diorit, die er zu Ehren der aufgehenden Sonne angefertigt hatte. Seines Wissens existierten im ganzen Land Kêmi keine weiteren Stücke dieser Art, denn der grüne Stein war selten, sehr hart und äußerst schwer zu bearbeiten.

«Ich trage sie immer bei mir», sagte er abschließend. «Erlaubt mir, sie Euch zu schenken.»

Er kniete vor der Königin nieder und bot ihr mit ausgestreckten Händen die beiden Talismane dar.

«Du bist aufrichtig und großzügig, Imhotep», sagte die Herrscherin, während sie die kleinen Kunstwerke in Augenschein nahm. «Und du bist auch sehr geschickt. Diese beiden Skarabäen sind wunderschön.»

Sie blickte nachdenklich auf das Kind, das in ihren Armen eingeschlafen war. «Den einen gebe ich meinem Sohn Djoser, in Erinnerung an den Mann, der seine Mutter gerettet hat. Den anderen schenke ich deinem Sohn, damit er sich an die Frau erinnert, die ihm zu seiner ersten Amme verholfen hat. Und nun gehe zu deiner Gemahlin, Imhotep, es ist deine Pflicht, ihr zur Seite zu stehen!»

Auf dem Rückweg durch die Stadt begegnete der junge Arzt der Hebamme. «Jetzt brauchst du mich nicht mehr», sagte sie spitz, «denn Neset ist in dein Haus gekommen, um sich um das Kind zu kümmern. Etwas Besseres konnte man sich ja nicht wünschen! Gibst du mir etwas als Entschädigung für meine Hilfe?»

«Kehre mit mir um,» antwortete er ziemlich barsch. «Ich kann dir einen hübsch verzierten Tonkrug schenken. Ist dir das recht?»

«Sicher. Für mich ist es genug. Bei der Geburt waren wir aber zu dritt.» Zwei Eseltreiber blickten erstaunt auf das ungleiche Paar, das im Eilschritt, der Arzt vorn, die Hebamme mit rotem Gesicht hinter ihm, ohne nach links und rechts zu schauen, zwischen ihren Tieren hindurchmarschierten.

«Die anderen sollen zu mir kommen, ich werde sie ebenfalls belohnen. Aber sag mir, wie es Meri-Anch geht?»

«Es geht ihr schlecht», antwortete sie atemlos.

«Spricht sie?»

«Nein, sie ist immer noch bewußtlos. Warte doch! Ich kann nicht folgen. Du gehst zu schnell!»

«Hast du ihr die Arznei gegeben?»

«Ja, ein paar Schluck, aber sie kann nur mühsam trinken. Verzeih, Herr, ich muß stehenbleiben, ich bin zu alt für diese Art Wettläufe.»

Doch Imhotep hastete unbeirrt weiter, und seine Faust ballte sich krampfhaft um den kleinen Skarabäus aus Diorit. In seinem Kopf überschlugen sich die Gedanken. Der Verstand sagte ihm, daß nichts mehr zu retten, daß seine Frau verloren sei. Aber in seiner Handfläche spürte er den Skarabäus brennen wie ein magisches Feuer: Konnten die Götter noch helfen? Die Symptome waren eindeutig: hochgradige Erschöpfung, Muskelverkrampfung, völlige Bewußtlosigkeit. Sobald diese Anzeichen auftauchten, war keine Heilung mehr zu erwarten. Warum aber fühlte er das winzige Kunstwerk so heiß in seiner Hand? Über Imhotep schlug eine Welle der Angst, der Hoffnung, der Verzweiflung und der Liebe zusammen: Von seinen Gefühlen überwältigt, erreichte er das Haus, in dem er weniger als vierundzwanzig Stunden erst wohnte, das Haus, in dem sein Kind zur Welt gekommen war, seine Frau indes zu sterben drohte.

Neset, die königliche Amme, stand vor der Haustür. Sie war groß und dunkelhäutig und trug ein feines Leinengewand, das vom Hals bis zu den Fesseln einen wohlgeformten Körper ahnen ließ. Sie hatte dem Arzt entgegengesehen, der die ansteigende Straße emporgeeilt war. Seine Miene war starr. Einige Schritte vor dem Haus war er stehengeblieben. Er sah die Amme und las in ihren großen, schwarzen Augen und aus den Tränen, die ihr über die Wangen liefen, den Schicksalsspruch.

«Bist du der Arzt?» fragte sie ihn mit leiser Stimme.

«Ja, der bin ich», antwortete er ernst.

«Ich bin Neset, die auf Befehl des Pharaos dein Kind stillt.»

«Möge dem Herrscher Leben, Gesundheit und Macht verliehen sein», sagte Imhotep und dachte, während er jedes einzelne Wort dieser rituellen Formel zu Ehren des Pharaos mit Nachdruck betonte, vor allem an den eigenen Sohn.

«Sage mir, was du mir sagen mußt.» Seine Kehle war wie zugeschnürt.

«Hori ist bei guter Gesundheit», gab sie mit einem matten Lächeln zurück, «doch deine Frau ist tot.»

Und dann begann sie zu schluchzen. Schweigend drängte Imhotep die Amme zur Seite und trat über die Schwelle des Hauses. Er wünschte, es nie mit seiner Frau betreten zu haben.

Die Nacht war plötzlich über die Stadt gefallen, und Stille legte sich über das Land wie ein weiches Tuch. Imhotep aber wachte, in tiefe Gedanken versunken, neben Meri-Anch bis zum Morgengrauen. Dann traf er einige, in den Augen seiner Umgebung merkwürdige Anordnungen. Zunächst befahl er Neset, zusammen mit dem Kind unverzüglich das Haus zu verlassen. Gern hätte die Amme ob dieser überraschenden Anweisung Fragen gestellt, aber das Gesicht des Arztes war so verschlossen, daß sie ein Gespräch lieber auf später verschob und seiner Anordnung wortlos nachkam, nicht ohne sich übrigens insgeheim darüber zu freuen, daß sie nun wieder zu ihrer Familie in den Palast zurückkehren konnte.

Kaum war die Amme mit dem Kind gegangen, schickte Imhotep die beiden Diener in die Stadt, um einen großen Vorrat haltbarer Lebensmittel zu besorgen: Datteln, Honig, Weizen, Gerste, getrockneten Fisch, Wein, Trinkwasser und Granatäpfel. Er hatte ihnen verboten, sich unterwegs unnötig aufzuhalten, und so erfüllten sie ihre Aufgabe, ohne zu schwatzen und ohne Fragen zu stellen. Die Nachbarn, die von den ungewöhnlichen Aktivitäten im Haus des Arztes sehr wohl Notiz genommen hatten, tuschelten hinter ihrem Rücken. Nachdem alles beisammen war, was er bestellt hatte, entließ der Arzt die Diener, übergab ihnen eine lange Botschaft an den General Uni und verbarrikadierte hinter ihnen die Tür.

Am Abend erschienen die beiden Hebammen vor dem Haus, um sich den versprochenen Lohn zu holen, aber Imhotep gab auf ihr Rufen hin keine Antwort. Als sie jedoch ohne Rücksicht auf die Tote laut wurden und den Türklopfer mehrmals hart aufschlagen ließen, warf er verärgert einige Goldringe von der Terrasse hinunter und forderte die Frauen auf, sich so schnell wie möglich zu entfernen.

Dann kehrte er in das Totenzimmer zurück. Lange stand er aufrecht zu Füßen der Verstorbenen. Sie lag auf dem Rücken, die Arme über der Brust gekreuzt. Das leichte weiße Leinengewand ließ die makellose Schönheit ihres Körpers ahnen, und auf ihrem Gesicht hatte das Erlittene kaum Spuren hinterlassen. Meri-Anch, seine geliebte Gemahlin, war in das Reich des Osiris hinübergegangen. Imhoteps Trauer war grenzenlos – sein Lebensglück schien für immer zerstört. Von den Straßen drangen die Geräusche des Alltags in die Stille des Hauses. Imhotep trat einige Schritte zurück, hockte sich nieder, legte das Kinn auf die Knie; fragmentarische Gedanken über das Geheimnis des Todes schienen ihn abzulenken vom Tod, der da vor ihm lag, bis ihn die Müdigkeit übermannte. Er streckte sich auf dem Boden aus und schlief ein.

3

Der große, langgestreckte Thronsaal des Palastes von Nechen beeindruckte die Gäste des Herrschers mit farbenprächtigen Flachreliefs, auf denen die Wahrzeichen der beiden Provinzen zu sehen waren. Oberägypten auf der einen Seite, Unterägypten auf der anderen. Am hinteren Ende stand auf einem einfachen Holzpodest der Thron, ein prächtiger Sessel aus Ebenholz, der mit Elfenbeinintarsien und Gold reich verziert war. Das Ganze verbreitete einen Eindruck von Reichtum, Macht und Schlichtheit zugleich. Zwei Wochen, nachdem Imhotep die Pharaonin gerettet hatte, versammelten sich die Fürsten und Gouverneure um den Pharao. Vor zwei Monaten war die Einladung an sie ausgegangen, einige hatten viele Tage benötigt, um die Hauptstadt aus entlegenen Gebieten zu erreichen. Mit dem Befehlsstab in der rechten Hand, standen sie im Bewußtsein der außergewöhnlichen Bedeutung dieser Versammlung würdevoll schweigend und harrten der Dinge, die da kommen sollten. Als der Pharao den Saal betrat, warfen sich alle der Sitte gemäß vor dem Gottmenschen zu Boden. Chasechem durchquerte den Saal mit großen Schritten und ließ sich mit sorgenvoller Miene auf seinem Thron nieder.

«Steht auf», sagte er gebieterisch, «und leiht mir all eure Aufmerksamkeit, damit sich meine Worte eurem Herzen einprägen. Ich bin das Oberhaupt der Beiden Länder: König des nördlichen Deltalandes bis zum Meer und König des südlichen

Nillandes bis zu den Wasserfällen. Beide zusammen bilden das Land Kêmi. Und Ihr seid meine Vertreter in diesem Land, und so soll es bleiben!»

Bei dieser unerwarteten Beteuerung lief ein beifälliges Murmeln durch die Reihen der Anwesenden. Chasechem erhob sich und streckte ihnen seinen Krummstab entgegen.

«Erinnert Euch!» rief er und betonte jedes Wort. «Ich bin heute ‹Herr der Beiden Länder›, weil wir gemeinsam durch Waffengewalt die Macht über diese Länder zurückerobert haben!»

Unter lauten Hochrufen schwenkten die Anwesenden ihre Befehlsstäbe.

«Erinnert Euch!» wiederholte der Pharao und wies auf den Thron. «Ein Verräter, der Prinz *Peribsen*, hatte sich nach dem Tode meines Vaters an meiner Stelle zum König ausrufen lassen. Gemeinsam haben wir diesen Eindringling und sein Nomadenheer bekämpft, und gemeinsam haben wir ihn besiegt. Er ist vor unseren Schlägen feige geflohen, weit in die rote Sandwüste Nubiens hinein. Aber nun kehrt er zurück, um Zwietracht zu säen. Täglich erreichen mich alarmierende Nachrichten von unseren Grenzen. Eine große, bis an die Zähne bewaffnete Schar von Wüstenbewohnern rückt gegen unsere Hauptstadt vor. An ihrer Spitze Peribsen, der Betrüger. Er will den Krieg neu entfachen. Helft mir, ihn zu vernichten!»

Einmütiger Beifall antwortete ihm.

«Ich wußte, daß ich mich auf Euch verlassen kann», fuhr der Pharao fort, während er sich setzte. «Wir werden also kämpfen, um eine Rückkehr der Plünderer nach Nechen zu verhindern. Doch vorher will ich ein Friedenszeichen setzen. Höret meine Worte: Mit Euch wende ich mich an das ganze Land. Ich bin der Pharao von Ober- und Unterägypten, und mein Name ist Horus Chasechem, das heißt: ‹Horus, der mächtige Gott ist gekrönt›, denn ich verehre Horus, den Gott des friedlichen Wortes, den göttlichen Herrscher über die

Menschen des Niltals, meinen Urahn, Stifter dieses Reiches. Als ich gegen Peribsen kämpfte, gab er sich aus als Vertreter des Gottes *Seth*, des Gottes der Wüste und obersten Kriegsherrn. Nun, auch wir ehren Seth.»

Mit diesen Worten erhob sich der Pharao wieder, kreuzte Krummstab und Geißel vor der Brust und fuhr feierlich fort: «Von nun an und in aller Zukunft bin ich Horus und Seth Chasechemui, was bedeutet ‹Die mächtigen Götter Horus und Seth sind gekrönt›! Dieses soll augenblicklich auf meinen Statuen und auf den Mauern der Tempel eingemeißelt werden. Und so soll man mich von nun an und für immer nennen, damit in aller Ewigkeit über mich gesagt wird: ‹Er hat die beiden mächtigen Götter in sich versöhnt›.»

Die mächtigen Worte des Herrschers hallten von den Wänden wider, und zum Zeichen ihres Gehorsams warfen sich die Fürsten und Gouverneure erneut zu Boden.

«Steht auf», sagte der Pharao, «und laßt uns nun gemeinsam beraten. Jeder, der das Wort ergreifen will, möge frei sprechen.»

General Uni trat einen Schritt vor:

«Majestät, es ist wichtig, daß uns alle Provinzen Truppen schicken, denn nicht nur die Hauptstadt muß geschützt werden, sondern auch die Südgrenze an den Wasserfällen.»

Ein Fürst aus dem Norden, der im Namen all jener auftrat, deren Gebiete in der Nähe des Meeres lagen, sagte:

«In unsere Städte zurückzukehren und Euch unsere Soldaten zu schicken, wird länger dauern, als der Betrüger Peribsen braucht, um die Hauptstadt anzugreifen. Der Krieg wird zu Ende sein, bevor unsere Armeen auf dem Schlachtfeld angekommen sind.»

«Wollt Ihr damit sagen, daß Oberägypten allein das ganze Land verteidigen soll?» fragte General Uni mit kaum verhohlenem Zorn.

«Nein, gewiß nicht», gab der Fürst gereizt zur Antwort.

«Ihr wißt sehr wohl, daß es leichter ist, den Nil hinabzufahren, als mit überladenen Schiffen gegen die Strömung zu segeln. Warum also zieht Ihr unsere Loyalität in Zweifel?»

«Weil sie nicht von Herzen kommt!» rief ein Oberhaupt des Südens.

Dieser Einwurf löste unverzüglich einen Sturm des Protestes aus.

Der Pharao erhob sich und brachte die Versammlung mit einer Armbewegung zur Ruhe.

«Schon wieder die alten Streitereien! Schluß damit!», sagte er bestimmt. «Daß sich unsere Bauern beider Länder beschimpfen, wenn sie sich begegnen, mag noch angehen, obwohl es unerträglich ist. Aber Ihr, die Befehlshaber! Die Fürsten und hohen Beamten! Wißt Ihr denn nicht, daß unser Land nur stark sein kann, wenn es vereint ist?»

Chasechem hielt alle Anwesenden mit seinem Blick in Zaum, während er sich langsam wieder auf seinen Thron setzte. Dann fügte er ruhiger hinzu:

«Wollt Ihr ausgerechnet jetzt, da die Götter ihre Gunst über beide Länder erstrecken in meiner Person, wollt Ihr jetzt den alten Streit?» Seinen Worten folgte ein langes, lastendes Schweigen. Und da niemand mehr ein Wort zu sagen wagte, fragte der Pharao nach einer Weile scharf:

«Hat keiner von Euch etwas zu sagen?»

Fürst Anknetef, Der Gouverneur von Schmunu, trat vor und verneigte sich vor dem Herrscher. Er war ein schöner Mann, der im Unterschied zu den anderen Würdenträgern keine Perücke trug. Der rasierte Schädel, der kräftige Nacken, der muskulöse Oberkörper, alles an ihm erweckte den Eindruck unerschütterlicher Kraft. Seine Provinz war reich und seine Armee mächtig.

«Pharao», sagte er mit klarer Stimme, «ich werde sofort aufbrechen und Euch unmittelbar nach der Ankunft in der Stadt Schmunu Soldaten schicken!»

Das war ein entschiedenes Bekenntnis, und Chasechems Miene hellte sich auf.

«Ich weiß deine Worte zu schätzen, Anknetef! Du bist ein Freund der Götter! Brich unverzüglich auf und handle nach ihrem Befehl und deinem Herzen.»

Dann wandte er sich an die anderen und gab alle notwendigen Erläuterungen für die Durchführung seines Plans. Er befahl den Prinzen des Deltas, ihre Streitkräfte auf halbem Wege zwischen Nechen und dem Meer zusammenzuziehen, um dem Betrüger notfalls den Weg zu versperren, und er schloß mit der feierlichen Versicherung:

«Ich selbst werde gegen den Verräter kämpfen. Ich selbst werde Peribsen töten!»

Die Beratung war beendet. Mit einer Handbewegung löste der Pharao die Versammlung auf, bedeutete General Uni, ihm zu folgen und durchquerte mit großen Schritten den langen Saal, während sich die Vasallen des Pharaos einmal mehr tief zu Boden neigten.

«Ich will Imhotep um Rat fragen», sagte Chasechem halblaut zu General Uni. Sie schritten Seite an Seite durch eine der breiten, von blühenden Granatapfelbäumen gesäumten Alleen des königlichen Gartens. Die sandigen Wege säumten ein weitläufiges Wasserbecken, in dem sich blaue Seerosen dichtgedrängt den Platz streitig machten. Es war eine friedliche Szene, und außer dem Knirschen des Sandes unter ihren Schritten störte kein Geräusch die Stille des Ortes.

«Ich will Imhotep um Rat fragen», wiederholte der Pharao, «denn er ist ein umsichtiger Mann. Wo ist er? Warum kommt er nicht in den Palast?»

«Seit dem Tod seiner Frau hat er sich in seinem Haus eingeschlossen», antwortete Uni, ebenfalls mit gedämpfter Stimme, «und niemand hat ihn seit jenem Tag gesehen.»

«Er ist also nicht einmal an das Grab seiner Frau zurückgekehrt?»

«Es gibt kein Grab, Majestät.»

«In unserem Land werden alle Toten bestattet!»

«Es hat keine Bestattung gegeben.»

«Was sagst du da, Uni?»

«Die reine Wahrheit.»

«Was sollen diese ausweichenden Antworten,» sagte der Pharao verärgert. «Rede frei heraus, und verbirg mir nichts von dem, was du weißt.»

Bedachtsam begann Uni, ihm in allen Einzelheiten Imhoteps seltsames Verhalten zu schildern. Zuerst hatte die Amme Neset zusammen mit dem Neugeborenen das Haus verlassen. Dann waren die Diener fortgegangen, nachdem sie auf ausdrückliches Geheiß des Arztes große Mengen an Vorräten angelegt hatten. Schließlich war dieser allein zurückgeblieben und hatte sich mit dem Leichnam in seiner Wohnung verbarrikadiert.

«Vierzig Tage sind seither vergangen, und er hat sich noch nicht wieder gezeigt! Aber er hat mir eine Botschaft zukommen lassen.»

Chasechem war verblüfft stehengeblieben, sah Uni an und schüttelte schweigend den Kopf. Dann nahm er seinen Gang wieder auf und fragte:

«Was bedeutet das alles? Was stand in dieser Botschaft?»

«Er schrieb etwa folgendes: ‹Selbst wenn dir mein Verhalten unverständlich erscheint, vertraue mir und beunruhige dich nicht. Das Werk, das ich vollbringen will, ist für das Land Kêmi von großer Bedeutung. Ich beginne es aus freien Stükken, nachdem ich, im Vollbesitz meiner körperlichen und geistigen Kräfte, lange darüber nachgedacht habe. Du bist mein Freund. Schütze meine Abgeschiedenheit bis zu meiner Rückkehr!›»

«Er hat also von Rückkehr gesprochen», bemerkte der Pharao mit einer gewissen Erleichterung. «Ich glaubte schon, er habe seiner geliebten Frau ins Reich des Osiris folgen wollen. Und das hätte mich bei diesem charakterstarken Mann sehr erstaunt.»

«Ich habe Wachen vor seiner Wohnung aufgestellt», sagte der General vertraulich. «Jeden Tag lauschen die Soldaten an seiner Tür, und die Geräusche, die sie vernehmen, lassen darauf schließen, daß Imhotep noch lebt.»

«Hol ihn!» befahl der Pharao. «Geh und sag ihm, daß ich ihn so bald wie möglich zu sehen wünsche.»

«Und wenn er sich weigert herauszukommen, Majestät, werdet Ihr etwas gegen ihn unternehmen?» fragte der General besorgt.

«Die Zuneigung, die du ihm entgegenbringst, verwirrt deinen Geist», antwortete der König lächelnd. «Wichtig ist vor allem, wieder etwas von ihm zu hören Sein Verhalten ist merkwürdig, und ich möchte den Grund wissen. Ich hoffe, daß du die notwendigen Worte zu finden weißt, die ihn überzeugen, hierher zu kommen.»

«Das hoffe ich auch», sagte General Uni, verneigte sich vor seinem Herrscher und ging nachdenklich davon.

Imhotep stand bleich vor Erschöpfung neben dem Totenlager und betrachtete sein Werk. Meri-Anch ruhte auf einem weißen Tuch. Der Ausdruck ihres Gesichts war friedlich, und ihre Züge schienen unverändert. Nur die Wangen der jungen Frau hatten ihren samtigen Schimmer und auch ihre charakteristische Blässe verloren. Der übrige Körper war in weiße Leinenbinden gewickelt, die entlang der Arme und Beine ein geometrisches Muster bildeten.

Das unerhörte Vorhaben, das seit der ersten durchwachten Nacht in seinem Kopf herangereift war, sein Traum, diese sterbliche Hülle, aus der für immer das Leben gewichen war, der unerbittlichen Zerstörung des Todes zu entreißen, war endlich verwirklicht. Es war soweit. Nach vierzig Tagen intensiver Arbeit, in denen er seine ganze Kunst angewandt, die Eingeweide dem Leichnam entnommen, die Gewebe vernäht und den Körper mit komplizierten Pulvern, deren Zusammensetzung er schon seit langem kannte, behandelt hatte, war er sich nun seines Erfolgs sicher. Tote, das wußte er, die im heißen Wüstensand beigesetzt werden, verwesen nicht, weil die glühende Sonne sie austrocknet und verhärtet. Ähnlich würde nun auch Meri-Anch dank der Einbalsamierung auf ewig leben. Imhotep dachte lange über die außerordentlichen Folgen seines Tuns nach und versuchte, sich über ihre Konsequenzen klarzuwerden: Wenn sich das unsterbliche *Ka*, das Prinzip göttlicher Essenz, in jeder Frau und in jedem Mann wiederverkörpern sollte, so dachte er, dann wird es dies eher in einem Menschenkörper tun, der den äußeren Schein des Lebens bewahrt hat. Wenn es stimmt, daß das *Ka* in Statuen wohnt, in kalten, dem Menschen oft wenig ähnlichen Werken, warum sollte es dann nicht lieber in seine früheren Hüllen zurückkehren? Die Liebe, die Imhotep zu seiner Frau empfunden hatte, war eine seltsame Mischung eingegangen mit seinen Neigungen, die Rätsel der Welt und der Götter zu erforschen – und zu lösen.

Als ein Klopfen ihn aufschreckte und er draußen auf der Straße seinen Namen rufen hörte, rieb sich Imhotep die Augen, als erwache er aus einem tiefen Schlaf. Nun war endlich die Stunde gekommen, wieder in die Welt der Lebenden zurückzukehren. Schweigend entfernte er die schweren Holzbalken, die den Eingang verriegelten, und öffnete beide Türflügel: Das Licht blendete den Arzt, er wich zurück.

In der gleißenden Sonne, angetan mit schwerer Perücke und lederner Uniform, stand steif und streng General Uni. Er hatte sich unterwegs so sehr auf eine lange Diskussion durch die geschlossene Tür hindurch gefaßt gemacht, daß ihm auch nicht einen Augenblick lang die Möglichkeit in den Sinn gekommen war, sie würde sich auf den ersten Ruf hin öffnen. Er schwieg verdutzt – bis Imhotep angesichts des geradezu hilflosen Generals ein Lächeln nicht unterdrücken konnte.

«Komm herein», sagte er freundschaftlich, «ich freue mich über deinen Besuch.»

Nach der nervösen Anspannung machten diese belanglosen Worte den General zornig:

«Und ich mache mir über dein Verhalten auch noch Sorgen», schrie er. «Was hat das alles zu bedeuten? Warum diese Zurückgezogenheit? Was für ein Wahnsinn hat dich dazu getrieben, dich so lange mit einem unbestatteten Leichnam einzuschließen? Dafür gibt es keine Entschuldigung. Auch Kummer und Verzweiflung nicht. Hast du den Verstand verloren? Rede, Unglücklicher! Sag was!»

«Natürlich, mein Lieber», antwortete der Arzt mit seiner schönen, tiefen Stimme, «aber ich habe dich gebeten, einzutreten. Bleib nicht so vor der Tür stehen.»

Uni trat über die Schwelle, fuhr aber sogleich fort zu fragen:

«Warum hast du das getan? Wo ist deine Frau? Was ist aus der Leiche geworden?»

Imhotep ließ sich nicht aus der Ruhe bringen.

«Darf ich dir etwas anbieten? Ich habe frisches Bier.»

«Mach dich nicht über mich lustig! Nach so langer Zeit taugt dein Bier nichts mehr. Es ist abgestanden und ungenießbar. Aber warum willst du mich ablenken und auf meine Fragen nicht antworten?»

«Ich warte ganz einfach, bis deine Wut sich gelegt hat, damit du meinen Worten mehr Aufmerksamkeit schenken kannst. Hier, ein frisches Bier! Ich habe nämlich Gerste im Haus und verstehe einiges vom Bierbrauen. Das eine erklärt das andere», sagte Imhotep, während er zwei Becher füllte. Der Schaum floß reichlich über den Rand und auf den niedrigen Tisch, als wolle er sinnfällig bekunden, daß das Bier erst kürzlich hergestellt worden war. Nach dieser überzeugenden Demonstration ließ sich General Uni auf einem Kissen nieder. Er nahm seine Perücke ab, trocknete sich die Stirn und sagte resigniert:

«Du kannst einfach alles. Bei dir muß man auf alles gefaßt sein!»

Dann trank er gierig. Imhotep setzte sich neben ihn und zählte in aller Ruhe die Gründe für sein Verhalten auf. Er weihte den General schrittweise in seine Entdeckung und in sein Werk ein, und da er in den Augen seines Freundes noch einen letzten Rest von Ungläubigkeit sah, erhob er sich schließlich und sagte:

«Komm! Gehen wir hinüber. Sieh sie dir an, bevor das Leichentuch der Ewigkeit sie für immer unseren Blicken entzieht.»

Uni erbleichte. Dieser mutige Mann, der vor nichts Angst hatte, dieser ruhmreiche Kämpfer, der Hunderte von Feinden in der Hitze des Kampfes getötet hatte, konnte nun eine gewisse Furcht nicht verhehlen. Aber er folgte dem Arzt durch einen Gang in ein verdunkeltes Zimmer und trat an den mumifizierten Körper heran.

«Sie ist sehr schön», sagte er mit einem leichten Zittern in der Stimme. Die Erklärungen, mit denen Imhotep ihn auf den Anblick vorbereitet hatte, verloren an Gewicht. Nein, was er sah, war Zauberei: Diese Frau schien zu leben; sie schlief, aber sie war nicht tot.

Dann jedoch, als wollte er sich selbst beweisen, daß ihn weder Tod noch Zauber schreckten, berührte er mit den Fingern leicht die Stirn der Mumie. Sie war trocken und kalt.

«Wo wirst du sie begraben?» fragte er schließlich leise.

«In ihrer Heimat in Unterägypten, in der Nähe von Memphis.»

Der General setzte schnell seine Perücke auf und zog die Uniform zurecht. Er wußte, daß der Gouverneur von Memphis noch am selben Tag von Schmunu auslaufen sollte und möglicherweise Imhotep und den Sarkophag an Bord nehmen könnte.

«Ich gehe sofort zum Hafen hinunter», sagte er. «Triff du inzwischen deine Reisevorbereitungen.»

Als er schon auf der Türschwelle stand, erinnerte er sich plötzlich an seinen Auftrag.

«Krieg droht unserem Land. Der Verräter Peribsen bereitet einen Angriff auf uns vor. Der Pharao erwartet deinen Besuch; er will deinen Rat hören.»

«Ich werde nicht zum Pharao gehen!» antwortete Imhotep.

Und mit der gewohnten Überzeugungskraft setzte er dem neugewonnenen Freund auseinander, warum er unter keinen Umständen anders handeln könne: die heilige Pflicht, Meri-Anch in ihrer Heimat beizusetzen, habe absoluten Vorrang. Er befürchte nur zu sehr, daß der König ihn um seiner ärztlichen Fähigkeiten willen mit Gewalt zurückhalten könne. Im übrigen besitze er auf militärischem Gebiet keinerlei Kenntnisse und könne daher keine Ratschläge geben.

«Du wirst für mich um Vergebung bitten, ich verlasse mich auf dich, lieber Uni.»

Mit diesen Worten umarmte er seinen Freund.

Gegen Abend machte sich Imhotep auf den Weg durch die verwinkelten Gassen der Hauptstadt hinunter zum Hafen. Ihm folgten vier kräftige Burschen, die den Sarkophag trugen, eine schlichte rechteckige Holztruhe, die mit geometrischen Mustern und stilisierten Blumenmotiven sparsam verziert war.

Ohne Schwierigkeiten erkannte er das Schiff, das er suchte. Es war, abgesehen von der königlichen Barke, das schönste und das einzige, das zur Abfahrt bereit war. Darüber hinaus prangte an seinem Heck das Wappen der Provinz, das er so gut kannte.

Plötzlich aber blieb der Arzt wie geblendet stehen, obwohl

ihm die Sonne im Rücken stand. Vor der Kabine sah er eine Erscheinung, eine junge Frau, die seiner geliebten Meri-Anch auf verblüffende, geradezu zauberhafte Weise ähnelte. Sie trug eine schwere, bläulich schimmernde, schwarze Perücke und ein breites Stirnband. Die vornehmen Gesichtszüge erinnerten in ihrer Unbewegtheit an die einer göttlichen Statue, und die Strahlen der untergehenden Sonne verstärkten den unwirklichen Eindruck, indem sie ihr weit ausgeschnittenes Leinengewand in purpurne und goldene Töne tauchten.

«Imhotep! Imhotep!»

Beim Klang seines Namens schrak er auf, und der Zauber verflog. Der Gouverneur Anknetef winkte ihm lebhaft zu. Auch Imhotep hob die Hand zum Gruß und betrat den Landungssteg.

«General Uni ist gerade bei mir gewesen. Er hat mir deinen Wunsch mitgeteilt. Ich freue mich, an Bord meines Schiffes den Obersten Vorsteher der Ärzte Seiner Majestät willkommen zu heißen.»

«Dein Empfang rührt mich tief», antwortete Imhotep mit einer Verbeugung, «und ich danke dir dafür.»

«Wir werden in angenehmer Gesellschaft reisen.» Bei diesen Worten ergriff der Gouverneur die Hand der jungen Frau. «Dies ist Prinzessin Senui, die Tochter des Fürsten von Memphis. Sie hat einige Tage bei ihrer Base Nimaathapu, der Großen Gemahlin verbracht, und nun begleite ich sie auf Wunsch ihres Vaters zurück nach Hause.»

Imhotep, der seiner inneren Erregung nur schwer Herr werden konnte, zögerte einen Augenblick, denn er verspürte das Verlangen, vor ihr das Knie zu beugen. Aber Senui kam ihm zuvor und trat einen Schritt auf ihn zu.

«Im Palast von Nechen hat mir die Pharaonin von dir erzählt», sagte sie mit einem gewinnenden Lächeln, «und ich habe mir gewünscht, dich kennenzulernen.»

Sie hatte sich in einem ganz natürlichen, kameradschaftlichen Ton an ihn gewandt, und das ließ ihn wieder zu sich kommen.

«Die Pharaonin ist sehr gut zu mir», antwortete er, während er sich verneigte, «und daß ich heute das Vergnügen habe, Euch zu begegnen, ist eine Wohltat, für die ich ihr zu großem Dank verpflichtet bin.»

Als er sah, daß sie errötete und ihre Augen blitzten, wußte er, daß ihr sein Kompliment gefallen hatte und daß sie an seiner freien Redeweise keinen Anstoß nahm.

«Ich interessiere mich sehr für die Heilkünste», erwiderte sie lebhaft. «Willst du mich während der Reise in einige der Geheimnisse deines Könnens einweihen?»

«Natürlich, gern!» entfuhr es ihm vielleicht ein wenig zu schnell.

Doch alsbald hatte er sich wieder gefangen und fügte lächelnd hinzu:

«Ich hoffe, eine aufmerksame Schülerin zu finden!»

Von der Abendbrise und der Strömung des Flusses getragen, legte das Schiff vom Kai ab und glitt hinaus in die sanften, windgekräuselten Wellen des Nils.

4

Monatelang arbeitete Imhotep Tag für Tag mit Hacke, Hammer und Meißel an dem Grabstollen, in den er Meri-Anchs Sarkophag zur ewigen Ruhe stellen wollte. Nur ein alter Steinhauer half ihm, den Schacht tief genug in den harten Felsen zu treiben. Die Tage der Mühsal legten sich wie eiserne Bänder um seine Trauer, und so verbarg sie sich mehr und mehr unter der Last seiner Arbeit.

Nach der Rückkehr an seinen Geburtsort hatte er sich in der Altstadt von Memphis niedergelassen, ganz in der Nähe vom Haus seines Vaters Kanufer. Jeden Abend hielt er dort Sprechstunde ab für Schreiber und Beamte, die ihn mit Goldringen bezahlten. Frühmorgens hingegen, bei Sonnenaufgang, fuhr er, nur mit einem Schurz aus rauhem Tuch bekleidet, in einer Barke am linken Nilufer entlang bis nach Sakkara, um mehrere Stunden lang seinen selbst auferlegten Pflichten der Toten gegenüber nachzukommen.

Lange hatte er nach einem geeigneten Platz gesucht und sich schließlich nach reiflicher Überlegung für dieses große Wüstenplateau entschieden. Es war ein weites Fels- und Sandmeer, in dem schon vor langer Zeit die Grabstätten der Pharaonen der ersten und zweiten Dynastie errichtet worden waren. Endlos erstreckte sich das trockene Land, in dem der kleinste Windhauch rote Staubwolken aufwirbelte, die in großen und kleinen Säulen in den glasig flimmernden Himmel aufstiegen. Nur wenige Schritte vom saftig grünen Flußufer entfernt und doch unerreichbar für jede Überschwemmung, bewahrte diese geheimnisvolle Wüste auf ewig die ehemaligen Herrscher Ägyptens. Diesem heiligen, fast vergessenen Ort, so hatte er beschlossen, wollte er auch Meri-Anchs sterbliche Überreste anvertrauen.

Die Sonne stand fast im Mittag, als Imhotep schweißüberströmt die Leiter emporkletterte, die aus dem Stollen herausführte. Er setzte sich auf einen großen Stein, wischte sich die Stirn und sagte zu seinem Arbeiter:

«Ich habe die letzten Felsbrocken herausgelöst und den Boden planiert. Steig du nun hinab und schaff den Schutt hinaus.»

Während der alte Mann die Anweisung befolgte, legte sich Imhotep von Müdigkeit übermannt nieder. Er verbarg sein Gesicht unter den angewinkelten Armen, um seine Augen vor dem gleißenden Licht zu schützen, und versuchte, an seine Frau zu denken. Doch es war, als hätte jeder Hieb mit der Hacke, jeder Meißelschlag die Erinnerung ein wenig mehr zerstört. Imhotep sah nur mehr das Bild ihres mumifizierten Körpers und ihr unbewegliches, starres Gesicht. Sosehr er sich auch konzentrierte, um weiter in die Vergangenheit zurückzugehen, es wollte ihm nicht gelingen, ihr Bild zu beleben. Hatte ein Gott ihn gestraft für sein Tun? Als er dennoch hartnäckig weiter in seiner Erinnerung grub, öffnete sie plötzlich die Augen und lächelte ihn an. Aber seltsam, es war nicht Meri-Anch, es war Senui, die Prinzessin von Memphis! Imhotep sprang mit einem Satz auf – die Vision entsetzte ihn, verwirrte ihn, er mußte sich ablenken, zweifellos; also eilte er zur königlichen Nekropole, um so schnell wie möglich jenes Bild zu vertreiben, das er für das Werk eines bösen Geistes hielt.

Das erste Grab, das er sah, war ein schlichter rechteckiger

Ziegelbau von fünfzig Schritt Länge und dreifacher Manneshöhe. An allen vier Seitenwänden hatten die Baumeister fünf Ellen hohe Scheintüren angebracht, die von Nischenvorsprüngen eingefaßt wurden. Die Harmonie der Wandgliederung, die sich gleichförmig um den ganzen Bau herum wiederholte, beglückte seinen geschulten Blick. Aufmerksam schritt Imhotep um den Bau herum und las die gut erhaltenen Inschriften: Er stand vor dem Grabmal des Horus Udimu, eines Pharaos aus alter Zeit.

«Später einmal», dachte er, «wenn ich genügend Macht habe, werde ich über der Grabkammer Meri-Anchs ein gewaltiges Monument errichten und ihm genau diese Form geben.»

Doch im selben Augenblick sah er Prinzessin Senui: Anmutig schritt sie ihm auf einer breiten Allee, die von zwölf Gräbern gleichen Grundrisses und gleicher Bauweise gesäumt war, entgegen. Ihr Gang war so leicht, daß sie zu tanzen schien. Kleine Ziegelkenotaphen, die ihr den Weg versperrten, schienen sie nicht aufzuhalten – die Erscheinung sprach Imhotep an: «Hier ruhen die Fürsten und Würdenträger des Hofes, in der Nähe ihres Pharaos, dem sie ihr ganzes Leben lang gedient haben. Dort, siehst du?»

Imhotep rieb sich die Augen, das zauberhafte Bild verschwand.

«War das ein Zauber? Spielen mir die Götter einen Streich?»

Hastig ging er zu dem steilen Kreideabhang, von dem man das Tal überblickte. Vor dem Grab des Djet, des berühmten «König Schlange», blieb er stehen. Seinen Kenotaph hatte er in Abydos gesehen, auch erinnerte er sich an eine Stele aus Kalkstein, in die sein Name eingemeißelt war. Das Grab war sorgfältig gekalkt, und seine Mauern strahlten hell in der Sonne. Rundherum lief ein Sims mit dreihundertfünfundsechzig aus Ton geformten Stierköpfen, denen echte Hörner eingesetzt waren. Diese versteinerte Herde bildete eine einzigartige Schutzbarriere um das Grab.

Um sich die vornehme Grabstätte genauer anzusehen, vielleicht aber auch, um die seltsame Vision zu verdrängen, ging Imhotep langsam um das Monument herum. In einer Nische lag einiger Schutt, der seine Aufmerksamkeit erregte. Bei näherem Hinsehen bemerkte er, daß am Sockel des Grabes Ziegel herausgebrochen worden waren, und es wurde ihm klar, daß gottlose Diebe das Grab geschändet hatten, um an den Sarkophag heranzukommen, um den Schmuck oder die wertvollen Gegenstände zu rauben, die den Pharao auf seiner Reise ins Jenseits begleiten sollten. In Imhotep wallte dumpfer Zorn über die Torheit dieses Diebstahls auf. Wer konnte um einiger Schmuckstücke willen ein für die Ewigkeit errichtetes Haus zerstören? Gab es Menschen, die so verblendet waren? Welche Leidenschaft, welche unverbesserliche Dummheit hatte Menschen dazu treiben können, ein solches Verbrechen zu begehen?

Mit geballten Fäusten und zusammengepreßten Zähnen machte er kehrt, und während er zu dem alten Arbeiter zurückkehrte, der auf dem Hochplateau auf ihn wartete, gab er sich selbst ein Versprechen: «Ich werde dafür sorgen, daß man das Grab nicht schänden kann. Ich werde die Grabkammer sicher verschließen und eines Tages einen riesigen Berg von Steinen darüberhäufen, höher als ein Gebirge, und ich werde das schönste Grabmal der Welt daraus machen!»

Es war noch dunkel, als Imhotep am nächsten Morgen in Begleitung von vier Trägern vor dem Grab eintraf. Auf seine Anweisungen hin ließen die Männer beim ersten Anzeichen der Morgendämmerung den mitgebrachten Sarkophag auf den Boden des Schachts hinab. Darüber paßten sie zum Schutz ein spitzwinkliges Dach aus Granitplatten ein und füllten den Schacht bis zum Rand mit dem ringsherum verstreuten Aushub. Als diese Arbeiten beendet waren, schickte Imhotep die Träger fort und blieb allein zurück. Durch ein System von Fluchtlinien und regelmäßig gesetzten Markierungssteinen kennzeichnete er für die Zukunft die genaue Lage des Grabes, und nachdem er schließlich noch jegliche Spur von den Arbeiten auf dem Erdboden verwischt hatte, machte er sich ruhigen Gewissens und mit dem glücklichen Gefühl, seine Pflicht erfüllt zu haben, auf den Weg hinunter zum Nil.

Die Sklavin, die Imhoteps Haushalt besorgte, hatte auf ihn gewartet; als sie ihn kommen sah, rief sie ihm von weitem zu: «Beeil dich, Arzt aus Schmunu, beeil dich! Eine Botschaft vom Fürsten!»

Über ihrem Kopf schwenkte sie mit ausgestrecktem Arm eine Papyrusrolle und versuchte mit viel Geschrei, sich in den Augen der Nachbarn wichtigzumachen. Es gelang ihr mühelos. Durch ihren Lärm herbeigelockt, erschienen auf allen Balkonen und Türschwellen Männer und Frauen, die erfahren wollten, was da vor sich ging. Je näher der Arzt seiner Wohnung kam, um so herzlicher wurde er mit einigen Worten oder einem freundlichen Lächeln empfangen. Geduldig grüßte er zurück.

«Hier!» sagte sie, als er endlich zu ihr trat, und reichte ihm das Schreiben. «Ein Offizier der Wache hat es gerade gebracht.»

Er ging in sein Haus und öffnete die Rolle. Der Text war kurz und bündig:

«Sei gegrüßt, Vorsteher der Ärzte Seiner Majestät. Der Gouverneur der Provinz von Memphis erwartet unverzüglich Deinen Besuch.»

Als die Sklavin sah, daß Imhoteps Miene sich verfinsterte, machte sie sich auf eine schlechte Nachricht gefaßt. Aber Imhotep war nur über den schroffen Ton der Mitteilung verstimmt. Die Aussicht, Senui wiederzusehen, ließ ihn seinen Ärger jedoch schnell vergessen – hatte er doch nun einen guten Vorwand für einen Besuch im Palast.

«Ich gehe zum Fürsten», sagte er. «Ich weiß nicht, wie lange ich dort bleiben werde. Hüte das Haus.»

«Bist du wirklich sicher, daß meine Perücke tadellos in Ordnung ist und mein Stirnband richtig sitzt?» fragte Senui unruhig.

Die junge Sklavin, die ihr half, sich zurechzumachen, antwortete: «Ihr wart noch nie so gut frisiert, Prinzessin. Über eine Stunde lang habe ich Euer Haar geglättet, und unterdessen hat meine kleine Schwester das Diadem poliert. Die Goldpailletten glänzen wie Sterne.»

«Übertreibe nicht und laß den Himmel aus dem Spiel. Im übrigen braucht man dafür keine ganze Stunde. Drück dich einfacher aus und sag mir lieber, ob mein Gewand auch wirklich sauber ist. Und ist es lang genug? Bedeckt es auch meine Knöchel?»

Mit herabhängenden Armen stand Senui starr da. Ihre Stimme klang monoton, ja, beinahe verdrossen.

«Ihr wißt genau, Prinzessin, daß es aus feinstem weißen Leinen ist. Es läßt nur die Spitze Eurer Sandalen frei. Wollt Ihr, daß ich es kürzer mache?»

«Nein, genau so will ich es!» sagte Senui bestimmt. «Führe mich ans Fenster. Setz mich auf einen Sessel, ich möchte die Sonne auf meiner Stirn spüren.»

Am Arm der Dienerin tastete sie sich unsicheren Schrittes vorwärts; seit zwei Tagen bereits konnte sie nicht mehr sehen. Mit einer harmlosen Reizung des Lidrandes hatte alles begonnen, doch sehr schnell war eine bösartige Vereiterung hinzugekommen, und nun zwangen heftige Schmerzen sie, ihre Augen ständig geschlossen zu halten.

«Ich liebe das Licht so sehr», sagte sie bekümmert, «und ich kann es nicht mehr ertragen!»

In einer außerordentlichen Willensanstrengung versuchte sie, die Lider mit ihren Fingern anzuheben, aber die Bewegung entriß ihr einen Schmerzensschrei:

«Nein! Das Licht brennt in den Augen! Lieber will ich im Dunkeln bleiben. Dreh den Sessel um. Ich werde mich mit dem Rücken zur Sonne setzen. Ich will . . .»

Jäh hielt sie inne und wandte sich um. Sie verharrte in der charakteristischen Haltung der Blinden, wenn sie ein Geräusch vernehmen. Vor der Tür hallten laute Schritte, und gleich darauf kamen zwölf bewaffnete Soldaten herein, und in ihrem Gefolge stürmte der Gouverneur der Provinz in den Raum, begleitet von Imhotep.

«Dies ist meine Tochter!» sagte der Fürst, «sie ist das Liebste, was ich auf der Welt besitze.»

Er war ein hagerer Mann mittlerer Größe, und während er sprach, lief ständig ein nervöses Zucken über sein Gesicht.

«Mit wem sprichst du, Vater?» fragte Senui gespannt.

«Mit dem Mann, den ich zu deiner Behandlung habe kommen lassen, mein Kind. Er wird dich unverzüglich untersuchen», sagte er, während er Imhotep mit einer Handbewegung herbeiwinkte, «er ist ein großer Zauberer.»

«Das bin ich nicht,» sagte Imhotep und ging langsam auf Senui zu. Bei jedem Schritt, den er ihr näherkam, schlug sein Herz heftiger, und das Blut pochte ihm in den Schläfen. Die Erinnerungen an die gemeinsam verbrachten Tage auf der Heimreise stürmten alle gleichzeitig auf ihn ein. Er sah das Bild seiner Frau vor sich. Er starrte Senui an, um ihren Anblick in sich aufzunehmen, und ihr Schweigen verwunderte und entzückte ihn zugleich. Doch als Imhotep direkt vor ihr stand, sah er nur noch ihre entzündeten Augen. In diesem Augenblick erst begriff er den wahren Grund ihrer Regungslosigkeit. Er beugte ein Knie, neigte den Kopf und sagte ernst:

«Im Palast von Nechen, Prinzessin, hat Euch die Pharaonin von mir erzählt.»

«Imhotep!» rief sie freudig und streckte ihren Arm aus. «Es ist Imhotep! Jetzt bin ich gerettet!»

«Was ist los? Ist ein Wunder geschehen? Kannst du auf einmal wieder sehen?» fragte der Fürst und trat erstaunt, doch auch ein wenig beunruhigt, auf sie zu.

«Nein, nein, mein Vater!» erwiderte sie impulsiv. «Ich habe nur seine Stimme wiedererkannt. Ist es etwa nicht Imhotep?»

«Es ist der Mann aus Schmunu», antwortete er kopfschüttelnd. «Aber woher kennst du ihn?»

Also erzählte Senui, daß sie sich auf der Rückkehr von Nechen auf dem Schiff Anknetefs begegnet seien, daß er das Leben ihrer Kusine, der Großen Königlichen Gemahlin Nimaathapu, gerettet habe, und wie hoch der Arzt seitdem in der Achtung des Pharaos stand.

«Er wird alles versuchen, um mir das Augenlicht wiederzugeben. Nicht wahr, Imhotep?»

Sie streckte ihre Arme unbeholfen ins Leere, und ihre Stimme verriet Angst.

Imhotep erhob sich ruhig und beherrscht. Er hatte inzwischen seine ärztliche Gelassenheit wiedererlangt.

«Zuallererst möchte ich meine Patientin untersuchen. Es sind zuviele Leute hier...», und nach kurzem Zögern fuhr er fort:

«Soldaten brauche ich nicht.»

«Geht alle hinaus!» befahl der Fürst, «und stellt im Gang einen Wachtposten auf!»

Während die Soldaten unverzüglich den Saal verließen, nahm der Arzt aus einem geflochtenen Korb, den er bei sich trug, ein Säckchen mit Kräutern und befahl der Dienerin:

«Hole kochendes Wasser und bereite mir hiervon einen Aufguß», und zu Senui sagte er: «Ich nehme jetzt Eure Hand, um Euch zu einem Sessel zu führen. Setzt Euch und erzählt mir, seit wann und warum Eure Augen schmerzen. Während Ihr sprecht, haltet Euren Kopf still. Ich bin leider gezwungen, Eure Augenlider anzuheben. Das wird gewiß weh tun. Seid mir deswegen nicht böse.»

«Ich habe es schon selbst versucht», antwortete sie und errötete leicht. «Es ist sehr schmerzhaft.»

«Habt Ihr das Tageslicht gesehen?»

«Ja! Aber es hat sehr weh getan.»

«Die Sehkraft ist also intakt», sagte der Arzt mit einem Kopfnicken. «Das ist wichtig.»

Sanft legte er seine Hände auf Senuis Gesicht, eine auf die Stirn, die andere auf ihre Wange und zog vorsichtig ein Augenlid hoch. Einige mit Tränen vermischte Tropfen Eiter flossen aus dem Auge. Nachdem er den Vorgang am anderen Auge wiederholt hatte, sagte er:

«Ihr seid sehr mutig. Ihr habt Euch nichts anmerken lassen.»

«Ich vertraue dem Obersten Vorsteher der Ärzte Seiner Majestät», sagte sie ruhig.

«Ihr habt mir noch nicht erzählt, wie alles begonnen hat.»

«Es hat vor kaum zwei Tagen angefangen. Als ich am Morgen erwachte, verspürte ich eine Art Brennen. Und dann konnte ich meine Augen nicht schminken, weil es zu weh tat.»

«Benutzt Ihr immer dieselbe Schminke?»

«Nein, ich hatte sie gerade gewechselt.»

«Da haben wir wahrscheinlich den Grund des Übels.»

Imhotep wandte sich an den Fürsten: «Ich will dieses Mittel sehen. Und auch den Mann, der es hergestellt hat. Er muß meine Fragen beantworten.»

Ohne überhaupt zu bemerken, daß er soeben einen Befehl erhalten hatte, antwortete der Gouverneur der Provinz sofort:

«Ich kümmere mich selbst darum. Den Schuldigen zu finden wird nicht lange dauern.»

Sobald der Fürst hinausgegangen war, wandte sich Imhotep wieder Senui zu. Sie saß noch immer leicht nach vorn gebeugt am Fenster, eine Hand auf dem Herzen, die andere im Schoß, wie in sich selbst versunken, in die Einsamkeit ihrer Lage zurückgezogen. Er hockte sich zu ihren Füßen nieder und lehnte den Kopf leise an ihre Knie.

«Imhotep!» sagte sie voller Freude, als sie seine Berührung spürte, «ich bin glücklich, dich in meiner Nähe zu wissen.»

Da er nicht antwortete, fügte sie bewegt hinzu:

«Nein, nicht allein wegen meiner Augen, da habe ich nicht die geringste Befürchtung. Ich bin sicher, daß du mich heilen kannst.»

«Und warum bist du so glücklich?» fragte er und küßte ihr die Hand.

«Weil du da bist, und weil ich dich liebe!»

Abrupt ließ er ihre Hand los und stand auf.

«Verzeih mir, Senui! Du darfst mich nicht lieben. Du bist königlichen Bluts, und ich bin nur ein armer Steinhauer. Wir werden niemals das Recht haben...»

«Dazu ist es jetzt zu spät», sagte sie mit bebender Stimme. «Wir sind zusammen den Nil hinabgefahren. Erinnere dich!» Imhotep aber wußte, daß die Steine, die er auf den Sarkophag seiner Frau gelegt hatte, wie unverrückbare Gewichte auf einer Vergangenheit lagen, die nie wieder aufleben sollte. Und er wußte, daß seine Gefühle erwidert wurden – und ihn auch in große Gefahr brachten.

Mit drei jungen Helferinnen, die Handtücher, Krüge, Schüsseln und verschiedene Gerätschaften trugen, kam die Sklavin hastig herein und verkündete laut:

«Hier ist alles, was für Eure Behandlung notwendig ist, Prinzessin!»

Imhotep hielt sie mit einer Handbewegung zurück.

«Ich brauche eine neue Pinzette.»

«Hier ist eine.» Triumphierend zog sie das Verlangte aus

einem Kästchen. Ungeduldig nahm er ihr das Instrument aus der Hand.

«Gut! Lege jetzt Kompressen auf die Augen deiner Herrin. Aber dazu lehnt sich die Kranke am besten zurück. Das ist bequemer.»

«Wenn's weiter nichts ist, bitte! Ich habe ein Faltbett mitgebracht.»

«Meine Anerkennung», sagte Imhotep ein wenig verdrossen, «du denkst an alles.»

Da mischte sich Senui lächelnd ein:

«Sie ist vorlaut, aber auch zuverlässig!»

Nach einigen Kräuterkompressen begann Imhotep, die Augen der Patientin zu reinigen. Dabei bemerkte er, daß sich eines der unteren Lider nach innen gerollt hatte. Mit der Pinzette zupfte er behutsam und vorsichtig einige Wimpern heraus, die den Augapfel reizten und den Schmerz verursachten. Jedesmal zuckte Senui zusammen und stieß unfreiwillig einen Schrei aus.

«Nur Mut», sagte er leise zu ihr, «am Ende der Schmerzen steht die Genesung.»

Als er fertig war, verspürte sie sofort eine merkliche Erleichterung. Nach einer leichten Massage mit einer Salbe aus Olibanum und Galenikum legte Imhotep zum Abschluß seiner Behandlung einen feuchten Verband über beide Augen und umwickelte die obere Gesichtshälfte mit einer breiten Stoffbinde. Von Senui sah man nur noch Mund und Kinn; sie flüsterte:

«Magier! Zauberer! Wundertäter! Weißt du, daß ich schon keine Schmerzen mehr habe?»

Voller Bewunderung für das, was sie gesehen hatte, stellte sich die Dienerin vor Imhotep hin, stemmte ihre Fäuste in die Hüften und sagte mit großen Augen:

«Was du alles kannst!»

Er tätschelte ihr freundschaftlich die Wange und warf ihr

spöttisch zu: «Ich weiß auch eine gute von einer frechen Dienerin zu unterscheiden.»

Das Gelächter Senuis war noch nicht verklungen, als der Gouverneur von Memphis, wieder umgeben von seiner Wache, lautstark in das Gemach der Prinzessin stürmte und mit dröhnender Stimme verkündete:

«Hier ist der Schuldige! Der hier hat die Schminke gebracht.»

Der von den Wachen vorgeführte Mann fiel auf die Knie. Man hatte ihm die Hände auf dem Rücken gefesselt, und sein Gesicht war von Schlägen verschwollen. Er schien von alldem, was mit ihm geschah, nichts zu begreifen.

«Wie geht es meiner Tochter?» fragte der Fürst.

«Morgen, wenn ich den Verband abnehme, wird sie wieder sehen können», antwortete der Arzt gelassen. «Allerdings wird bis zur endgültigen Heilung noch einige Zeit vergehen. Ich werde jeden Tag kommen und nach dem Rechten sehen.»

«Komm sooft wie erforderlich», erwiderte der Fürst, dessen Zorn sich allmählich legte.

«Nein!» rief Senui und sprang von ihrem Lager auf. «Nein! Ich will, daß er hierbleibt, daß er im Palast wohnt und mich jederzeit, wenn ich ihn brauche, pflegen kann. Bitte! Bitte! Befiehl ihm zu bleiben!»

Der Fürst ging ihr entgegen, und sie schmiegte sich an seine Schulter.

«Meinst du, es sei der richtige Augenblick, ihm Befehle zu erteilen?» sagte er leise zu ihr – und dann zu Imhotep gewandt: «Willst du hierbleiben, Arzt von Schmunu?»

«Dies alles hat die Prinzessin stark mitgenommen. Mit Eurer Erlaubnis werde ich gern hierbleiben, um sie zu pflegen», antwortete er mit einer Verbeugung.

Senui umarmte ihren Vater und küßte ihn auf die Wange. Verlegen wies der Fürst auf den Gefangenen:

«Was sollen wir mit diesem Mann machen?»

«Gebt ihn frei, Fürst, und überlaßt ihn mir, denn ich habe keinen Diener.»

Dann beugte sich Imhotep zu dem Mann hinunter und fragte ihn freundlich:

«Wie heißt du?»

«Man nennt mich Hori, ich bin ein Sklave aus dem Süden.»

Beim Gedanken an den Namen seines Sohns verfinsterte sich das Gesicht des Arztes.

«Du wirst deinen Namen ändern», sagte er. «Ich nenne dich Seneb.»

Seneb wußte, daß er Imhotep das Leben verdankte; seine Künste bei der Zubereitung von Schminke, das wußte er nun, waren begrenzt. Seine Bewährung als Gehilfe des, wie er lautstark jedem, der es wissen wollte, verkündete, «größten Arztes im Lande Kêmi» bestand er bald. Unermüdlich verkündete er die Verdienste seines Herrn, und so dauerte es nicht lange, bis die ganze Stadt, ja die ganze Provinz und nach und nach alle Bewohner des Nildeltas die wunderbare Geschichte von der Heilung der blinden Prinzessin kannten.

5

Einige Zeit später wurde der Kommandeur der Garnison von Memphis bei einer militärischen Übung durch einen schweren Lanzenstich am Gesicht verletzt, und Imhotep konnte seine ganze chirurgische Erfahrung unter Beweis stellen. Für Seneb war dies wieder eine Gelegenheit, den Ruhm seines Herrn zu vergrößern, indem er jedem, der es hören wollte, ausführlich die Operation schilderte.

«Als ich den Kommandanten sah», so begann er seinen Bericht, «dachte ich, er wäre tot!»

Dann erging er sich in einer ebenso schaurigen wie malerischen Beschreibung des aufgerissenen Gesichts aus dem «ein Auge, schwarze Blutgerinnsel und sogar Gehirn hervorquoll!». Imhotep hatte die klaffende Wunde versorgt und Stich um Stich vernäht. Jetzt verlief eine tiefe Narbe quer über das Gesicht des Offiziers, aber der Mann lebte und war gesund.

Nach einigen weiteren Eingriffen ähnlicher Art, deren glücklicher Verlauf vom redseligen Seneb überall ausposaunt wurden, stieg das Ansehen des Arztes von Schmunu so schnell, daß die Kranken scharenweise in den Palast strömten. Seneb organisierte alles: Er kümmerte sich um ihren Empfang, legte die Reihenfolge fest, in der sie vorgelassen wurden und kassierte gewissenhaft die Goldringe und Dankesgeschenke für seinen Herrn. Der Palast, in dem Imhotep, von Wohltaten überhäuft, glückliche Tage in Senuis Nähe verlebte, wurde unversehens zu einer Art Krankenhaus.

Mit der Zeit nahm der Fürst von Memphis jedoch Anstoß an Imhoteps Gegenwart in seinem Haus. Und eines Tages wanderte er mit gesenktem Kopf und auf dem Rücken verschränkten Händen unruhig in seinem Arbeitszimmer auf und ab. Dieser Arzt, der sich bei ihm auf Wunsch seiner Tochter eingerichtet hatte, behandelte seine ganze Gefolgschaft mit glücklicher Hand. Besonders gelungen war ihm die spektakuläre Operation am Gesicht des Garnisonchefs. Das alles sprach zu seinen Gunsten. Doch die Umwandlung der Gemächer der Prinzessin in Behandlungszimmer war unerträglich. Und die übertriebene, ja geradezu maßlose Zuneigung, die seine Tochter seit ihrer ersten Begegnung für diesen einfachen, wenngleich begabten jungen Mann zu empfinden schien, war ausgesprochen unangenehm. Der Fürst hatte Pläne mit ihr. Immerhin konnte sie hoffen, eines Tages vielleicht selber Pharaonin zu werden. Ihre Familie war göttlicher Herkunft. Nebka, der ältere Sohn des Pharaos, war schon zehn Jahre alt. Nur sieben Jahre, und er käme ins heiratsfähige Alter. Senui wäre dann vierundzwanzig und stünde in der Blüte ihrer fraulichen, bereits jetzt außerordentlichen Schönheit. Und war sie erst einmal die Große Königliche Gemahlin, hätte er selbst sicherlich Chancen, zum Großen Meister, zum Aufseher über alle Arbeiten in den Beiden Ländern ernannt zu werden: Der wahre Machthaber von Ägypten. Aber was konnte er tun, damit diese kühnen Pläne Wirklichkeit wurden? Schickte sich gar der kleine Provinzarzt an, dieser Sohn eines Steinhauers, seine Pläne zu durchkreuzen? Das wäre unerhört. Allerdings war dieser Imhotep neuerdings kein Unbekannter mehr, und sein wachsendes Ansehen im ganzen Land verlieh ihm zweifellos eine große Anziehungskraft, ja sogar eine gewisse Macht. Aber mußte man deswegen gleich mit ihm paktieren? Er hatte ihn bei der Arbeit gesehen und bewundert, wie er seine Tochter mit bemerkenswertem Geschick geheilt hatte. Dieser Mann besaß außerordentliche Gaben. Das war beachtlich, aber im Grunde genommen war er eben nur ein Arzt, und der Fürst von Memphis war es sich schuldig, einzuschreiten und die Dinge wieder ins rechte Lot zu bringen. Also grübelte der Gouverneur von Memphis, als ihm der Haushofmeister des Palastes die Ankunft eines Boten meldete, der eine Nachricht des Pharaos überbrachte. Sollte sich alles zum Besten wenden? *Ma'at*, die Göttin der Gerechtigkeit und Wahrheit, die Herrin der bestehenden Weltordnung – war sie auf seiner Seite? Hastig riß er die königliche Botschaft an sich, brach das amtliche Siegel, entrollte den Papyrus und las:

«Horus und Seth Chasechemui.

Der König von Ober- und Unterägypten, der den Schutz der Geiergöttin und der Uräusschlange genießt und dem auf ewig Leben, Gesundheit und Macht verliehen wurden.» – Hier unterbrach er sich und murmelte: «Ausgezeichnet, eine offizielle Botschaft», dann las er weiter:

«Königlicher Befehl an Imhotep, den Obersten Vorsteher der Ärzte, der zur Zeit im Herrschaftsbereich des Gouverneurs von Memphis lebt.»

Voller Befriedigung rieb sich der Fürst die Hände.

«Man überbringe ihm folgende Botschaft: Imhotep! Ich habe dich zu mir rufen lassen und dich mit wichtigen Funktionen betraut. Du bist nach Nechen gekommen, und dein Eingriff hat das Leben meiner Gemahlin gerettet. Dann hast du uns verlassen. General Uni hat mir die Gründe deiner Abreise mitgeteilt, und ich habe sie verstanden. Aber seither sind viele Tage vergangen. Ich warte darauf, daß du zu mir zurückkehrst.»

Der Fürst lächelte und dachte bei sich: «Das ist ein willkommener Anlaß, Imhotep loszuwerden.» Doch als er den Schluß des Briefes las, erstarrte er. Aus jedem neuen Satz sprach der Ernst der Lage.

«Durch die Schuld des Verräters Peribsen ist der Krieg neu ent-

flammt. Ägypter kämpfen gegen Ägypter. Viele tapfere Soldaten sind verwundet. Du hast nicht das Recht, ihnen deine Hilfe zu verweigern. Deshalb, Arzt von Schmunu, befehle ich dir, unverzüglich nach Oberägypten zurückzukehren. Ich betrachte den Gouverneur der Provinz, dem ich diese Botschaft sende, als persönlich verantwortlich für die Ausführung dieses Befehls. Ich erwarte dich!»

Der Krieg scheint länger zu dauern als vorausgesehen, dachte der Fürst. Er könnte ihn in eine mißliche Lage bringen – irgendwann einmal müßte er sich für die eine oder die andere Partei entscheiden – für den legitimen Thronfolger Chasechem oder für Peribsen, den Prätendenten, den sie den «Betrüger» nennen.

«Mein Leben lang», sagte der Kommandant der Garnison im Brustton der Überzeugung, «werde ich das, was du für mich getan hast, in dankbarer Erinnerung behalten, Imhotep!»

Die beiden Männer schritten durch den breiten Flur, der zu Senuis Gemächern führte. Der Arzt hatte es eilig, und der Soldat mit der Narbe im Gesicht konnte mit dem, den er eigentlich abführen sollte, kaum Schritt halten. Als sie vor der Tür ankamen, traten ihnen die beiden Wachtposten, die dort aufgestellt waren, entgegen und versperrten ihnen mit gekreuzten Lanzen den Weg. Imhotep wunderte sich.

«Ich will zur Prinzessin!»

«Zutritt verboten! Befehl des Fürsten!» gaben die Soldaten zurück.

«Du mußt ihnen gehorchen!» sagte auch der Narbige bestimmt.

Imhotep brauste auf.

«Was soll das heißen?» rief er zornig. «Ich bin ein freier Mann und gehe zu der Prinzessin, wann es mir paßt, auch wenn dir das mißfällt.»

«Das kommt nicht in Frage!»

«Das werden wir sehen!» Imhotep war außer sich.

Blitzschnell trat er vor und ergriff mit jeder Hand eine der Lanzen, um sie beiseitezuschieben. Angesichts der Wendung, die die Ereignisse nahmen, fühlte sich der Kommandant gezwungen, einzugreifen. Er zog sein Schwert und stellte sich demonstrativ vor die Tür. Durch seine Haltung ermutigt, drängten die Soldaten Imhotep mit ihren Waffen zurück.

«Zwinge uns nicht, Gewalt anzuwenden!» sagte der Offizier. «Kehre um!»

«Das also ist deine Dankbarkeit!» höhnte Imhotep. «Drohst du mir mit dieser Klinge zum Dank dafür, daß ich dich zusammengeflickt habe?»

Plötzlich hallte der Gang von zahlreichen Schritten wider. Überrascht wandte Imhotep sich um. Im Schutz von großen Schilden und zahlreichen Speeren kam ein Trupp Wachsoldaten auf ihn zu. Imhotep, im Rücken das Schwert des Narbigen, vor sich die heranrückenden Soldaten, glaubte, in eine Falle geraten zu sein.

«Unmöglich, zu fliehen!» sagte er sich. «Sie werden mich töten!»

Schlagartig legte sich sein Zorn. Jetzt kam es darauf an, ruhig Blut zu bewahren. Ganz offensichtlich standen sein Leben oder seine Freiheit auf dem Spiel! Mit Verwunderung stellte er fest, daß seine Angst verflogen war. Er dachte nur an Senui.

Wenige Schritte vor ihm blieben die Soldaten auf einen kurzen Befehl hin stehen. Ein Offizier trat vor:

«Arzt von Schmunu», sagte er laut und deutlich, «der Gouverneur von Memphis schickt uns. Wir sind beauftragt, dich zu eskortieren und während der Reise nach Nechen für deine Sicherheit zu sorgen.»

«Nach Nechen?» wiederholte Imhotep ungläubig.

Mehrmals fuhr er mit der Hand über den Nacken, wie ein Schlafender, den ein unverhofftes Erwachen gerade aus einem bösen Traum gerissen hat.

«Richtig. Wir sollen dich zum Palast Seiner Majestät, des Pharao Chasechem, geleiten.»

«Möge ihm Leben, Gesundheit und Macht verliehen sein in Ewigkeit», erwiderte Imhotep. «Er hat mich einst zum Obersten Aufseher der Ärzte von Kêmi ernannt. Er ist mein Herr, und ich gehorche seinem Befehl.»

Kaum hatte er die letzten Worte gesprochen, öffnete sich von innen die Tür zu Senuis Gemächern. In ihrem Rahmen erschien die Dienerin der Prinzessin. Vom Anblick der schwerbewaffneten Soldaten erschrocken, machte sie zunächst Anstalten, hastig zurückzutreten. Doch als sie Imhotep bemerkte, faßte sie sich ein Herz und rief ihm zu:

«Was geschieht hier, Arzt von Schmunu? Bist du etwa Gefangener dieser Soldaten?»

«Nein» antwortete er mit einem gezwungenen Lächeln, «sie begleiten mich. Und was willst du?»

«Komm doch herein, wenn du frei bist, ich habe eine Nachricht für dich», antwortete sie und hielt ihm eine Papyrusrolle entgegen, als wollte sie ihn selbst in dieser Situation noch necken.

Imhotep hatte für derlei Spiele keine Zeit. Er entriß ihr das Schreiben, überflog es schnell und reichte es ihr zurück. Zum Abschied nickte sie ihm kurz zu und schob dann zögernd, als bedaure sie es, die Türflügel von innen zu.

In Begleitung der beiden Offiziere verließ Imhotep, eskortiert von den Soldaten, ruhig und würdevoll den Palast des Gouverneurs.

6

Es war eine dunkle mondlose Nacht, und die schwarzen unruhigen Wellen des Nils warfen das leichte Floß aus zusammengebundenen Papyrusstangen wie ein Blatt hin und her.

«Ich habe Angst, Herr!» jammerte Seneb.

«Nur Mut!» gab Imhotep ruhig zurück.

Seit Einbruch der Dunkelheit trieben sie auf ihrer winzigen schwimmenden Insel stromabwärts.

«Sag etwas, Herr, der Klang deiner Stimme beruhigt mich!» flehte der Diener.

«Halt dich gut an den Seilen fest und laß das linke Ufer nicht aus den Augen. Wir dürfen uns auf keinen Fall davon entfernen.»

«Ich sehe überhaupt nichts», sagte Seneb. «Welch eine Versuchung der Götter, mit dem Floß im Dunkeln dahinzutreiben.»

«Vertraue mir», sagte der Arzt lachend, «auch ich hänge sehr an meinem Leben. Wir werden schon nicht untergehen!»

«Aber warum bist du so versessen darauf, weiterzufahren, Herr? Wenn wir in einen Strudel geraten, enden wir unweigerlich im Rachen eines Krokodils. Hör doch auf mich! Laß uns an Land gehen! Bei Tagesanbruch können wir ungehindert weiterfahren.»

«Eben nicht, Seneb! Du bist ein Dummkopf und ein Feigling dazu! Wir brauchen den Schutz der Dunkelheit, um unseren Verfolgern zu entkommen. Sie können niemals erraten, in welchen Flußarm wir hineingefahren sind, und da uns niemand gesehen hat, wird uns auch niemand verraten können.»

Während Imhotep weiterredete, um seinen Diener zu beruhigen, lenkte er das Fahrzeug geschickt mit einer langen Stange zwischen Untiefen und Sandbänken hindurch. Mit kleinen, gut bemessenen Schlägen hielt er es in der Strömung. Er hatte mit Absicht den Nilarm gewählt, der am westlichen Ufer entlangführte, um sich nicht im Labyrinth der unterägyptischen Sümpfe zu verirren.

«Du sagst ja gar nichts mehr», sagte Seneb mit zitternder Stimme.

«Ich bin froh, daß wir diesen Flußarm genommen haben. Wir treiben sehr schnell flußabwärts und vergrößern ständig den Abstand zwischen uns und den Soldaten», antwortete der Arzt.

«Ich verstehe überhaupt nicht, warum wir fliehen, Herr. Hatten die Soldaten denn nicht den Auftrag, uns nach Nechen zu geleiten? Und brachte dir nicht der Narbige, der das Kommando führte, große Hochachtung entgegen?»

«Bist du wirklich so naiv, Seneb? Die Befehle, die sie von ihrem Fürsten erhalten hatten, waren überaus deutlich. Sie sollten uns töten und unsere Körper irgendwo auf dem Weg nach Süden verschwinden lassen.»

«Deshalb also fliehen wir in die entgegengesetzte Richtung! Jetzt verstehe ich! Aber wie hast du die Gefahr erkannt, Herr?»

«Senuis Dienerin hat mich mit einer Botschaft in letzter Sekunde gewarnt.»

«Und die Prinzessin?» fragte Seneb.

Imhotep gab keine Antwort. Das Bild der Frau, die er liebte, stand ihm genauso unwirklich und strahlend vor Augen wie an dem Tag, als er sie im Hafen von Nechen auf dem Schiff des Gouverneurs von Schmunu zum erstenmal sah.

Plötzlich wurde das Floß von einem Strudel ergriffen und

im Kreise herumgewirbelt. Seneb schrie angstvoll auf, doch es gelang Imhotep durch ein schnelles Manöver, das leichte Fahrzeug wieder in die Strömung zu bringen.

«Glaubst du wirklich, Herr, daß wir noch lange so weitermachen können?» fragte der verängstigte Diener.

«Warum nicht? Uns bleibt keine andere Wahl!»

Frierend warteten sie auf die Morgendämmerung und begrüßten überschwenglich die ersten Strahlen der aufgehenden Sonne. Trotz der Übermüdung kam Seneb schnell wieder zu Kräften. Mit Anbruch des Tages war seine Angst verflogen. Er nahm Imhotep die Stange aus der Hand und sagte:

«Ruh dich aus, Herr, jetzt kann ich das Floß lenken.»

In dem Augenblick, als der Arzt sich vorn auf das Gefährt legen wollte, sah er in geringer Entfernung vor ihnen eine Herde Nilpferde, die quer durch den Fluß ans andere Ufer schwamm.

«Vorsicht, Seneb!» flüsterte er und zeigte auf die Tiere. «Sieh zu, daß wir vorbeikommen.»

«Was soll ich tun? Die Strömung ist zu stark», antwortete der Diener ebenso leise.

«Wir dürfen keines der Tiere berühren!»

«Das wird schwierig sein.»

«Wenn wir sie nicht stören, greifen sie auch nicht an. Nur Mut, Seneb!»

«Und wenn wir umkippen, an welches Ufer sollen wir schwimmen, Herr?»

«Nach links, zur Wüste hin. Zieh deinen Schurz aus und halt jetzt den Mund. Möge Thoth uns beschützen!»

Die riesigen Tiere schwammen friedlich weiter, in der Mitte der Herde die Weibchen mit ihren Jungen, beschützt von den mächtigen männlichen Tieren, die trotz ihrer beträchtlichen Körpermasse sich behende hin- und herbewegten. Manchmal hob eines der Tiere den Kopf aus dem Wasser, öffnete sein riesiges Maul, aus dem vier Eckzähne bedrohlich hervorragten, und gähnte ausgiebig. Gleichgültig schwammen sie dem herannahenden Fahrzeug entgegen, als wäre es nur ein gewöhnlicher Baumstamm, der auf dem Wasser trieb.

Die beiden Männer, denen bewußt war, daß sie ihr Floß nicht wirksam steuern konnten, legten sich nackt, wie sie waren, auf das Floß, klammerten sich fest an die Taue und überließen es dem Zufall, über ihr Leben zu entscheiden. Als Imhotep den Kopf wieder hob, um zu sehen, was vor sich ging, hatten die ersten Nilpferde bereits das Ufer erreicht. Während sie mit merkwürdig spitzen Schreien die Böschung hinaufkletterten, tollten die flinkeren Jungen mit lautem Getöse zwischen den Stechginsterbüschen des Ufers herum. Schon wollte Imhotep sich über die glückliche Rettung freuen, als direkt vor ihm die glänzenden Rücken dreier riesiger Männchen auftauchten.

«Diesmal», sagte er sich, «sind wir bestimmt verloren! An denen kommen wir nicht vorbei.»

Er schloß die Augen, biß die Zähne zusammen, und während er auf den Aufprall wartete, begann seltsamerweise sein Verstand, losgelöst von Zeit und Ort, mit unerhörter Geschwindigkeit zu arbeiten:

«Oh, Thoth, du göttlicher Schreiber, all dies ist ungerecht! Ich muß Senui wiederfinden. Diese Gefahr muß einfach an mir vorübergehen.»

Und ganz leise fügte er hinzu:

«Du mußt meine Bitte erhören.»

Als er die Augen wieder öffnete, schwammen die Ungetüme weit hinter dem Floß. Voller Freude gab Imhotep seinem Diener, der den Kopf unter den Armen versteckt hatte, einen Klaps und sagte: «Steh auf, verflixter Feigling, die Gefahr ist vorüber. Jetzt gehen wir erst einmal an Land und machen eine wohlverdiente Pause.»

Mit diesen Worten steuerte das Floß auf eine Insel zu und ließ es am sandigen Ufer auflaufen. Dann legten sie sich in den

Sand, zogen die Leinenschurze über das Gesicht und fielen, benommen vor Müdigkeit und Aufregung, sofort in tiefen Schlaf.

Unvermutet wurden sie aus dem Schlaf gerissen, aber es war schon zu spät. Sie spürten über sich die Maschen eines Netzes, das sie festhielt – gefangen waren sie wie Fische am Ufer des Nils.

Im ersten panischen Moment glaubte Imhotep, die Wachen des Fürsten hätten ihn eingeholt. Doch er sah schnell, daß er sich irrte. Im Gegensatz zu den hochgewachsenen, schwerfälligen Soldaten des Gouverneurs waren die Fremden vollkommen nackt, von kleinem Wuchs, aber muskulös und flink in all ihren Bewegungen.

Einer von ihnen beugte sich über Imhotep: Über dem rundlichen Gesicht, im dem schwarze Augen funkelten, erhob sich ein fast kahler Schädel. Das Haar war kurz. Unter der schmalen, geraden Nase wölbten sich aufgeworfene Lippen.

Seneb hatten die Fremden aus dem Netz gezogen und seine Hände auf dem Rücken gefesselt. Die Fremden gingen stumm und behende vor. Imhotep glaubte, daß sein Leben verwirkt sei, als ihn sein Diener Seneb ansprach:

«Ich kenne sie, Herr», sagte er – als sei ihre bedrohliche Lage nur ein vorübergehendes Mißverständnis.

«Unser Leben ist nicht in Gefahr. Diese Männer sind nicht bösartig, es sind die Menschen der Sümpfe!»

Imhotep beruhigte die Nachricht genug, um sich nicht mehr um sein Leben als vielmehr um die Durchblutung seiner gefesselten Glieder zu sorgen. Er hatte viel von diesem Volk gehört. Es lebte von Jagd und Fischerei in den Sümpfen des Deltas.

«Warum habt ihr uns gefangen?» rief Imhotep. «Was habt ihr uns vorzuwerfen?»

Ein kleiner Mann trat auf ihn zu und sprach die ersten Worte, die der Arzt aus dem Mund der Jäger, denn das waren sie offensichtlich, hörte:

«Deine Fragen kannst du unserem Häuptling stellen. Wir führen nur seine Befehle aus.»

«Wo ist er? Ich will ihn sprechen!»

«Geduld. Wir bringen dich schon zu ihm», sagte ein anderer, ohne dabei seine Ruhe zu verlieren.

«Wie wollt ihr das denn anstellen? So kann ich keinen Schritt tun», sagte Imhotep mit einem etwas verkrampften Lächeln. Seine Knöchel waren gefesselt wie seine Hände.

«Das ist auch nicht nötig! Wir werden dich tragen», antwortete der andere und lachte ebenfalls.

«Wäre es nicht einfacher, uns loszubinden?»

«Damit du besser fliehen kannst, nicht wahr?» rief der Fremde und brach in schallendes Gelächter aus. «Sei vernünftig und trage dein Los mit Fassung.»

Während die einen das große Fangnetz geschickt wieder zusammenfalteten, packten die anderen Seneb und Imhotep fest um den Leib und hoben sie scheinbar mühelos in zwei Papyrusboote. Binnen kurzem schwärmte eine ganze Flottille von leichten Kanus, die mit jeweils drei Personen besetzt waren, auf dem Wasser aus. Die kleinen Männer steuerten ihre Boote mit erstaunlicher Geschicklichkeit und hielten ihre Fahrzeuge immer dort, wo die Strömung am schnellsten war. Nach kurzer Zeit bogen sie nacheinander in einen kleinen Kanal, der vom breiten Flußarm abzweigte.

Sonne und Nil, denen es mit Hilfe der Ägypter gelungen war, das Land Kêmi in ein irdisches Paradies zu verwandeln, hatten sich hier in dieser Gegend wirklich selbst übertroffen. Tausende von natürlichen Wasserarmen, die ruhig und klar dahinflossen, verzweigten sich mitten in einem weiten Dickicht aus Schilf und Papyrus zu einem schiffbaren Labyrinth. Beim geringsten Windhauch wiegten sich die anmutigen Dolden der wuchernden Wasserpflanzen hoch über den Köpfen der Menschen, denn in diesem heißen, feuchten Klima wuchsen sie mindestens doppelt so hoch wie in anderen Regionen. Der strahlend blaue Himmel verlieh dem gleichförmigen Graugrün dieser üppigen Vegetation einen bläulichen Schimmer. Pelikane, Störche und Schwalben, Rohrdommeln, Enten, Ibisse und Gänse durchsegelten die Idylle: ein schwimmender Wald, durch den sich die schmalen Wasserwege wie Pfade durchs Dickicht schlängelten.

Imhotep, der auf dem Boden eines Bootes lag, wollte seinen Augen nicht trauen. Er richtete sich mühsam auf, um diese fremdartige Welt zu betrachten. Ganz in seiner Nähe, in einem benachbarten Boot, sah er seinen Diener Seneb, der sich ebenfalls aufgesetzt hatte.

«Weißt du, wo wir sind?» fragte er ihn.

«Im Sumpfgebiet des Deltas!» antwortete der Diener mit weit aufgerissenen Augen.

«Danach habe ich dich nicht gefragt! Da du ja diese Leute kennst, wollte ich wissen, ob dir auch ihre Stadt und ihre Provinz bekannt sind.»

«Davon habe ich nicht die geringste Ahnung, Herr. Aber diese Gegend ist so schön, daß ich gern hier leben würde.»

«Ich auch, Seneb, vorausgesetzt, ich wäre frei.»

«Wir sind da!» verkündete der Anführer der kleinen Flotte mit lauter Stimme.

Der Kanal, auf dem sie gekommen waren, mündete in einen weitläufigen runden See mit einem sanft ansteigenden Strand aus feinem weißem Sand, der in einen weichen Grasteppich überging. Rundherum lagen die Hütten des Dorfes gleichmäßig wie die Perlen einer Kette aufgereiht am Ufer. Sie waren alle ähnlich gebaut, aber aus ganz anderem Material als alle Häuser, die Imhotep aus Oberägypten kannte. Mit dem Interesse des leidenschaftlichen Baumeisters blickte er aufmerksam um sich. Überall im Land Kêmi wurden die Häuser aus Holz und sonnengetrockneten Ziegeln gebaut. Hier aber gab es nichts dergleichen. Hier waren sie aus Papyrus, Schilf und Weidenzweigen. Gebündelte, lange Papyrusstangen ersetzten Säulen und Balken. Mauern und Wände bestanden aus hellbraunem und grauem Weidengeflecht, und die Dächer waren aus mehreren Schichten ineinandergesteckter Schilfbüschel zusammengefügt und schimmerten grün und goldgelb in der Sonne. Die meisten Hütten waren quadratisch oder rechteckig, jedoch von unterschiedlicher Höhe. Hier und da durchbrachen einige leicht abgeschrägte Dächer die allgemeine Gleichförmigkeit.

Besonders auffallend waren neben dieser bemerkenswerten Flechtwerkarchitektur auch mehrere Gehege aus großen, über hohe, fest in den Boden gerammte Holzpfosten gespannten Netzen, in denen vielerlei Arten von Wildvögeln gehalten wurden. Das bunt schillernde Gefieder von Gänsen, Enten, Tauben und sogar Kranichen leuchtete zwischen den dunklen Grüntönen der Umgebung.

Kaum hatten die Boote am Ufer angelegt, da brach ein Begrüßungskonzert wilder Schreie los, das die freudigen Rufe der Dorfbewohnerinnen übertönte.

«Was für ein Empfang!» sagte Seneb, dem plötzlich ganz jämmerlich zumute war.

«Wo denkst du hin! Das gilt nicht uns», gab Imhotep zurück. «Das Dorf begrüßt nur seine Jäger.»

Kinder und Männer waren völlig nackt, und das half Seneb und Imhotep über ihre Verlegenheit hinweg, denn auch sie waren ja unbekleidet. Die Frauen hingegen trugen ein einfaches halblanges Stoffgewand, das über den Schultern von zwei Tragebändern gehalten wurde, die Brüste aber freiließ.

Ebenso schnell, wie man sie auf die Boote geladen hatte, wurden die Gefangenen an Land gebracht und bis zum Hauptplatz des Dorfes getragen.

Ein Mann trat auf sie zu und fragte barsch:

«Wer seid ihr?»

Imhotep, der, der Not gehorchend, nicht aus Demut im Gras kniete, blickte zu dem Fragenden auf. Er sah zwar aus wie die anderen Jäger, trug jedoch eine prächtige Halskette aus blauen und roten Keramikperlen und um die Taille einen geflochtenen Gürtel.

«Ich vermute, daß du der Häuptling des Dorfes bist und wir auf deinen Befehl hin gefangengenommen wurden», sagte Imhotep.

«Das stimmt», antwortete der Mann. «Ich heiße Mahor. Und dein Name?»

«Ich bin Imhotep, und mein Sklave heißt Seneb. Kannst du mir sagen, Mahor, warum du uns die Freiheit geraubt hast, während wir friedlich auf einer Insel im Fluß schliefen?»

«Wer bist du, daß du dich erdreistest, mich so anzusprechen?» erwiderte der andere scharf.

Imhotep beschloß, es bei einem so jähzornigen Gesprächspartner lieber mit Überredungskunst zu versuchen. Er erklärte, daß er Arzt sei und jede Art von Krankheit oder Verletzung zu behandeln wisse. Er sei bereit, sein Talent unter Beweis zu stellen, wenn er dafür seine Freiheit wiedererlangen könne. Dieser Vorschlag stieß bei Mahor auf lebhaftes Interesse. Wortlos drehte er sich um und ging eilig auf eine Hütte zu.

«Wir sind gerettet, Herr!» frohlockte Seneb. «Er holt einen Kranken!»

Und tatsächlich näherten sich kurz darauf vier Männer, die auf einer Bahre einen Kranken trugen. Mahor ging ihnen feierlich voran. Als sie bei Imhotep angelangt waren, vertrieb er die Kinder, die neugierig um die Gefangenen herumstanden, und wandte sich dann an den Arzt:

«Siehst du diesen Verwundeten? Das ist mein Sohn! Gestern erst hat ihn ein Krokodil angegriffen. Das Bein blutet nicht mehr, aber es ist zerfetzt. Kannst du etwas für ihn tun?»

Imhotep untersuchte schnell den übel zugerichteten Unterschenkel. Die Knochen waren offensichtlich gebrochen. Er verlangte ein Messer, einen Armvoll Weidenruten, mehrere Leinentücher, abgekochtes Wasser, frische Fladenbrote und einen großen Krug gutes Bier.

«Dein Sohn wird in vierzig Tagen wieder gehen», erklärte er bestimmt. «Wirst du mir, wenn ich die Wahrheit sage, Gastfreundschaft und Freiheit gewähren?»

«Gern», sagte der Häuptling des Dorfes. «Das ist gerecht. Du kannst dann hierbleiben, solange es dir gefällt.»

Der Arzt, endlich von den Fesseln befreit, massierte seine schmerzenden Fuß- und Handgelenke. Eine Gruppe von Frauen, die ihm brachte, was er verlangt hatte, setzte sich neugierig um das Lager des Kranken herum. Die Jüngeren flüsterten untereinander und ließen Imhotep nicht aus den Augen.

«Hier, nimm», sagte dieser zu Seneb und reichte ihm das Leinentuch, «schneide Streifen aus diesem Stoff und wickele sie auf, damit ich sie nachher zum Verbinden des Beines benutzen kann, ich werde mich inzwischen ein wenig stärken.»

Er biß mit gesundem Appetit in die vorzüglichen, frisch gebackenen Fladenbrote und nahm aus dem Krug einen kräftigen Schluck von dem schäumenden Bier. Die Mädchen der Sümpfe sahen ihm lachend zu, genauer, sie verschlangen ihn mit ihren Blicken. Die kleinen Männer wiederum hatten auf Befehl ihres Häuptlings einen großen Kreis um den Platz gebildet. Jeder von ihnen hielt eine Harpune in der Hand.

«Warum ißt *du* diese Fladenbrote?» fragte Mahor unwirsch, «sind sie nicht für meinen Sohn bestimmt?»

«Keinesfalls!» antwortete Imhotep. «Du mußt wissen, daß auch ein Arzt gesund sein muß, wenn er einen Kranken richtig behandeln soll. Ich war sehr hungrig und mußte darum unbedingt etwas essen. Das ist geschehen, und nun werde ich mich um deinen Sohn kümmern.»

Seneb hatte unterdessen seine Arbeit beendet und die Binden in dicken Rollen aufgewickelt.

«Iß auch du jetzt, aber trinke nur mäßig. Ich brauche deine Hilfe.»

Unter den ungläubigen Blicken aller Dorfbewohner ergriff der Arzt das Messer und die langen Weidenruten. Er nahm am Bein des Kranken Maß und begann mit großer Geschicklichkeit eine Art länglichen Korb in der Größe des verletzten Beines zu flechten. Kein Korbmacher hätte es besser machen können. Der Patient schaute ihm stumm zu.

Als Seneb seine Mahlzeit beendet hatte, wies Imhotep ihn an, die Wunden auszuwaschen: «Nimm das abgekochte Wasser, und sei behutsam. Entferne, wie ich es dir beigebracht habe, alle Reste von Erde und Gras und das geronnene Blut.»

Während er sprach, betrachtete er seinen Patienten genauer. Es war ein junger Mann, der die Zähne zusammenbiß, weil er Angst und Schmerzen nicht zeigen wollte, in seinen Augen schwammen jedoch Tränen, und Schweißtropfen standen ihm auf der Stirn. Sanft wischte der Arzt sie mit dem Handrücken fort und redete mit ruhiger, ernster Stimme auf ihn ein:

«Gut so, Sohn des Mahor! Du bist tapfer. Ich werde dir vielleicht noch einmal weh tun. Du sollst aber wissen, daß ich für deine Heilung mein Leben verpfändet habe.» Und er fügte lächelnd hinzu: «Ich hänge ebenso an meinem Leben wie du an deinem.»

Der Jüngling lächelte ein wenig; er schien beruhigt und kreuzte zum Zeichen des Dankes die Arme über der Brust.

«Beweg dich nicht und vor allem schrei nicht, wenn wir dich nachher hochheben, um dein Bein zu schienen. Nimm dieses Stück Stoff, steck es zwischen die Zähne und beiß fest darauf. Es wird dir helfen, den Schmerz zu ertragen.»

Als Imhotep sein Flechtwerk beendet hatte, polsterte er die Schiene mit mehreren Schichten von Leinentüchern und sagte dann zu Mahor:

«Nun brauche ich Hilfe. Vier kräftige Männer müssen den Verwundeten hochheben, während ich das gebrochene Bein abstütze und mit Senebs Hilfe die Weidenschale, die ich gerade geflochten habe, darunterschiebe. Danach legen wir den Kranken ganz vorsichtig auf sein Lager zurück, und ich lege den Verband an.»

Mahor wies mit der Hand auf die dafür ausgewählten Männer.

«Habt ihr die Erklärungen des Arztes richtig verstanden?» fragte er. Sie nickten zustimmend mit dem Kopf. Erstaunt warf Imhotep einen Blick auf den Häuptling des Dorfes.

«Zweifelst du nun nicht mehr?»

«Zeig, was du kannst», antwortete Mahor ungerührt. «In vierzig Tagen werden wir darüber befinden.»

Die Anweisungen wurden gewissenhaft befolgt, und schon bald lag der junge Mann wieder auf der Bahre. Das Bein war in der Schiene ruhiggestellt und von Binden umwickelt.

«Kennt hier jemand die Pflanze Tĕ-ĕm?» fragte Imhotep.

Errötend erhob sich eine junge Frau.

«Ich kenne sie!»

«Kann man sie hier in der Nähe finden?»

«Ja, am anderen Ufer.»

«Geh und pflücke sie! Ich will daraus einen Heiltrank zubereiten», sagte Imhotep. Er war enttäuscht von der Unnachgiebigkeit des Häuptlings und sagte ihm barsch:

«Dein Sohn soll acht Tage lang jeden Abend einen Becher davon trinken, damit ihn das Fieber nicht hinwegrafft, bevor seine Verletzungen ausgeheilt sind.»

Dann streckte er seine Hände vor und blickte dem kleinen Mann fest in die Augen.

«Mein Werk ist beendet. Ich bin dein Gefangener. Fessele mich bis zur Rückkehr des Mädchens. Dann allerdings wirst du mich wieder losbinden müssen, damit ich die Arznei herstellen kann.»

Mit unbeweglichem Gesicht wies Mahor auf den Arzt und dessen Diener und sagte zu seinen Leuten:

«Bindet sie!»

Vierzig Tage lang lebten Imhotep und Seneb, wie Tiere an einen Pflock gefesselt, auf dem mit dichtem Gras bewachsenen Dorfplatz. Zu den heißen Stunden des Tages brachten ihnen mitfühlende Frauen Matten, die ihnen Schatten spenden sollten, und Wasser oder manchmal sogar Bier, um ihren Durst zu stillen. Zweimal täglich befreiten die Männer des Sumpfes sie von ihren Fesseln, damit sie ihre Notdurft verrichten und die Druckstellen an ihren Hand- und Fußgelenken massieren konnten. Der Arzt nutzte diese Ruhepause für Besuche bei seinem Kranken und um den Heiltrank zuzubereiten. Glücklicherweise hatte Mahors Sohn eine robuste Gesundheit. Die Wunden verheilten ohne Infektion.

Seneb, der die Gefangenschaft schlecht vertrug, wurde trübsinnig.

«Sie werden uns nie wieder freilassen!» jammerte er. «Sie werden ihr Wort nicht halten. Dazu sind sie zu hartherzig.»

«Ich bin nicht dieser Ansicht», antwortete Imhotep. «Ich vertraue Mahor. Er behandelt uns schlecht, gewiß, und ich weiß nicht genau, warum. Aber er scheint ehrlich zu sein. Er wird uns bestimmt freilassen.»

«Wie geht es seinem Sohn?» fragte der Diener immer wieder voller Unruhe.

Und jedesmal antwortete der Arzt:

«Besser! Hab Geduld, Seneb! Wir werden wieder freikommen.»

Ein Tag folgte dem anderen, kräftezehrend und eintönig. Immer wieder versank Imhotep in lange Grübeleien und zerbrach sich den Kopf über die verhängnisvolle Situation, in die er geraten war.

Seine Flucht vor den Soldaten des Fürsten von Memphis hatte ihn für immer von Senui entfernt: Dem Tode entronnen, gewiß, aber zu welchem Preis... Indes, so hoffte er, auch diese unangenehme Lage würde irgendwann ihr Ende finden. Was aber sollte er dann mit seiner wiedergewonnenen Freiheit anfangen? Sollte er zum Pharao nach Nechen zurückkehren oder lieber in seine Wahlheimat nach Schmunu in Mittelägypten? ...oder sollte er seinem Freund, dem Gouverneur Anknetef, von all seinem Mißgeschick berichten und ihn um Asyl bitten?... So oder so, auf seinem Weg am westlichen Wüstenufer entlang würde er in jedem Fall das heilige Gelöbnis einhalten und an Meri-Anchs Grab verweilen. Denn dort ruhte für immer ein Teil seiner Seele.

Jedesmal, wenn er diesen Punkt seiner Grübeleien erreicht hatte, fiel ihm sein Besuch bei den alten Königsgräbern wieder ein. Sein Traum war es, unvergängliche Bauwerke zu schaffen. Vorerst aber war er zwischen Schilfrohrhütten auf einem Dorfplatz gefesselt; eine würdelose Position, nicht die eines großen Baumeisters.

Dennoch – «Kêmi hat keine großen Bauwerke», dachte er, «der Ziegel ist vergänglich, Flechtwerk ist es noch viel mehr. Und dennoch sind die Kräfte und Möglichkeiten unseres Volkes so unermeßlich wie die der Götter.» Imhotep mußte lächeln – sein Gedankenflug führte ihn in eine glanzvolle Zukunft, während zu seinen Füßen eine Schlange durch die Gräser kroch: vor ihm hatte sie keine Angst.

«Der vierzigste Tag ist angebrochen!» sagte Mahor zu Imhotep und löste seine Fesseln.

«Mein Sohn ist bei guter Gesundheit. Aber er liegt noch immer auf seiner Bahre, die er unter strengster Einhaltung deiner Anordnungen nicht verlassen hat. Zeig uns nun, was du kannst. Wird er heute gehen können?»

«Wahrscheinlich», antwortete der Arzt und erhob sich mühsam, denn auch er hatte mittlerweile unter seiner erzwungenen Unbeweglichkeit zu leiden begonnen. «Allerdings hat er sich seit langem nicht mehr bewegt und wird deswegen noch weniger gelenkig sein, als ich es in diesem Augenblick bin.»

«Das verstehe ich», sagte Mahor. «Aber werden seine Knochen fest sein, und wird er sein Bein wieder gebrauchen können?»

«Das wollen wir gleich gemeinsam beurteilen. Man soll ihn ans Seeufer bringen. Ich werde ihm die Verbände und die Schiene abnehmen. Kann er schwimmen?» fragte Imhotep.

«Alle Menschen des Sumpfes können schwimmen», antwortete der Häuptling, als wäre er ob der Frage gekränkt.

«Rufe alle Bewohner des Dorfes zusammen!» befahl der Arzt. «Da sie am ersten Tag meiner Gefangenschaft zugegen waren, ist es nur gerecht, wenn sie auch meiner Befreiung beiwohnen.»

Obwohl Seneb, den man ebenfalls von seinen Fesseln befreit hatte, inzwischen an das Verhalten seines Herrn gewöhnt war, konnte er ein verstecktes Lächeln nicht unterdrücken. Erteilte da nicht der Gefangene seinem Kerkermeister Befehle?

Als die Untertanen des Sumpfkönigs versammelt waren, wurde der Verletzte ans Ufer getragen. Imhotep zerschnitt mit dem Messer eines Jägers die Verbände. Dann ergriff er das Bein, zog die Weidenschiene darunter weg und warf sie zu Boden.

«Sohn des Mahor», sagte er mit fester Stimme, «setze dich auf den Rand der Bahre und reiche mir deine Hand, damit ich dir helfen kann.» Der Patient folgte.

Die Menge sah schweigsam und mit gespannter Aufmerksamkeit zu.

«Schiebt die Bahre ins Wasser», befahl er den Trägern.

Die kleinen Männer taten, wie ihnen geheißen.

«Sohn des Mahor, tauche nun ein und zeige allen, daß du schwimmen kannst.»

Der Jüngling gehorchte Imhoteps Befehl und glitt ins Wasser. Zunächst zögerte er noch, das operierte Bein zu benutzen, doch nach und nach faßte er Zutrauen und begann sich vor den verblüfften Schaulustigen frei und behende zu bewegen.

«Sohn des Mahor, komm zu mir und geh!»

Der junge Mann schwamm nahe ans Ufer und stand auf. Dann stieg er aufrecht aus dem See und ging erst hinkend, dann sicherer auf Imhotep zu, der ihn unter dem Jubelgeschrei der Menge in seinen Armen auffing.

«Erklärst du mir jetzt dein Verhalten?» fragte Imhotep und legte seine Hand auf Mahors Schulter.

Die beiden Männer schritten Seite an Seite über einen breiten Weg, an dessen Rändern die Vegetation des Sumpfes so üppig wucherte, daß sie sich wie ein Gewölbe über ihren Köpfen schloß. Seit der Heilung des Häuptlingssohnes waren einige Tage vergangen. Der Arzt und sein Sklave wurden jetzt äußerst zuvorkommend behandelt. Eine prächtige Flechtwerk-Hütte stand ihnen zur Verfügung, und täglich fanden sie zu Senebs größter Freude frische Fladenbrote, Bier und andere Nahrungsmittel im Überfluß vor ihrer Tür.

Mahor jedoch schien befangen zu sein und blieb vorsichtig und zurückhaltend. Imhotep hatte daher, unter dem Vorwand, die Vogelzucht besichtigen zu wollen, den Häuptling gebeten, ihn zu begleiten. Er war fest entschlossen, nun die ganze Wahrheit zu erfahren.

«Ich bin nicht besonders stolz auf die vergangenen Tage»,

sagte Mahor mit gesenktem Kopf, «und trotzdem konnte ich mich nicht anders verhalten.»

Er rechtfertigte seine Feindseligkeit mit der Furcht vor den Soldaten des Fürsten von Memphis. Sie hatten das Gebiet schon im Jahr zuvor geplündert, und die Verfolgung der Flüchtlinge hätte ihnen einen guten Vorwand geliefert, es erneut zu tun.

«Das verstehe ich», sagte Imhotep ruhig, «reden wir nicht mehr darüber. Wichtig ist nun unsere neue Freundschaft.»

Bei diesen Worten atmete Mahor erleichtert auf, und er forderte Imhotep mit einem freundlichen Lächeln auf, sich die Vögel anzuschauen.

Nachdem sie eine Weile durch den grünen Tunnel weitergegangen waren, gelangten die beiden Männer auf eine weite Lichtung. Hinter einem Gebüsch blieben sie stehen.

In einem großen Gehege tummelten sich etwa dreißig Kraniche. Ihr graues Gefieder war an den Flügeln schwarz gezeichnet. Auf dem Kopf trugen sie stolz kleine weiße Federbüsche, die nach hinten über den Hals fielen. Sie vollführten eine Art rituellen Tanz, bei dem sie ständig die gleichen Bewegungen wiederholten.

«Sieh», sagte Mahor leise, «sie tanzen! Laß uns nicht zu nah herangehen, damit sie nicht erschrecken.»

Mit halb ausgebreiteten Flügeln trippelten die Kraniche im Kreis herum. Dann sprangen sie der Reihe nach hoch und zogen dabei ihre langen Beine unter den Körper, schnappten mit ihrem Schnabel nach kleinen Zweigen, warfen sie in die Luft und fingen sie im Fluge wieder auf.

«Sind sie nicht schön?» fragte der Häuptling des Dorfes.

Vorsichtig näherte er sich einer Hütte, vor der zahlreiche große Krüge standen. Daraus nahm er einige Handvoll Futter und warf sie in die Voliere. Sofort stürzten sich die Kraniche darauf.

«Wir haben versucht, sie zu kröpfen», sagte Mahor, «aber

das ist sehr schwierig. Sie sind tückisch und ihr langer, spitzer Schnabel ist gefährlich.»

Imhotep erkundigte sich nach der Fangtechnik. Mahor errötete bis über die Ohren und antwortete zögernd:

«Wir werfen ein großes Jagdnetz über sie, das wir im Schilf aufspannen.»

«Eine sehr wirkungsvolle Methode», sagte Imhotep mit einem herzlichen Lachen. «Ich habe sie am eigenen Leib kennengelernt.»

Die gute Laune seines Gastes steckte den Häuptling an, und er lachte ebenfalls. Und die Stimmung des Augenblicks umwehte die beiden Männer wie ein Sommerwind, vergessen war für einen Moment Imhoteps Vergangenheit, die Geschichte seiner Frau, Senui – und sein Kind. Imhotep verlor sich im Glück der Gegenwart.

«Lohnt sich denn deiner Meinung nach die Aufzucht von Kranichen?» fragte er den Häuptling.

«Nein, eigentlich nicht. Dieses Tier frißt viel und setzt kaum Fett an. Ich züchte lieber Enten.»

Und dann erzählte Mahor, wie die Leute aus dem Dorf die Zahl der Hausenten vermehrten und die Schar der Entenküken oft beträchtlich vergrößerten: Sie ließen die Tiere am Ufer des Sees frei umherlaufen und lockten dadurch Schwärme von Wildenten an, die fast überall im Sumpf aufwuchsen.

«Auf fünfzig kleine Enten, die bei uns geboren werden, kommen mitunter dreihundert, die wir einfangen!»

«Dreihundert!» stieß Imhotep verblüfft hervor, und nach kurzem Nachdenken fragte er den Häuptling:

«Könntet ihr noch mehr züchten?»

Mahor nickte zustimmend. «Man müßte nur neue Gehege bauen, eine größere Anzahl von Zuchttieren aufziehen und mehr Netze anfertigen. Aber warum interessierst du dich für Enten?» erkundigte er sich, durch die Neugier des Arztes stutzig geworden.

Imhotep sah dem Häuptling in die Augen und sagte dann langsam, jedes einzelne Wort betonend:

«Weil ich mich entschlossen habe, von nun an bei euch zu bleiben und in den Sümpfen des Nils zu leben.»

7

Königin Nimaathapus Sohn Djoser war kein Kind mehr, und sein älterer Bruder Nebka galt schon als Mann.

«Schaut nur!» rief die Amme Neset, «wie tapfer der junge Djoser kämpft!»

Die Frauen des Hofes ließen sich keine einzige Bewegung der kriegerischen Übungen entgehen, die auf einem freien Platz vor dem Palast von Nechen stattfanden. Etwa zwanzig junge Männer in kurzem Schurz nahmen unter der Leitung eines Offiziers mit all dem natürlichen Ungestüm ihres Alters an den verschiedenen militärischen Übungen teil. Wettläufe, Speerwerfen oder Kämpfe mit der Streitaxt wechselten einander ab. Von der Freitreppe vor dem Eingangsportal aus verfolgte der Pharao Chasechem zusammen mit General Uni, der neben ihm stand, die Darbietungen seiner beiden Söhne und ihrer Freunde. Dort vor ihm war jene oberägyptische Jugend versammelt, Knaben und junge Männer, die in einigen Jahren in ihren Provinzen leitende Stellungen bekleiden würden. Aber es gab unter ihnen auch Sprößlinge von Beamten und Bediensteten des Königs, die mit ihnen zusammen antraten und mit ebensoviel Feuer kämpften wie die anderen.

«Ich sehe *Bedjmes* nicht!» sagte Nimaathapu zu ihrer Dienerin.

«Nein», antwortete sie, «mein Sohn ist nicht dabei. Er hat

seine Jugendlocke abgeschnitten und auf dem Schiff Seiner Majestät angeheuert. Er will Steuermann werden.»

«Das freut mich für dich», sagte die Pharaonin, und in ihren Augen leuchtete warme Anteilnahme auf.

«Es ist dir gelungen, Bedjmes vom Kriegshandwerk fernzuhalten. Von nun an hat er einen guten Beruf, und Ma'at, die göttliche Herrin der Weltordnung, wird mit dir sein.»

Vom Wettkampfplatz schallte Kampfgeschrei herüber, das Stampfen von Füßen, Waffengeklirr. Als sich die Frauen den kriegerischen Spielen wieder zuwandten, sagte die Pharaonin:

«Meine beiden Kinder werden dem Krieg leider nicht entgehen!»

Die Amme, die ein wenig beiseite gegangen war, brach plötzlich in Tränen aus und verbarg das Gesicht in ihren Händen. Die Große Königliche Gemahlin legte herzlich einen Arm um ihre Schultern und redete sanft auf sie ein; sie wußte freilich: Die treue Neset würde niemals über den Verlust ihres Pflegesohns hinwegkommen. Die Amme lehnte ihren Kopf an Nimaathapus Schulter. Wie sehr hatte sie dieses Kind geliebt, das Imhotep ihr anvertraut hatte, als ihm so früh seine Mutter genommen worden war: Hori, der arme Hori.

Die beiden Frauen schwiegen. Die kurzen Befehle des Offiziers und das Kampfgeschrei der jungen Männer unten auf dem Platz vor dem Palast schienen aus einer fernen, fremden Welt zu ihnen heraufzudringen.

In ihrem Innersten war Nimaathapu davon überzeugt, daß das Kind, das die Amme vor dem Tod gerettet hatte, immer noch lebte. Die plündernden Soldaten des Betrügers Peribsen, die es nach der verlorenen Schlacht in den Straßen aufgegriffen und mitgenommen hatten, hatten es sicherlich nicht getötet, sondern versklavt.

Die Pharaonin vermied die Augen der Amme und schilderte, als hätte sie es selbst erlebt, die wilde Flucht der Feinde, ihren ungeordneten Rückzug in das rote Land der Wüste, und sie sprach von Hori und dem Talisman, dem heiligen Skarabäus, den er um den Hals trug und den sein Vater Imhotep selbst geschnitten hatte. Neset schien nicht zuzuhören, im Kummer versunken.

Plötzlich ertönte lautes Geschrei, und die Große Gemahlin und die Amme eilten an das Geländer zurück, um zu sehen, was unten geschah. Die jungen Männer saßen mit gekreuzten Beinen und aufrechtem Oberkörper auf dem Boden und bildeten einen großen Kreis, in dessen Mitte sich zwei von ihnen mit der Streitaxt in der Hand gegenüberstanden. Unter den anfeuernden Zurufen der Gefährten maßen sie ihre Kräfte in einem Schaukampf.

«Das ist Nebka!» sagte die Königin. «Sieh nur, mit welcher Kraft er seine Waffe über dem Kopf kreisen läßt!» Und bei diesen Worten zitterte ihre Stimme vor Sorge.

«Den anderen kenne ich nicht. Aber ich fürchte, es ist ihnen ernst», sagte Neset ebenso beunruhigt wie ihre Herrin.

Tatsächlich kämpften die beiden Jünglinge so heftig, als ginge es um ihr Leben.

«Schluß jetzt!» befahl der Offizier. «Schlagt auf den Boden!»

Der Königssohn senkte seine Waffe nur widerwillig, während die seines disziplinierteren Gegners bereits am Boden war.

«Ich bin der Sieger!» rief Nebka wütend, «und ich hätte es beweisen können, wenn du den Kampf nicht vorzeitig abgebrochen hättest.»

Seine schwarzen Augen unter den dichten Brauen sprühten vor Zorn. «Ich bin der Sieger», begann er von neuem. «Ihr müßt mir alle Beifall klatschen.»

Er hob den Arm zur Siegerpose, doch niemand rührte sich. Unter tiefem Schweigen verließ der Offizier den Kreis und ging hinüber zum Pharao, der von der Treppe aus den Wettkampf verfolgt hatte. Der Offizier verneigte sich bis zum Boden und sagte mit ehrfürchtig gesenktem Kopf und lauter Stimme, so daß jeder seine Worte vernehmen konnte:

«Majestät, ich ersuche Euch um Euer Urteil.»

Chasechem antwortete nicht gleich. Er war zornig, und sein strenges Gesicht wirkte noch härter als gewöhnlich. Er stieg die Stufen hinab und trat auf seinen ältesten Sohn zu.

«Schweig, Nebka!» sagte er scharf. «Du bist ein Dummkopf! Es ist nicht deine Sache, den Ausgang des Kampfes zu beurteilen.»

Der Junge wurde blaß und hätte in seinem Jähzorn wohl widersprochen, wenn der König ihn nicht mit einer Handbewegung zum Schweigen gebracht hätte.

«Du mußt lernen, dich zu beherrschen und ruhig das Urteil abzuwarten», sagte er. «Indem du ihm vorgreifst, wie du es getan hast, zwingst du die anderen, deine Entscheidung zu billigen. Und das ist unrecht, denn du weißt sehr genau, daß niemand außer mir dem Prinzen von Kêmi zu widersprechen wagt!»

«Ich bin der Prinz, und ich bin der Stärkste!» brüllte Nebka außer sich. «Ich habe es bewiesen. Ich bin der Sieger!»

Er fuchtelte wild mit den Armen in der Luft herum, rannte hin und her, schlug sich mit der Faust auf die Brust und forderte dabei die Anwesenden ständig heraus, ihm doch zu widersprechen.

«Ich befehle dir zu schweigen!» sagte der König in einem Ton, der keine Widerrede duldete. «Zwinge mich nicht, dich vom Platz zu weisen! Und wenn du so stark bist, wie du glaubst, dann versuche doch noch einmal, uns von deiner Überlegenheit zu überzeugen. Nehmt den Kampf wieder auf, damit keinerlei Zweifel mehr über seinen Ausgang besteht. Ich selbst werde Schiedsrichter sein.»

«Du hast es so gewollt!» sagte Nebka verstockt, «und obwohl ich erschöpft bin...»

Nebkas Gegner hatte seit Beginn der Auseinandersetzung regungslos und schweigend dagestanden. Da auch er, wie Chasechem gesehen hatte, Ermüdungserscheinungen zeigte, waren die Chancen wohl gleich verteilt. Der Pharao wies noch einmal auf die Spielregel hin: Es galt, den Gegner durch Überrumpelung aus dem Gleichgewicht zu bringen, indem man im günstigsten Augenblick gegen seine Waffe schlug.

«Los!» befahl er.

Auf seinen etwas kurzen Beinen festen Stand suchend, hob Prinz Nebka voll verhaltener Kraft langsam seine Waffe. Mit seinen schwarzen Augen, in denen helle Wut aufblitzte, sah er abwechselnd den Pharao und seinen Gegner herausfordernd an. Er hielt den knorrigen Sykomorenschaft, an dessen Ende ein schwerer, scharfgeschliffener Stein befestigt war, mit beiden Händen fest umfaßt und ließ das Beil mehrmals hin und her pendeln, bevor er es mit seinen muskulösen Armen über den Kopf hob und wie rasend über seinem Kopf herumwirbelte. Dann brüllte er:

«Vorwärts! Vorwärts!» und stürzte sich auf seinen Gegner.

Von dem jähen Ausfall überrascht, wich dieser zunächst zurück, und der Pharao rief, nach einem Blick auf das Gesicht seines Sohnes:

«Vorsicht bei den Schlägen! Verletzt euch nicht!»

Haßerfüllt ließ Nebka seiner Wildheit dennoch freien Lauf und brüllte immer wieder:

«Vorwärts! Vorwärts!»

Er rückte dem anderen unerbittlich auf den Leib. Durch Nebkas Verhalten geängstigt, unternahm sein Gegner mehrere ungeschickte Versuche, die wirbelnde Waffe im Fluge zu treffen, doch in seiner Angst gelang es ihm nicht.

«Aufhören!» befahl Chasechem. «Schlagt auf den Boden!»

In diesem Augenblick geschah das Grauenhafte. Während der Besiegte die Streitaxt vor sich stellte und sich dabei nach vorn beugte, ließ Nebka, der zwei Schritte vor ihm stehengeblieben war, seine Waffe ohne jede Vorsicht unversehens fallen. Im Genick getroffen, fiel der unglückselige Gegner des Prinzen tödlich verletzt mit dem Gesicht nach unten zu Boden.

Ein Schrei des Entsetzens erscholl, dann herrschte Totenstille. Die beiden Frauen, die von der Terrasse aus die ganze Szene verfolgt hatten, hasteten zur Treppe. Im Nu stand General Uni an der Seite des Herrschers.

Ungerührt blickte Prinz Nebka auf den Jungen herab, den er soeben erschlagen hatte. Dann hob er langsam den Kopf. Und auf seinem schweißbedeckten Gesicht gewahrte der Pharao mit Grauen ein irres Lachen.

Das Gemach des Königs, in das man den leblosen Chasechem gebracht hatte, war der schönste Raum des Palastes. Während einer harten, quälenden Auseinandersetzung mit seinem Sohn unmittelbar nach dem tödlichen Kampf hatte er plötzlich das Bewußtsein verloren. Vergeblich hatte er versucht, dem jungen Prinzen ein Wort der Reue zu entlocken, aber er war von seinem Sohn nur respektlos beschimpft worden, so daß er schließlich die Beherrschung verloren hatte und in heftigsten Zorn geraten war. Und gerade als er in äußerster Wut die Hand geben Nebka erheben wollte, hatte sich ein schwarzer Schleier über seine Augen gelegt. Seine Beine hatten unter ihm nachgegeben, und er war zusammengebrochen.

Da der Pharao in Todesgefahr schwebte, wurden nach alter Sitte alle Magier der Hauptstadt unverzüglich in den Palast gerufen. Nimaathapu wich nicht von seinem Lager. Der Pharao lag regungslos auf seinem Lager und nahm nichts von dem Geschehen um ihn herum wahr.

Als die in lange weiße Leinengewänder gekleideten Heilkundigen in feierlichem Zug das Gemach betraten, zog sich Nimaathapu in den Hintergrund des Raumes zurück, um sie bei ihren Verrichtungen nicht zu stören.

Ohne sich eigentlich um den Patienten zu kümmern, begannen die Zauberer unter vielen Seufzern und Verneigungen magische Worte zu rezitieren.

Während sie ihr Gesicht in den Händen verbarg, um ihren Kummer nicht zu zeigen, dachte Nimaathapu immer wieder:

«Imhotep! Wäre Imhotep doch hier!»

Der Pharao lag unter prunkvoll bestickten Decken auf einer großen Bettstatt aus Ebenholz und schien große Schmerzen zu haben. Die Zauberer hatten inzwischen damit begonnen, feierliche Beschwörungsformeln gegen die unheilvollen Geister zu sprechen. Als letzter trat nun ihr Oberhaupt an das Krankenlager. Er befestigte auf Chasechems Brust ein Amulett in Form eines Lebenszeichens und schob unter sein Kopfkissen eine Papyrusrolle mit magischen Formeln, die das Böse und die Dämonen vertreiben sollten. Danach warfen sich alle nieder, verharrten einige Minuten in absolutem Schweigen, standen auf und zogen sich dann zurück.

General Uni hatte während der ganzen Zeremonie regungslos in einer Ecke des Raumes gewartet. Nun trat er hervor und sagte mit Überzeugung:

«Seine Majestät scheint jetzt viel ruhiger zu sein. Was meint Ihr?»

«Täuschen wir uns nicht», antwortete Nimaathapu. «Er ist erschöpft. Dieser wilde Zorn, der ihn bei der Auseinandersetzung mit Nebka überkommen hat, ist an seinem Zusammenbruch schuld. Was mich am meisten beunruhigt, sind die Schmerzen, die ihn offenkundig quälen. Ich fürchte jeden Augenblick um sein Leben.» Sie schwieg, machte einige Schritte auf Uni zu und vollendete entschlossen ihren Gedanken:

«Uns fehlt Imhotep!»

Überrascht blickte Uni die Königin an.

«Gewiß!» sagte er höflich, «Imhotep ist ein großer Arzt, der imstande wäre, Seiner Majestät zu helfen. Doch leider weiß niemand, wo er sich gegenwärtig aufhält! Lebt er überhaupt noch?»

«Wenn er tot wäre, wüßten wir es», erwiderte die Königin heftiger, als sie gewollt hatte.

«Seit einigen Jahren haben wir in den Sümpfen des Deltas jede Spur von ihm verloren», gab der General zur Antwort. «Der Fürst von Memphis, bei dem ich seinetwegen nachgefragt habe, hat niemals eine halbwegs glaubwürdige Erklärung für sein Verschwinden geben können. Imhotep ist seiner Eskorte entkommen und mit seinem Diener geflohen. Warum ist er trotz des Befehls nicht wieder in Nechen aufgetaucht? Viele glauben, er sei über den frühen Tod seiner Frau nicht hinweggekommen.»

Dem jungen Prinz Djoser, der eingetreten war, nachdem sich die Zauberer zurückgezogen hatten, war nicht ein Wort dieser Unterhaltung entgangen.

Er war ein hochgewachsener Jüngling, der im Gegensatz zu seinem impulsiven, leicht aufbrausenden Bruder ruhig und besonnen auftrat und darum älter wirkte, als er wirklich war. Mit seinem natürlichen Charme nahm der gutgewachsene junge Mann viele Herzen für sich ein. Das kräftige Kinn in seinem regelmäßigen Gesicht verriet einen Charakter von entschiedener Willenskraft.

Er blickte auf seinen bewußtlosen Vater, trat auf seine Mutter zu und sagte:

«Wenn es irgendwo einen Menschen gibt, der imstande ist, den Pharao zu heilen, muß man ihn suchen, ihn finden und ihn so schnell wie möglich hierherbringen. Die Gesundheit des Herrschers von Ober- und Unterägypten hat Vorrang vor allem anderen.»

«Diese Einstellung gereicht Euch zur Ehre, Prinz, aber wie wollt Ihr Imhotep finden?» fragte General Uni.

«Wir müssen unverzüglich im Delta nach ihm suchen lassen. Ich selbst werde die Führung einer Expedition übernehmen», sagte Djoser entschlossen.

Besorgt mischte sich Nimaathapu ein:

«Du bist sehr jung für ein solches Abenteuer, mein Sohn!»

«Auch die Sorgen meiner Mutter können mich nicht von

meiner Pflicht abhalten. Der Pharao ist in Gefahr, und zu seiner Rettung werde ich alles tun, was in meinen Kräften steht. Ich werde diesen berühmten Arzt finden und ihn nach Nechen zurückbringen.»

In diesem Augenblick erwachte Chasechem aus seiner Bewußtlosigkeit. Er öffnete die Augen, hob ein wenig den Kopf und legte eine Hand auf das Herz. Djoser bemerkte es zuerst und stürzte, gefolgt von seiner Mutter, an sein Lager.

Mit schwacher, unsicherer Stimme bat der König, man möge ihm helfen, sich aufzurichten, und verlangte Aufklärung über das, was geschehen war. Als Djoser für seinen Bruder Nebka noch um Verzeihung bitten wollte, wehrte er ungeduldig ab:

«Ich werde ihm niemals vergeben. Ich war Schiedsrichter bei dem Kampf, und ich habe alles, was geschah, aus nächster Nähe gesehen. Nebka hat mit voller Absicht seine Streitaxt herabfallen lassen. Es war kein Unfall! Ihr alle sollt wissen, daß es Mord war!»

Während der Pharao die schreckliche Szene wieder heraufbeschwor, durchfuhr ihn ein neuer heftiger Schmerz.

«Beruhige dich, Vater!» sagte Djoser und kniete an seiner Seite nieder.

«Ich habe starke Schmerzen in der Schulter», stieß dieser leise und mühsam hervor. «Und auch in der Brust.»

«Wäre nur dieser Imhotep hier, der meine Mutter gerettet hat, als ich zur Welt kam! Er könnte dich heilen, nicht wahr?» sagte Djoser. «Nimm diesen Skarabäus, den er selbst aus Stein gehauen hat und den ich um den Hals trage, und drücke ihn an deine Brust! Vielleicht verschafft er dir Erleichterung.»

Nimaathapu, die neben dem König stand und ihm mit sanfter Hand den kalten Schweiß von der Stirn wischte, unterbrach ihren Sohn. Der grüne Diorit besaß keine Macht. Imhotep hatte ihr ausführlich erklärt, daß er kein Magier sei. Der Pharao bestätigte ihre Worte mit einem Kopfnicken.

«Imhotep war ein treuer Freund», flüsterte er, «wenn er meinem Ruf nicht gefolgt ist, so müssen ihn schwerwiegende Gründe daran gehindert haben. Doch ich kann an seinen Tod nicht glauben.» Der Pharao sank erschöpft auf sein Lager zurück, die wenigen Sätze hatten ihn angestrengt; der Herrscher und Gott, so wußte er selbst, war sterblich. In diesem Augenblick näherten sich Schritte, und vor der Schlafkammer des Pharaos waren Stimmen zu hören.

8

«Der Oberste Vorsteher der Ärzte im Land Kêmi bittet um Audienz!» verkündete der Haushofmeister.

General Uni wich einige Schritte zurück und lehnte sich gegen die Wand nahe des Fensters. Die Königin Nimaathapu blickte starr auf die große Tür, Chasechem richtete sich trotz seiner heftigen Schmerzen vom Lager auf, und Prinz Djoser trat hinter seinen Vater, um ihn zu stützen.

Imhotep trat ein. Er fiel auf die Knie und warf sich mit dem Gesicht zu Boden.

«Erhebe dich!» befahl der Pharao mit schwacher Stimme, «und sprich!»

«Ich erflehe Eure Verzeihung, Majestät», sagte Imhotep mit seiner wohlklingenden Stimme und richtete seinen Blick fest auf Chasechem und Djoser. «Ich bin bereit, dem Herrn der Beiden Länder die Gründe meiner langen Abwesenheit in aller Ausführlichkeit zu erklären. Aber zuallererst beteuere ich dem Pharao meine tiefe Ergebenheit.»

«Verschieben wir die Darlegung deiner Gründe auf später», sagte Chasechem. «Heute hat Horus selbst, mein göttlicher Schutzherr, deine Schritte zu mir gelenkt. Komm an mein Bett, denn ich bin krank und bedarf dringend deines Rates.»

Schweigend trat Imhotep vor. Er begrüßte die Große Gemahlin mit einer tiefen Verbeugung, warf im Vorbeigehen General Uni einen freundschaftlichen Blick zu und verneigte sich leicht vor Djoser. Als er vor seinem königlichen Herrn stand, legte er ihm seine Hand auf die Brust. Dann untersuchte er Auge, Mund, Lippen und Zunge, wischte ihm mit der Handfläche den Schweiß von der Stirn und roch daran. Dann fragte er:

«Habt Ihr Schmerzen in der Brust, in der Schulter und im Arm, Majestät?»

«Genau an diesen Stellen!» antwortete Chasechem.

«Diese Anzeichen sind mir bekannt. Es sind die Symptome der Quadjt-Krankheit. Das ist ein ernstes Leiden, das leicht einen tödlichen Verlauf nehmen kann», sagte Imhotep ruhig und bestimmt. «Ich kann Euch nicht völlig heilen. Gleichwohl», fuhr er mit derselben sicheren Ruhe fort, «kann ich Euch für den Augenblick große Erleichterung verschaffen und in der folgenden Zeit eine Verschlimmerung der Krankheit verhindern.»

«Schon deine Offenheit tut mir wohl! Was muß ich tun?» fragte der Pharao.

«Ihr dürft vierzehn Tage lang das Lager nicht verlassen, Ihr dürft Euch nicht anstrengen, und Ärger und Aufregung müssen Euch ferngehalten werden. Das ist mein Rat. Desweiteren solltet Ihr weder Wein noch Bier trinken, sondern Wasser und leicht honiggesüßte Kräuteraufgüsse. Auch müßt Ihr eine Medizin einnehmen, die ich aus Pflanzen zubereiten werde», sagte Imhotep. «Mit Eurer Erlaubnis, Majestät, möchte ich mich so bald wie möglich zurückziehen, um die nötigen Pflanzen zu suchen.»

«Was! Kaum bist du zurück, da verläßt du uns schon wieder!» entfuhr es Nimaathapu.

«Das ist so seine Art!» warf General Uni ein.

Chasechem lachte leicht auf und sagte:

«Sei unbesorgt, er wird zurückkommen. Mir ist es lieber, er geht jetzt, denn er tut es zu meinem Wohl.»

Djoser trat auf Imhotep zu. Während der ganzen Unterhaltung hatte er ihn nicht aus den Augen gelassen. «Ich bin Djoser», sagte er etwas schüchtern. «Du hast mich gekannt, als ich ein Säugling war. Um meinen Hals trage ich den Skarabäus, den du meiner Mutter geschenkt hast. Darf ich dich bei deiner Pflanzensuche begleiten?»

«Komm», sagte Imhotep und nahm ihn beim Arm, «du wirst mir von meinem Sohn Hori erzählen.»

Der Gesundheitszustand des Pharaos verbesserte sich schnell, und da er Imhoteps Vorschriften genauestens befolgte, willigte er auch bald ein, seinen ältesten Sohn ohne Zorn zu empfangen. Bei diesem Zusammentreffen fand er nachsichtige Worte und redete sich selbst ein, daß das Niederfallen der Streitaxt auf das Genick des jungen Mitstreiters letzten Endes nur ein unglückseliger Unfall bei einer Kampfübung gewesen sei. Prinz Nebka, der sich nach einem kurzen Aufenthalt in der Wüste endlich beruhigt hatte, nahm seinen Platz bei Hof wieder ein, gab aber nie das geringste Anzeichen von Bedauern zu erkennen.

Imhotep wohnte seit seiner Rückkehr in einem Flügel des Palastes. Sein Sklave Seneb kümmerte sich vor allem um die Sprechstunden, um die Instandhaltung der medizinischen Geräte und um die Zubereitung der Arzneien. Alle anderen Aufgaben des täglichen Lebens wurden von der Dienerschaft des Königs besorgt.

Der erste Besuch des Arztes frühmorgens galt dem Pharao. Er untersuchte ihn jedesmal lange und gründlich, bevor er sich an sein Lager setzte und seine Fragen beantwortete. Imhotep war sich im klaren darüber, daß die Zeit und die Aufmerksamkeit, die er seinem Patienten widmete, genauso wichtig für die Besserung des Königs waren wie die Arzneien und seine Ratschläge.

Im Laufe dieser langen, vertraulichen Gespräche erzählte

Imhotep dem Pharao von seinem Leben als Bauer im Delta, das friedlich und ganz einfach im Rhythmus der Jahreszeiten verlaufen war.

Er unterhielt seinen königlichen Patienten mit der Schilderung, wie er zusammen mit Mahor eine Methode des Gänsekröpfens entwickelt hatte, bei der den Tieren in Milch gekochte Teigbällchen mit Gewalt in den Schlund gestopft werden.

«Wann wirst du mir ein Gänseküken auf diese Weise zurichten?» fragte Chasechem.

«Im Augenblick sind wir bei Salaten, Zwiebeln, Kichererbsen und Kräutertränken. Bleiben wir noch eine Weile dabei, um die Genesung voranzutreiben», antwortete Imhotep.

Daraufhin schlug der König vor, nicht mehr über Tierzucht oder Essen zu sprechen, und fragte Imhotep nach den Gründen für seine lange Abwesenheit.

Während der Arzt vor dem Lager des Herrschers auf und ab ging, schilderte er seine Flucht vor den Soldaten des Fürsten von Memphis.

«Er wollte mich umbringen lassen. Darum mußte ich mich verbergen und auf seinen Tod warten!»

«Mittlerweile sind viele Jahre vergangen», unterbrach ihn der Pharao, «und ich habe an seine Stelle einen mir völlig ergebenen Beamten gesetzt, in den ich weit mehr Vertrauen habe.»

Imhotep setzte sich wieder neben den Pharao.

«Und was ist aus seiner Tochter, aus Senui, geworden», fragte er mit eigenartig veränderter Stimme. «Sie war sehr schön. Ich habe sie gut gekannt.»

Er schloß die Augen, preßte seine Lippen aufeinander und senkte langsam den Kopf...

«Was hast du denn, Arzt?» fragte Chasechem besorgt, als er sah, daß alle Farbe aus Imhoteps Gesicht gewichen war. «Wirst du etwa auch krank?»

In diesem Augenblick öffnete sich die Tür, und Nimaathapu, die niemals versäumte, im Laufe des Vormittags einige Leckereien vorbeizubringen, trat ein.

«Nimm», sagte sie lächelnd und reichte dem Pharao eine Platte mit Honigplätzchen. «Hiermit kannst du die schreckliche Arznei des Arztes von Schmunu hinunterschlucken, ohne das Gesicht zu verziehen.»

Imhotep hatte sich erhoben und sich schweigend und geistesabwesend vor ihr verneigt.

«Weißt du, was aus deiner Senui, der Tochter des Fürsten von Memphis, geworden ist?» fragte Chasechem die Königin.

«Ja, natürlich!» erwiderte Nimaathapu. «Sie hat mich zu Djosers Geburt besucht und wurde einige Zeit danach von ihrem Vater mit Fürst Anknetef, dem Gouverneur von Schmunu, vermählt.»

«Ein aufrechter und treuer Mann!» sagte Chasechem. «Er ist zudem ein fähiger Gouverneur mit gesundem Menschenverstand. Ich frage ihn oft um Rat.»

«Er besucht mich regelmäßig, wenn er zu den Versammlungen der Fürsten und Würdenträger nach Nechen kommt», fügte Nimaathapu hinzu. «Durch ihn erfahre ich Neues über Senui und ihre Tochter. Die Kleine ist ungefähr ein Jahr jünger als unser Sohn Djoser.»

«Senui hat also eine Tochter?» erkundigte sich Imhotep mit belegter Stimme.

«Ja!» antwortete die Königin unbefangen, «sie heißt *Nefer*. Ihr Vater liebt sie sehr, denn wie es scheint, ist sie ebenso schön wie ihre Mutter.»

«Ebenso schön wie ihre Mutter!» wiederholte der Arzt leise. Senui lebte, gewiß, aber sie war fortan unerreichbar für ihn! Senui, Ehefrau und Mutter!... Für immer von ihm getrennt! Für immer!

«Setz dich, Imhotep», sagte Nimaathapu überrascht, als sie sein verstörtes Gesicht sah. «Du siehst ganz erschöpft aus.» Doch mit erstaunlicher Selbstbeherrschung antwortete der

Arzt: «Ich habe viele schwere Prüfungen durchgemacht, bevor ich hier ankam, und bin noch nicht wieder ganz bei Kräften. Hin und wieder, so wie eben auch, habe ich leichte Schwächeanfälle.»

«Bringt guten Wein!» rief der König den Dienern zu und wandte sich dann an Imhotep: «Wenigstens du sollst dich damit stärken können, ich werde wohl besser meine Arznei auf deine Gesundheit trinken müssen.»

«Wenn ich dieser guten Laune Glauben schenken darf, Majestät, wird die Eure täglich besser!»

«Deine Gegenwart genügt, um mir die Freude am Leben wiederzugeben», sagte Chasechem freundlich. Doch dann runzelte er die Stirn.

«Du hast gerade von harten Prüfungen gesprochen, die dich so erschöpft haben. Was hast du erlebt? Laß hören!»

Imhotep setzte sich ans Bett des Königs und begann zu berichten.

«Als ich vom Tod des Fürsten von Memphis erfuhr, wußte ich, daß mein Exil zu Ende war. Noch am selben Tag befahl ich Seneb, unser Hab und Gut zusammenzupacken. Nach einem betrübten Abschied von den redlichen Menschen der Sümpfe, bei denen wir schöne Jahre in Frieden und Sicherheit verbracht hatten, machten wir uns am Ufer des Flusses entlang auf den Weg nach Süden. Es wurde eine lange Reise, der Nil mit seinen satten grünen Ufern zog sich endlos zwischen den Wüsten des Ostens und Westens dahin. Je nach Umständen und Jahreszeit zogen wir durch bebaute Landstriche oder unfruchtbare Gebiete, und so konnte ich auf dem Weg die beiden Länder Ober- und Unterägypten genau studieren. Auf unserer letzten Etappe jedoch erwartete uns Schlimmes. Seneb und ich freuten uns schon bei dem Gedanken, Nechen wiederzusehen. Wir hatten uns an einem Lagerfeuer niedergelegt und schliefen fest, als wir mitten in der Nacht brutal überfallen wurden. An Händen und Füßen gefesselt, wurden wir auf ein Schiff geschleppt. Erst dort kamen wir wieder zu uns. Wir waren in die Hände von nubischen Räubern gefallen. Segelnd oder rudernd zogen sie den Nil stromaufwärts in ihre Heimat, zur Wüste des Südens.»

«Wie können sich diese Leute auf mein Gebiet wagen», murmelte Chasechem.

Der Arzt antwortete nicht und fuhr in seinem Bericht fort:

«Nach einer tagelangen qualvollen Fahrt, bei der wir uns in unseren Fesseln kaum bewegen konnten und weder Wasser noch Nahrung bekamen, setzte man uns in einem kleinen Dorf am Ufer des Flusses ab. Dort wurden die Karawanentransporte zu den Goldminen eines nubischen Fürsten zusammengestellt. Meru der Schwarze wurde er genannt. In diesem Dorf gab man uns zum erstenmal Essen und Trinken, damit wir wieder zu Kräften kamen, aber wir blieben an den Füßen gefesselt und wurden mit anderen Gefangenen zusammengekettet. Vom nächsten Tag an waren wir nur noch unter schweren Lasten keuchende Sklaven. In einer langen, stummen Prozession zogen wir langsam durch die Wüste. Jeder von uns trug einen Wasserschlauch aus Ziegenleder auf dem Rücken. Die Karawane bestand nur aus Menschen, denn es war unmöglich, für den Wassertransport vom Ufer des Nils quer durch die Wüste zu den Goldminen von *Ikayta* Esel einzusetzen – sie wären dem Nahrungsmangel und der glühenden Hitze nicht gewachsen. Um meine Leidensgenossen vor den erbarmungslosen Sonnenstrahlen zu schützen, riet ich ihnen, sie sollten sich die armseligen, verdreckten Lumpen, die man uns anstelle eines Schurzes gelassen hatte, um den Kopf wickeln. Und so schleppten wir uns nackt, aber mit geschütztem Kopf, unter der bleiernen Sonne dahin.

Diese unmenschliche Wanderung dauerte siebzehn Tage. Und als die Goldmine vor dem Hintergrund einer schroffen Felsenkette in Sicht kam, stieß ich einen tiefen Seufzer der Erleichterung aus. Doch was ich dann im Laufe eines kurzen Gesprächs mit einem Soldaten der Eskorte zu hören bekam, zerstörte jeden Hoffnungsschimmer. Ohne auszuruhen, würden wir schon am nächsten Tag, diesmal mit Golderz beladen, in umgekehrter Richtung wieder aufbrechen.

Das Leben, das uns erwartete, sollte nur noch aus diesem endlosen Hin und Her bestehen, so lange, bis uns endlich der Tod, das unausweichliche bittere Ende aller Entbehrungen und Leiden, von dieser furchtbaren Knechtschaft befreien würde.

Wir kamen also ohne jede Hoffnung in Ikayta an. Der Anführer unserer Karawane setzte sich ins schattige Dunkel unter das Schutzdach des Wasserreservoirs und befahl uns, ohne Gedränge die Schläuche zu leeren. Nachdem wir endlich von der schweren Last befreit waren, überkam uns ein Gefühl von Entspannung und Wohlbefinden. Ich entschloß mich, die wenigen freien Stunden zu nutzen, um mir die Gegend und die Anlagen anzusehen. Nachdem ich dem Offizier erklärt hatte, daß ich Baumeister sei und ihm vielleicht von Nutzen sein könne, ließ er sich dazu überreden, mich für eine kurze Zeit freizulassen. Die Fesseln wurden mir abgenommen, aber man gab mir eine Wache zur Aufsicht mit. Meine Fußgelenke waren blutig und schmerzten...»

Hier unterbrach Imhotep seinen Bericht, stand auf und trat an den niedrigen Tisch, auf dem Diener einen Krug Wein und mehrere Becher abgestellt hatten. Er schenkte ein und trank, als gelte es, sich für die erlittene Unbill zu entschädigen. Das Herrscherpaar sah ihm wortlos dabei zu.

«Meru der Schwarze verdient den Tod!» sagte Chasechem schließlich heftig.

«Das Schlimmste von allem», fuhr der Arzt nachdenklich fort, «ist das Leben der Minenarbeiter.»

«Bitte, erzähl weiter! Ich will alles erfahren!» sagte der Pharao drängend.

Imhotep setzte sich und nahm seinen Bericht wieder auf.

«Endlich hatte ich etwas Bewegungsfreiheit, und ich konnte

folgendes beobachten: Die Mine liegt am Abhang eines Geröllhügels. Von einer vor dem Hauptschacht angebrachten Plattform aus dringen zahlreiche Stollen tief in den Berg ein. In diesen Stollen arbeiten Sklaven beim flackernden Licht von Öllampen. Sie brechen in der stickigen Luft mit Hilfe von Kupfermeißeln die Quarzstücke heraus, die andere dann in Körbe füllen und mehr schlecht als recht an den Tag befördern. Alle gehen barfuß. Die Füße der unglücklichen Menschen werden von den spitzen Felsen aufgerissen, und über den Boden der Stollen laufen Blutspuren.

Vor der Mine, auf der Talsohle, stehen eng aneinandergedrängt etwa fünfzig elende Hütten, in denen andere, vor allem Frauenleben, die den gewonnenen Quarz verarbeiten. Die einen erhitzen die Steinbrocken auf kleinen Holzfeuern, damit sie sich leichter spalten lassen, andere zerschlagen sie in kleine Stücke, wieder andere schließlich drehen schwere Mahlsteine aus Granit und zerkleinern den goldhaltigen Quarz zu Staub. Sie alle sind entsetzlich abgemagert und krank und husten ununterbrochen.

Mit dem Wasser aus der großen Zisterne werden die Erze auf langen, schräg abfallenden Sandsteintischen ausgewaschen. Und dafür sind all diese Menschenkarawanen nötig. Sie schaffen ununterbrochen das kostbare Wasser des Nils an diesen Ort hinauf.»

Chasechem sagte nachdenklich: «Dank dieser Mine haben die Fürsten von Obernubien dem Land Kêmi immer Gold verkaufen können. Falls es mir gelingen sollte, das Land im Süden zu erobern, werde ich den Abbau in dieser Form nicht weiter betreiben.»

Doch Imhotep, der Schweres hatte erdulden müssen, war der Meinung, die Mine von Ikayta müsse weiter in Betrieb gehalten werden. Der Pharao war darüber sichtlich verwirrt. Der Arzt aber sagte: «Ich schlage nur vor, die Arbeitsbedingungen menschenwürdiger zu gestalten. Will man die Quarzflöze intensiv und methodisch ausbeuten, so genügt es, einmal im Jahr mit einer fähigen Mannschaft aus richtigen Steinhauern dorthin aufzubrechen. Nach drei Monaten können die Männer ans Nilufer zurückgebracht werden, um dort das gewonnene Erz auszuwaschen. So ergibt sich für alle ein normaler Lebensrhythmus.»

«Aber ja, wie recht du hast! Du bist ein kluger Ratgeber!» rief Chasechem erfreut. «Genauso werden wir es machen und mehr Gold haben als je zuvor. Nun aber berichte weiter. Wie ist es dir gelungen, den Nubiern zu entkommen?»

Imhotep nahm den Faden seines Berichtes wieder auf:

«Daß ich heute noch lebe und frei bin, verdanke ich nur meinem Sklaven Seneb: Die endlose Kolonne von Sklaven, in der auch wir uns befanden und die nun auf dem Rückweg die schweren Säcke mit dem goldhaltigen Pulver schleppte, erreichte nach einem Marsch von siebzehn Tagen endlich den Fluß. Was für eine Freude, den Nil wiederzusehen, die grünen Felder, das verlockende Gemüse!

Die Aufseher, die jetzt besonders wachsam waren, ließen uns aneinandergekettet in das Dorf der Goldwäscher marschieren. Seneb und ich gingen nebeneinander her, und er flüsterte mir zu: ‹Wenn wir ein Bad nehmen dürfen, Herr, bleibt dicht an meiner Seite!›

Seine blitzenden Augen verrieten mir, daß er einen Fluchtplan hatte. In den Werkstätten, wo das Gold ausgesondert wurde, reihten sich Seite an Seite lange schräg aufgestellte Basalttische, deren Oberflächen mit tief geriffeltem Ton bedeckt waren. Der leichte Quarzstaub wurde fortgespült, während die schweren Goldplättchen und -klumpen in den Vertiefungen hängenblieben. Von dort konnte man sie dann leicht entfernen, indem man die Platten nach dem Trocknen einfach umdrehte. Zum Auswaschen des kostbaren Metalls brauchte man viel Wasser. Es floß durch eine Vielzahl von Schilfrohr-Leitungen, die an den Nahtstellen mit Blättern abgedichtet

«Genauso werden wir es machen ...

… und mehr Gold haben als je zuvor.» In manchen Fällen kommt man eben mit Methode schneller und leichter ans Ziel als mit viel Mühe …

waren. Unauffällig entwendete Seneb im Vorbeigehen zwei dieser Schilfrohre und versteckte sie mit einem bedeutungsvollen Augenzwinkern unter seinem Schurz.

Das Dorf war an einer Stelle am Fluß erbaut, wo das Ufer hoch genug war, um es vor der jährlichen Überschwemmung zu schützen. Nachdem wir die Säcke abgeladen hatten, lösten die Bewacher unsere Fesseln. Dann stiegen die meisten von ihnen zum Fluß hinunter, um sich zu waschen und zu baden, und wir baten um die Erlaubnis, das gleiche tun zu dürfen. Als der Anführer – zu unserem großen Glück – seine Einwilligung gab, sprangen alle Gefangenen auf einmal ins Wasser. Im Schutze des Badegetümmels gelang es Seneb und mir, unter Wasser bis zu einem nahegelegenen Schilfrohrdickicht stromabwärts zu schwimmen. Dank der gestohlenen Rohre, deren eines Ende wir in den Mund nahmen, während das andere über unseren Köpfen aus dem Wasser ragte, konnten wir Luft holen, ohne auftauchen zu müssen. Langsam und stetig entfernten wir uns von den Badenden, und durch einen glücklichen Zufall fanden wir bald eine leere Barke, die Fischer zurückgelassen hatten. Thoth, der göttliche Schreiber, schützte uns! Die Strömung des Nils trieb uns schnell fort nach Norden. Erschöpft von all den Strapazen, aber glücklich bei dem Gedanken, mit knapper Not einem schrecklichen Schicksal entronnen zu sein, kamen wir drei Tage später in Nechen an.»

«Gerade rechtzeitig, um mir mit deiner ärztlichen Kunst zu Hilfe zu kommen!» sagte Chasechem. «Ich kenne deinen Seneb nicht, aber er hat großes Lob verdient. Mit seiner List hat er dir zur Flucht verholfen und dir das Leben gerettet.»

«Er ist wirklich ein schlauer Bursche», entgegnete Imhotep, «doch hüte ich mich, ihm dies zu sagen. Das Lob würde ihm so zu Kopfe steigen, daß er sich für unentbehrlich halten würde und ich bald gezwungen wäre, ihn zu strafen. Doch ich liebe Seneb sehr.»

«Du sprichst mit sehr viel Zuneigung von ihm», sagte die

Königin und sah Imhotep verständnisvoll an. «Stand er nicht früher im Dienste des Fürsten von Memphis oder der Prinzessin Senui?»

«So ist es, Große Gemahlin. Dort bin ich ihm zum erstenmal begegnet. Ich habe ihn damals vor einer schweren Strafe bewahrt, und seither scheint sein Schicksal an das meine gebunden zu sein, und darüber bin ich froh. Schon in der Nekropole von Sakkara hat er mich vor einem furchtbaren Tod bewahrt.»

Chasechem richtete sich überrascht auf:

«Noch eine Geschichte! Erzähle!»

Imhotep, dem die Neugier seines Herrschers Freude machte, begann von neuem.

«Es geschah einige Zeit, nachdem wir das Delta verlassen hatten, und noch vor unserem verhängnisvollen Abenteuer in den Minen von Ikayta. Als wir die Menschen der Sümpfe verließen, hatte ich mir vorgenommen, am westlichen Wüstenrand entlangzuwandern, ohne jedoch den Fluß aus den Augen zu lassen, damit wir uns nicht verirren konnten. Ich wußte, daß dieser Weg uns früher oder später auf das große Felsplateau führen würde, das etwa auf der Höhe von Memphis liegt. Dort ruhen in ihren Gräbern bis in alle Ewigkeit die einstigen Pharaonen, Eure ehrwürdigen Vorfahren. In bescheidenen Grabstätten um sie herum liegen ihre treuen Diener, die ihnen ins Reich des Osiris gefolgt sind. Und ich habe die Kühnheit besessen, in dieser Nekropole von Sakkara eine Grabstätte für meine geliebte Meri-Anch auszuheben, die kurz nach Euch, o Große Gemahlin, einen Sohn gebar und an den Folgen der Niederkunft starb.»

Bei dieser unerwarteten Erinnerung an eine traurige Vergangenheit sagte Nimaathapu leise:

«Dein Sohn wurde uns von Peribsens Soldaten geraubt. Aber er ist nicht tot. Ma'at, die Göttin der Wahrheit, deren Zeichen ich trage, verleiht mir Gewißheit darüber. Du wirst ihn wiedersehen. Eines Tages wird er aus der roten Wüste auftauchen!»

«Die Zeit vergeht», antwortete Imhotep traurig, «ich habe ein Kind verloren. Wenn ich es eines Tages als Mann wiedersehen sollte, wie werde ich es erkennen?»

«Vergiß nicht den Skarabäus, den du mit deinen geschickten Händen geschaffen hast und den ich ihm bei seiner Geburt schenkte. Er trug ihn um den Hals.»

«Oh, wenn er ihn doch noch besäße!»

«Du hast also», unterbrach Chasechem das Gespräch, «die große Nekropole der ersten Pharaonen besucht?»

«Ich kenne sie schon seit langem. Ich habe viele Stunden dort verbracht und mir die Gräber angesehen. Einige von ihnen wurden von Dieben geschändet.»

Alle Warnungen vergessend, fuhr Chasechem erregt auf.

«Was sagst du da?»

Zornentbrannt blickte er den Arzt an.

Imhotep hob beschwichtigend die Hand, stand auf und trat zu ihm.

«Ich empfehle Euch, ja, ich ersuche Euch dringend, Majestät, Euren Zorn zu mäßigen. Was ich berichte, ist empörend, aber Eure Genesung erfordert strikte Ruhe.»

«Du hast recht», sagte der König und ließ sich auf die Kissen zurückfallen.

«Um die Schätze Eurer Vorfahren an sich zu bringen», fuhr Imhotep fort, «haben skrupellose Räuber die Gräber aufgebrochen. Nun ist es zu spät, diese Plünderungen zu verhindern. Das Übel ist geschehen. Als ich eines Tages durch eine Öffnung im Sockel in die prächtige Grabstätte des Horus Udimu eindrang, konnte ich mich mit eigenen Augen davon überzeugen, daß diese Gottlosen alles zerstört hatten. Voller Ehrfurcht habe ich die verstreuten Gebeine wieder eingesammelt und anschließend in würdiger Weise in einem Grab angeordnet, das ich an Ort und Stelle in der Gruft ausgehoben habe. Seneb, der an meiner Seite arbeitete, schaffte das Geröll mit einem Korb nach draußen. Beim schwachen Schein einer Öllampe war ich so sehr mit meiner Arbeit beschäftigt, daß ich nicht die einfachsten Vorsichtsmaßnahmen getroffen, ja nicht einmal die Festigkeit des Bauwerks über mir geprüft hatte. Es war aus rohen, wahrscheinlich zu schnell getrockneten Ziegeln erbaut und hatte offenbar der Zeit nicht standgehalten. Jedenfalls brach es plötzlich, während ich die Gebeine des alten Königs bestattete, über mir zusammen. Von einem heftigen Schlag auf den Kopf getroffen, fiel ich zu Boden, über meinem Körper eine dicke Schuttschicht: Ich war lebendig begraben.

Seneb aber war draußen. Verzweifelt grub er sich mit bloßen Händen durch die Mauerbrocken, und unter ungeheuren Anstrengungen gelang es ihm schließlich, mich aus dem Grab herauszuziehen. Als ich allmählich wieder zu mir kam und unter der glühenden Sonne die Augen aufschlug, sah ich als erstes sein Gesicht. Er schien um Jahre gealtert, aber er strahlte vor Freude. Erst als ich wieder ganz bei Bewußtsein war, sah ich seine blutigen Hände. Die Fingernägel waren teilweise abgerissen, und in den Handflächen lag das offene Fleisch bis auf die Knochen bloß.»

«Jetzt verstehe ich die Zuneigung, die du deinem Sklaven entgegenbringst», sagte die Königin.

«Ich habe seine wunden Hände versorgt», fuhr der Arzt fort, «und mußte notgedrungen einige seiner Finger amputieren, um einen Wundbrand zu verhindern. Wir haben in Memphis bei meinem Vater Zuflucht gesucht. Da wir uns aber dort noch nicht sicher fühlten, haben wir uns tagsüber verborgen und das Haus nur bei Nacht verlassen. Wir sind dort geblieben, bis Seneb vollständig genesen war und seine Hände wieder gebrauchen konnte. Als es endlich soweit war, haben wir uns auf den Weg nach Nechen gemacht...»

Der Pharao streckte den Arm aus und unterbrach Imhotep.

«Und das Grab des Horus Udimu?»... Er zögerte eine Weile, bevor er weitersprach... «Der Raub quält mich.»

«Ich bin mehrere Male nach Sakkara zurückgekehrt und habe das von den Plünderern geöffnete Loch verschlossen. Aber leider wird diese Arbeit vergebens sein. Die Gräber bleiben eine ständige Versuchung für Räuber.»

«Was könnte deiner Meinung nach getan werden, um zu verhindern, daß diese ewigen Ruhestätten verwüstet werden?»

«Dazu wären drei Bedingungen zu erfüllen, Majestät», entgegnete Imhotep ernst. «Erstens müßten die Beiden Länder unter dem König von Ober- und Unterägypten vereinigt werden, dann würde die Macht seiner Armee dafür sorgen, daß Recht und Ordnung respektiert werden!»

Chasechem lachte kurz auf und sagte mit Nachdruck:

«Diese Bedingung ist bereits erfüllt. Fast mein ganzes Leben lang habe ich dieses Ziel verfolgt. Nur Peribsen muß noch besiegt werden. Und wenn die Krankheit, die mich gegenwärtig niederstreckt, mir noch einen Aufschub gewährt, wird es mir sicherlich gelingen. Sonst wird mein Sohn, der meine Nachfolge antritt, dieses Werk vollenden.»

Der Arzt sah den Pharao lange an, und sie schienen einander wortlos zu verstehen. Dann fügte Imhotep hinzu, es sei außerdem notwendig, an jedem Grab einen Tempel zu Ehren des Ka, der «Seele» des verstorbenen Königs zu errichten. Fromme Priester, die sich dem Seelenkult geweiht hätten, könnten dann die Überwachung der Grabstätten übernehmen.

Schließlich empfahl er, den Ziegel als Baumaterial aufzugeben und durch behauenen Stein zu ersetzen, durch Steinquader, die übereinandergeschichtet würden.

«Noch niemals hat man so gebaut, wie du es schilderst», sagte der König. «Wo willst du Handwerker finden, die imstande sind, deine Pläne in die Tat umzusetzen?»

«Ich werde sie selbst ausbilden!»

Am nächsten Tag berief der Pharao seine Ratgeber in den Palast; Krummstab und Geißel hielt er umklammert, seine leise Stimme zeugte von seiner Krankheit. An seiner Seite stand Königin Nimaathapu. Auch der Arzt war herbeizitiert worden. Der König sprach.

«Hört, was ich befehle! Dem Titel des Obersten Vorstehers der Ärzte wird Imhotep den Namen des Großen Baumeisters aller Arbeiten des Pharaos hinzufügen.» Zu Imhotep gewandt, erklärte er: «Ich will, daß man dich in Zukunft nicht mehr Arzt von Schmunu, sondern Zimmermann von Nechen nennt, damit alle Menschen wissen, daß du von nun an der oberste Bauherr im Lande Kêmi bist.»

Imhotep war so verwirrt über diese unerwartete Ehrung, daß er nicht wußte, wie er sich verhalten sollte. Er ließ sich vor dem Pharao auf die Knie fallen, aber bevor der Pharao etwas hinzufügen konnte, öffnete sich die Tür zum königlichen Gemach, und der Haushofmeister verkündete:

«General Uni bittet um Audienz!»

«Er soll eintreten!»

Von vier bewaffneten Soldaten eskortiert, betrat der General das Gemach und warf sich vor dem Herrscher zu Boden.

«Was willst du?» fragte Chasechem. «Steh auf und rede!»

«Wilde Horden aus Obernubien überfallen die südliche Grenzprovinz», antwortete der General. «Ich komme, um mir von Euch den Befehl zu holen, gegen sie vorzugehen.»

«Wer sind die Eindringlinge? Wieder Peribsen?»

«Nein, Majestät, es ist der Schwarze Meru mit seinen Plünderern.»

9

Trotz der Ermahnungen seines Arztes lehnte es der Pharao beharrlich ab, sich weiterhin auszuruhen. Er erklärte sich für geheilt und imstande, die Herrschaft der Beiden Länder sofort wieder in die Hand zu nehmen. Voller Sorge um die Gesundheit ihres Gemahls versuchte selbst die Königin Nimaathapu, ihn davon zu überzeugen, daß es ihm gut täte, noch einige Zeit den Regierungsgeschäften fernzubleiben. Aber vergeblich.

In Wirklichkeit war sich Chasechem über seinen Gesundheitszustand völlig im klaren, doch glaubte er fest an die Wirksamkeit der Heilmittel des – wie er ihn nun nannte – Zimmermanns von Nechen und hoffte, unter seiner Aufsicht ein normales Leben führen zu können.

«Ich habe keine Zeit, krank zu sein!» eröffnete er jedem, der es hören wollte. «Ich muß mit all meiner Kraft die Einheit der Beiden Länder festigen.»

Der Überfall des Schwarzen Meru im Süden bot dem Pharao eine günstige Gelegenheit, seine Macht zu beweisen. Er entsandte unverzüglich den treuen General Uni und seine besten Soldaten mit dem Auftrag, die Nubier auf ihr Gebiet zurückzudrängen. Dann erteilte er seinen Provinzgouverneuren den Befehl, ihm für die Aufstellung einer zweiten Truppe möglichst rasch genügend Soldaten bereitzustellen, damit er die Eindringlinge verfolgen, ihr Land erobern und es endgültig Oberägypten einverleiben könne. War das gelungen, beabsichtigte er, mit der neuen Armee gegen seinen Todfeind zu ziehen, gegen Peribsen. Denn obwohl dieser Betrüger bei den letzten Kämpfen um die Eroberung der Hauptstadt mit seinen Beduinen schmählich in die Flucht geschlagen worden war, bedeutete er immer noch eine Gefahr und konnte jederzeit zur Gegenoffensive antreten.

Am liebsten hätte Chasechem ihn mit eigener Hand getötet, um dem Bürgerkrieg, der in regelmäßigen Abständen das Land erschütterte, ein für allemal ein Ende zu setzen. Aber die Schwierigkeit bestand darin, Peribsen wieder aufzuspüren. Seit geraumer Zeit hatte man nichts mehr von ihm gehört.

Nach langer Überlegung beschloß der Pharao, Peribsen aus seinem Schlupfwinkel herauszulocken. In unzähligen Botschaften, die in alle Städte und Dörfer der Beiden Länder geschickt wurden, ließ er bekanntgeben, daß er Imhotep, dem Großen Baumeister aller Arbeiten, die Aufgabe anvertraut habe, innerhalb kürzester Frist eine Grabstätte aus behauenem Stein zu erbauen, die dafür bestimmt war, seine Wohnung für die Ewigkeit zu werden.

«Angesichts meines baldigen Todes treffe ich die nötigen Vorkehrungen», sagte er zu seinem Arzt. «Der vermeintliche Geruch des Todes wird Peribsen wie einen Geier aus der Wüste herbeilocken.»

Einige Tage nach dieser Unterredung mit dem Herrscher schlug Imhotep den Weg zum Hafen ein, um die Aufgabe, mit der ihn der Pharao betraut hatte, in Angriff zu nehmen. Er würde mit dem königlichen Schiff, das der Pharao ihm zur Verfügung gestellt hatte, den Nil hinabfahren.

Nach der jährlichen Überschwemmung war der große Fluß wieder in sein altes Bett zurückgekehrt. Es war die ruhige Jahreszeit, in der der Strom gleichmäßig dahinglitt und die Reisebedingungen günstig waren. Da die Einschiffung allein von ihm abhing, machte der Arzt, ohne sich zu beeilen, einen Umweg durch die verschlungenen Gäßchen, die durch die dichtbewohnten Viertel der Hauptstadt zum Hafen führten. In Gedanken an seine Vergangenheit schlug er wieder genau den Weg ein, auf dem er Jahre zuvor den mumifizierten Körper seiner Frau begleitet hatte.

Während er an den malerischen Gemüse- und Fruchtständen vorüberschlenderte, die die Bauern bunt durcheinander in der Nähe des Hafens aufgestellt hatten, dachte Imhotep über seine Zukunft nach. Trotz seiner scheinbaren Gelassenheit war er aufs äußerste konzentriert und prüfte bis ins einzelne alle Konsequenzen der bevorstehenden Reise. Als Standort für seine Grabstätte hatte der Pharao Abydos gewählt, die Stadt des Osiris. Da dieser Ort den Menschen im Norden wie im Süden als heilig galt, schien die Wahl im Interesse der Einigung der Beiden Länder besonders klug. Abydos lag auf dem Weg nach Schmunu. Schmunu, die Stadt, die ihm so ans Herz gewachsen, in der er lange Zeit ein berühmter Arzt gewesen war, die Stadt, die unter dem Schutz von Thoth, dem Gott der Schreiber, stand, die Stadt des Gouverneurs Anknetef und der Frau, die jetzt die Gemahlin dieses Fürsten war, die Stadt der unvergleichlichen Senui...

Seneb, der mit Gepäck beladen einige Schritte hinter seinem Herrn hertrabte, stand plötzlich neben ihm und fragte fürsorglich:

«Willst du Früchte oder anderen Proviant mit auf das Schiff nehmen?»

Imhotep wurde aus seinen Gedanken gerissen.

«Besorge für die Dauer der ganzen Reise Fladenbrote, Feigen und Datteln, denn ich möchte während der Fahrt nicht von Bord gehen und keine Zwischenstation machen. Sei nicht kleinlich, kaufe von allem reichlich ein.»

Dann setzte er seinen gemächlichen Gang zum Hafen fort und kehrte zu seinen Gedanken zurück, die immer wieder um dieselbe Frage kreisten. Warum sollte er nicht die Gelegenheit dieser offiziellen Reise ergreifen, um die Frau wiederzusehen, deren Bild weder die vergangenen Jahre noch die Ereignisse aus seinem Herzen reißen konnten?

Nachdem er lange das Für und Wider abgewägt hatte, kam er zu dem Ergebnis, daß seinem Vorhaben eigentlich nichts im Wege stand. Ja, je länger er darüber nachdachte, um so greifbarer stand ihm ein Wiedersehen vor Augen. Die wenigen Schwierigkeiten, die möglicherweise auftauchen konnten, waren belanglos. Das Wichtigste war, mit dem Bau in Abydos zu beginnen! Danach konnte man ihn entbehren und die Arbeit auch in seiner Abwesenheit fortsetzen. Er würde auf jeden Fall rechtzeitig zurück sein, um die Qualität der Arbeiten zu kontrollieren und ihren Abschluß zu überwachen.

«Und überhaupt», murmelte er vor sich hin, «wer sollte mich daran hindern können, mehrmals zwischen beiden Städten hin- und herzufahren?»

«Ich habe nicht verstanden, was du gerade gesagt hast, Herr», fragte Seneb, der wieder neben ihm ging, «von welchen Städten sprichst du?»

«Unwichtig!» lachte Imhotep. «Das geht nur mich allein etwas an.»

Sie bahnten sich mühsam ihren Weg über die mit vielerlei Waren vollbepackten Kais bis zum Landungssteg, wo die königliche Barke festgemacht hatte. Sie war aus gelbem Zedernholz gebaut und reich mit blauen Fayencen verziert. Zur Ausrüstung gehörte ein großes weißes Leinensegel und solides Tauwerk. Wahrlich ein prachtvoller Anblick! Als der Arzt über den Landungssteg schritt, überkamen ihn plötzlich all die Erinnerungen, die ihn mit diesem Schiff verbanden, und er grüßte den Lotsen, der am Bug stand, mit einem wehmütigen Lächeln. Vor der Kabine aus blauem, goldbesticktem Tuch hieß ihn der wachhabende Steuermann an Bord willkommen.

«Wann legen wir ab?» fragte Imhotep.

«Sobald der Prinz an Bord ist!»

«Nebka fährt mit?»

«Nein», gab sein Gegenüber lakonisch zurück, «nicht er, sondern Prinz Djoser!»

Die Reise verlief ohne Zwischenfälle. Nach drei Tagen schneller Fahrt gelangten sie in einen Nilabschnitt, der übersät war mit kleinen Inseln und Sandbänken. Das Segel wurde gerefft, und die Mannschaft mußte hart arbeiten, um das Schiff im Fahrwasser zu halten.

Djoser und Imhotep ließen sich jedoch von den schwierigen Schiffsmanövern nicht stören. Der junge Prinz saß unter dem Sonnensegel auf einem prächtig gearbeiteten Klappstuhl, der, wie es dem Sitz eines Pharaos gebührte, mit Gold- und Lapislazuliintarsien verziert war. Der Architekt hatte es sich neben ihm auf einer dicken Taurolle bequem gemacht. Trotz des Altersunterschiedes, der sie voreinander trennte, hatten sie schon bei ihrer ersten Begegnung eine spontane Zuneigung zueinander gefaßt, die sich nach einigen gemeinsam verbrachten Tagen auf dem Schiff in eine aufrichtige Freundschaft verwandelte. Djoser empfand für Imhotep die grenzenlose Bewunderung des Schülers für seinen Lehrer, und der Arzt freute sich, bei seinem königlichen Schüler die sicheren Anzeichen einer mit fester Willenskraft gepaarten Klugheit zu entdecken. Leidenschaftlich diskutierten sie die Angelegenheiten des Landes. Ihr Gespräch drehte sich um die Ereignisse an den Grenzen. Der junge Prinz sah in dem Überfall der nubischen Plünderer eine günstige Gelegenheit, um größere militärische Kräfte zu mobilisieren, die später in der Lage sein würden, jede andere Rebellion im Reich niederzuwerfen.

Der Arzt betonte vor allem die Notwendigkeit, die Macht in den Händen des Königs von Ober- und Unterägypten zu festigen, damit in beiden Ländern endlich Friede herrsche.

«Es kommt darauf an, den Frieden dauerhaft zu sichern.

Nur wenn das gelingt, können wir endlich große Projekte verwirklichen!» sagte er mit großem Ernst.

«Welche Projekte?» fragte Djoser.

Imhotep erzählte ihm daraufhin von seinem langgehegten Traum. Er wollte eine neue Architektur für die Ewigkeit schaffen, aus sorgfältig behauenen Steinen, die wie Ziegel übereinandergesetzt würden; er wollte dank der Beständigkeit des neuen Materials ein Monument errichten, das höher und majestätischer war als alles bisher Dagewesene. Von seiner eigenen Begeisterung mitgerissen, schilderte er dem Prinzen die unermeßliche Begabung des ägyptischen Volkes: allerorts gab es fachkundige Menschen, die fleißig ihrer Arbeit nachgingen, die besten Bauern, die geschicktesten Handwerker, die tüchtigsten Matrosen, die klügsten Schreiber. Alle waren sie Meister auf ihrem Gebiet und schufen so Überfluß und Wohlstand.

«Diese unbändige Kraft», sagte er, und sein Blick verlor sich am Horizont, «müssen wir zügeln und nutzbar machen. Und derjenige, dem das gelingt, wird Unendliches erreichen können...»

Ein entsetzter Schrei unterbrach den Zimmermann von Nechen. Einer der fünf Matrosen war über Bord gefallen, als das Schiff, von einer Sandbank plötzlich gebremst, gefährlich ins Schwanken geraten war. Der Kapitän gab unverzüglich Befehl, das Ufer anzusteuern, und wies seine Leute an, den Matrosen, der versuchte, an Land zu schwimmen, nicht aus den Augen zu lassen.

«Vorsicht!» schrie ein Mann am Bug. «Vorsicht, Flußpferde!»

Eine Herde von gut einem Dutzend großer Tiere wälzte sich in einer kleinen, seichten Bucht des Flusses zwischen dem Ufer und einer Halbinsel, wo das ruhigere Wasser eine Art kleinen See bildete. Von den Schreien der Besatzung alarmiert, bemerkte der Schwimmer die Gefahr und änderte sofort seine Richtung, während der Steuermann das Schiff den Tieren entgegen lenkte, um sie in die Flucht zu jagen.

«Möge Thoëris, die Göttin des Flusses, diesen Matrosen beschützen», sagte Imhotep betroffen, denn er erinnerte sich an seine eigene Begegnung mit solchen Ungetümen. «Hoffentlich gelingt es, ihn aus dieser Lage zu befreien. Es gibt nichts Schrecklicheres, als diesen Kolossen allzu nahe zu kommen. Ich spreche aus Erfahrung.»

«Sorge dich nicht; ich glaube, er ist ein guter Schwimmer», sagte Djoser.

«Er wird schon lebend herauskommen. Sieh doch, er ist schon gerettet. Jetzt besteht keine Gefahr mehr.»

Dem Mann war es tatsächlich gelungen, festen Boden unter die Füße zu bekommen. Er klammerte sich an der Böschung fest und kletterte hastig ans Ufer. Dort fiel er auf die Knie und warf sich, die Arme hoch über dem Kopf erhoben, mehrere Male in Richtung der schweren Tiere nieder, die sich, ohne ihn zu beachten, davonmachten. Als sie außer Sichtweite waren, sprang der Gerettete mit einem Satz auf und lief winkend und rufend am Fluß entlang, um das Schiff einzuholen.

«Hast du gesehen, was er getan hat?» fragte Djoser, «er hatte denselben Gedanken wie du und hat sofort der Göttin Thoëris gedankt. Sobald wir angelegt haben, will ich diesen Mann sehen. Ich werde ihn für seinen Mut belohnen.»

Mit einem schnellen Manöver umschiffte die königliche Barke die Halbinsel mit den Flußpferden, segelte noch eine Zeitlang am westlichen Ufer des Flusses entlang und legte dann an einem Ponton an, der aus dicken, fest zusammengefügten Bohlen bestand und für die Landung größerer Schiffe gebaut war.

«Wo sind wir?» fragte der Prinz. «Kennst du diese Gegend, Imhotep?»

«Ja! Sehr gut!» antwortete der Architekt lächelnd.

Es war die Anlegestelle von Schmunu. Die Stadt lag nach

Westen hin zwischen dem Nil und den Bergen. Als sie von Nechen aufgebrochen waren, hatte Imhotep den Befehl gegeben, an Abydos vorbei noch weiter stromabwärts bis nach Schmunu zu fahren. Er wußte, daß er in der Umgebung dieser Stadt Steinhauer finden würde, die seine Pläne auszuführen vermochten.

Während er mit Djoser über all diese Dinge sprach, hatte der Matrose, der ins Wasser gefallen war, das königliche Schiff erreicht. Kaum war er an Bord geklettert, warf er sich dem Prinzen zu Füßen.

«Steh schnell auf, mein Lieber!» sagte der Prinz voller Freude.

Er hatte den jungen Mann wiedererkannt und wandte sich an Imhotep, um ihn vorzustellen:

«Dies ist Sepas Sohn, sein Vater ist der Vorsteher der Dienerschaft im Hause des Königs. Als Kinder haben wir zusammen im Palast gespielt. Seine Mutter ist die Amme Neset.»

«Ich weiß, wer Neset ist!» sagte Imhotep leise. «Ich habe ihr vor vielen Jahren meinen neugeborenen Sohn anvertraut. Er hieß Hori. Demnach muß dieser Junge sein Milchbruder sein!»

Bedjmes, der bis dahin reglos und schweigend dagestanden hatte, hob den Kopf und sah den Arzt eindringlich an. Er war ein kräftig gebauter Bursche, dessen feine, regelmäßige Gesichtszüge in merkwürdigem Gegensatz zu seinen breiten Schultern standen. Er ähnelte seiner Mutter sehr.

«Ich beglückwünsche dich, Bedjmes, du schwimmst ausgezeichnet, und du hast Mut!»

Vor Freude über das Lob errötete der junge Steuermann bis über die Ohren.

«Auch bist du fromm», setzte Imhotep freundlich hinzu. «Es ist gut, vor den Göttern niederzufallen, um ihnen für ihre Wohltaten zu danken.»

Bedjmes verneigte sich.

«Darf ich mich jetzt zurückziehen?» fragte er ehrerbietig, und nachdem ihm Djoser zugenickt hatte, ging er schnell zum Heck des Schiffes, um seinen Platz wieder einzunehmen.

Als Djoser in Begleitung einer kleinen Eskorte von Matrosen das königliche Schiff verließ, um sich nach Schmunu zu begeben, stand die Sonne hoch am Himmel. Er war mit einem fein plissierten weißen Leinenschurz bekleidet und trug auf seiner Brust ein prachtvolles Pektoral, in dessen Mitte Imhoteps grüner Skarabäus glänzte. Leichten Schrittes, voller Unternehmungslust und Lebensfreude ging er voran. Die Stadt, die er besuchen wollte, lag am Rande der Wüste, wo die anschwellenden Fluten während des jährlichen Hochwassers sie nicht erreichen konnten. Mit dem Ufer des Flusses war sie durch einen langen, aufgeschütteten Damm verbunden, der sich in bemerkenswert gutem Zustand befand. Der junge Prinz betrachtete mit Genugtuung die regelmäßigen Reihen der Bewässerungskanäle zu beiden Seiten des Dammes, die die sattgrünen Felder durchzogen, auf denen Flachs, Gerste und Weizen vortrefflich gediehen. Er würde den Fürsten Anknezef zu seiner gut bewirtschafteten Provinz beglückwünschen müssen.

Imhotep hatte Djoser nicht begleiten wollen. Er hatte es vorgezogen, Djoser bei dieser ersten Begegnung mit dem Gouverneur allein zu lassen. Es war sicherlich besser, Prinzessin Senui nicht zu erschrecken, sondern sie anläßlich dieses offiziellen Besuchs des Königssohns schonend davon in Kenntnis zu setzen, daß der Arzt immer noch lebte und ganz in ihrer Nähe an den Vorbereitungen für den Bau der Ewigen Ruhestätte des Pharaos arbeitete. Im übrigen wollte er zum Tempel des Thoth, des ibisköpfigen Gottes, gehen, um mit Hilfe der dortigen Priester an Ort und Stelle die tüchtigsten Bildhauer und Steinmetze anzuwerben.

Je näher der Sohn des Pharaos dem Palast kam, um so erregter wurde er. Er ließ den heiligen Berg, der Schmunu im Westen überragte, nicht mehr aus den Augen. Da Djoser seit frühester Kindheit mit der Geschichte der Götter vertraut war, wußte er, daß nach der Überlieferung dort zum erstenmal die Erde zum Vorschein gekommen war. Auf wunderbare Weise war sie aus dem unendlichen Urwasser, das die Welt bedeckte, aufgetaucht. Und auf dem Gipfel dieses ersten Berges, der aus den Fluten emporgestiegen war, war die Sonne aus einem geheimnisvollen göttlichen Ei entsprungen.

«Ich verehre Thoth, den Vermittler von Wissenschaft und Weisheit, den Herrn von Maß und Zeit», murmelte Djoser andächtig. «Er schreibt die göttlichen Worte in die heiligen Schriften. Er weiß mehr als jeder andere in Ägypten, wie die Welt entstanden ist. Er ist der Gott der Schreiber. Er ist der Gott Imhoteps.»

«Leben, Gesundheit und Wohlstand in Ewigkeit für Djoser, unseren über alles geliebten Prinzen», mit diesen Worten begrüßte Anknetef ehrerbietig seinen hohen Gast und verbeugte sich tief.

Er stand auf der Schwelle des Palastes, um seinen erlauchten Gast zu empfangen. Anknetef war ein muskulöser, etwas beleibter Mann, der seine Glatze nicht mit einer Perücke bedeckte. Sein kurzer Hals verstärkte den Eindruck unerschütterlicher Stärke, der von seiner Person ausging.

«Sei gegrüßt, Gouverneur von Schmunu!» erwiderte der Sohn des Pharaos und lächelte. «Ich freue mich sehr, dich wiederzusehen.»

«Dies ist meine Familie: meine Gemahlin Senui und mein Sohn Rahotep.»

Anknetef trat ein wenig zur Seite, um die Mitglieder seiner Familie vorzustellen, die sich vor Djoser zu Boden geworfen hatten.

«Erhebt euch, Freunde», sagte der junge Prinz. «Ich freue mich, bei euch zu sein und euch glücklich zu sehen.»

Als erster sprang mit natürlicher, kindlicher Unbefangenheit der kleine Rahotep, ein Junge von ungefähr sieben Jahren, wieder auf und drängte sich an seinen Vater. Der Gouverneur strich ihm sanft über den Kopf, während er leise und beruhigend auf ihn einredete. Inzwischen hatten sich auch die beiden Frauen wieder aufgerichtet, und Djoser konnte seine Augen nicht von ihnen wenden. Eine war so schön wie die andere. Senui stand in der Blüte des reifen Alters, die Tochter im strahlenden Glanz ihrer sechzehn Jahre. Beide trugen das gleiche Gewand aus weißem Leinen, das sich von den Brüsten bis hinunter zu den Knöcheln eng an den Körper schmiegte und die Vollendung ihrer Körper ahnen ließ.

«Dein Besuch, o Djoser, ehrt unser Haus», sagte Senui mit sanfter Stimme.

Sie trug eine schwere schwarze Perücke, um die ein breites, mit Lotosblüten besticktes Band gebunden war. An ihrem Hals funkelte eine Kette aus Gold- und Keramikperlen mit türkisfarbenen Fransen.

«Ich habe dich gekannt, als du gerade geboren warst», fuhr sie im gleichen sanften Ton fort, «und als Kind sah ich dich noch einmal. Nun habe ich die Freude, einen jungen Mann zu empfangen. Du bist mein Vetter, Djoser. Darauf bin ich sehr stolz!»

Erfreut über dieses Kompliment entgegnete Djoser:

«Wir sind verwandt, das ist wahr! In dir, teure Senui, grüße ich die schönste Prinzessin Ägyptens!»

Doch während er sprach, wandte er sich Nefer zu.

Die Tochter des Gouverneurs war groß und schlank. Ihre ebenmäßigen Gesichtszüge besaßen alle charakteristischen Merkmale der schönen oberägyptischen Frauen: die gerade Nase, die vollen Lippen, die unauffällig rot gefärbt waren, die hohen Wangenknochen und vor allem die tiefschwarzen

Augen, die im äußeren Winkel durch einen kunstvoll geschminkten Strich zu den Schläfen hin vergrößert wurden. Auf ihrem Haar, das ein Mittelscheitel in zwei dicke Flechten teilte, die bis zu den Brüsten hinabfielen, trug sie als einzigen Schmuck ein schmales Goldband. Als sich ihr Blick mit dem des Pharaonensohns kreuzte, lächelte sie und senkte dann schweigend die Augen.

Dieses Lächeln hatte Djoser bis auf den Grund seines Herzens getroffen, und im gleichen Augenblick wußte er, daß er die Frau seines Lebens vor sich sah.

10

Chasechem frohlockte. Alles verlief wie geplant: Die Fürsten gehorchten seinen Befehlen, militärische Verstärkung war aus Norden und Süden nach Nechen unterwegs. Nun würde er die Plünderer vernichten können und Meru den Schwarzen aus seinem Territorium vertreiben. Schon war es General Uni gelungen, den Eindringlingen den Weg zu versperren, und sie bei der Insel Elephantine am ersten Katarakt des Nils einzuschließen. Jetzt galt es nur noch, sie endgültig zu vernichten.

Mit großer Sorge beobachtete Pharaonin Nimaathapu das fieberhafte Treiben am Hof, denn die Vorbereitungen auf den Kampf lasteten schwer auf ihrem königlichen Gemahl, dessen Gesundheitszustand immer noch besorgniserregend war. Ihr fehlte Imhoteps beruhigende Gegenwart. Als sie den Pharao noch einmal bat, seinen kämpferischen Eifer zu mäßigen und die ärztlichen Anweisungen genauer zu befolgen, antwortete er besonnen:

«Du hast recht, meine geliebte Gemahlin. Für all das bin ich schon zu alt, und es reibt mich auf. Es wird langsam Zeit, daß unsere beiden Söhne an der Führung des Landes teilhaben. Noch heute schicke ich einen Boten zu Djoser, um ihn zu bitten, so schnell wie möglich heimzukehren. Und Nebka werde ich die Führung der Armee übertragen, die Meru angreifen soll.»

«Verflucht sei die Gewalt!» entfuhr es Nimaathapu. «Warum denken die Männer eigentlich nur daran, zu kämpfen?»

«Ich habe keine andere Wahl», antwortete der Pharao mit fester und entschiedener Stimme. «Ich muß Krieg führen, damit meine Nachfolger in Frieden regieren können.»

«Verflucht sei der Krieg!» wiederholte die Pharaonin und ihre Stimme bebte vor Erregung. «Er tötet die Besten und raubt den Müttern ihre Kinder!»

Nach einigem Nachdenken bekräftigte Chasechem jedoch seinen Entschluß, Nebka das Kommando zu übertragen. Ein neues Land sollte erobert werden. Diese Aufgabe konnte als Stellvertreter des Pharaos nur ein Pharaonensohn übernehmen. Zudem glaubte er, daß dieser militärische Auftrag die Autorität des Prinzen festigen werde. Wenn er sich darauf verstand, fände er auch Gelegenheit, die Achtung seiner Soldaten zu gewinnen.

«Die Zeit der Entscheidung ist gekommen, liebe Nimaathapu, denn die Krankheit nagt an meinem Herzen. Ich will bei klarem Verstand und in aller Ruhe gerecht meinen Nachfolger bestimmen, solange ich noch stark genug bin. Bald ist es dazu vielleicht zu spät!»

Nimaathapu sah den Pharao lange an, trat dann auf ihn zu, legte zärtlich ihren Kopf an seine Schulter und murmelte:

«Mein Herz grämt sich bei dem Gedanken, meine Kinder in den Kampf zu schicken. Dennoch hast du recht, mein teurer Gemahl. Dein Wille ist im Sinne der ‹Ordnung der Ma'at›. So muß es sein. Doch bitte ich dich um eines, rufe Djoser so früh wie möglich zurück. Er soll heimkehren, damit er dir helfen kann, das Land zu regieren!»

Wenig später verließ der treue Sepa Nechen an Bord eines leichten Bootes. Er trug einen Brief des Königs bei sich, den er unverzüglich dem jungen Prinzen überbringen sollte. Zur gleichen Zeit wurden mehrere Kuriere in die entgegengesetzte

Richtung geschickt, um Nebka zu suchen, der seit ein paar Tagen zusammen mit einigen Freunden im Brachland der benachbarten Provinz wilde Stiere jagte.

Nachdem Imhotep, von den hilfreichen Priestern freundlich verabschiedet, den Tempel des Thoth wieder verlassen hatte, machte er sich auf den Weg zum Palast. Endlich war der Augenblick gekommen, Senui gegenüberzutreten, der Augenblick, den er so sehr herbeigesehnt hatte.

Schon am Vortage hatte Prinz Djoser seinen Gastgebern erzählt, daß der Arzt am Leben sei und daß er mit ihm nach Schmunu gereist sei. Das erste ungläubige Erstaunen der Prinzessin war bald einer großen Neugier und Ungeduld gewichen, und sie hatte Djoser unzählige Fragen gestellt, so daß dieser schließlich lachend um Gnade gebeten und versprochen hatte, Imhotep unverzüglich zu ihr zu schicken, damit er auf all ihre Fragen selbst antworten könne.

Auch Imhotep sah dieser Begegnung ebenso freudig wie ungeduldig entgegen. Als er schließlich in Begleitung des Haushofmeisters, der seinen Besuch angekündigt hatte, vor der Tür des Empfangssaales stand, schloß er kurz die Augen, holte dann ein paarmal tief Luft und trat entschlossen über die Schwelle.

«Sei gegrüßt, lieber Freund!» rief Anknetef, erhob sich und umarmte ihn. «Ich freue mich, dich lebend und bei guter Gesundheit wiederzusehen!»

Der warmherzige Empfang ließ Imhotep wieder zu sich kommen. Herzlich dankte er seinem Gastgeber, doch schon suchten seine Blicke die Frau, nach der er sich so lange gesehnt hatte.

«Sei gegrüßt, Arzt von Schmunu!» sagte Senui leise und etwas scheu, ohne sich von ihrem Sessel zu rühren.

Sie saß nahe an einem großen Fenster im Gegenlicht. Imhotep ging einige Schritte auf sie zu. Abermals sah er sie so, wie sie für immer seinem Gedächtnis eingegraben war: von goldenem Licht umflutet wie am Tage ihrer ersten Begegnung auf dem königlichen Schiff. Er trat an sie heran, verneigte sich tief und sagte:

«Im Palast von Nechen, oh, Prinzessin, hat mir Pharaonin Nimaathapu von Euch erzählt, und ich habe mir sehnlichst gewünscht, Euch wiederzusehen!»

Mit diesen Worten, die Senui vor vielen Jahren selbst einmal gebraucht hatte, hoffte er sie wissen zu lassen, wie sehr die Erinnerung an ihre glückliche Vergangenheit in seinem Herzen noch lebendig war.

Senui blickte ihn lange schweigend an. Um ihre Lippen spielte ein leichtes Lächeln, das er nicht zu deuten vermochte. War es Freude oder Traurigkeit? Oder Ermutigung? Ihr Schweigen schien ihm eine Ewigkeit lang zu dauern...

«Die Pharaonin ist sehr gütig», antwortete sie schließlich leise, «und daß wir heute das Vergnügen haben, dich wiederzusehen, lieber Arzt, ist eine große Wohltat, für die wir ihr zu großem Dank verpflichtet sind.»

Als er dies hörte, schwand jede Anspannung aus seinem Gesicht. Nun war er sicher, daß auch Senui ihn nicht vergessen hatte. Mit dem Austausch dieser erinnerungsträchtigen Sätze war es ihnen nach so langer Trennung in wenigen Worten gelungen, ein heimliches Einverständnis herzustellen.

«Ich bin hier, weil unser geliebter Pharao es so will», fuhr Imhotep fort, indem er sich Anknetef zuwandte. «Seine Majestät hat mich zum Großen Baumeister aller Arbeiten ernannt und schickt mich nach Abydos, um sein ‹Haus für die Ewigkeit› zu bauen.»

«Abydos ist nicht Schmunu!» sagte der Gouverneur verwundert. «Warum also bist du hierher gekommen?»

Geistesgegenwärtig entgegnete Imhotep ohne zu zögern:

«Hier in der Stadt arbeiten im Tempel des Gottes Thoth die besten Steinmetze und Bildhauer des Landes Kêmi. Ihr Talent und ihre Fähigkeiten brauche ich, um das Grab des Pharaos bauen zu können. Ich bin gekommen, sie zu holen.»

«Kann ich dir bei dieser Aufgabe helfen?» fragte der Fürst.

Doch noch bevor Imhotep noch den Mund öffnen konnte, erhob sich Senui.

«Bist du denn nicht mehr Arzt?» fragte sie erstaunt und trat einen Schritt auf ihn zu. «Ich habe mich schon so darauf gefreut, meine medizinischen Kenntnisse im Umgang mit einem Meister von höchstem Rang vervollkommnen zu können. Aber siehe da, schon hat dich unser Pharao – möge ihm Leben, Gesundheit und Macht verliehen sein in Ewigkeit – in einen Steinmetz verwandelt!»

Anknetef mußte laut lachen:

«Du nennst den Großen Baumeister aller Arbeiten einen Steinmetz!» rief er vergnügt. «Weißt du nicht, Senui, daß dieser Titel nur einem der größten Würdenträger des Landes zukommt?»

Dann wandte er sich an Imhotep und fügte hinzu:

«Ich verstehe die Enttäuschung meiner Gemahlin, denn schon seit vielen Jahren interessiert sie sich für die Medizin. Einige Krankheiten kann sie schon sehr gut behandeln.»

«Wirklich?» fragte Imhotep amüsiert und neugierig zugleich.

«Wirklich!» sagte Senui und setzte sich wieder auf ihren Sessel.

Sie versuchte ernst zu bleiben, doch freute sie sich so sehr über den erfolgreichen Winkelzug, mit dem sie den Arzt in Imhotep in die Pflicht genommen hatte, daß sie über das ganze Gesicht strahlte. Imhotep begriff sofort, welchen Nutzen er aus der neuen Situation ziehen konnte und verbeugte sich tief vor ihr.

«Es ist meine Pflicht, Prinzessin, Euch mein Wissen zur Verfügung zu stellen. Ich bin nun Baumeister, gewiß, doch ebenso bin und bleibe ich immer der Arzt von Schmunu.»

«Sogar in Abydos?» fragte sie ernst.

«Das Grabmal Seiner Majestät hat absoluten Vorrang», antwortete er und sah dabei Fürst Anknetef an. «Doch wenn alle Vorbereitungen getroffen sind und der Bau erst begonnen hat, wird es mir möglich sein, Abydos zu verlassen und hierher zu kommen. Vielleicht finde ich in dieser Gegend sogar die geeigneten Steinarten, die ich für das Bauwerk benötige.»

«Wie dem auch sei», schaltete sich der Gouverneur ein, «in meiner Provinz werden die stabilsten Transportkähne gebaut. Ich habe Prinz Djoser den Vorschlag gemacht, heute die Schiffswerft zu besichtigen, die ich am Ufer des Nils in Betrieb genommen habe. Hättest du Lust, uns zu begleiten, Imhotep?»

Wieder kam ihm Senui zuvor und reklamierte:

«Kaum ist er angekommen, und schon nimmst du ihn in Beschlag! Ich habe so viele Fragen an ihn, besonders über Augenkrankheiten.»

Der Arzt sah die Prinzessin lange an.

«Es gibt eine Lösung, die alle zufriedenstellen wird», sagte er, ohne den Blick von ihr zu wenden. «Gehen wir doch alle zusammen zum Fluß, dann können wir unterwegs über Heilkunde sprechen.»

Senui stimmte erfreut zu. Wenigstens auf diese Weise würden sie eine Weile zusammenbleiben können.

Die Sonne hatte ihren Zenit bereits überschritten und brannte nicht mehr so heiß vom Himmel, als die kleine Ausflugsgesellschaft das königliche Schiff verließ; an der Spitze Djoser in Begleitung der schönen Nefer und des Gouverneurs, hinter ihnen, Seite an Seite, Senui und Imhotep. Sie gingen, eskortiert von Lanzenträgern, auf einem Treidelpfad am Ufer entlang, bis sie zu einer Schleuse kamen. Von hier aus führte ein Kanal in das weitläufige, rechteckige Wasserbecken eines künstlichen Hafens.

Am Rand des Beckens lagen zahlreiche teils geschälte, teils ungeschälte Akazienstämme sorgfältig aufgestapelt.

«Das hier ist unser Vorrat an Bauholz», sagte der Gouverneur.

«Noch nie habe ich so viele Baumstämme auf einmal gesehen!» entfuhr es Djoser. «Was meinst du, Großer Baumeister?» und er wandte sich zu Imhotep um, der in ein vertrautes Gespräch mit Senui vertieft war. «Unser Freund Anknetef hat offenbar große Pläne.»

Auf einem großen Platz an der Längsseite des Beckens waren zahlreiche Arbeiter mit der Holzverarbeitung beschäftigt. Einige führten geschickt das Querbeil und schnitten aus den Stämmen große vierkantige Balken, andere zersägten die geschälten Stämme zu gleichmäßig dicken Brettern. Die Arbeit unter der sengenden Sonne war hart, und die schweißüberströmten Zimmerleute mußten häufig abgelöst werden. Da aber bei einem solchen Rhythmus das Werkzeug schnell stumpf wurde, mußte es auch oft ausgewechselt werden. Einige zerlumpte Handlanger trugen es dann zu einer Gruppe von Arbeitern, die im Schatten eines nahen Sykomorenwäldchens vergnügt auf Holzklötzen saßen, und Äxte und Sägen mit dem Schleifstein wieder schärften.

«Was sagt ihr zu dieser Arbeit?» fragte Anknetef mit einigem Stolz in der Stimme. «Habt ihr schon jemals gesehen, daß in diesem Tempo Holz zurechtgeschnitten wird?»

«Ich bin überwältigt von allem, was ich hier sehe», sagte Djoser und nahm Nefer bei der Hand. «Wenn ich meinem Vater darüber berichte, wird er sehr erfreut sein.»

Senui, die einige Schritte hinter ihnen schweigend neben Imhotep stand, hatte aus der Antwort des jungen Prinzen auch sofort die feinen Untertöne herausgehört. Lebhaft mischte sie sich in das Gespräch ein:

«Alles, was aus Schmunu kommt, ist gut», bemerkte sie lachend, «so sagt jedenfalls unser Volk.»

«Setzen wir die Besichtigung fort!» drängte Anknetef, der voller Stolz seinen Besuchern noch vieles zeigen wollte. «Wir kommen jetzt zur Schiffswerft.»

Auf den beiden anderen Seiten des Beckens, dessen Ufer in sanfter Neigung zum Wasser abfielen, zeichneten sich aus einem fast unübersehbaren Wirrwarr von Trägern, Planken, Stützen und Seilen die Umrisse von sechs im Bau befindlichen Lastkähnen ab. Alle Rümpfe befanden sich noch im Anfangsstadium der Fertigung. Jeweils in Trupps zu acht waren die Zimmerleute dabei, dem Kielholz die Krümmung zu geben, die nötig war, um Bug und Heck über die Wasserlinie zu heben.

«Seht euch die Arbeitsweise genau an. Gerade werden die Kiele in Form gebracht», erläuterte der Gouverneur. «In der Mitte eines Schiffes wird ein dicker gabelförmiger Pfahl aufgerichtet. Durch die Gabelung laufen zwei starke, miteinander verbundene Taue jeweils nach vorn zum Bug und nach hinten zum Heck. Dann werden zwischen die Taue kreuzweise zwei schwere Hölzer gesteckt und von mehreren Männern so lange gedreht, bis die Seile sich spannen und die Enden der Kielbalken langsam anheben, bis sie schließlich die richtige Krümmung erreicht haben.»

Um das Holz geschmeidiger zu machen, übergossen Arbeiter es von Zeit zu Zeit mit siedendem Wasser. Alle auf der Werft beschäftigten Arbeitstrupps schienen so gut aufeinander eingespielt zu sein, daß von ihrem Treiben ein Eindruck von Harmonie und äußerster Leistungsfähigkeit ausging.

Imhotep unterbrach sein Gespräch mit Senui und trat an Anknetefs Seite.

«Diese Lastkähne sind die größten, die ich jemals in den Beiden Ländern gesehen habe!» sagte er anerkennend. Und sie vertieften sich in ein ausführliches Gespräch über Schiffsgrößen, die denkbare Anordnung der Ladeflächen und über die Möglichkeit, das gesamte Deck für den Transport von Steinen zu nutzen. Denn während der Besichtigung dieser Werft und beim Anblick der riesigen Transportkähne, die dort gebaut werden konnten, war in Imhotep wieder der Dämon des Architekten erwacht.

«Eines Tages werde ich mir all dies zunutze machen, zum größten Ruhme des Pharaos und des Landes Kêmi!» sage Imhotep begeistert.

«Warum träumst du immer von großen Bauten, anstatt dein Glück in der Pflege der Kranken zu suchen?» murmelte Senui.

Enttäuscht über ihre Verständnislosigkeit senkte Imhotep traurig den Kopf.

Während sie noch auf dem Werftgelände standen und diskutierten, entstand am Eingang der Werft ein lärmendes Durcheinander. Kurz darauf kam ein Mann herbeigeeilt, verhandelte einen Augenblick lang mit dem Hauptmann der Militäreskorte, trat dann auf den Prinzen zu und warf sich ihm zu Füßen.

«Sepa!» rief Prinz Djoser überrascht. «Was tust du hier, treuer Sepa? Steh auf und sprich!»

«Der Pharao schickt mich zu Euch, mein Prinz, Euch zu bitten, so schnell wie möglich in die Hauptstadt zurückzukehren. Hier ist sein Befehl», sagte der Sklave und reichte ihm eine Papyrusrolle.

Djoser nahm sie an sich, entrollte sie und überflog rasch den Inhalt.

«Kehren wir zur königlichen Barke zurück», sagte er entschlossen. «Ich muß dem Befehl meines Vaters unverzüglich folgen.»

Nebka und sein Bruder Djoser erreichten Nechen am gleichen Tag. Der eine kam zu Fuß aus dem Süden, der andere den Fluß herauf aus dem Norden. Zur Feier ihrer Rückkehr gaben Nimaathapu und der Pharao einen offiziellen Empfang im Palast.

Die Kommandeure der Armee, die hohen Beamten und Vasallen aus allen Teilen des Landes waren mit ihren Frauen zu dem großen Festessen geladen. Die Ankömmlinge versammelten sich, von Dienern geleitet, im großen Empfangssaal. Unter ihnen General Uni, der sich, umgeben von schönen Frauen, stolz im frisch erworbenen Ruhm seines Sieges über Meru den Schwarzen sonnte und den gespannt lauschenden Bewunderern von seinen Heldentaten berichtete.

Bei Einbruch der Nacht trugen die Sklaven Hunderte von Lampen herein und öffneten die Türen, die zum Garten hinausführten. Entlang des von Seerosen bedeckten Wasserbassins waren zahlreiche, mit Lotosblüten bestreute niedrige Tische aufgestellt worden, überladen mit Früchten aller Art: Trauben, Granatäpfel, Feigen und Datteln. An den Ecken des Beckens loderten vier Holzfeuer, die von jungen Sklaven unterhalten wurden, und tauchten den Garten in ein sanftes, doch magisches Licht.

Als die Gäste sich anschickten, die Galerie zu verlassen, um sich draußen auf den um die Tische verteilten Kissen niederzulassen, verkündete der Haushofmeister des Pharaos mit lauter, ehrfurchtgebietender Stimme:

«HORUS-SETH-CHASECHEMUI, Pharao von Ober- und Unterägypten! Der Herr der Beiden Länder, Schützling der Geiergöttin und der Uräusschlange! Er möge leben in Ewigkeit!»

Alle Anwesenden wandten sich um, erstarrten für einen Augenblick, bis der Herrscher, der soeben den Saal betreten hatte, nähergekommen war, und warfen sich ehrerbietig vor ihm nieder.

Das strenge Gesicht des Pharaos strahlte Ernst und Würde aus. Er trug die weißrote Doppelkrone, ein breites Pektoral aus Türkis, einen plissierten Leinenschurz und goldene Sandalen.

Während die Anwesenden schweigend mit der Stirn auf

dem Boden verharrten, fuhr der Haushofmeister in seiner Ankündigung fort:

«Die Große Gemahlin des Pharaos, Nimaathapu!»

Die Pharaonin war in ein langes, bis zu den Knöcheln reichendes Gewand gehüllt und hielt sich etwas im Hintergrund zur Linken ihres Gemahls. Sie hatte ihre schwarze Perücke mit einem prachtvollen Diadem aus Lapislazuli geschmückt.

«Der Prinz Nebka! Der Prinz Djoser! Vorlesepriester ihres Vaters! Gouverneure des Palastes von Nechen!»

«Erhebt euch», sagte der Pharao. «Heute abend seid ihr alle meine Gäste. Eßt, wie es euch beliebt, und seid fröhlich!»

Schon bald herrschte ein lebhaftes Gedränge und lärmendes Stimmengewirr. Alle Gäste ließen sich an den Tischen nieder, und schnell kamen Gespräche in Gang. Chasechem hatte in Begleitung der königlichen Familie auf einem erhöhten Podium Platz genommen. So überragte er die Anwesenden und war für alle gut sichtbar. Der General Uni, der Oberste Schreiber Hesirê und Fürst Kabaû, mit denen er noch dringende Angelegenheiten besprechen wollte, saßen bei ihm.

In einer langen Reihe, von Flötenspielern angeführt, trugen die Köche große Platten mit gebratenen Enten herein. Zuerst wurden die Gäste an der königlichen Tafel bedient. Die übrigen Anwesenden versorgten sich selbst, griffen herzhaft zu, wenn die Platten gereicht wurden. Zudem wurde Bier gereicht, zuerst in Bechern, dann in großen Krügen. Die Stimmung war ausgezeichnet, das Fest kam in Schwung.

«Ein ausgezeichnetes Getränk», stellte Chasechem anerkennend fest und wischte sich nach einem kräftigen Schluck mit dem Handrücken die Lippen.

«Es ist ein besonderes Bier, das in meiner Provinz gebraut wird», sagte Fürst Kabaû mit stolzer Brust. «Ich habe dafür Sorge getragen, daß es heute abend zu Eurem Fest serviert werden konnte. Ich freue mich, daß es Euch schmeckt.»

Kabaû war ein kleiner, kahlköpfiger, beleibter Mann, doch

hinter seiner Körperfülle und seinem aufgedunsenen Gesicht verbarg sich eine wache Intelligenz. Nebka, der gern trank, hatte seinen Krug in einem Zug geleert und sagte nun brummig:

«Stimmt, es ist gut! Wie stellt man es her?»

Mit der ihm eigenen Umständlichkeit beschrieb Kabaû, wie das Gerstenbrot zunächst schwach gebacken und dann zerbröselt wird, solange es noch heiß ist, um anschließend mit Wasser vermengt zu werden, das um der Reinheit willen aus einem sehr tiefen Brunnen geschöpft werden muß.

«Der Teig wird von den Frauen lange gerührt...»

«Daran ist doch nichts Außergewöhnliches», unterbrach ihn Nebka. «Beim Bierbrauen wird im Land Kêmi immer so verfahren.»

«Der Unterschied, Prinz», sagte Kabaû und hob belehrend den Zeigefinger, «besteht darin, daß wir zerstoßene Datteln und ein wenig Honig beimischen. Aber ich muß Euch warnen», schloß er, «dieses Getränk ist sehr viel berauschender als irgendein anderes Bier.»

«Ach was!» sagte Nebka verächtlich und nahm einen neuen Krug. «Nur Weiber und kleine Kinder werden von so einem Bier betrunken.»

«Verzeiht, Prinz, daß ich Euch widerspreche», beharrte Kabaû. «Hütet Euch vor der schnellen Wirkung dieses Bieres!»

«Hältst du mich etwa für einen Schwächling?» fuhr Nebka ihn an und leerte trotzig auch diesen Krug in einem einzigen Zug.

Nimaathapu warf ihrem ältesten Sohn einen mißbilligenden Blick zu. Chasechem, der mit Djoser und Uni in ein Gespräch vertieft war, hatte nichts bemerkt. Nebka erhob sich, verließ den Tisch des Pharaos und ging unsicheren Schrittes in einen kaum beleuchteten Winkel des hinteren Teils des Gartens, in den sich einige seiner Altersgenossen zurückgezogen hatten. Sie waren ebenso betrunken wie er und amüsierten sich gerade mit einer hübschen Sklavin, der sie bereits die Kleider ausgezogen hatten.

«Komm zu uns, Prinz!» rief einer von ihnen. «Freu dich des Lebens, solange noch Zeit dazu ist!»

Und er reichte ihm einen Krug Bier. Nebka trank in langen Zügen und starrte auf den entblößten Körper der Frau.

«Warum, solange noch Zeit ist?» fragte er schroff.

«Ja, weißt du denn nicht, Prinz, daß wir morgen in den Krieg ziehen müssen?» entgegnete der junge Mann mit von Trunkenheit schwerer Zunge. «Die Nubier werden uns alle aufspießen, und du wirst uns ins Blutbad führen!»

«Was erzählst du da? Du bist ja betrunken!» rief Nebka wütend und setzte sich auf den niedrigen Tisch.

«Es stimmt! Er hat die Wahrheit gesagt! Morgen müssen wir in den Krieg!» pflichteten ihm die anderen bei. Und jetzt redeten alle durcheinander.

Die nackte junge Sklavin setzte sich auf Nebkas Knie und strich ihm mit den Fingerspitzen langsam und sanft über die Lippen. Auch sie hatte zuviel getrunken.

«Ruhig, mein schöner Prinz. Es nützt nichts, sich aufzuregen», sagte sie schmeichelnd.

Nebka stieß sie so grob von sich, daß sie zu Boden stürzte. Als sie vor Schreck aufschrie, versetzte er ihr einen heftigen Fußtritt in die Seite und sagte böse: «Schweig oder ich zertrete dich!»

Zu Tode erschrocken krümmte sie sich zusammen und rührte sich nicht mehr. Nebka wandte sich an die anderen:

«Du da», sagte er und zeigte auf den, der zuerst gesprochen hatte: «Erkläre mir das. Von welchem Krieg, von welchem Blutbad sprecht ihr?»

«General Uni hat uns gerade mitgeteilt, daß die neue Armee morgen ausrücken wird, um Obernubien zu erobern. Und weil der Pharao krank ist, soll sein ältester Sohn den Befehl übernehmen», antwortete der junge Mann hastig, als wolle er schnell eine Last loswerden.

Nebka erbleichte. Er hatte eine panische Angst vor dem Krieg, denn trotz seiner Neigung zu Gewalttätigkeiten war er im Grund seines Herzens feige, fürchtete sich vor Schlägen und Verletzungen, vor allem aber vor dem Tode. Jetzt fachte die Trunkenheit seine Angst und seinen Jähzorn so sehr an, daß er die Beherrschung verlor und losschrie:

«Es ist unerhört, daß ihr über mein Schicksal mehr wißt, als ich selbst. Wer hält mich hier zum Narren, daß er über mein Leben entscheidet, ohne mich auch nur zu fragen? Bin ich nicht Prinz von Geblüt und zukünftiger Pharao?»

Außer sich vor Wut rannte Nebka torkelnd durch den Garten und stieß im Vorbeilaufen vor den erschrockenen Augen der Gäste mehrere Tische um. Atemlos und mit hochrotem Gesicht blieb er vor seinem Vater stehen und schrie:

«Ich ziehe nicht in den Krieg!»

Totenstille breitete sich aus. Langsam erhob sich Chasechem. Er legte seinem Sohn die Hand auf die Schulter und redete beschwichtigend auf ihn ein:

«Setz dich, Nebka, das Bier ist dir zu Kopf gestiegen. Es verwirrt deinen Geist. Setz dich und beruhige dich!»

«Hör auf deinen Vater, Nebka», sagte die Pharaonin beschwörend, «ich bitte dich, mein Sohn, höre auf ihn!»

«Du willst mir nicht antworten!» tobte Nebka, «das wirst du bereuen!»

In äußerster Wut packte er den niedrigen Tisch, der vor ihm stand, schwang ihn mit ausgestrecktem Arm hoch über seinem Kopf und schleuderte ihn mit der Kraft eines Wahnsinnigen dem Pharao entgegen. Doch im selben Augenblick war die Pharaonin aufgesprungen, um ihren rasenden Sohn zurückzuhalten. Das Tischchen wirbelte durch die Luft und schlug ihr gegen die Stirn. Getroffen stürzte sie rückwärts von der Estrade herab und schlug mit dem Hinterkopf schwer auf den Steinboden auf. Djoser eilte ihr zu Hilfe. Mit Tränen in den Augen hielt er ihren Kopf in seinen Händen. Aus einem Ohr und den Mundwinkeln sickerte langsam ein dünnes, feucht-glänzendes Blutrinnsal.

«Sei verflucht, Elender!» brüllte Chasechem. «Sei auf ewig verflucht! Du bist nicht mehr mein Sohn! Ich werde dich töten!»

Er wollte sich auf ihn stürzen, tat jedoch nur einen einzigen Schritt, faßte sich plötzlich mit weit aufgerissenem Mund und seltsam verzerrtem Gesicht an die Brust und schien für nur einen Augenblick zu erstarren. Djoser, der am Boden kniete und den Kopf seiner Mutter zwischen seinen blutverschmierten Händen hielt, sah ihn dann leblos in General Unis Arme sinken.

Zutiefst erschüttert richtete sich der junge Prinz auf und sagte zu den versteinerten Gästen mit tonloser Stimme:

«Geht jetzt alle! Laßt uns allein!»

Er beugte sich über seinen Vater und stellte fest, daß er noch atmete, aber in einem jähen Anfall seiner schweren Krankheit das Bewußtsein verloren hatte.

«Bringt ihn ganz vorsichtig in sein Gemach. Ich komme sofort», sagte er leise zu Uni und Hesirê.

Dann wandte er sich den Gästen zu, die voller Entsetzen dem Ausgang zustrebten, und sagte ruhig, gefaßt und bestimmt:

«Der Pharao von Ober- und Unterägypten lebt. Ihr könnt beruhigt heimkehren.»

Als sein Blick auf Kabaû fiel, der mit ausdruckslosem Gesicht vor ihm stand, fragte er schroff:

«Wo ist mein Bruder?»

Verwirrt und erschüttert stammelte Kabaû etwas Unverständliches, doch dann faßte er sich, und es gelang ihm zu sagen:

«Er ist verschwunden, Prinz!»

II

Erdrückende Stille lag über Nechen, der Hauptstadt des Südens. Die Straßen waren leer. Die Stadt schien ausgestorben. Das ganze Volk trauerte um die über alles geliebte Pharaonin.

An den Toren des Palastes warteten die Soldaten und Wachtposten unbeweglich auf Befehle, die nicht kamen. Nicht ein Sklave, nicht eine Sklavin lief durch die weiten Flure. Die hohen Beamten und Vasallen waren auf ihre Besitztümer zurückgekehrt. Im Tempel der Geiergöttin am anderen Ufer des Nils warteten die Priester in aufmerksamer Bereitschaft darauf, daß man sie riefe. Prinz Djoser hatte ihnen die sterbliche Hülle Nimaathapus, der verstorbenen Großen Gemahlin, übergeben, bevor er ans Lager seines todkranken Vaters zurückgekehrt war. Er hatte sich entschlossen, bei dem Sterbenden zu bleiben. Vom Schmerz überwältigt wachte er Tag und Nacht an seinem Lager und lauschte voll geduldiger Aufmerksamkeit seinen letzten Worten:

«Trockne deine Tränen, mein Sohn, und höre, was ich dir zu sagen habe. Solange mir noch etwas Kraft verbleibt, will ich dir Ratschläge für die Zukunft geben.»

«Schone dich, Vater», redete Djoser ihm sanft zu und nahm seine Hand. «Du darfst dich nicht aufregen.»

«Die Zeit drängt, mein Sohn», fuhr der Pharao keuchend fort. «Ich werde bald sterben... Imhotep hat es mir vorausgesagt... Und er täuscht sich nie!»

Ergriffen wandte der junge Mann den Kopf zur Seite und sagte leise:

«Der Arzt von Schmunu wird so schnell wie möglich zurückkehren und dir helfen. Ich habe einen Boten nach Abydos gesandt.»

«Zu spät...»

Ein plötzlicher Hustenanfall unterbrach den Pharao. Er atmete schwer, rang nach Luft, seine Nasenflügel bebten und die Lippen verfärbten sich bläulich. Der Prinz wischte ihm den Schweiß von der Stirn.

«Es ist vorüber», sagte der Kranke mit tonloser Stimme. «Du mußt mir jetzt zuhören. Djoser, versprich mir, daß du die Einheit Ägyptens verwirklichen wirst.»

Mit Tränen in den Augen nickte der Jüngling und versicherte, seinem Vater den letzten Wunsch zu erfüllen:

«So wie du es immer angestrebt hast, werde ich den Norden mit dem Süden vereinen. Ich verspreche es dir.»

Der Sterbende ergriff die Hand seines Sohnes, zog ihn zu sich herab und berührte mit seinen fiebrigen Lippen Djosers Stirn. Und als hätte diese Berührung ihm neue Kräfte verliehen, fiel ihm das Sprechen plötzlich leichter.

«Du mußt deinen Bruder für immer vergessen! Er ist verflucht, und eines Tages wird er durch meinen Fluch zugrunde gehen. Niemand soll je wieder seinen Namen aussprechen. Das ist mein letzter Wille. Sodann vernichte den Betrüger Peribsen, ganz gleich mit welchen Mitteln! Schaffe endlich Frieden! Das Land Kêmi hat ihn dringend nötig!»

Und Chasechem bat seinen Sohn, er möge aus seinem Titel nur den Namen des Horus übernehmen, den Namen des guten Gottes und Herrn über das Flußtal und das Delta. Den Namen Seth, den Namen des Herrn der Wüste und des Krieges, möge er aber verwerfen.

Erschöpft ließ der Pharao den Kopf sinken. Lange Zeit hörte man nur den schweren Atem des Kranken. Dann aber richtete sich der Pharao unverhofft noch einmal auf und sagte laut und bestimmt:

«Djoser, höre auf mich. Nimm nur den Namen des Horus an! Und mache dich schnell auf zu den Priestern jenseits des Flusses. Ich will zusammen mit Nimaathapu zu meinem Grabmal gebracht werden. Geh, mein Sohn! Geh schnell. Du allein kannst ihnen meinen Willen verkünden. Ich werde hier warten...»

«Soll ich nicht lieber an deiner Seite bleiben, Vater?»

«Nein! Was ich verlange, ist für mich wichtig! Ich will gemeinsam mit Nimaathapu aufbrechen», wiederholte der Pharao, jedes einzelne Wort mühsam hervorstoßend.

«Gut, Vater, ich füge mich deinem Willen.»

Djoser erhob sich zögernd, sein Herz war schwer. «Vielleicht wird er sterben, ehe ich zurück bin. Vielleicht werde ich seinen Blick niemals wiedersehen», dachte er, während er langsam hinausging.

Vor der Tür des königlichen Gemachs hockten die Sklaven auf den Steinfliesen und weinten still vor sich hin, denn sie liebten ihren Herrn, weil er immer gut zu ihnen gewesen war.

Der Prinz zog leise die Tür hinter sich zu und blieb einen Augenblick stehen, um seiner Erregung Herr zu werden. Nachdem er sich wieder gefaßt hatte, trat er auf die Sklaven zu und erteilte ihnen mit undurchdringlichem Gesicht seine Anweisungen.

«Bleibt wachsam, Männer und Frauen, denn euer Pharao hat den Weg ins Reich der Toten angetreten, wo ihn Osiris, der Herr der Ewigkeit, erwartet. Hört aufmerksam auf seine Befehle. Gehorcht all seinen Wünschen. Tut alles, was möglich ist, um seinen Schmerz zu lindern. Kein Lärm. Kein unnötiges Treiben. Einer von euch soll dem Stadtkommandanten in meinem Auftrag sagen, daß weiterhin absolute Stille zu herrschen hat. Ich selbst werde den Fluß überqueren, um den Hohenpriester im Tempel der Großen Geiergöttin aufzusuchen, wie es der Wunsch meines Vaters ist. Laßt niemanden zu ihm außer den Arzt Imhotep, der aus Abydos zurückkehren wird, wo er das Haus für die Ewigkeit baut. Ihr wißt, daß er der größte Arzt unseres Landes ist. Er wird nach dem Pharao sehen!» Dann fügte er leise und mit bewegter Stimme hinzu:

«Mit seiner Hilfe wird euer Herr, Horus Chasechem, vielleicht noch unter uns bleiben.»

Bei diesen Worten warfen sich alle Sklaven unter Tränen zu seinen Füßen nieder.

«Steht auf», befahl er, ohne seine Stimme zu heben. «Ich will noch vor Sonnenaufgang aufbrechen.»

Düster und mondlos hatte sich die Nacht über die Totenstille des Palastes gesenkt, in dem der Pharao einsam im Sterben lag. Unten am Fuß des Hügels lag die ganze Stadt in tiefem Schlaf. Die Nacht war kühl und die Luft feucht. Bald würde die jährliche Überschwemmung beginnen, bald würde der Fluß aus seinem Bett treten und die Erde tränken.

Am Kai entlang schlich ein Mann durch die Dunkelheit.

Schmutzig und zerlumpt wie ein Bettler irrte er ohne festes Ziel am Wasser umher. Wer hätte in ihm den einstigen Pharao, Prinz Peribsen, wiedererkannt? Dieser entthronte Pharao war nun allein und von allen verlassen?

Nach seiner überstürzten Flucht während der letzten Schlacht, in der sein Beduinenheer vom siegreichen Chasechem zerschlagen worden war, hatte er mehr schlecht als recht versucht, seine Getreuen in einer westlichen Oase wieder um sich zu sammeln. Doch das Leben auf der roten Erde der Wüste war rauh, und nach und nach waren seine Anhänger aus den Nomadenlagern aufgebrochen, um zur schwarzen Erde des Nilufers zurückzukehren. Mit der Zeit war nur noch eine Handvoll Getreuer bei ihm geblieben. Dann aber war eine schwere Ruhrepidemie ausgebrochen, bei der seine Frau, seine

Schwiegereltern, sein Bruder und seine beiden Schwestern ums Leben kamen. Allein er hatte überlebt, zusammen mit einem Pflegekind, das seine Leute während der Plünderung in der Stadt Nechen geraubt hatten. Peribsen hatte sehr an diesem Jungen gehangen. Er war sein einziger Trost gewesen, während er einen Rückschlag nach dem andern hatte erleben müssen. Mit den Jahren hatte er jedoch bei dem Jungen ein merkwürdiges Verhalten beobachtet, als ob sein Geist verwirrt oder von einem Dämon besessen sei.

Wie um das Unglück vollständig zu machen, war Peribsen eines Tages ohne Soldaten und ohne Gefährten und ohne seinen Adoptivsohn erwacht, der ebenfalls wie ein Verräter verschwunden war. Da hatte er sich mit haßerfülltem Herzen allein auf den Weg gemacht. Tag für Tag war er unter der sengenden Sonne quer durch die Wüste gewandert, hatte das fruchtbare Tal und endlich die Hauptstadt erreicht. Verkleidet und unerkannt trieb er sich nun des Nachts in den kleinen Gäßchen der Unterstadt herum, immer auf der Suche nach einer günstigen Gelegenheit, seine Rachepläne in die Tat umzusetzen.

Am frühen Morgen des nächsten Tages bestieg Djoser in Begleitung von General Uni das königliche Schiff, um über den Fluß zum Tempel der Göttin zu fahren.

Als Peribsen, der in der Dunkelheit kauerte, ihn erblickte, hielt er seine Stunde für gekommen. Sein Plan war einfach: Zuerst würde er den Pharao töten und dann in der allgemeinen Verwirrung, die dem Mord folgen würde, seine früheren Anhänger um sich scharen. Mit ihnen würde er die Krone Oberägyptens zurückerobern und wieder das Land beherrschen.

In den Palast einzudringen, bereitete ihm keine Schwierigkeiten, er kannte ihn genau. Von Hof zu Hof, von Flur zu Flur gelangte er mühelos bis zu den Gemächern des Pharaos.

Sepa, der Vorsteher der Sklaven, wachte vor der Tür des Schlafgemachs. Um sich wach zu halten, schwatzte er leise mit seiner Frau Neset, die zu seinen Füßen auf einer Binsenmatte lag und ein altes, wehmütiges Lied summte.

Peribsen sprang blitzartig aus der Dunkelheit hervor, öffnete die Tür des Schlafgemachs mit einem kräftigen Schulterstoß und erreichte in wenigen Sätzen das Lager des Pharaos. Außer sich vor Haß, den Dolch drohend erhoben, suchte er das Angesicht seines Opfers, begegnete aber nur dem gebrochenen Blick des Todes. Der Pharao Chasechem war in das Reich der Götter eingegangen.

Peribsen war um seine Rache gebracht. Sein drohend erhobener Arm fiel schwer wie ein Stein herab. Der Dolch entglitt seiner Hand, und noch während er sich mit gesenktem Kopf wandte, traf ihn mit voller Wucht die Steinaxt des treuen Sepa.

EPILOG

Mit dem nahezu gleichzeitigen Dahinscheiden der Großen Gemahlin Nimaathapu und des Pharaos Chasechem, der durch sein Streben nach Aussöhnung zum Horus-Seth-Chasechemui geworden war, ging eine Epoche zu Ende.

Da Nebka in den Süden geflohen war, bestieg Djoser den Thron, und er hielt sich genau an die Verfügungen seines Vaters, die dieser in den letzten Tagen seines Lebens dem königlichen Schreiber Hesirê diktiert hatte:

«Mein Körper soll den Priestern von Junu übergeben werden, denn sie verehren Rê, den großen Gott. Er soll in der Nekropole von Sakkara beigesetzt werden, dort, wo meine Vorfahren ruhen, dort, wo die Gräber der ersten Könige der Beiden Länder liegen. Mein Kenotaph, der in Abydos begonnen wurde, soll von Imhotep vollendet und unberührt verschlossen werden, damit ich so über ein zweites Haus für die Ewigkeit im Angesicht des Osiris verfüge.

Ich will, daß der Kampf gegen Peribsen weitergeht. Der Verräter muß gefunden werden, lebendig oder tot! Und wenn er lebt, soll er sterben! Doch sein Körper soll in Ehren gehalten und würdig an unbekannter Stätte begraben werden. Sein Kenotaph, den er erbauen ließ, als er sich für den Pharao hielt, soll unbeschädigt bleiben.»

Djoser übergab also den Priestern von Nechen die Sarkophage seiner Eltern, damit diese sie im Leichenboot den Fluß hinabgeleiteten, um sie der Obhut der Priester von Junu im Delta anzuvertrauen.

Peribsens Leiche wurde in einen einfachen Sarg gebettet und beigesetzt. Sein Tod wurde geheimgehalten.

ZWEITES BUCH

DER MINISTER

I

Zu den Klängen von Tamburinen, Flöten und Sistren hielt Djoser, der junge Pharao, bei Einbruch der Nacht seinen triumphalen Einzug in die Stadt Schmunu. Die ganze Stadt war auf den Beinen und jubelte dem strahlenden Pharao zu.

Imhotep, der zum Großen Meister aller Bauarbeiten befördert worden war, hatte zu diesem Besuch geraten. Den wichtigsten Göttern des Landes zu huldigen, war ein Brauch, dem sich jeder Pharao vor seiner Krönung unterwerfen mußte. In Schmunu hatte Thoth, der Göttliche Schreiber, sein Heiligtum. Dorthin zuerst zu reisen, erschien als eine geschickte Wahl, denn Thoth war ein mächtiger Gott, und die Provinz, die ihn beherbergte, war wohlhabend und stand in voller Blüte.

Gouverneur Anknetef hatte, von Imhotep unterrichtet, alles großzügig ausgerichtet. Er hatte dem neuen Pharao eine prachtvoll geschnitzte, mit Gold und blauen Fayenceeinlagen verzierte Sänfte aus Zedernholz zur Verfügung gestellt, über der sich ein Baldachin aus bunten Federn wölbte. Sechs riesige, tiefschwarze Nubier trugen die Sänfte auf ihren breiten Schultern. Zwanzig Musikanten und ebenso viele Chorsänger in langen weißen Leinengewändern führten den Zug an. Ihnen folgten etwa hundert junge Mädchen, die Lotossträuße schwenkten. Zu beiden Seiten der von Feigenbäumen gesäumten Allee, die zum monumentalen Eingang des Tempels führte, bildeten Soldaten, die in der einen Hand einen schwarzen Lederschild, in der anderen eine brennende Fackel hielten, ein eindrucksvolles Spalier. Und hinter ihnen drängte sich lärmend die Bevölkerung der Stadt und des umliegenden Landes, um dem jungen Herrscher die stürmische Huldigung zu erweisen, die seinem schon jetzt großen Ansehen gebührte.

Bei der Ankunft des strahlenden Pharaos ging ein lang anhaltendes Raunen der Bewunderung durch die Menge, das bald in laute Hochrufe und Segenswünsche überging. Schließlich ließ das Volk von Schmunu, von dem außergewöhnlichen Ereignis beflügelt, seinem natürlichen Frohsinn freien Lauf und begann zu den Klängen der Musik wahre Freudentänze aufzuführen.

Djoser saß mit unbeweglichem Gesicht auf seinem Thron. Er war mit einem gefältelten, von Silberfäden durchwirkten weißen Schurz bekleidet, und auf seinem nackten Oberkörper prangte ein breites Pektoral aus massivem Gold. Er blickte geradeaus zum westlichen Horizont, wo soeben die untergehende Sonne versank. Auf dem Kopf trug er die weiß-rote Doppelkrone Ober- und Unterägyptens, um allen Menschen deutlich zu zeigen, daß er Herr über die Beiden Länder war, daß die Einheit des Landes Kêmi endlich verwirklicht war. In der rechten Hand hielt er den Krummstab, das Symbol der Herrscherwürde, in der linken die Geißel, das Zeichen seiner Macht. Einer Statue gleich, blickte er von der Höhe seines Thrones scheinbar teilnahmslos auf die Menge herab. Aber der außergewöhnliche Empfang, der ihm zuteil wurde, erfüllte sein Herz mit großer Freude. Seit frühester Kindheit hatte er gelernt, daß er dem Geschlecht des großen Gottes Rê entstammte, der sich aus den Himmelswassern erhebt und die Beiden Länder von seiner Heiligen Barke herab erhellt. In diesem Augenblick fühlte er diese göttliche Abstammung in allen Fasern seines Körpers, und ein einziger Gedanke beherrschte sein Denken: «Rê ist groß! Und ich, Djoser, bin Pharao, Sohn des Rê, der Sohn des Sonnengottes!»

Vor dem Eingang zum Tempel des Gottes Thoth, des Herrn der Schrift, des ibisköpfigen Gottes, hielt der Zug an. Die Musikanten, die Chorsänger und die jungen Mädchen mit den Lotosblüten traten rechts und links des Portals beiseite, während die nubischen Träger die Sänfte behutsam auf der Schwelle niedersetzten. Djoser erhob sich und schritt durch das gewaltige Portal. In ehrerbietigem Abstand folgte ihm seine Garde.

Die hellen Flammen eines Holzfeuers und mehrere Reihen von Fackeln erleuchteten einen weiträumigen, von Säulengängen umgebenen quadratischen Innenhof.

Die am Rande des Hofes versammelte Priesterschaft hatte sich ehrfürchtig zu Boden geworfen, während in der Mitte des Innenraumes der Fürst Anknetef zusammen mit den beiden Hohenpriestern wartend dem erlauchten Gast entgegensahen. Nach dem lärmenden Trubel draußen war die weihevolle Stille des Tempels überwältigend.

Als der Pharao eintrat, verneigten sich die Würdenträger tief.

«Ich grüße euch», sagte Djoser. «Führt mich zu Thoth!» Alle richteten sich auf, überrascht über den kurzen Befehl. Sie hatten eine lange Rede erwartet.

Die Autorität, die von diesem jungen Pharao ausging, machte tiefen Eindruck auf Anknetef. Er gab den Priestern ein Zeichen, und sofort zogen sie in langsamer Prozession in den hinteren Teil des Hofes. Von dort führte ein breiter Weg, der stellenweise zu Treppenstufen ausgehauen war, zum heiligen Hügel hinauf. Oben auf der Höhe war nach alter Überlieferung die Sonne dem geheimnisvollen Ei entsprungen, das aus dem Urgewässer aufgetaucht war. An der ersten Stufe blieben die Priester stehen und traten zur Seite.

«Thoth ist dort oben», sagte der Gouverneur und wies mit ausgestrecktem Arm die Stufen hinauf.

«Ich will ihn allein sehen!» erklärte Djoser, und sein Gesicht war von Ernst und Andacht geprägt. «Gebt mir eine Fackel, und wartet hier auf meine Rückkehr.»

Regungslos am Fuß der Treppe stehend, folgten die Priester dem Pharao mit den Augen, wie er feierlich zum Heiligtum hinaufstieg. Es war mittlerweile tiefe Nacht geworden, und im Schein der Fackel, die der Pharao mit ausgestrecktem Arm vor sich her trug, nahm seine Silhouette gigantische Ausmaße an. Gerade als er die Anhöhe erklommen hatte, ging der Mond über dem Hügel auf.

«Ein Gott besucht unseren Gott», sagte der Hohepriester, der mit seinem geschorenen Kopf die Kahlheit des heiligen Ibis symbolisierte, andächtig.

Der ‹trennende Hohepriester›, der die Rolle des Thoth symbolisierte, wie er die beiden kämpfenden Götter Horus und Seth trennt, nickte zustimmend.

«Unser neuer Pharao ist ein großer Gott, Herr der Beiden Länder!» bekräftigte der Gouverneur. «Möge diesem mächtigen Herrscher Leben, Gesundheit und Macht verliehen sein in Ewigkeit!»

Oben am Ende des steilen Weges blieb Djoser vor dem Grabmal der Gottheit stehen. Es war eine sehr alte, bescheidene Hütte aus Holz und Weidengeflecht. Ihr Ursprung verlor sich im Nebel uralter Zeiten. Die Priester hatten sie ehrfürchtig in ihrer ursprünglichen Form bewahrt und nur um zwei metallbereifte Fahnenmasten bereichert, die eine schmale Tür einrahmten.

Der Pharao hob den roten Tuchvorhang, der den Eingang verbarg, legte seine Fackel auf den Boden und trat einen Schritt ein. Im Halbdunkel sah er Thoth auf einem hohen Piedestal stehen, ein Goldibis, umgeben von vier Hundskopfaffen aus rosa Granit. Zu seiner Rechten waren vier männliche Gottheiten mit Froschköpfen, zu seiner Linken vier weibliche mit Schlangenköpfen aufgestellt, die vier Götterpaare, die das

Urgewässer, die Unendlichkeit, die Finsternis und das Verborgene verkörperten, die Urgötter, die es schon gegeben hatte, bevor das Schlechte in die Welt kam. So lehrten es die alten Priester von Schmunu. Überwältigt von der erhabenen Schlichtheit des Heiligtums, wandte sich der Pharao mit leiser Stimme an den ibisköpfigen Herrn der Schreiber.

«Ich grüße Dich, großer Gott, Schriftführer des Weltalls. Und ich grüße auch die mächtigen Götter der Großen Achtheit neben Dir. Ich bin Djoser, der Pharao. Ich bin zu Dir gekommen, Dich um meinen neuen Krönungsnamen zu bitten. Du kannst ihn, besser als irgendein anderer, für mich auswählen. In der Tiefe meines Herzens höre ich auf Dein Wort, o Herr der Hieroglyphen. Ich bitte Dich, grabe ihn in meinen Geist, auf daß ich als erster Kenntnis von ihm erhalte. Gib mir diesen Titel ein, auf daß er der meine werde für alle Ewigkeit.»

Djoser verharrte einen Augenblick in Schweigen, dann sprach er laut und deutlich weiter:

«Erlaube mir, Dich in Deiner unermeßlichen Macht noch um etwas anderes zu ersuchen, o Herr von Schmunu! Dich, der Du den Menschen die Schrift gegeben hast, Dich bitte ich darum, die Begabung zum Schreiben in meinem Volk um ein Vielfaches zu vermehren. Ich brauche Tausende des Schreibens Kundige, um all das zu verwirklichen, was Imhotep im Lande Kêmi schaffen will. Für Deine Gaben, o Thoth, verspreche ich, Dir dieser göttlichen Erde ein Dir angemessenes Heiligtum, einen Deiner Macht würdigen Tempel zu bauen, der Millionen Jahre überdauern wird.»

Nachdem er dies gesagt hatte, neigte Djoser den Kopf, kreuzte die Arme über die Brust und versenkte sich in schweigende Meditation. Lange wartete er geduldig auf die Antwort des Gottes und war dabei so in sich versunken, daß man ihn mit einer der Statuen der heiligen Kapelle hätte verwechseln können.

Doch plötzlich, ohne daß äußerlich etwas geschehen war, hob er die Hände zum Goldibis auf und rief mit freudestrahlendem Gesicht:

«Dank sei Dir, o Thoth! Dank für den wunderbaren Namen, den Du mir soeben eingegeben hast!»

Im Lichte des Vollmonds stieg der Pharao die Stufen hinab. Er schien den Boden kaum zu berühren. Die unten Wartenden sahen ihm in stummer Verehrung entgegen. Im Hof angekommen, trat er, gefolgt vom Gouverneur und den beiden Hohenpriestern, feierlich ans Feuer. Seine Garde, die sich unauffällig in die Säulengänge zurückgezogen hatte, nahm neben ihm Aufstellung.

«Gouverneur, ist das Volk noch da?» fragte Djoser.

«Ja, Majestät, es erwartet Euch!»

«Gut so! Priester, bringt die Fackeln, daß ich im Lichte stehe und alle mich sehen können! Öffnet die Tore weit!»

Draußen sang und tanzte das Volk zu den Klängen der Tamburine. Kaum aber war Djoser vor das Volk getreten, verstummte das fröhliche Treiben. Der Pharao hob die Arme und sagte mit fester Stimme:

«Ich habe Thoth, den Herrn von Schmunu, geschaut. Ich habe ihn um meinen Namen gebeten. Und er hat mir gesagt: ‹Du bist Horus Neter-er-chet, du bist die göttliche Verkörperung des Horus, Djoser der Prächtige, Pharao von Ober- und Unterägypten.›»

Ein gewaltiger Beifallssturm brach aus.

Imhotep war in Nechen geblieben. In seiner Wohnung im Palast des Pharaos hatte er sich ein Arbeitskabinett eingerichtet, und dort saß er seit Djosers Abreise und verbrachte Tag um Tag damit, Pläne auf große Papyrusrollen zu zeichnen.

Oft malte der Große Baumeister wie im Rausch mit dem Ende seines Schreibpinsels merkwürdige geometrische Entwürfe in die Luft, die nur er allein deuten konnte. Und manches Mal blickte er lange und versonnen zum Himmel auf.

Seneb, der immer irgendeinen Grund fand, sich in der Nähe herumzutreiben, beobachtete seinen Herrn heimlich. Er war beunruhigt, denn so kannte er ihn sonst nicht. War er womöglich dabei, etwas Neues zu erfinden?

Ganz auf seine Studien konzentriert und gleichgültig gegenüber dem Geschehen um sich herum, zeichnete der Große Baumeister weiterhin ausladende Skizzen in den leeren Raum.

«Wenn ich nur wüßte, was ihm fehlt, könnte ich ihm vielleicht helfen», dachte Seneb bekümmert.

Gleichwohl schien Imhotep guten Mutes zu sein. In manchen Augenblicken besaß sein Gesicht sogar den Ausdruck von Zufriedenheit und intensiver Freude. Schließlich hielt Seneb es nicht mehr länger aus. Von dem Wunsch, seinem Herrn behilflich zu sein und von seiner unersättlichen Neugier getrieben, entschloß er sich zum Handeln, um endlich Gewißheit zu haben.

«Soll ich noch mehr Papyrusrollen besorgen?» fragte er, hielt sich aber in respektvollen Abstand. Imhotep fuhr hoch.

«Ich hatte dir doch verboten, mich zu unterbrechen, wenn ich arbeite», sagte er unwirsch. «Muß ich dir diesen Befehl etwa mit dem Stock in Erinnerung rufen?»

Der ärgerliche Ton des Architekten schien Seneb nicht sonderlich zu beeindrucken.

«Darf ich dich in aller Bescheidenheit darauf aufmerksam machen, Herr», erwiderte er mit drei tiefen Verbeugungen, «daß erstens die gestellte Frage deine Arbeit betrifft, daß sie zweitens in meinen Aufgabenbereich fällt, und daß es drittens vernünftig wäre, auszuruhen und etwas zu essen?»

Lächelnd legte Imhotep die feinen Pinsel beiseite und murmelte, während er von seinem Arbeitstisch aufstand:

«Das nächste Mal werde ich meine Tür verriegeln!»

Kaum hatten sie ihr Mahl beendet, da erschien Hesirê, der Schreiber des Pharaos, an der Tür.

Er war ein Mann von ungefähr vierzig Jahren, mager und nervös, mit scharfen, strengen Gesichtszügen.

«Sei gegrüßt, Großer Baumeister», sagte er und verbeugte sich ehrerbietig. «Ich habe deinen Brief erhalten. Hier bin ich!»

«Sei willkommen!» sagte Imhotep und ging auf ihn zu. «Möchtest du etwas Obst essen? Oder etwas trinken?»

«Weder das eine noch das andere», erwiderte Hesirê dankend, «ich habe weder Hunger noch Durst.»

Imhotep nahm ihn freundlich beim Arm, führte ihn in sein Arbeitskabinett und sagte ohne Umschweife:

«Du bist der Vorsteher der Schreiber des Pharaos, und der verstorbene Pharao hat dich aus allen Schreibkundigen des Palastes ausgewählt, um dir seine letzten Verfügungen zu diktieren. Das war zweifellos eine sehr gute Wahl.»

Erfreut über das Kompliment neigte Hesirê den Kopf und hörte aufmerksam zu, als Imhotep ihm ausführlich die Probleme auseinandersetzte, deren Lösung ihm am Herzen lag. Es ging ihm darum, das Schriftbild der Hieroglyphen weiter zu entwickeln, um die schriftliche Ausdrucksmöglichkeit genauer und unmißverständlicher zu machen.

«Auch möchte ich dir die Ausbildung aller Schreiber des Landes übertragen», sagte er. «Willst du diese Aufgabe übernehmen?»

«Das ist eine große Ehre für mich.»

Imhotep setzte seinem Gast genau auseinander, wie er sich die Aufgabe vorstellte. Anstatt sie wie bisher im Verlauf von zehn Jahren auf allen Gebieten auszubilden, sollte man den Schreibern von nun an innerhalb von höchstens fünf Jahren jeweils ein Spezialgebiet beibringen. Er schlug folgende Liste vor: Tempelschreiber, Schreiber der Verwaltung, Schreiber für Feldbau, Vorratswirtschaft, öffentliche Arbeiten, Gerichtsbarkeit, Militärwesen... Und als er innehielt und überlegte, was ihm noch fehlte, fügte Hesirê hinzu:

«Schreiber des Pharaos, wie ich selbst.»

Imhotep nickte, und nachdem er Hesirê alle Vollmachten erteilt hatte, um die notwendigen Schulen in der Provinz zu organisieren, kam er schließlich auf das Thema zu sprechen, das ihn am meisten beschäftigte. Er wollte in kürzester Frist die besten Bauleute des Landes zu einer besonderen «Mannschaft im Dienste des Ka» zusammenfassen.

«Es ist unerläßlich, daß sie lernen, selbst die kompliziertesten Berechnungen durchzuführen, sie müssen die Geometrie ebensogut beherrschen wie ein Baumeister!»

«Sollen große Bauwerke in Angriff genommen werden?» fragte Hesirê, neugierig geworden.

«Ja», sagte Imhotep bedeutungsvoll und in seinen Augen war ein wundersamer Glanz, «wir werden für die Ewigkeit bauen.»

2

Völlig außer Atem stürzte Seneb plötzlich ins Arbeitszimmer seines Herrn. Imhotep richtete sich zornig auf und fragte mit kaum verhohlenem Ärger:

«Machst du dich jetzt über mich lustig? Hatte ich dir nicht befohlen, mich nicht mehr zu stören?»

«Warte, Herr», antwortete der Sklave strahlend, «ich habe einen wichtigen Grund. Sobald du ihn kennst, wirst du mir nicht mehr böse sein, das weiß ich genau.»

«Na schön!» sagte Imhotep und trat auf ihn zu. «Also rede, es scheint ja wirklich dringend zu sein. Was ist los?»

«Unser geliebter Pharao Djoser ist zurück», sagte Seneb triumphierend. «Ich war am Hafen und habe die königliche Barke einlaufen sehen.»

«Endlich einmal eine gute Nachricht! Aber trotz allem rechtfertigt sie dein Verhalten nicht!»

Doch Seneb blieb ungerührt stehen und fuhr fort:

«Das ist noch nicht alles! Seine Majestät wird begleitet von zwei sehr schönen Frauen. Ich habe geduldig gewartet, bis das Schiff nahe genug an den Kai herangekommen war, und dabei habe ich Prinzessin Senui und ihre Tochter, Prinzessin Nefer, erkannt. Und dann bin ich losgerannt, um ...»

Seneb schwieg verdutzt, denn Imhotep stand bereits in der Tür. Auf der Schwelle drehte er sich um und rief: «Ich gehe ihnen entgegen. Bleib du hier und schaffe Ordnung!»

Er lief eilig auf die Straße, die zum Hafen hinunterführte. Doch schon nach wenigen Schritten begann er zu zögern und blieb bald stehen, denn ihm waren Bedenken gekommen. Mit all der Hingabe seines Herzens Senui entgegenzueilen, wäre sicher verständlich gewesen. Doch im Laufschritt auf der Straße zu erscheinen, wo die wartende Menge von der königlichen Garde im Zaum gehalten wurde, und sich dann vor dem Herrscher in den Staub zu werfen, das erschien ihm nun ein wenig lächerlich. Auch war ihm eingefallen, daß Djoser, der sehr auf Hofetikette achtete, seit seiner Thronbesteigung offizielle Reisen nur noch in der Sänfte unternahm. Sollte sich ausgerechnet der Große Baumeister des Pharaos vor den Nubiern in den Staub werfen, die die Sänfte des Pharaos oder der Prinzessinnen trugen? Sicherlich nicht! Es war also ratsam, in den Palast zurückzukehren und dort auf die Ankunft des Pharaos zu warten. Gerade, als er sich umwandte, um die Straße wieder hinaufzugehen, erblickte er die Amme Neset, die aus einem Laden trat. Auf dem Kopf trug sie einen mit Brot gefüllten Korb, den sie mit einer Hand im Gleichgewicht hielt, in der anderen hatte sie eine fette Stockente, die schnatternd mit den Füßen strampelte. Nesets spöttisches Lachen verriet ihm, daß sie die Bedeutung seiner Kehrtwendung verstanden hatte.

«Sei gegrüßt, Großer Meister», sagte sie respektvoll.

«Sei gegrüßt, Neset», antwortete er herzlich, während er ihr liebevoll über die Wange strich.

Er liebte diese Frau sehr, denn sie hatte seinen Sohn Hori genährt und aufgezogen, und außerdem war sie für ihn unlösbar mit seiner Erinnerung an Meri-Anch verbunden.

«Gut, daß ich dich treffe», fuhr er fort. «So muß ich dich nicht holen lassen, denn ich habe mit dir einiges zu besprechen...»

Überrascht sah sie ihn an. Imhotep nahm sie freundlich beim Arm und ging mit ihr zum Palast zurück.

«Allerdings muß ich dir gestehen», sagte er scherzend, «daß

das nicht der Grund ist, warum ich diese abrupte Kehrtwendung vor dir gemacht habe!»

Sie lachte fröhlich. «Du sahst wirklich lustig aus mit deinem ratlosen Gesicht», gestand sie freimütig.

«All das ist unwichtig, reden wir nicht mehr darüber», sagte er und wurde wieder ernst. «Ich habe deinen Sohn Bedjmes getroffen, der auf dem königlichen Schiff zum Steuermann ausgebildet wird. Ein prächtiger junger Mann, intelligent und gewitzt. Du brauchst dir von nun an keine Sorgen mehr um seine Zukunft zu machen. Ich ernenne ihn zum Verantwortlichen für alle Transporte der Mannschaft im Dienst des königlichen Ka.»

«Du bist wahrhaft gut zu uns, Großer Meister», stammelte Neset mit Freudentränen in den Augen. «Ich bin sehr glücklich, daß du dich meines Sohnes so annimmst.»

«Das ist noch nicht alles», fuhr Imhotep fort. «Wie ich aus dieser Ente und den Broten schließe, schickst du dich gerade an, für deinen Mann zu kochen. Sag ihm doch, wenn ihr beim Essen sitzt, daß er ab morgen die Aufgabe des Ersten Vorstehers der Dienerschaft im Hause des Pharaos übernehmen soll. Das wird ihm sicher Freude machen.»

Vor Überraschung ließ die Amme die Stockente los, ergriff die Hand des Großen Baumeisters und bedeckte sie mit Küssen. Das Tier war so überrascht über die plötzliche Befreiung, daß es zunächst unbeweglich sitzen blieb. Als Neset es jedoch wieder einfangen wollte, schlug es aufgeregt schnatternd mit den Flügeln und flog davon. Schon war es außer Sichtweite.

«Sepa wird heute wohl auf sein Fleisch verzichten müssen», stellte Imhotep mit einem Blick zum Himmel trocken fest, und beide brachen in schallendes Gelächter aus.

Sie lachten immer noch, als sie am Palasttor ankamen. Bevor sie sich trennten, sagte Imhotep:

«Richte deinem Mann aus, daß er morgen früh zu mir kommen soll. Ich will ihn in seine neue Arbeit einführen.»

«Du kannst dich auf ihn verlassen, Großer Meister», antwortete Neset, «ebenso wie auf unseren Sohn Bedjmes, den Matrosen.»

Sie bedankte sich noch einmal und ging dann den schmalen Weg an den hohen Befestigungsmauern entlang zu den Wirtschaftsgebäuden.

Wenige Augenblicke später begrüßte Imhotep feierlich Djoser und seine Gäste. Die beiden Frauen waren von der Reise erschöpft. Sie zogen sich auf eigenen Wunsch schon bald in ihre Gemächer zurück, um ein wenig auszuruhen.

Dem jungen Pharao ging es dagegen ausgezeichnet, und er äußerte den Wunsch, sich etwas Bewegung zu verschaffen.

«Begleite mich», sagte er zu Imhotep und lenkte seine Schritte dem Garten zu. «Laß uns ein wenig umhergehen und dabei plaudern. Ich habe dir viel zu erzählen.»

Sie bogen in die von rotblühenden Granatapfelbäumen gesäumte Allee ein.

«Ich werde Nefer heiraten», sagte der Pharao mit leuchtenden Augen. «Sie liebt mich, und ich liebe sie. Darum ist sie in Begleitung ihrer Mutter mit mir nach Nechen gekommen. Begonnen hat alles in Schmunu, als ich zum Tempel der Alten Zeiten...»

Und Djoser schilderte ausführlich und begeistert seinen herrlichen Aufenthalt in Schmunu.

Als Imhotep fragte, warum der Gouverneur die Prinzessinnen nicht begleitet habe, erfuhr er, daß der Fürst zu den Oasen aufgebrochen war, um eine kleine, lokale Rebellion niederzuschlagen, die ein junger Fanatiker angestiftet hatte, der sich als Pflegesohn Peribsens ausgab.

Imhotep schenkte diesem Bericht keine besondere Aufmerksamkeit. In Gedanken verloren ging er eine Weile neben dem Pharao her.

«Und Prinzessin Senui? Was sagt sie zu alldem?»

Endlich hatte er die Frage, die ihm auf den Lippen brannte und die allein ihn interessierte, herausgebracht.

Begeistert berichtete ihm der junge Herrscher, wie sehr Senui über die Nachricht von der bevorstehenden Hochzeit ihrer Tochter erfreut gewesen sei, und daß sie ihm einen wichtigen Rat gegeben habe. Imhotep horchte auf. Senui hatte dem jungen Pharao geraten, seine Hauptstadt nach Memphis zu verlegen, da diese große Stadt an einer wichtigen politischen Grenze, am Schnittpunkt der Beiden Länder, lag. Und hatte sie nicht recht? War dieser Ort, der «die Waage der Beiden Länder» hieß, nicht der ideale Standort, um von dort ein vereintes Ägypten zu regieren? Die Befestigungsanlagen der Stadt, die von Horus Narmer, dem ersten Pharao, stammten, umschlossen die ganze Stadt, den Tempel des Gottes Ptah und den Palast des Gouverneurs; und das innere Stadtgebiet enthielt noch große freie Flächen, auf denen gebaut werden konnte.

«Aber was wird aus dem Süden, wenn ich Nechen verlasse?» Djosers Einwand klang nicht sehr überzeugend.

Imhotep erging sich in brillanten Ausführungen über die Klugheit der von Senui empfohlenen Wahl. Er machte dem Pharao deutlich, daß die Verlegung der Hauptstadt die legitimen Interessen der einen oder anderen Seite in keiner Weise vernachlässige, daß aber andererseits die Autorität der Zentralgewalt des Pharaos und die Macht seiner Verwaltung zweifellos gestärkt werden würden. Und materielle Probleme, wie den Umzug der Beamten beispielsweise, könne Hesirê, der Oberste Schreiber, mühelos meistern.

Während Djoser seinem Minister aufmerksam zuhörte, ohne ihn auch nur einmal zu unterbrechen, gingen sie wieder zum Palast zurück. Sie betraten den großen Empfangssaal, und als Imhotep geendet hatte, setzte der Pharao sich auf den Thron, der an der Stirnwand des Saales stand. Er ergriff

Krummstab und Geißel, kreuzte sie über die Brust, geradeso wie sein Vater Chasechem es zu tun pflegte, und verkündete feierlich:

«Ich werde meine Residenz in Memphis aufschlagen und dort in Gegenwart der hohen Beamten, Priester, Fürsten und Vasallen gekrönt werden! Mein königlicher Name wird lauten: Horus Neter-er-chet. Imhotep, laß unverzüglich einen großen Ziegelpalast in dieser Stadt errichten, damit ich mich so bald wie möglich dort niederlassen kann. Bedenke dabei, daß wir auch Gebäude brauchen, in denen die Schreiber der Schatzhäuser Oberägyptens und Unterägyptens arbeiten können. Ich wünsche mir einen einfachen, praktischen Bau ohne Luxus, ohne Skulpturen und ohne Schmuck. Das Schatzamt, die Finanzverwaltung und die Vorratswirtschaft der Beiden Länder müssen ein Beispiel sein an Nüchternheit und Strenge.»

Imhotep, der einzige Zeuge dieser feierlichen Erklärung, verneigte sich tief vor Djoser und sagte respektvoll:

«Ich werde den Willen Eurer Majestät erfüllen! Möge unser geliebter Pharao Djoser, Weiser unter den Weisen, voller Kraft und Gesundheit leben in Ewigkeit!»

Am frühen Morgen des nächsten Tages stieg Imhotep die Treppen zur Terrasse hinauf. Er liebte diesen stillen Ort, von dem aus man auf der einen Seite das fruchtbare Tal des Flusses, auf der anderen die rote Wüste sehen konnte. Er lehnte sich gegen den Zeremonienmast, an dem an hohen Festtagen die Flaggen gehißt wurden, und vertiefte sich in seine Zukunftsvisionen.

«Wenn wir den Thron nach Memphis verlegt haben, werden wir der königlichen Nekropole in Sakkara ihre herausragende Bedeutung zurückgeben. Vor allem aber werden wir von nun an für die Ewigkeit bauen. Ich will dort die schönsten

Bauwerke schaffen, die jemals verwirklicht wurden. Ausschließlich aus ineinandergefügten Steinen...»

Plötzlich wurde er vom Klang einer hellen, fröhlichen Stimme aus seinen Visionen und Überlegungen gerissen.

«Träumst du von deiner Heimat, Arzt von Schmunu?»

Nur Senui nannte ihn noch so! Freudig wandte er sich ihr zu und sah sie mit langsamen Schritten auf sich zukommen. Auf ihrem Gesicht stand ein strahlendes Lächeln. Als sie bei ihm angelangt war, streckte sie ihm die Hände entgegen. Er nahm sie in die seinen und bedeckte sie mit Küssen.

«Du hast es erraten, liebe Senui», antwortete er und hob den Kopf, «ich denke an die Stadt Memphis, die auch deine Heimatstadt ist. Dort haben wir glücklich gelebt.»

«Wenn dem so ist, hat Djoser dich sicher um deinen Rat gefragt», sagte sie. «Er möchte wissen, ob dir mein Vorschlag, die Hauptstadt zu verlegen, klug erscheint, nicht wahr?»

Imhotep nickte. «So ist es. Der Pharao hat mich wirklich zu Rate gezogen.»

«Und was hast du geantwortet?»

«Daß deine Idee ausgezeichnet ist.»

«Mehr hast du nicht dazu gesagt?»

«Doch! Ich habe ihm einen langen Vortrag gehalten.»

«Und wozu hat er sich entschlossen?»

«Jetzt bist du aber sehr neugierig!» gab er scherzend zurück.

Senui stand dicht vor ihm, hämmerte mit ihren kleinen Fäusten gegen Imhoteps breite Brust und sagte lachend:

«Du mußt mir antworten! Unbedingt!»

Doch Imhotep schloß sie in seine Arme und preßte sie sanft an sich. Sie sträubte sich ein wenig.

«Antworte mir! Imhotep, antworte!»

Er beugte sich zu ihr und küßte sie leidenschaftlich. Dann löste er sich schnell aus der Umarmung und sagte leise:

«Ich habe Djoser überredet, nach Memphis zu gehen.»

Freudestrahlend schmiegte sie sich an ihn und wiederholte kaum hörbar:

«An die Waage der Beiden Länder! Wir werden an der Waage der Beiden Länder leben!»

Lange standen sie eng umschlungen auf der Terrasse an der Brüstung.

Hoch am Himmel zog ein Falke seine Runden. Mit ausgebreiteten Schwingen kam er allmählich in einer weiten Spirale näher. Mit jeder Runde verlor er an Höhe. Und da sie sich ganz still verhielten, ließ sich der Vogel schließlich, unbeeindruckt von ihrer Gegenwart, auf der Spitze des Zeremonienmastes nieder. Die Sklavinnen unten im Hof des Palastes, die in geschwätzigen Gruppen vom Waschen zurückgekommen waren und zufällig den Blick erhoben hatten, sahen ihn kommen. Sie zweifelten keinen Augenblick daran, einer Erscheinung des Gottes Horus beizuwohnen, warfen sich zu Boden und stimmten Gesänge zu Ehren der Gottheit an. Die frischgewaschene Wäsche lag im Staub. Von dem lärmenden Durcheinander aufgescheucht, flog der Raubvogel auf, gewann schnell an Höhe und glitt wie ein Pfeil gen Osten davon.

«Wie abergläubisch unser Volk ist», sagte Imhotep. «Zwar hat es einen Sinn für das Göttliche, übertreibt aber derart, daß es in jedem Tier, das daherkommt, einen Gott erblickt.»

«Ich weiß nicht, ob der große Horus uns diesen Falken geschickt hat, doch hat er sich über unseren Köpfen niedergelassen. Was kann das bedeuten?» fragte Senui, die das Ereignis doch berührt hatte.

«Es ist müßig, komplizierte Erklärungen zu suchen», antwortete der Arzt ruhig. «Raubvögel ruhen sich gerne auf einem Pflock oder einer Mastspitze aus. Das sind Beobachtungsposten für sie.»

«Ich würde darin lieber ein göttliches Zeichen sehen», sagte Senui enttäuscht über seine so nüchterne Erklärung.

«Bist du etwa ebenso leichtgläubig wie die Waschfrauen?» flüsterte er ihr spöttisch ins Ohr.

«Warum nicht?» rief sie lachend. «Aber wie dem auch sei, ich finde den Vogel des Horus sehr schön. Schön wie Djoser! Ich bewundere seine Kraft... seine Erhabenheit... seine Kühnheit...»

Sie dachte einen Augenblick lang nach. Dann schlang sie zärtlich ihre Arme um den Hals des Arztes und fügte hinzu:

«Deine Besonnenheit ist mir allerdings noch lieber!»

Wieder umarmten sie sich lange und herzlich. Dann aber löste sich Senui von Imhotep, wich einen Schritt zurück, sah ihm in die Augen und sagte mit veränderter Stimme, in die all ihr Ernst zurückgekehrt war:

«Arzt von Schmunu, ich muß dir etwas Wichtiges sagen. Jetzt ist es an der Zeit, daß du es erfährst.»

Dieser Stimmungsumschwung kam so überraschend, daß Imhotep verwundert fragte:

«Was ist mir dir? Warum redest du so?»

«Weil ich nicht anders kann», entgegnete sie unsicher. «Und weil ich gesagt habe: Besonnenheit.»

Augenblicklich verstand der Arzt: Aus Senui sprach die Prinzessin königlichen Bluts, die Mutter der Pharaonin und Gemahlin des Gouverneurs, die sich mit einem Schlag all ihrer sozialen Fesseln wieder bewußt wird, nachdem sie eine Zeitlang Rang und Pflichten vergessen hat, um sich unbefangen der Liebe hinzugeben. Er spürte, daß sie ihm erneut entglitt. Als er seine Geliebte endlich in die Arme geschlossen hatte, hatte er geglaubt, die Jahre des Leidens seien ausgelöscht, aber das war ein Irrtum gewesen, das Wunder hatte nicht allzu lange gedauert. Ein Wort hatte genügt, und Senui war wieder Anknetefs Gemahlin geworden.

«Ist dies der Preis, den ich für meinen Ruf zahlen muß?» murmelte Imhotep traurig.

Als sie schweigend den Kopf senkte, sagte er ernüchtert:

«Was wolltest du mir sagen?»

«Ich habe nicht das Recht, dich im Ungewissen zu lassen», antwortete sie im gleichen Ton und blickte ihm fest in die Augen: «Nefer ist deine Tochter!»

Diese Eröffnung kam so unerwartet, daß er erschrocken einen Schritt zurückwich und sich gegen die Brüstung lehnte, um seine Fassung wiederzugewinnen. Schließlich fragte er:

«Warum hat man mich aus Schmunu verjagt? Ich werfe dir nichts vor, Senui, aber ich möchte endlich wissen, warum wir getrennt wurden.»

Seine sonst so volle tiefe Stimme klang matt. Mit gesenktem Kopf hörte Senui ihm zu und antwortete:

«Weil mein Vater dich aus dem Weg schaffen wollte. Er hoffte, ich könne durch eine Ehe mit Nebka Pharaonin werden, und weil unsere Liebe seine Pläne durchkreuzte, wollte er dich töten lassen. Als ich erkannte, daß er sich meiner bedienen wollte, um dich in eine Falle zu locken, habe ich mich geweigert, dir zu schreiben, und als ich die Gewißheit hatte, schwanger zu sein, habe ich ihm die Wahrheit gesagt. Sie länger zu verbergen, wäre sinnlos gewesen. Und er ...»

Senui trat einen Schritt auf ihn zu und blickte auf. In ihren großen Augen, die er so sehr liebte, las er eine unendliche Verzweiflung. Er streckte ihr lächelnd die Arme entgegen, und sie schmiegte sich an ihn.

«Meine Geliebte!» sagte er leise. «Du meine Geliebte!»

«Er hat mir gesagt, du wärest tot», fuhr sie leise fort. «Darum und um des Kindes willen, das ich in mir trug, um unserer Tochter Nefer willen, habe ich einer Ehe mit Anknetef zugestimmt.»

«Um unserer Tochter willen», wiederholte Imhotep erschüttert, «die nun die Große Königliche Gemahlin werden und vielleicht eines Tages Mutter eines Pharaos sein wird! Jetzt verstehe ich alles, Senui, und ich bewundere dich.»

Sie lächelte ihn an. Die Tatsache, daß sie das Geheimnis, das sie so viele Jahre mit sich herumgetragen hatte, nun mit ihm teilen konnte, schien sie mit einem Mal von all ihren Ängsten befreit zu haben, und die verständisvolle Aufmerksamkeit, mit der Imhotep ihr zugehört hatte, gab ihr rasch das Selbstvertrauen und die strahlende Ausgeglichenheit zurück. Ohne den Blick von ihm zu wenden, sagte sie ruhig:

«Nur wir beide wissen dies alles. Und ich glaube, wir brauchen es niemandem mitzuteilen, selbst Djoser nicht.»

Als der Arzt schweigend mit dem Kopf nickte, fügte sie hinzu:

«Ich bin die Gemahlin des Gouverneurs. Das ist nun einmal so! Und mich verbindet eine starke, aufrichtige Zuneigung mit ihm, denn er ist gut und großzügig. Aber ich liebe ihn nicht, und dessen ist er sich durchaus bewußt.»

«Trotzdem habt ihr einen Sohn: den kleinen Rahetep», unterbrach sie der Arzt, so als quäle ihn ein Funke von Eifersucht.

«Willst du denn noch einmal hören, was du schon immer wußtest? Ich liebe Anknetef nicht! Ich liebe dich!» sagte sie erregt.

Und nach kurzem Schweigen fuhr sie fort:

«Unsere Tochter Nefer wird mit dem Pharao in Memphis wohnen. Und du auch, vermute ich, da du von nun an der Große Baumeister des Pharaos bist. Und ich? Was wird aus mir in meiner Provinz?»

«Diese Frage habe ich erwartet, Senui», antwortete er betrübt. «Sie quält mich seit dem Tag, an dem du mir mit schonungsloser Offenheit geraten hast, lieber Kranke zu pflegen als Monumente zu bauen.»

«Das war ein Traum, Imhotep! Ich habe ihn aufgegeben!»

«Ich habe vielleicht eine Lösung vorzuschlagen. Aber sie scheint mir schwierig.»

«Das macht nichts», sagte Senui und blickte ihn gespannt an: «Rede, schnell!»

«Dein Mann ist ein ausgezeichneter Verwalter. Man kann

ihn mit sehr hohen Aufgaben betrauen. Es ist durchaus möglich, daß der Pharao ihn in Memphis brauchen kann. Vielleicht kann dein Mann die Leitung des Schatzamtes übernehmen. Man müßte also Djoser raten, ihn auf diesen Posten zu berufen. Auf diese Weise könntest du mit ihm in deiner Heimatstadt wohnen, die du so geschickt als Hauptstadt vorgeschlagen hast.»

«Glaubst du, ich sollte etwas dazu tun, um Djoser zu überzeugen?» fragte sie mit vor Erregung gerötetem Gesicht.

«Nicht jetzt! Wir brauchen Geduld. Laß uns zunächst die Verlegung der königlichen Residenz und die Krönungszeremonie abwarten. Sobald sich danach eine Gelegenheit bietet, werde ich sie ergreifen und es dich sofort wissen lassen.»

«Und die Schwierigkeit, von der du vorhin gesprochen hast, Imhotep?» fragte sie.

«Sie liegt ganz bei dir», antwortete er mit undurchdringlichem Gesicht. «Wenn du nach Memphis kommst, um dort zu leben, entscheidest du dich wissentlich für den Ehebruch.»

Ohne zu überlegen, warf sie sich in seine Arme und sagte leise: «Ich liebe dich.»

3

Wie geplant, ließ sich Djoser einige Monate später an der Waage der Beiden Länder nieder, und die Stadt Memphis wurde offiziell zur Hauptstadt des Landes Kêmi erklärt. Imhotep hatte dort in größter Eile einen Königspalast erbaut. Das Gebäude war traditionsgemäß aus sonnengetrockneten Ziegeln und Balkenwerk errichtet und dann verputzt worden. Der Pharao bezog es, noch bevor man mit der Ausstattung des Inneren begonnen hatte.

Die Überstellung der Schreiber und Beamten der Zentralverwaltung von Nechen nach Memphis verlief unter Hesirês Leitung ohne besondere Schwierigkeiten. Die Leute aus dem Schatzhaus Oberägyptens fanden das kühlere Klima und die üppige Vegetation der Provinz Nechen überaus angenehm, sie entdeckten mit Wohlgefallen das sattgrüne Land, wo große Bäume und vielerlei Gemüse unterschiedlichster Art in Hülle und Fülle gediehen, während die Leute aus dem Schatzhaus Unterägyptens glücklich waren, in ihre Heimatstadt oder ihre Heimatprovinz zurückzukehren.

Schon bald konnte jeder sich davon überzeugen, daß die Beiden Länder von diesem Zentrum aus besser zu verwalten waren: Die Provinzgouverneure und Hohenpriester der großen Tempel machten es sich zur Gewohnheit, direkte und regelmäßige Kontakte mit dem Pharao zu unterhalten, und die bessere Verständigung verstärkte die Einheit des Landes.

Unter der straffen Führung Djosers, der große Willenskraft besaß und zu regieren verstand, erlebte das ‹Haus des Pharaos› einen weit größeren Aufschwung als unter den vorangegangenen Pharaonen. Das von Chasechem begonnene Werk wurde fortgeführt und erweitert. Um den Herrscher entstand sehr bald ein wirklicher Hof mit hohen Beamten, Ministern und hohen Offizieren.

Imhotep übernahm die Leitung einer sehr alten Einrichtung, ein Zentrum, das ‹Lebenshaus› genannt wurde, und gab ihm neue Impulse. Dieses ‹Lebenshaus› war ein großes Gebäude, das an den Tempel des Gottes Ptah, des Schutzherrn der Handwerker, angrenzte. Hier waren die Schreiber des Heiligtums damit beschäftigt, die liturgischen Texte aufzuzeichnen, während die Palastschreiber die Königlichen Erlasse sammelten und registrierten. Außerdem ließ Imhotep, der sich gerne seiner früheren Berufe erinnerte, in diesen Räumen eine Schule der Heilkunde und ein Bildhauer-Atelier einrichten. In Zusammenarbeit mit bedeutenden, von ihm ausgewählten und ausgebildeten Lehrern sollten hier die besten Ärzte und Künstler des Landes herangezogen werden. Er selbst lehrte dort, wann immer seine offiziellen Funktionen ihm ein wenig freie Zeit ließen. Überschäumend vor Aktivität fand er sogar Mittel und Wege, eine für die Verwaltungsbeamten bestimmte Sammlung von Ratschlägen und Maximen selbst herauszugeben. Ihre Anwendung ließ rasche Fortschritte in Handel und Handwerk erwarten. Seine Schrift wurde bald unter dem Titel «Lehre des Imhotep» berühmt, und jeder Leser versuchte, die Lehren zu beherzigen und in die Praxis umzusetzen.

Im Bewußtsein der geleisteten Arbeit legte Djoser endlich das Datum für die Krönungsfeierlichkeiten fest. Es war an der Zeit, dem ganzen Volk Ägyptens ein sichtbares Zeichen zu setzen.

Am Tag der Krönung versammelte sich eine riesige Menge auf dem großen Platz vor dem Tempel des Gottes Ptah und wartete geduldig auf die Ankunft des Pharaos.

Für den Verlauf der Zeremonie hatte Imhotep längs der weißen Festungsmauer, die diesen Platz begrenzte, eine große erhöhte Estrade von dreihundert Ellen Länge und fünfzig Ellen Breite errichten lassen. In ihrer Mitte stand auf einer erhöhten Plattform, die über wenige Stufen zu erreichen war, der Thron des Pharaos. Unter dem prachtvollen Ebenholzsessel war ein Goldbrokatteppich ausgebreitet, über ihm wölbte sich ein vergoldeter, mit blauen Federn geschmückter Baldachin.

Zur Rechten und Linken des Throns saßen hohe Beamte, Fürsten und Gouverneure, festlich gekleidet und mit prächtigen Armreifen und Pektoralen geschmückt, auf ledernen Klappsesseln. Immer noch trafen Sänften von Zuspätkommenden ein, die aus entfernten Provinzen angereist kamen, und deren Garde, staubbedeckte Soldaten mit hochroten Köpfen, sich mit lautem Geschrei einen Weg durch die Menge bahnte, um ihren Herrn vor der Estrade abzusetzen.

Vor der Estrade hatte die Leibgarde des Pharaos Aufstellung genommen. Riesige, fast nackte, schwarz glänzende Nubier, die nur mit Schurzen bekleidet waren, bewaffnet mit Lederschilden und Lanzen, deren Spitzen in der Sonne funkelten. In den vordersten Reihen der Anwesenden stand die eindrucksvolle Gruppe der Schreiber, Künstler und Ärzte, die alle an ihren großen Perücken mit dem glatten zurückgeworfenen Haar zu erkennen waren. Sie unterhielten sich miteinander, ohne die Stimme zu erheben, ganz im Gegensatz zu der lärmenden Menge, die gekommen war, um mit Gesang und Wein die Krönung zu feiern, vor allem aber um ihren lebenden Gott, den Pharao von Nechen, die Verkörperung des Horus, zum erstenmal aus der Nähe zu sehen.

Unvermutet trat Djoser plötzlich über eine hinter der Estrade verborgene Treppe neben den Thron. Er war mit einem ärmellosen Gewand aus makellosem weißem Leinen bekleidet. Über Djosers braune Perücke war ein weiß-blau gestreiftes Tuch gelegt, das, tief in die Stirn gezogen, die Ohren frei ließ und in zwei breiten Schößen rechts und links auf die Schultern herabfiel. Dieses Königstuch liebte er sehr. Dem Brauch gemäß, trug er an seinem Kinn einen künstlichen Bart aus geflochtenem Leder als Zeichen seiner Königswürde.

Imhotep saß in der ersten Reihe der höchsten Würdenträger und Vertrauten des Pharaos zwischen General Uni und dem Schreiber Hesirê. Den jungen Pharao so schön, so strahlend vor Kraft und Gesundheit vor sich zu sehen, bewegte ihn tief.

«Genauso will ich sein Bild in Stein hauen», dachte er in diesem Augenblick. «Diese Erhabenheit muß ich für immer festhalten.»

Beim Erscheinen des Pharaos verstummte das Volk, gebannt vom Glanz seines Ruhmes und seiner Herrlichkeit. Djoser kreuzte die Hände über die Brust, blickte zum Himmel und erhob seine Stimme:

«Ich bin Djoser, Chasechems Sohn!»

Aus Tausenden von Kehlen erscholl ein gewaltiger Jubel.

Unbewegt ließ Djoser die Huldigung des Volkes über sich ergehen, aber im Herzen war er tief ergriffen. Er schloß die Augen, um sich ganz auf die Erinnerung an seinen Vater zu konzentrieren. An ihn allein waren die Worte gerichtet, die er mit gesenktem Kopf leise vor sich hin sprach:

«Aus dem Reich des Osiris, wo du jetzt lebst, sieh auf mich, o Chasechemui, denn ich werde Wort halten und heute verwirklichen, was du gewollt hast.»

Und als das Volk sich beruhigt hatte, hob Djoser den Kopf, breitete seine Arme weit aus und deklamierte feierlich:

«Ich bin Horus! Volk von Kêmi, wisse
Ich bin Horus und nur Horus.
Der Gott des Wortes, der handelt,

Der Hauptgott der Menschen.
Ich werde Seths Namen nicht tragen.
Ich habe nichts gemein mit Seth.
Denn er ist der Herr des Krieges, und
Das bedeutet, daß er auch Herr
Der Wüste, des Unglücks und des Schlechten ist.
Seth soll bleiben, wo er ist! Er soll uns nicht mehr belästigen!
Ich bin Horus! Ich bin zu Thoth gegangen, um meinen Namen zu erbitten,
Thoth, der Große Gott Schmunus, hat zu mir gesagt:
Du bist Horus Neter-er-chet, der göttliche Körper des Horus.
Seth soll in der Wüste bleiben!
Die Zwietracht soll für immer aus den Beiden Ländern verbannt sein.
Der Friede soll bei uns herrschen.
Und Millionen Jahre bleiben!»

Bei diesen Worten stieg Djoser langsam die Stufen vom Thron hinab auf die Estrade. Die Anwesenden schwiegen ehrfürchtig.

«Heute, Volk von Kêmi, wollen die Götter dein Glück!
Also schaue und höre!
Öffne weit deine Augen und Ohren.
Öffne auch dein Herz. Schreibe alles in dein Gedächtnis
Für ewige Zeiten!»

Würdevoll trat Djoser an einen niedrigen Tisch heran, auf dem ein mit Elfenbein verzierter Ebenholzschrein stand. Er entnahm ihm vorsichtig die Königskrone, die vorn mit einem goldenen Geier geschmückt war. Mit beiden Händen hob er sie empor und sagte laut und deutlich:

«Ich bin der König des Südens. Ich stelle die weiße Krone Oberägyptens unter den Schutz der im Geier verkörperten Göttin Nechbet.»

Dann nahm er aus demselben Schrein ein breites, am unteren Rand mit einer aufgerichteten Uräusschlange verziertes Kupferdiadem und streckte es den Anwesenden entgegen:

«Ich bin der König des Nordens. Ich stelle die rote Krone Unterägyptens unter den Schutz der in der Uräusschlange verkörperten Göttin Uto. Und ich, der Pharao, der die Beiden Länder unter meinem Zepter vereine, werde hinfort beide Kronen tragen. Man wird sie die ‹Beiden Mächtigen› nennen, denn ich bin Pharao der Beiden Länder. Und auf allen Bauwerken und Urkunden wird man neben meinem Titel als erstes eingravieren: Er ist der, der den ‹Beiden Herrinnen› gehört, der Geiergöttin und der Uräusschlange.»

Jubelnder Beifall begrüßte diese Erklärung. Fürsten, hohe Beamte und Gouverneure hatten sich erhoben und applaudierten mit über den Kopf erhobenen Händen, um ihr Einverständnis und ihre Ergebenheit sichtbar kundzutun. Die Musikanten und Chorsänger stimmten einen freudigen Gesang an, in den das Volk begeistert einfiel. Unterdessen legten zwei Diener dem König ein Gewand aus Leinen an. Es lag eng am Körper an, bedeckte Knie und Arme und ließ nur Hände und Waden frei. In diesem Gewand, ohne Perücke, mit glattrasiertem Schädel, in der einen Hand den Krummstab, in der anderen die Geißel der Macht, setzte sich Djoser auf den Thron. Das Profil den Anwesenden zugewandt, richtete er den Blick nach Süden. Der Hohepriester des Gottes Thoth, der ein Leopardenfell um die Schultern trug, stieg langsam die Stufen empor und verkündete mit lauter Stimme:

«Dies ist Djoser, Horus Neter-er-chet, der König des Südens.» Dann setzte er die weiße Krone auf das Haupt des Pharaos und rief:

«Huldigt ihm!»

Die Menge warf sich zu Boden.

Nach wenigen Minuten wandte der König sein Gesicht nach Norden. Dieselbe Zeremonie wiederholte sich, und Djoser wurde zum König des Nordens gekrönt. Dann trat der Hohepriester des Ptah, ein vornehmer Greis, würdevoll unter den Baldachin. Er hielt die beiden ineinandergesteckten Kronen in den Händen, setzte die doppelte Tiara feierlich auf das Haupt des Pharaos, wandte sich der Menge zu und rief, so laut er konnte:

«Werft euch in den Staub! Huldigt Djoser dem Prächtigen, dem Herrn der Beiden Länder.»

Und er deklamierte eine lange, zum Ruhm des Pharaos verfaßte Hymne.

Orchester und Chorsänger wiederholten, wie es der Brauch verlangte, den letzten Satz der Rede. Das jubelnde Volk stampfte vor Freude mit den Füßen, klatschte unter Hoch-Rufen in die Hände und sang aus Leibeskräften:

«Leben, Gesundheit und Wohlstand für Djoser!
Für immer!
Und für alle Zeiten!»

Imhotep trat auf den Hohenpriester zu, um ihm etwas Liebenswürdiges zu sagen, doch der Greis ließ ihn nicht zu Worte kommen. Er reichte ihm eine Papyrusrolle und sagte vertraulich:

«Hier! Lies diesen Brief! Er enthält Informationen von höchster Wichtigkeit für die Sicherheit des Königs und unser aller Wohl.»

Inzwischen hatte der Pharao mit Hilfe seiner Diener das Obergewand wieder abgelegt und erschien erneut im festlichen Schurz, auf der Brust ein breites goldenes Pektorale mit blauem Keramikmuster.

Mit einer Handbewegung gebot er Ruhe. Dann wandte er sich an die Menge:

«Das Volk der Beiden Länder muß seine Einheit bekräftigen. Deshalb soll von nun an die Blume Oberägyptens mit der des Deltas verbunden sein.»

Er gab ein Zeichen, und unter den erstaunten Blicken der

Anwesenden brachten Diener einen Armvoll Lotoszweige und Papyrusstauden auf die Estrade. Der König nahm in jede Hand eine Pflanze, schlang sie umeinander und hielt das verknotete Bündel dem Volk entgegen:

«Volk von Kêmi, sieh genau her! Dies soll das Zeichen deiner Einheit sein! Um allen zu zeigen, daß es das Fundament unseres Landes ist, befehle ich, dieses Symbol von nun an auf allen Sesseln, auf denen ich mich niederlassen könnte, einzugravieren.»

Dann wandte er sich lächelnd an die Fürsten.

«Fürsten Ägyptens, ich bitte euch, tretet an meine Seite! Tut, was ich gerade vor den Menschen hier getan habe. Nehmt diese Zweige und diese Blumen und macht vor aller Augen den Knoten, der unsere Einheit symbolisiert.»

Und die Fürsten erhoben sich und stiegen langsam in einer Reihe zum Herrscher hinauf, um Lotos und Papyrus zu verbinden.

Imhotep hatte inzwischen die Estrade verlassen und sich in einen Gang des Tempels zurückgezogen. Nachdem er das Siegel aufgebrochen hatte, las er die Rolle, die ihm der Hohepriester des Gottes Ptah übergeben hatte. Der Brief kam aus einer Oase. Er überflog rasch die einleitenden traditionellen Begrüßungsformeln und konzentrierte seine Aufmerksamkeit auf die folgenden Sätze:

«Hier ist ein Mann durchgekommen, groß und hager und offenbar reich, denn er trägt einen schönen Schmuck. Niemand weiß, woher er kommt, noch wer er ist, noch wohin er geht. Er spricht zum Volk, zu den Bauern, zu den Handwerkern und selbst zu den Soldaten. Er gibt vor, aus dem Geschlecht des Peribsen, des gestürzten Pharaos, zu stammen. Er behauptet, Seth sei das einzige wahre Oberhaupt Ägyptens, und er werde ihm wieder zum Sieg verhelfen. Er nennt Djoser einen Betrüger und droht, sich an ihm zu rächen. Er sagt auch,

daß er ein mächtiger Zauberer sei und die Kinder des Pharaos mit dem Tode treffen könne. Er vollbringt Wunder, behandelt Kranke und heilt einige von ihnen. Manche halten ihn für einen Besessenen, doch wagen sie nicht, ihn zu verjagen, und lassen ihn reden. So geht er von einer Oase zur anderen, von Wüstenstadt zu Wüstenstadt, und sagt jedem, der es hören will, daß er eines Tages nach Memphis gehen werde, um dort abzurechnen, Horus zu vernichten und Seth in seine göttliche Macht wieder einzusetzen. Ich schreibe Dir dies, da Du unbedingt darüber informiert sein mußt. Frage Ptah um Rat, um zu erfahren, was wir tun sollen. Ich erwarte Deine Befehle. Antworte mir schnell. Übergib Deinen Brief einem unbescholtenen, redlichen Boten und vor allem einem, der nicht lesen kann, damit er nicht in Versuchung gerät, uns zu verraten. Ich werde tun, was Du zu tun befiehlst, und alle Priester unseres Tempels werden mit Sicherheit ebenso handeln. Was den Tempel betrifft ...»

Es folgten einige Zeilen, in denen der Hohepriester der Oase dringend um Gold bat. Doch der Schluß des Schreibens ließ Imhotep auffahren, denn er betraf ihn direkt.

«Beinahe vergaß ich, Dir über ein merkwürdiges Geschwätz zu berichten. Ich habe es mit eigenen Ohren gehört. Der Fremde stieß Verwünschungen gegen eine Frau namens Nefer aus, beschimpfte sie und nannte sie Hündin Djosers oder Bastardin Imhoteps. Er redet davon, alle diese Menschen mit eigener Hand zu töten!»

«Ich muß schnellstens auf meinen Platz zurückkehren», sagte sich Imhotep, «denn wenn meine Abwesenheit noch länger dauert, wird mich der Pharao nach dem Grund fragen. Die Entscheidungen, die zwingend geboten sind, werde ich nach der heutigen Zeremonie fällen. Dieser Wahnsinnige muß vernichtet werden!»

Voller Sorge und Unruhe kehrte er auf die Estrade zurück. Der Inhalt des eben gelesenen Briefes ließ ihn nicht mehr los.

Inzwischen hatten die Fürsten wieder ihre Plätze eingenommen. Djoser breitete gebieterisch die Arme aus und wandte sich erneut an die Anwesenden.

«Jetzt, Volk Ägyptens, werde ich den feierlichen Akt wiederholen, den einst mein Vorfahre Menes, der Horus Narmer, Gründer dieser Stadt und erster Pharao, vollbracht hat. Ich werde viermal um die weißen Mauern der Stadt laufen, auf daß jeder meine Kraft, meine Gesundheit, meine Ausdauer und meinen Willen ermessen kann. Diese vor euch erbrachte Leistung wird aber auch ein symbolischer Akt sein, denn mit diesem Lauf werde ich das ganze Land Kêmi und all seine Bewohner in meinen Besitz nehmen.»

Er legte seinen Brustschmuck ab, zog seine Sandalen aus und stieg, nur mit seinem Schurz bekleidet, vor der Menge die Estrade hinab und lief mit weit ausholenden Schritten auf das große Stadttor zu, während sich die Menschenmenge teilte und ihm respektvoll Platz machten.

Hinter ihm entstand ein allgemeines Durcheinander und ein unbeschreibliches Getöse. Unter hundertfach wiederholten Rufen: «Auf die Wälle! Wir wollen den König sehen! Auf die Wälle!» stürzten alle zur Stadtmauer und erklommen über Treppen und Terrassen die Festungswälle der Stadt.

Währenddessen lief Djoser mit gleichmäßigen Schritten die Mauern entlang. Er wußte, daß er seine Kraft klug einteilen mußte, wenn er die selbst auferlegte Prüfung bestehen wollte. Er hatte sich entschlossen, an diese Tradition anzuknüpfen, um die Legitimität seines Herrschaftsanspruches zu bekräftigen. Wußte er doch, daß er durch diesen Akt in den Augen des Volkes zum unbestrittenen Herrn des Landes wurde. Das intensive Hochgefühl, das sich seiner bemächtigt hatte, stärkte seine Kräfte. Oben auf den Befestigungsmauern schrie, sang und gestikulierte das Volk, während er draußen allein an den hohen Mauern entlang lief, erhobenen Hauptes, mit dicht am Körper anliegenden Armen und geschmeidigen Beinen.

Imhotep hatte die allgemeine Unruhe dazu genutzt, General Uni beiseite zu nehmen.

«Komm bitte! Ich muß dir wichtige Dinge sagen!»

Sie fanden einen ruhigen Ort, und der Arzt reichte dem General den Brief des Hohenpriesters.

«Hier, lies dies, und du wirst meine Sorgen verstehen!»

«Dieser Wahnsinnige muß unschädlich gemacht werden!» sagte der General, nachdem er den Brief gelesen hatte.

«Ja gewiß, aber wie?»

«So unauffällig wie möglich. Und je eher, desto besser», fügte Uni energisch hinzu. «Wer sagt uns denn, daß er sich nicht schon in den Mauern unserer Stadt aufhält.»

Imhotep pflichtete ihm bei. Im Gedränge der Menschenmenge war jede Kontrolle unmöglich. Und noch niemals hatte sich ein Pharao freiwillig so sehr der Gefahr ausgesetzt. Djoser war zu kühn. Er hatte den gesamten Verlauf der Krönungsfeier selbst festgelegt und dabei die eigene Sicherheit völlig außer acht gelassen. Uni schlug folgenden Plan vor: Unter irgendeinem Vorwand sollte in jede Wüstenoase ein kleiner Trupp Soldaten geschickt werden, wobei jeweils nur der begleitende Offizier den eigentlichen Sinn der Mission kennen durfte.

Der Große Baumeister schien unentschlossen. Er hielt den Kopf gesenkt und spielte nervös mit den Fingern. Schließlich sagte er:

«Ich vertraue dir, Uni! Der Frieden des ganzen Landes Kêmi steht auf dem Spiel!»

«Ich weiß es, mein Freund!» sagte der General. «Ich werde unseren geliebten Pharao beschützen. Ich selbst werde unter meinen besten Offizieren diejenigen auswählen, denen wir völlig vertrauen können. Sie sind alle, so wie wir, bereit, ihr Leben für den Pharao hinzugeben.»

Die Menge tobte: Djoser beendete seine vierte Runde um die Mauern, ohne übermäßige Ermüdungserscheinungen zu zeigen. Mit kraftvollen, gleichmäßigen und weit ausholenden Schritten kam er durch das große Tor der Stadt und lief nun an der königlichen Garde vorbei zur Krönungsestrade. Dort blieb er stehen, hob den Kopf der Sonne entgegen und atmete tief durch.

Mit der gleichen Behendigkeit, mit der sie auf die Mauern geklettert waren, suchten die Menschen jetzt die besten Plätze in der Nähe des königlichen Baldachins zu ergattern, und es gab ein großes Hin und Her und viel fröhliches Geschrei. Djoser setzte sich in vollendeter Selbstbeherrschung ruhig auf seinen Thron, legte die Hände auf die Knie und versank in tiefe Meditation.

Er verharrte regungslos in dem erhabenen Bewußtsein, daß er soeben mit seinem Lauf nicht nur einer Tradition gehuldigt, sondern auch der Pharaonenherrschaft für Jahrhunderte einen sakralen Charakter verliehen hatte. Geduldig wartete er, bis alle an ihre Plätze zurückgefunden hatten. Die Menge beruhigte sich schnell, und als der Pharao auch weiterhin stumm auf seinem Thron verharrte, senkte sich eine feierliche Stille über den Platz. Umgeben von den grandiosen weißen Mauern, unter den sinkenden Strahlen einer goldenen Sonne, verehrten Tausende von Menschen in tiefer Anbetung ihren lebenden Gott. Alle schienen den Atem anzuhalten, und die Zeit schien zum Stillstand gekommen zu sein.

Plötzlich erhob sich Djosers klare Stimme:

«Volk von Kêmi, höre mich an! Vor dir habe ich die von Geier und Uräus geschützte doppelte Krone getragen! Vor dir habe ich die Mauern der Stadt umrundet!

Vor dir habe ich Lotos und Papyrus für immer verknotet! Ich habe die Götter geschaut, und Thoth hat mir meinen Namen gegeben!

Ich bin Djoser, der Horus Neter-er-chet!»

Langsam stand er auf, hob die Hände über den Kopf und blickte zum Himmel:

«Ich bin Rês Sohn! Der Sohn des Sonnengottes!»

4

Imhoteps Befehl, in der Nekropole von Sakkara eine riesige rechteckige Fläche von tausend Ellen Länge und fünfhundert Ellen Breite einzuebnen, stieß bei allen Baumeistern, Steinmetzen und Schreibern, die im ‹Lebenshaus› arbeiteten, auf ungläubiges Staunen. Aber die vom Großen Baumeister unterzeichnete Order war eindeutig, klar und präzise. Seneb hatte sie überbracht.

Der Befehl war ihnen unverständlich. Was sollte auf diesem riesigen Platz errichtet werden? Ein Tempel? Eine neue Stadt?

Die einen behaupteten, für den Bau einer Kultstätte sei eine solche Fläche viel zu groß. Andere meinten, es sei unsinnig, mitten in der Wüste eine Stadt zu bauen. Ein Priester gab zu bedenken, daß die vorgegebenen Ausmaße um ein Hundertfaches größer seien als die des Grabmals für den ersten Pharao Horus Narmer, fügte dann aber zweifelnd hinzu:

«Vielleicht handelt es sich doch um einen gewaltigen Tempel?»

«Ich habe Seneb ausgehorcht», mischte sich ein Schreiber ein. «Er sagt, das Gebiet liege etwa tausend Schritte südlich vom Grab des Horus Djet, und er hat mir versichert, daß Imhotep den genauen Standort selbst bestimmt habe.»

Tatsächlich hatte der Große Baumeister mehrere Tage in Begleitung seines Sklavens auf dem felsigen Wüstenplateau zugebracht, wo die verstorbenen Könige ruhen. Lange hatte er aufmerksam den Boden untersucht, Fluchtlinien vermessen und nach seiner Berechnung Pflöcke und Markierungssteine gesetzt. Ja, er war sogar einige Male nachts zurückgekehrt, um den Stand der Sterne zu vermerken und das von ihm gezogene Viereck gemäß ihrer Bewegung auszurichten.

Die Nachricht von Imhoteps Plänen verbreitete sich wie ein Lauffeuer von Stadt zu Stadt, von Region zu Region und bald wußte man im ganzen Land: Imhotep begann etwas Großes und ganz Außerordentliches zu bauen!

Am ersten Tag im Monat des Thoth, zur Jahreszeit Achet, setzte die jährliche Überschwemmung ein, und bald stieg das Wasser bis an den Rand der Wüste, so daß die großen Transportkähne, die in beiden Richtungen den Nil befuhren, Hunderte und aber Hunderte von Bauern zur Baustelle bringen konnten. Sie kamen aus ihren Dörfern in kleinen Gruppen von etwa zwanzig Arbeitern unter der Leitung eines Truppführers. Jeder Mann hatte Werkzeug, Pickel, Schaufel, Hacke oder Tragkorb bei sich, dazu Proviant aus Fladenbroten und Trockenfisch, eine Binsen- oder Strohmatte und ein paar Habseligkeiten.

Unter der Anleitung erfahrener Arbeiter errichteten die ersten Ankömmlinge zunächst einfache Schutzdächer aus Akazienpfählen und geflochtenem Schilf, um weitläufige Schattenzonen zu schaffen, die zum einen als Speiseräume, zum anderen als Schlafstätten hergerichtet wurden. Innerhalb kurzer Zeit verwandelte sich das menschenleere Plateau von Sakkara in eine riesige Baustelle.

Eines Morgens unternahm Imhotep seine tägliche Inspektionsrunde.

«Ich beglückwünsche dich», sagte er zu Hesirê, der ihm entgegenkam, «die Mannschaft im Dienste des Königlichen Ka, die du auf mein Ersuchen hin zusammengestellt hast, hat gezeigt, was sie leisten kann.»

«Ich habe die Arbeiten gründlich vorbereiten lassen», antwortete der königliche Schreiber, erfreut über dieses Lob.

Imhotep gab zu bedenken, daß später Tausende von Arbeitern das Plateau bevölkern würden, die untergebracht und ernährt werden müßten. Auf erträgliche Lebensbedingungen für diese vielen Menschen legte er größten Wert. Auch würde es notwendig sein, sie ständig mit Werkzeug aller Art, mit Hakken, Schaufeln, Seilen und Hebeln, zu versorgen. Je besser die Organisation war, um so größer würden die Erfolgschancen des ganzen Vorhabens sein.

Hesirê bat um die Ernennung eines Stellvertreters, der für die den Bau betreffenden Fragen besonders qualifiziert wäre.

«Mach dir darüber keine Sorgen, ich weiß, wen du brauchst», sagte Imhotep. «Sobald ich wieder in Memphis bin, frage ich ihn, ob er diesen Posten annehmen will.»

Und als der Oberste Schreiber ihn verblüfft anblickte, fügte Imhotep hinzu:

«Du wunderst dich, aber es ist jemand, vor dem ich große Hochachtung habe, und du wirst verstehen, warum: Es ist mein Vater Kanufer!»

«Kanufer, der Baumeister!» sagte Hesirê überrascht. «Es wird mir eine große Ehre sein, mit ihm zusammenzuarbeiten.»

Während Imhotep sich auf den Weg zurück in die Stadt machte, kehrte der königliche Schreiber zufrieden an seinen unter einem Sonnendach stehenden Arbeitstisch zurück und machte sich wieder an die Arbeit.

Das erste Gebäude, das neben den Getreidespeichern ganz in der Nähe des Flusses aus sonnengetrockneten Ziegeln errichtet wurde, war eine Bäckerei mit Mahlsteinen für das Mehl und großen Backöfen. So konnte das für die Verpflegung der Arbeiter notwendige Brot schon nach einigen Tagen an Ort und Stelle gebacken werden, und der Rauch, der aus den Schornsteinen aufstieg, war das weithin sichtbare Zeichen, daß in der ewigen Totenstadt Leben eingezogen war.

Bald darauf wurde auf dieselbe Art eine Brauerei gebaut, mit großen Bottichen aus gebranntem Ton. Und nachdem die Lastkähne die ersten Ladungen Gerste angeliefert hatten, konnte schon wenig später täglich eine Ration Bier an alle Arbeiter ausgeschenkt werden.

Im ‹Lebenshaus› herrschte währenddessen die gleiche lebhafte Betriebsamkeit. Doch kam dort das Gerede unter den Schreibern nicht zum Verstummen:

«Unser Pharao ist einfach zu großzügig!» sagte einer der Schreiber. «Die Bauern könnten sich doch wirklich damit begnügen, Wasser zu trinken. Das tun sie doch in ihren Dörfern das ganze Jahr lang auch.»

Ein Schüler der Baukunst behauptete, er habe von Hesirê gehört, es handle sich bei den Arbeiten nur um eine Art Generalprobe.

«Was soll das heißen?» fragten die anderen, und der junge Mann berichtete, was er wußte:

Imhotep hatte beschlossen, die Bauern jedes Jahr mit Beginn des Achet und während der folgenden vier Monate der Überschwemmung zur Arbeit zu verpflichten. Wenn er sie während dieser Zeit, die sie sonst darbend am Rande der Wüste verbringen mußten, für die Arbeiten des Königs einsetzte, konnte er sie als Gegenleistung dafür mit Brot und Bier versorgen.

«Aha!» sagte ein vorlauter Schreiber. «Das geht also jedes Jahr wieder von neuem los! Kommt die Flut, versammelt man alle Faulenzer und spendiert ihnen für ein paar Handgriffe täglich ein gutes Bier. Und all das zum größten Ruhm unseres Pharaos.»

«Was du sagst, ist dumm», mischte sich ein alter Schreiber in das Gespräch ein. «Unser Pharao mag noch sehr jung sein, aber er handelt klug. Wenn er solche Befehle erteilt, ist es zum Wohl unseres Landes.»

«Es ist ja nicht der Pharao, der die Leute zur Arbeit verpflichtet», erwiderte der andere vorschnell, «sondern der Große Baumeister.»

«Wie klein dein Kopf doch ist, wie eng deine Brust und wie verhärtet dein Herz», entgegnete der alte Mann. «Djoser denkt und befiehlt. Und Imhotep begreift und führt aus.»

Einige Monate später, die Arbeiten in Sakkara waren bereits weit fortgeschritten, unternahm Imhotep eine große Expedition in den Süden. Es war kein leichtes Unterfangen, mit acht Transportkähnen bis zur Provinz To-Seti jenseits des Dschebel Silsile den Nil stromaufwärts zu fahren.

Bedjmes, der Leiter des Unternehmens, wußte kaum noch, wo ihm der Kopf stand, denn er hatte die schwierige Aufgabe zu meistern, den Konvoi zwischen den zahllosen Sandbänken hindurchzusteuern. Täglich wurde das Flußbett unberechenbarer und die Arbeit der Seeleute schwieriger. Hin und wieder, wenn der Nordwind ausblieb, kein Segel mehr blähte und keinem Ruderer mehr half, die Kähne stromaufwärts zu bringen, gingen die Männer an Land und verbrachten den Tag damit, Vorräte bei den Bauern zu sammeln.

Das von Imhotep gesteckte Ziel der Expedition, das die Schiffe um jeden Preis erreichen mußten, war das rote Granitgebirge von Syene am ersten Katarakt, nicht weit von der Insel Elephantine entfernt. Dort sollte der für den monumentalen Komplex von Sakkara bestimmte Sarkophag nach seinen Plänen zugeschnitten werden. Imhotep hatte fünf verschiedene Einzelteile und eine Deckplatte vorgesehen. Und diese sechs riesigen, rechteckigen Steinblöcke, die jeweils fünf Ellen lang, vier Ellen breit, drei Ellen dick, und nach seinen Berechnungen so schwer wie dreihundert Menschen waren, mußten flußab nach Sakkara geschafft werden.

Die Aufgabe war kompliziert. Zunächst galt es, zum Steinbruch zu gelangen, um dort eine Bruchfront von bester Felsqualität auszuwählen. Dann mußten die Blöcke aus der Wand herausgebrochen werden, ohne daß sie beschädigt wurden. Und schließlich mußte die schwere Fracht auf Lastkähne geladen und ohne Zwischenfälle bis ans andere Ende Ägyptens transportiert werden.

Die Abenddämmerung legte sich bereits über das Niltal, als das erste Schiff des Konvois die Insel Elephantine erreichte. Die Teilnehmer der Expedition, von denen die meisten diesen außergewöhnlichen Ort zum erstenmal in ihrem Leben sahen, waren bezaubert vom Anblick der Kette von Wüstenhügeln, die am Horizont auftauchte und von der untergehenden Sonne dunkelrot gefärbt wurde. Was der Nil hier an Breite und majestätischer Ruhe verlor, gewann er an Zauber und Schönheit. Der sich nun zwischen Felsen hindurchzwängende Strom löste sich auf in mehrere unregelmäßige Flußläufe, die durch Steingeröll, hochaufgetürmte Felsmassen oder durch vereinzelte grüne Inseln voneinander getrennt waren, auf denen Palmen wuchsen, deren schwarze Silhouetten sich malerisch vom purpurroten Himmel abhoben.

Imhotep zeigte auf eine kleine Siedlung, aus der Rauchsäulen aufstiegen.

«Siehst du das Dorf dort auf der Insel?» sagte er zu Bedjmes. «Das ist Abu! Dort tauschen die Afrikaner unter der Kontrolle unserer Schatzbeamten Elfenbein und Ebenholz gegen Stoffe und Werkzeug. Auch das Gold und die seltenen Steine, aus denen unsere Goldschmiede in Memphis den Schmuck herstellen, werden dort getauscht.»

«Müssen wir dort anlegen, Großer Baumeister?» fragte der Steuermann, und als der Architekt, ohne seinen Blick von der Landschaft zu wenden, verneinend den Kopf schüttelte, fügte Bedjmes hinzu:

«Gern würde ich den Konvoi in den breitesten und tiefsten Flußarm leiten, das östliche Ufer ansteuern und dort einen leicht zugänglichen Anlegeplatz suchen.»

Erst als der Vollmond hoch am Himmel stand, waren die Anlegemanöver beendet, und die Matrosen konnten die Landungsstege auslegen. Die Dorfbewohner kamen mit ihren kleinen Papyrusbooten flink über den Flußarm, um die Neuankömmlinge zu begrüßen. Einige Feuer wurden angezündet, um das mitgebrachte Geflügel zu braten, und bald saßen Matrosen und Steinmetze einträchtig mit den Dorfbewohnern beieinander und tauschten Nachrichten aus.

Auch der Vorsteher der Beamten von Abu kam nun herbei, um Imhotep seine Aufwartung zu machen und bat ihn, er möge seine Verspätung entschuldigen. Und da Imhotep ihm freundlich zulächelte, faßte er Mut und fragte:

«Wirst du mir die Ehre erweisen, Großer Baumeister, in meinem bescheidenen Haus auf der Insel Elephantine zu speisen und bei uns zu wohnen?»

«Deine Einladung freut mich», antwortete Imhotep in bester Laune. «Ich nehme sie gerne an und danke dir.»

Am nächsten Morgen, kaum daß die ersten Sonnenstrahlen den Horizont färbten, durchstreifte Imhotep in Begleitung von Bedjmes und seinem Gastgeber schon das Gebiet von Syene.

«Hier ist es!» sagte der Vorsteher von Abu, als sie auf einen Hügel gestiegen waren. «Der ganze Boden unter unseren Füßen besteht aus rosa Granit.»

Eine ganze Weile lang löste der mit Holzhammer und Meißel ausgerüstete Baumeister mit fachkundiger Hand Gesteinsproben heraus und taxierte Vorkommen und Qualität der Steine, die er hier abbauen wollte. Nachdem er seine Untersuchungen beendet hatte, wandte er sich an den Beamten, der ihm auf Schritt und Tritt gefolgt war.

«Hervorragend! Mehr konnte ich mir nicht wünschen», sagte er sichtlich zufrieden. «Der Fels ist von ausgezeichneter Qualität. Darüber hinaus sind wir nicht weit vom Fluß entfernt; diese Lage wird unsere Arbeit sehr erleichtern.»

Der Vorsteher von Abu sah ihn so glücklich und selbstzufrieden an, als wären diese natürlichen Gegebenheiten sein persönliches Verdienst.

Imhotep verteilte sogleich die Arbeit:

«Bedjmes, ich beauftrage dich, von hier bis zu den Kähnen eine Rampe anzulegen, auf der wir die herausgelösten Blöcke hinabgleiten lassen können. Wenn dir die Trasse perfekt gelingt, werden sich die Blöcke mühelos und nahezu von allein an Deck bringen lassen!»

«Von allein!» rief der Beamte von Abu verblüfft. «Aber ich meine verstanden zu haben, daß du sehr große Steine mitnehmen willst.»

«Fünf mal vier mal drei», sagte Bedjmes fachmännisch.

«Fuß?»

«Nein, Ellen!»

«Ellen? Oh, das ist ja gewaltig! Wie werdet ihr sie denn von der Stelle bewegen, diese... diese...»

«Man braucht dazu nur viele Arme und Geschicklichkeit», unterbrach ihn Imhotep und verlangte einige hundert Arbeiter aus der Region, um seine Mannschaft zu verstärken. Außerdem sollte der Beamte sich um die Verpflegung für all diese Leute kümmern und dafür sorgen, daß die Arbeiten unverzüglich beginnen konnten.

Der Vorsteher von Abu wußte sich so gut zu helfen, daß er innerhalb weniger Tage das geforderte Kontingent an Hilfskräften stellen konnte.

Die erste Phase der Arbeiten an dem Steinbruch bestand darin, Erdreich und verwitterte Gesteinsschichten, die sich oben auf dem Hügel angesammelt hatten, abzutragen, um an den gesunden Fels zu gelangen. Mit Pickel, Schaufel und Schuttkorb ausgerüstet, machten sich alle Mitglieder der Expedition zunächst an die mühevolle, wenn auch unerläßliche

Arbeit. Dann zündeten sie Holzfeuer an, um eine dicke Schicht brüchigen Granits abzusprengen.

Die zweite Phase der Vorarbeiten dauerte am längsten, denn nun mußte die glatte, leicht abfallende Rampe gebaut werden, die vom Steinbruch bis zum Ufer des Flusses reichen sollte. Imhotep verlangte dabei größte Genauigkeit, denn über Erfolg oder Mißerfolg des Transportes der Steinblöcke zu den Schiffen hinunter entschied im wesentlichen die Qualität der Gleitrampe. Auf ein direkt in den Fels eingeschlagenes Fundament ließ Imhotep eine dicke Schicht Schotter auftragen, um Unebenheiten auszugleichen oder Risse aufzufüllen. Dieser Schotter wurde an Ort und Stelle von Arbeitern hergestellt, die mit kräftigen Hammerschlägen Felsstücke zertrümmerten. Das Hämmern der Steinhauer erfüllte die Luft mit ohrenbetäubendem Lärm.

Als der eigentliche Granit freigelegt war, ließ Imhotep die Umrisse der herauszulösenden Blöcke vorzeichnen. Dann befahl er den Steinbrechern, an diesen Linien entlang in regelmäßigen Abständen tiefe Löcher in den Stein zu treiben. Bei der Härte des Granits eine besonders schwierige Aufgabe. Jedesmal, wenn ein Loch gebohrt war, schlug ein Vorarbeiter einen gut getrockneten Keil aus Sykomorenholz hinein, den der Große Baumeister selbst zugeschnitten hatte. Als ein ganzes Rechteck auf diese Weise wunschgemäß bestückt war, versammelte Imhotep alle Arbeiter um sich.

«Jetzt ist der große Augenblick gekommen», verkündete Imhotep stolz und feierlich. «Wir werden den ersten Block aus der Wand herauslösen. Gießt nun Wasser über die Zapfen! Wenn sie von der Feuchtigkeit aufgequollen sind, werden sie den Granit mit einem Schlag sprengen.»

«Dieser Stein scheint mir doch sehr hart zu sein», gab Bedjmes, der neben ihm stand, ganz leise zu bedenken.

Lächelnd wandte sich der Große Baumeister dem jungen Mann zu und erklärte:

«Nichts kann der Kraft eines Baumes widerstehen. So wie eine Wurzel, die sich in ausgedörrtem Boden ihren Weg bahnt, mit unwiderstehlicher Kraft Felsen anhebt und spaltet, so wird das mit Flüssigkeit vollgesogene Holz alle Lebenskraft wiederfinden und dann, plötzlich...»

Ihm blieb keine Zeit, den Satz zu beenden. Mit einem trokkenen Krachen, das den Hügel erbeben ließ, hatte sich der riesige Block aus der Wand gelöst.

Nach einem kurzen Schweigen der Überraschung brach großes Jubelgeschrei aus. Imhotep aber stand unbeweglich mit gekreuzten Armen da und blickte in die Ferne. Er war sich der historischen Stunde bewußt. Dank seiner Erfindung fand der Granit als Baumaterial zum erstenmal in der Geschichte der Menschheit Verwendung.

Unterdessen waren auf dem Plateau von Sakkara die Erdarbeiten weiter fortgeschritten. Unter Berücksichtigung der vom Großen Baumeister vorgenommenen Messungen hatten die Planierer mit Schnüren die Grenzen der abzutragenden Fläche abgesteckt und Markierungssteine an die vier Ecken des Terrains gesetzt. Nach diesen Vorarbeiten machten sich alle Arbeiter zugleich ans Werk. Unter der sengenden Sonne rückten sie mit Tausenden von Hacken der roten Erde zu Leibe. Sie wirbelten dabei eine gewaltige Staubwolke auf, die ständig über der Baustelle lastete und so unbeweglich am Himmel stand, daß man sie von der Hauptstadt aus am Horizont erkennen konnte. Mit der Zeit verloren die Männer ihren Frohsinn. Sie wurden müde und husteten viel, weil ihnen der feine Staub das Atmen schwer machte, und alle fragten sich, warum der Pharao sie dorthin hatte bringen lassen und so Unmenschliches von ihnen forderte.

Gleichwohl kamen die Arbeiten gut voran. Der Schutt wurde regelmäßig weggeräumt und in natürliche Senken verfüllt. Eine Arbeit von zahllosen Handlangern, die in nicht enden wollenden Kolonnen Sand und Geröll in geflochtenen Körben auf dem Kopf davontrugen. Und überall, in der Luft, am Boden und auf der Haut der Menschen, die in dieser königlichen Nekropole arbeiteten, überall war dieser rote Staub. Hartnäckig klebte er am Körper der Menschen, die auf diesem Plateau arbeiteten, legte sich auf ihre Lungen und machte ihnen das Leben schwer. Es schien kein Entrinnen zu geben.

Zu dieser Zeit tauchte unter den Arbeitern der merkwürdige Mann auf, der Verrückte der Oasen, den trotz aller Anstrengungen weder Anknetef noch die Soldaten des Generals Uni hatten fassen können. Er war groß, schlank und dunkelhäutig. Seine Kleider glichen denen der Arbeiter, und so konnte er umhergehen, ohne Aufsehen zu erregen. Doch im Unterschied zu den anderen trug er ein Amulett um den Hals und an den Handgelenken goldene Ringe. Die Augen in seinem scharfgeschnittenen Gesicht sprühten wie Feuer, und er betörte alle, die ihm zuhörten. Er sprach schnell, mit abgehackter, schroffer Stimme, und sobald er das Wort ergriff, war er von Zuhörern umringt:

«Ihr seid freie Männer», rief er ihnen zu, «und ihr tut Sklavenarbeit! Warum hat man euch aus euren Dörfern geholt, weg von Frauen und Kindern? Um euch langsam in dieser Wüste umzubringen? Wißt ihr, daß dieser Sand, den ihr täglich einatmet, eure Lungen irgendwann verstopfen wird? Jetzt hustet ihr und spuckt, aber ihr vergeßt, daß eure Kehle morgen noch trockner sein wird, und daß eure ausgetrockneten Lungen die Luft, die ihr zum Leben braucht, eines Tages nicht mehr einatmen können. Auf euch lauert der Tod! Keiner von euch kann sicher sein, lebend nach Hause zurückzukehren!»

Aber seine Maßlosigkeit machte einige Fellachen skeptisch. Ein Gruppenführer fiel ihm heftig ins Wort:

«Wer bist du, der du behauptest, daß der Staub uns töten kann? Willst du uns mit deinen Unglücksprophezeiungen zum Aufruhr anstiften? Welcher Hintergedanke erfüllt dein Herz und deine Reden?»

«Ich werde dir sagen, wer ich bin», rief der Fremde, «aber denk erst einmal nach: Was gibt man euch hier zu essen? Nur Brot! Wie Bettlern! Haben wir etwa eine Hungersnot? Wollt ihr euch noch lange so abschinden und schließlich doch vor Hunger verrecken? Wißt ihr denn nicht, daß die Leute, die euch befehlen, nur an sich selbst denken – und das auf eure Kosten. Sie scheren sich nicht um das Wohl der Bewohner des Landes Kêmi.»

Dann, als der Gruppenführer ihn erneut wütend anfuhr und nach seinem Namen fragte, schlug er sich auf die Brust und rief:

«Ich bin der Sohn des Pharaos Peribsen! Ich bin der, der vor Djoser hintritt und erklärt: ‹Du hast mir mein Land und mein Volk geraubt›!»

Seine Erregung steigerte sich, und heftig gestikulierend rief er den sprachlos zuhörenden Männern zu:

«Ich werde Unglück über das Land bringen! Ich werde Verzweiflung um mich verbreiten! Ich werde vor keinem Verbrechen zurückschrecken, bis man mir meine Krone zurückgibt!»

Mit verzerrtem Gesicht blickte er kurz um sich, wartete aber keine Reaktion ab, sondern eilte davon. Sekunden später hatte ihn eine dichte rote Staubwolke verschluckt.

Nachdem der erste Steinblock erfolgreich aus der Granitwand herausgesprengt war, verließ Imhotep das Gebiet von Syene und fuhr den Fluß stromabwärts, um sich so schnell wie möglich über den Stand der Planierungsarbeiten auf dem Plateau von Sakkara zu informieren. Sobald er von ferne die Staubwolke sah, war ihm klar, daß die Arbeiten unter so schlechten

Bedingungen unmöglich fortgesetzt werden konnten. Gleich nach seiner Ankunft befahl er, für die Dauer von zwei Tagen alle Arbeiten einzustellen. Ein glücklicher Zufall fügte es, daß zum gleichen Zeitpunkt eine kräftige Brise aufkam, die innerhalb weniger Stunden die Staubwolke wegfegte. Schon am nächsten Tag war die Luft wieder rein, und unter den Arbeitern, die sich im Schatten der Sonnendächer ausruhten, verbreitete sich alsbald das Gerücht, Imhotep sei nicht nur der Große Baumeister des Königs und ein bedeutender Arzt, sondern auch ein Magier.

Im Laufe des zweiten Tages legte ein Transportkahn aus dem Delta an, der randvoll mit lebendem Geflügel beladen war. Noch bevor Imhotep nach Syene aufgebrochen war, hatte er seinen treuen Seneb zu den Züchtern in die Sümpfe geschickt. Die kleinen nackten Männer, die unter Anleitung Mahors auf seinen Wunsch hin den Netzfang intensiviert hatten, waren inzwischen dank ihrer neuen Zuchtmethoden in der Lage, große Mengen von Geflügel für die Mannschaften des königlichen Ka zu liefern. Die Verteilung begann sofort und wurde peinlich genau von den Schreibern kontrolliert. Jeder Arbeiter erhielt eine Ente zum Braten und jeder Gruppenführer eine dicke Wildgans.

So wurde dieser Ruhetag unversehens zu einem Festtag. In Begleitung der Vermessungsschreiber und der Baumeister überprüfte Imhotep inzwischen den Stand der Arbeiten. Überall wurde er freudig begrüßt.

«Zunächst muß folgendes getan werden», sagte er zu seinen aufmerksamen Gehilfen. «Laßt um das große rechteckige Feld herum einen Graben ausheben, der drei Fuß breit und eine Elle tief ist. Danach soll eine Kette von Arbeitern ständig Nilwasser mit Krügen hierher transportieren und in diesen Graben schütten. An der Oberfläche des Wassers könnt ihr die horizontale Lage des Terrains überprüfen, und außerdem könnt ihr die Flächen, die bearbeitet werden müssen, ständig mit Wasser besprengen lassen und so verhindern, daß zuviel Staub aufgewirbelt wird. Vergeßt aber nicht, die Zahl der Schutt-Träger zu vergrößern, denn der feuchte Sand ist schwerer zu tragen. Von morgen an wird die Arbeit wieder aufgenommen. Ich werde indessen dem Pharao Bericht erstatten.»

Im Süden legten die Steinhauer, in den Steinbrüchen von Syene, nach sechs Monaten zäher, mühsamer Arbeit endlich Hammer und Meißel nieder. Das von Imhotep gesteckte Ziel war erreicht.

Die sechs gewaltigen Steinblöcke, die einzeln auf großen Holzschlitten verkeilt waren, konnten trotz ihres außerordentlichen Gewichts ihre langsame Talfahrt zum Fluß antreten. Die steinerne, mit Schotter bedeckte Rampe, die Bedjmes bis zum Kai hatte anlegen lassen, war mit einer dicken Schicht Nilschlamm geglättet worden. Wasserträger hielten diesen Belag ständig feucht, um die Gleitfähigkeit zu erhöhen. Und an den Schleppseilen, die auf beiden Seiten der Schlitten befestigt waren, wechselten sich zahllose Männer ständig ab und setzten all ihre Kraft ein. Zoll um Zoll, Fuß um Fuß rutschten die Blöcke ungehindert und gleichmäßig die langgestreckte Rampe hinab. Bereits einen Monat nach Beginn der Arbeiten konnte nun der erste Steinblock auf einen Kahn verladen werden. Die anderen folgten in regelmäßigen Abständen.

Bedjmes schien überall gleichzeitig zu sein. Er lief zwischen Ufer und Hügel hin und her, erteilte Befehle, ermutigte im Vorbeigehen einen Trupp, der in Schwierigkeiten geraten war, oder überwachte am Kai ein heikles Manöver.

Schließlich brach der Tag der Rückkehr nach Norden an. Die schwere Aufgabe in Syene war erfüllt, der letzte Steinblock an Bord. Nachdem sich Bedjmes vom Vorsteher von Abu und den Dorfbewohnern verabschiedet hatte, gab er das

Signal zum Aufbruch. Sein Gesicht strahlte Genugtuung und Freude aus. Die schwierigste und härteste Arbeit war getan.

Vom königlichen Schreiber Hesirê, seinem Vater Kanufer und den Baumeistern des Königlichen Ka begleitet, schritt Imhotep das Plateau von Sakkara ab. Er war mit der fertigen Planierung zufrieden und bereitete nun die nachfolgenden Bauabschnitte vor.

«Ich will, daß die allgemeine Arbeitseinteilung nach dem Kalender von Junu verläuft», sagte er. «Jeder Monat wird in dreimal zehn Tage aufgeteilt, und in jeder Dekade soll neun Tage lang gearbeitet werden. Am zehnten Tag aber sollen die Arbeiter ausruhen. Da die Überschwemmung ungefähr einhundertzwanzig Tage dauert, wird der Baubetrieb am Ende des vierten Monats eingestellt und jeder in sein Dorf zurückgeschickt.»

«Werden die Arbeiten also acht Monate lang ganz unterbrochen, Großer Baumeister?» fragte einer seiner Begleiter.

«Nicht unbedingt», sagte Imhotep.

Dann erklärte er ihnen seine Pläne: Je nachdem, wie weit das Bauvorhaben gediehen war, würden Trupps von Facharbeitern an Ort und Stelle bleiben, um besondere Arbeiten durchzuführen. Doch in jedem Achet, der Zeit der Überschwemmung, sollten die Bauern und Handwerker des Landes Kêmi in großen Scharen wieder hierher gebracht werden, denn um die schweren Steine aufzutürmen, waren unzählige Hilfskräfte vonnöten.

Während Imhotep noch mit seinen aufmerksamen Zuhörern sprach, sah er eine laut singende, vergnügt lärmende Schar junger Leute auf sich zukommen. Einige Schritte vor Imhotep schrie ihr Anführer:

«Werft euch nieder, um den Großen Baumeister des Königs zu grüßen!»

Einen kurzen Augenblick herrschte Verwirrung, dann warfen sich alle mit dem Gesicht in den Staub.

«Aber das ist ja Bedjmes!» rief Imhotep voller Überraschung.

«Steht alle auf! Du bist also zurück! Wo sind die Steinblöcke?»

«Die Kähne liegen am Kai. Der Granit ist da!»

«Unversehrt?» fragte Imhotep besorgt.

«Ja! Nicht ein Block ist angeschlagen.»

Imhotep gratulierte ihm zu dem geglückten Unternehmen und schickte die Matrosen zu ihren Booten zurück.

Während sie begeistert zum Ufer zurückrannten, um es sich im Schatten der Sonnendächer bequem zu machen, bat Imhotep alle Umstehenden, mit ihm in die Mitte der eingeebneten Fläche zu kommen.

«Sehr her», sagte er und zeigte auf ein Viereck, das er eigenhändig abgesteckt hatte. «Hier werden wir den Grabschacht ausheben.»

Er sprach lange und erläuterte in allen technischen Einzelheiten, wie die Granitblöcke aus Syene einhundert Fuß unter der Erde zu einem Sarkophag zusammengefügt werden sollten. Er zeigte ihnen den Plan des engen Stollens, der leicht abwärts verlaufen und zu einer über dem Grab gelegenen Vorkammer führen würde, wo die Verschlußsteine aus Granit untergebracht werden sollten.

«Nach der Bestattung des Pharaos werden Grabkammer und Gang endgültig verschlossen und unsichtbar gemacht.»

Wie zur Bestätigung dieses Satzes machte Imhotep eine waagerechte Handbewegung und fügte hinzu:

«Und zwar so, daß nicht die geringste Spur zu sehen ist.»

«Warum aber muß eine so große Fläche eingeebnet werden, wenn nur ein einfaches unterirdisches Grab ausgehoben werden soll?» fragte Kanufer. «Wozu soll dieser riesige Platz dienen?»

Imhotep senkte einen Augenblick den Kopf, während alle Umstehenden ihn eindringlich ansahen und begierig eine Antwort auf die Frage erwarteten, die auch ihnen auf den Lippen gebrannt hatte. Mit der Fußspitze zog er schließlich ein paar Linien in den Sand. Dann verwischte er sie schnell und sagte:

«Es ist nicht meine Art, sinnlose Anweisungen zu geben. Aber noch ist es zu früh, um euch in alle meine Pläne einzuweihen.»

Dann forderte er Hesirê auf zu berichten, wie er sich die Versorgung der Arbeiter und den Transport der notwendigen Lebensmittel vorstelle.

Hesirê erzählte, daß Mahor ein beachtliches Kunststück zuwege gebracht habe: Er sei imstande, alle zehn Tage soviel Geflügel zu liefern, wie für die Versorgung sämtlicher Baumannschaften notwendig ist. Infolgedessen würden die Arbeiter künftig an jedem Ruhetag Geflügel essen können. Was den Trockenfisch betreffe, so würde er in der Nähe des Flusses in großen Mengen gelagert werden, und jedem Mann könne dann eine tägliche Ration zugeteilt werden.

«Und die Steintransporte...», fuhr der königliche Schreiber fort.

«Das werden wir später sehen, zusammen mit Bedjmes», unterbrach ihn Imhotep. «Für den Augenblick bin ich sehr zufrieden mit dem, was du mir über die Verpflegung berichtet hast. Da die Getreideernte dieses Jahres gut war, wird es bei Brot und Bier keine Schwierigkeiten geben. Mögen die Götter es geben, daß die Überschwemmung des Nils jedesmal gut ausfällt, und daß Chnum, der göttliche Töpfer, der auf der Insel Elephantine sitzt und das Wasser steigen und fallen läßt, uns immer gewogen bleibt!»

Kaum hatte Imhotep diesen Wunsch ausgesprochen, als er, von einem Pfeil in die Brust getroffen, mit einem Schmerzensschrei in Bedjmes Armen zusammenbrach.

5

Seneb war untröstlich:

«Nur mein Herr weiß, was getan werden muß, um ihn zu heilen», erklärte er den Umstehenden, «aber wie soll er es mir sagen: er hört mich nicht, und er antwortet nicht!»

Imhotep lag kraftlos auf seinem Lager. Er hatte sehr viel Blut verloren. Der Pfeil hatte Venen durchgetrennt und Muskeln zerfetzt, offenbar jedoch kein lebenswichtiges Organ getroffen. Aber die Wunde hatte sich schnell entzündet. Zwei Tage nach dem Attentat hatte Imhotep das Bewußtsein immer noch nicht wiedererlangt. Sein hohes, von heftigen Schweißausbrüchen begleitetes Fieber beunruhigte die Ärzte, die an seinem Lager standen.

Seneb kniete neben seinem Herrn, hielt die heiße Hand des Kranken und flehte mit leiser Stimme immer wieder:

«Antworte mir, Herr, ich bitte ich! Hörst du mich? Was soll ich tun?»

Doch Imhotep antwortete nicht.

Am fünften Tag des Wartens, als Djoser und Nefer nach ihrem täglichen Besuch wieder einmal betrübt das Lager des Großen Baumeisters verlassen hatten, faßte der Diener einen Entschluß: Da die Ärzte nicht in der Lage waren, seinen Herrn zu heilen, würde er selbst versuchen, ihn zu behandeln. Obwohl er in der Auswahl der Heilkräuter nicht sehr bewandert war, da er Imhotep beim Sammeln nur selten begleitet hatte, hoffte er, die einfachen fiebersenkenden Kräuter wiederzuerkennen. Er machte sich also an den Ufern des Flusses oberhalb des Hafens von Memphis auf die Suche.

Das Wetter war schlecht. Ein böiger Südwind trieb dichte Sandwolken vor sich her. Das jährliche Hochwasser war vorüber und der Fluß auf dem Weg zurück in sein natürliches Bett. In den schlammigen Fluten bildeten sich zahlreiche Strudel, die die Schiffahrt so gefährlich machten, daß selbst die besten Schiffe mit ihren erfahrenen Rudermannschaften und geschickten Steuermännern es nicht wagten, den Hafen zu verlassen.

Und dennoch fuhr ein leichtes Boot mit gehißtem Segel, von den Strömungen hin und her gerissen, mit großer Geschwindigkeit flußabwärts. Auf den Planken des Bootes lag, vor Furcht und Schrecken zitternd, eine Frau und erflehte die Hilfe der Götter. Sie sprach alle magischen Schutzformeln, die sie seit ihrer Kindheit gelernt hatte, während sich am Heck ein großer, starker Mann fest ans Ruder klammerte und die kleine Barke mehr schlecht als recht auf die Stadt zusteuerte. Er mußte eiserne Kräfte haben, um den Kurs vor dem Wind zu halten, die kurze, peitschende Dünung drohte das Boot jeden Augenblick umzuwerfen. Als Memphis in Sicht kam, hielt er mutig auf das Ufer zu. Offensichtlich versuchte er, einen der zahlreichen Landungsstege zu erreichen, doch bei dem Unwetter war das Manöver aussichtslos. Kurz vor dem Ufer geriet das Boot in einen gewaltigen Strudel und kenterte. Wie Puppen wurden die beiden unbesonnenen Insassen über Bord geworfen.

Seneb, der unmittelbarer Zeuge des Unglücks wurde, versuchte, vom Ufer aus den Schiffbrüchigen zu Hilfe zu kommen. Er ergriff einen langen Ast, den eine Welle ans Ufer gespült hatte, und hielt ihn, während er die Beine fest auf den Boden stemmte, mit all seinen Kräften den Schiffbrüchigen entgegen. Der Mann konnte sich in einem verzweifelten Schwung mit einer Hand daran festklammern, und es gelang ihm, mit der anderen seine Begleiterin an den Kleidern zu ergreifen. Nach und nach zog Seneb, dessen Beine unter der Last tief in dem Schlamm einsanken, sie an Land. Mit Mühe und Not konnte er sich aus dem Schlick befreien und schließlich die leblose Frau aus dem Wasser heben. Unterdessen war auch der Schiffer ans Ufer geklettert und erschöpft zusammengebrochen.

«Wer bist du, Reisender?» fragte Seneb.

Der andere antwortete nicht.

«Hörst du mich?» schrie Seneb und kniete sich neben den Fremden. Als er immer noch keine Antwort erhielt, packte er ihn bei den Schultern und drehte ihn zu sich herum.

«Sepa! Ist das möglich? Bist du es wirklich?» rief er, als er den Vorsteher der Diener des Palastes von Nechen erkannte.

Der andere öffnete die Augen: «Ja, Seneb, ich bin es!»

Dann blickte er sich suchend um, sah die Frau, die neben ihm im schwarzen Schlamm lag und murmelte, bevor er wieder das Bewußtsein verlor:

«Das ist meine Frau Neset, die königliche Amme.»

Einige Stunden später wurden die Schiffbrüchigen, nachdem sie ein heißes Bad und einen kräftigen Imbiß genommen hatten, zum Pharao gebracht.

Dieser hatte Befehl gegeben, sie so gut wie nur möglich zu versorgen und einzukleiden, und empfing sie nun, zusammen mit seiner jungen Gemahlin, um ihren Bericht zu hören.

«Sag mir, Sepa», fragte er streng, als beide vor ihm auf die Knie fielen, «wie konntest du ohne Erlaubnis den Palast der Hauptstadt des Südens verlassen und unter solchen Umständen zu mir kommen?»

«O Herr», sagte der Diener verstört, «ich bitte Euch um Verzeihung, aber in Nechen geschehen schlimme Dinge. Darum haben wir beschlossen, auch ohne Befehl so schnell wie möglich herzukommen.»

Djoser, der offensichtlich schlechter Stimmung war, fragte schroff:

«War es der Mühe wert, dafür euer beider Leben aufs Spiel zu setzen?»

Neset, die sich angesprochen fühlte, legte die Hand auf die Schulter ihres Mannes, der bekümmert den Kopf gesenkt hielt, und wandte sich an Djoser:

«Ja, Herr, es war der Mühe wert! Wir konnten nicht mehr dort bleiben!»

Nefer, die junge königliche Gemahlin, die bis jetzt neben dem Pharao gestanden hatte, ging auf die Amme zu und umarmte sie. Dann legte auch sie die Hand auf Sepas Schulter, wandte sich zum Pharao und sagte mit ihrer sanften Stimme:

«Ich bitte für Sepa um Verzeihung.»

Durch diese Fürsprache milder gestimmt, lächelte Djoser den beiden Frauen zu und sagte zu seinem Obersten Diener:

«Wenn dir solche Verteidigerinnen zur Seite stehen, verzeihe ich dir alles! Steh auf und erkläre mir, was in Nechen vor sich geht.»

Aufgeregt begann Sepa zu berichten. Unvorstellbares ging vor. Der, von dem alle glaubten, er sei für immer verschwunden, dieser Mann war zurückgekehrt. Er war von allen, die ihn vor seiner Flucht je gesehen hatten, sofort wiedererkannt worden. Er hatte sich in den vergangenen Jahren nicht verändert: von unterwürfigen Freunden umgeben und von nubischen Banditen beschützt, suchte er mit Gewalt seine Herrschaft in der ehemaligen Hauptstadt wieder aufzubauen.

«Das kann nicht sein!» sagte Djoser. «Peribsen ist tot. Du selbst hast ihn erschlagen, Sepa! Kein Mensch ist jemals lebend aus dem Reich des Osiris zurückgekehrt!»

Der Oberste Diener streckte flehend die Arme aus:

«O Herr, hört mich an, ohne zornig zu werden. Ihr seid in einem großen Irrtum befangen. Es ist nicht Peribsen, sondern der andere, der, der dir nahesteht.»

Djoser erblaßte. Erst jetzt begriff er, daß Nebka gemeint war, sein eigener Bruder, dessen Name nicht mehr ausgesprochen werden durfte. Der ältere Sohn des Chasechem war also zurückgekehrt und stiftete Unruhe, um den Thron an sich zu reißen!

Im Eingangsportal erschien der Hofmeister:

«Prinzessin Senui aus der Provinz von Schmunu bittet Seine Majestät um Audienz!»

«Meine Mutter», rief Nefer verwirrt. «Was führt sie hierher?»

«Das werden wir gleich erfahren. Sie soll eintreten!» sagte Djoser.

Senui trug wie gewöhnlich ihre schwere schwarze Perücke und ein weites weißes Gewand, das ihren Körper bis zu den Knöcheln umhüllte. Würdevoll durchschritt sie den ganzen Saal und blieb vor dem Herrscher stehen.

«Ich grüße dich, Horus Neter-er-chet», sagte sie und verneigte sich tief. «Möge Rê, der große Gott, dich schützen und dir Leben, Kraft und Gesundheit verleihen in Ewigkeit!»

«Sei bedankt für deine Wünsche, Prinzessin Senui», antwortete der Pharao förmlich. «Ich grüße in dir meine Verwandte, Tochter meiner Vorfahren aus dem Stamme des Horus Narmer, die Mutter meiner Geliebten. Möge unser großer Gott Rê dich ebenfalls beschützen!»

Dann legte er seinen Arm um Nefer, die neben ihm stand, und sagte liebevoll:

«Schließe deine Mutter in die Arme. Jetzt sind wir im engsten Familienkreis, vergessen wir also das Protokoll.»

Nefer fiel ihrer Mutter um den Hals und begann vor Freude zu weinen.

Die neuesten Nachrichten, die die Sänftenträger der Prinzessin mitgebracht hatten, verbreiteten sich wie ein Lauffeuer. In den Straßen von Memphis schlugen sie ein wie ein Donnerschlag.

«Die Provinzen im Süden erheben sich!» hieß es. Überall herrschte helle Aufregung. Auf den öffentlichen Plätzen und wo immer sich Menschen zusammenfanden, diskutierten sie in kleinen Gruppen, befragten die einen oder kommentierten die Erklärungen der anderen. Nachrichten und Gerüchte breiteten sich aus und schufen ein allgemeines Klima der Unsicherheit und Ungewißheit.

«Was wird aus uns werden? Der Pharao hat keine Armee, die uns schützen könnte.»

«General Uni ist nicht hier!»

«Alle unsere Soldaten sind in den Oasen. In der Stadt steht nur die königliche Garde!»

Die Unruhe ergriff auch die Beamtenschaft.

«Wir selbst können nicht zu den Waffen greifen. Krieg führen ist Söldnerarbeit», bemerkten die hohen Beamten geringschätzig.

«Undenkbar, daß es wieder zu einem Bürgerkrieg kommt», beteuerten die meisten Schreiber. «Die Menschen des Landes Kêmi wollen sich nicht mehr gegenseitig zerfleischen wie in früheren Zeiten!»

Es waren die Reaktionen eines zutiefst friedliebenden, unkriegerischen Volkes. Dennoch bewegte alle die Frage: Warum erheben sich die Provinzen im Süden?

Djosers Regierungsantritt nach dem Tod des Pharao Chasechemui und die Ernennung des genialen Großen Baumeisters Imhotep hatte in allen das Gefühl von Sicherheit gefestigt. Und das Land hatte begonnen, sich für eine lange währende Friedenszeit glücklich einzurichten. Doch nun drohte wieder Krieg. Er kam nicht von den Grenzen, die dank der natürlichen Lage des Landes fern von jedem kriegerischen Nachbarn verliefen. Er entstand im Innern und schien unbegreiflich, denn niemand konnte sich vorstellen, daß Nebka dafür verantwortlich sein sollte. Nach eiliger Überprüfung mußten die hohen Beamten aus dem ‹Lebenshaus› den Tatsachen ins Auge sehen: Man verfügte nicht über genug ausgebildete Soldaten, um schnell reagieren und sich dem Aufstand entgegenstellen zu können. Schlimmer noch: Nach einer vollständigen Bestandsaufnahme im Waffenhaus stellte man fest, daß es alles in allem nur alte Keulen aus blankem Stein sowie einige hundert Bogen und Pfeile enthielt. Imhotep hatte über Jahre hinweg größten Wert darauf gelegt, die Beiden Länder gut zu verwalten und Wohlstand zu schaffen, doch hatte er keine Vorsorge zur Verteidigung des Landes getroffen. Obendrein war er infolge des Attentats gerade jetzt außerstande, dem Land zu helfen.

Der Pharao führte Senui zu einem Sessel und bat sie, zu erzählen, warum sie gekommen sei.

Als Senui begann, verriet ihre Stimme eine gewisse Unsicherheit:

«Da Sepa und Neset hier sind, wirst du schon wissen, was in Nechen geschieht und durch wessen Verschulden.»

Djoser begriff, daß auch sie es nicht wagte, den Namen des Verfluchten auszusprechen. Mit seiner gelassenen Antwort nahm er ihr diese Sorge:

«Ich weiß in der Tat, daß mein Bruder Nebka nach Oberägypten zurückgekehrt ist.»

«Da du selbst seinen Namen nennst, muß ich es auch tun dürfen», erwiderte sie erleichtert. «Nebka fordert den Thron! Aber für uns, die Menschen von Schmunu, gibt es keinen Zweifel: Er ist ein Usurpator! Ich kann es bezeugen! Bevor uns der Pharao Chasechemui für immer verließ, um zu Osiris, dem Herrn der Ewigkeit, zu gehen, hat er in deiner Person seinen Nachfolger bestimmt. Die Götter haben seine Wahl gebilligt, und die hohen Beamten, die Fürsten und das Volk von Kêmi haben sie bestätigt. Daher schickt mich Anknetef, der Gouverneur der Provinz des Hasen, zu dir. Er hat mich beauftragt, dir unsere volle und bedingungslose Unterstützung zuzusagen: Wir werden Nebka daran hindern, sein unrechtes Vorhaben zu verwirklichen. Wir werden unerbittlich alle jene bekämpfen, die sich seiner Sache verschworen haben. Auf der ganzen Breite des Tals, selbst auf dem Nil werden unsere Soldaten sich ihm entgegenstellen. Sie werden die Schiffe versenken, die die Truppen des Usurpators transportieren. Sie werden die Schiffbrüchigen, die an die Ufer fliehen, niedermachen. Nebka, der Verfluchte, darf nicht zur Waage der Beiden Länder gelangen!»

Nach diesem plötzlichen Ausbruch schien sie erleichtert und lächelte ihrer Tochter und dem König zu.

«Anknetef ist treu und mutig», sagte Djoser. «Eure Haltung ehrt euch sehr!»

Dann beugte er sich zu Nefer, um ihr etwas ins Ohr zu flüstern. Die junge Königin erhob sich und ging auf ihre Mutter zu. Sie kauerte sich zu ihren Füßen nieder, umschloß zärtlich ihre Knie und sagte:

«Ich muß dir jetzt etwas Trauriges mitteilen: Imhotep ist schwer verwundet!»

Nach einem Augenblick der Bestürzung sprang Senui so heftig auf, daß ihr Stuhl umfiel.

«Was sagst du, Nefer? Verwundet? Wie konnte das geschehen, und wer hat ihn verwundet?»

«Er wurde Opfer eines Attentates. Ein Pfeil durchbohrte seine Brust. Die Wunde ist entzündet, und er liegt im Fieber.»

«Kann ich ihn sehen?»

«Nefer und die Amme Neset werden dich zu ihm führen», sagte der Pharao.

«Wenn meine Augen noch das Licht sehen können», antwortete Senui, «so verdanke ich es Imhotep. Und alles, was ich über die Heilkunde weiß, hat er mir beigebracht.»

«Geh schnell!» sagte Djoser. «Und rette ihn, wenn es in deiner Macht steht.»

Der Pharao zog sich in den Audienzsaal zurück, setzte sich auf seinen Thron, nahm Krummstab und Geißel, als wolle er durch die Berührung mit diesen Symbolen der Macht sein Herz stärken und versank in tiefe Meditation. Mit geschlossenen Lidern rief er sich seine Begegnung mit Thoth, dem Herren der Schrift, der ihm seinen Namen Horus Neter-er-chet gegeben hatte, ins Gedächtnis zurück.

Seine Gedanken führten ihn allmählich zu der tiefen Gewißheit: Der einzig wahre Gott ist Rê, der Gott der Vorfahren, der Gott, dem die Priester je nach lokalen Gebräuchen verschiedene Namen gaben, obwohl er in Wirklichkeit der Einzige ist.

Alle Pharaonen stammten entweder durch ihren Vater oder durch die Mutter aus demselben Geschlecht. Alle waren Söhne des Sonnengottes, des Königs der Götter, so wie er, Djoser, König der Menschen ist.

Als Nebka seine Erzeugerin Nimaathapu tötete, hatte er mit eigener Hand seine Verbindung mit den göttlichen Ahnen zerschlagen. Er hatte sich an der göttlichen Weltordnung vergangen, und darum mußte er vernichtet werden.

«Ich bin der rechtmäßige Pharao. Ich allein bin der Sohn des Rê», wiederholte der König mehrere Male.

Die Stimme des Hofmeisters riß ihn aus tiefem Nachdenken.

«General Uni bittet Seine Majestät um Audienz!»

«Er soll kommen!»

In Kampfkleidung, mit schwarzer Perücke und in Leder gegürtet, trat der Oberbefehlshaber der Soldaten von Kêmi in den Saal. Vor dem Thron des Pharaos warf er sich nieder.

«Steh auf, General! Ich bin froh, dich zu sehen», sagte Djoser. «Ich muß unbedingt wissen, wie die Dinge stehen.»

Der General erhob sich.

«Ich komme aus den westlichen Oasen zurück, Majestät. Dort gibt es keine Revolte, die Bevölkerung steht zu dir.»

«Treibt sich denn nicht gerade in dieser Gegend der Verrückte herum, von dem mir Anknetef und Imhotep erzählt haben?» fragte Djoser.

Uni ballte zornig die Fäuste. Er wagte nicht, den Pharao anzublicken, während er sprach:

«Wir haben ihn vergeblich gesucht! Der Große Baumeister hatte mir befohlen, ihn unverzüglich aus dem Weg zu räumen, weil seine Drohungen gegen Euch und Eure Familie das Schlimmste befürchten ließen. Ich habe meine Truppen in der Wüste verteilt, um seiner leichter habhaft zu werden, doch er ist uns entwischt. Manche glauben, er treibe sich jetzt womöglich in Memphis herum.»

«Und deine Soldaten? Hast du sie mit zurückgebracht?» fragte Djoser. Der Gedanke an seine in der Sandwüste verstreute Armee beunruhigte ihn sehr.

«Nein, Majestät. Nur einige hundert Männer sind bei mir. Ich wußte nichts von den Ereignissen, als ich nach Memphis zurückkehrte.»

Augenblicks begriff Djoser, wie ernst die Dinge standen: Das Land war ohne Verteidigung und den Rebellen ausgeliefert. Er mußte die zwanzig Nordprovinzen dringend um Hilfe bitten. Jede von ihnen konnte mindestens fünfhundert Mann abstellen. Das wären insgesamt zehntausend Soldaten. Er trat auf den General zu.

«Mach dich unverzüglich auf den Weg», befahl er, «und bitte die Gouverneure des Deltas, dir Soldaten zur Verfügung zu stellen. Und sei in fünf Tagen mit einer Armee wieder hier!»

«Majestät», begann der General, aber der Pharao fiel ihm ins Wort: «Schweig! Du weißt genau, daß wir nicht länger warten können. Laß Tag und Nacht marschieren. Es geht um die Zukunft der Beiden Länder.»

6

Am Ende eines langen ermüdenden Tages unter der brennenden Sonne kehrte Senui in Begleitung des treuen Seneb, der die Weidenkörbe trug, nach Memphis an das Krankenlager ihres geliebten Imhotep zurück. Gewissenhaft hatte sie alle Feldränder abgesucht, um die zahlreichen Heilkräuter und wilden Beeren zu sammeln, die für die Herstellung guter Arzneien vonnöten sind. Dabei hielt sie sich streng an Imhoteps Lehre.

Seneb hatte ihr auf dem Weg das ferne Plateau von Sakkara gezeigt, wo die vom Großen Baumeister angeordneten Arbeiten unter der sachkundigen Leitung des Schreibers Hesirê und des Baumeisters Kanufer weitergingen. Er hatte ihr erzählt, wie Imhotep lange Stunden damit verbracht hatte, die grandiosen Pläne für das Ewige Haus des Pharaos zu ersinnen, und ihr ausführlich über die Expedition nach Syene und die Gewinnung der Blöcke aus rosa Granit berichtet.

Als Senui wieder im Palast angekommen war, bereitete sie mit der Hilfe des Dieners, der sich hierin besonders gut auskannte, die Tränke und Arzneien, die das Fieber senken sollten. Eine Behandlung der Wunde unterließ sie bewußt.

«Das», sagte sie mit Nachdruck zu den Ärzten, «müssen wir Imhotep überlassen. Ihr kennt seine außerordentliche chirurgische Kunst! Wenn er wieder zu Bewußtsein kommt, wird er uns alle notwendigen Anweisungen geben, um seine Wunde zu versorgen.»

Alle bewunderten ihre Tatkraft und ihren unbeugsamen Willen. Sie hatte es sich zur Aufgabe gemacht, Imhotep zu heilen und war sicher, daß sie dieses Ziel auch erreichen würde. Tage- und nächtelang wachte sie am Lager des Kranken und versuchte, ihm in regelmäßigen Abständen ihre Arzneien einzuflößen. Anfangs erwies sich dies als sehr schwierig, mit der Zeit aber schluckte er müheloser, obwohl er immer noch nicht wieder ganz bei Bewußtsein war. Die Pflege des Kranken erschöpfte Senui sehr, und schließlich willigte sie ein, sich etwas auszuruhen. Seneb selbst übernahm die Ablösung. Nach wenigen Tagen konnte Senui eines Morgens mit großer Befriedigung feststellen, daß der kalte Schweiß von Imhoteps Stirn endlich gewichen war.

«Das Fieber sinkt», sagte sie zu dem Dinner. «Das ist ein gutes Zeichen. Leg du dich nun schlafen, Seneb! Ich werde allein bei ihm bleiben.»

Als Imhotep die Augen aufschlug, blickte er wie in einem Traum in Senuis schönes Gesicht, das sich über ihn beugte. Noch halb bewußtlos machte er einige unbeholfene Versuche, sich verständlich zu machen, sie aber legte einen Finger sanft auf seine Lippen, um ihm zu verstehen zu geben, daß er sich nicht anstrengen sollte, und strich ihm beruhigend über die Stirn.

Am Nachmittag kamen die Ärzte vom ‹Lebenshaus› zur täglichen Visite. Anerkennend äußerten sie ihre Zufriedenheit, als sie den Großen Baumeister auf dem Wege der Genesung sahen. Sie beglückwünschten Senui zur Heilkraft ihrer Arzneien und zu ihrer erfolgreichen Pflege und gingen unverzüglich zum Pharao, um ihm, wie jeden Tag, Bericht zu erstatten.

Die Nachricht, daß es Imhotep etwas besser ging, erfüllte Djoser mit tiefer Freude, und unter Mißachtung des Protokolls eilte er mit seiner Frau sofort an das Krankenbett. Freudestrahlend empfing sie die Prinzessin von Schmunu.

«Er kommt langsam wieder zu Bewußtsein», sagte sie. «Die Arzneien, deren Zubereitung ich von ihm gelernt habe, zeigen ihre Wirkung. Aber er ist noch nicht in der Lage zu sprechen. Er braucht viel Ruhe, und ich werde weiterhin bei ihm wachen.»

Regelmäßig erneuerte sie die Kompressen, verabreichte Imhotep die nötigen Heilmittel und bemühte sich weiter um den geliebten Kranken, dessen Zustand sich zusehends besserte.

Und eines Morgens, als sie vom Schlaf übermannt an seinem Bett einschlummerte, bewegte Imhotep endlich die Lippen und sagte ganz leise:

«Ich liebe dich, Senui!»

Es kam einem Wunder gleich: Nach fünf Tagen unermüdlicher Pflege hatte der Arzt von Schmunu sein volles Bewußtsein wiedererlangt und gab nun seinen Kollegen genaue Anweisungen, wie seine Wunde behandelt werden sollte. Dabei wandte er sich besonders an einen jungen Chirurgen, der ihm durch seine Geschicklichkeit schon früher aufgefallen war, und erklärte ihm, wie er die Wunde öffnen, die Knochensplitter herauslösen, das tote Fleisch entfernen und den Abszeß aufschneiden sollte. Nachdem er eine von Senui zubereitete Mischung aus Honig und Mohn geschluckt hatte, um den Schmerz zu betäuben, wurde er operiert. Diese Behandlung brachte die Entzündung bald zum Abklingen. Eine geschickt angebrachte Schiene stellte den Arm und die Schulter ruhig, linderte die Schmerzen und beschleunigte die Heilung. Zur großen Freude aller konnte Imhotep bereits wenige Tage später aufstehen und den Pharao aufsuchen.

Djoser empfing ihn mit offenen Armen:

«Welche Freude, dich gerettet und fast geheilt zu sehen! In den dunklen Unglückswolken, die über uns schweben, ist deine Genesung wie ein Lichtstrahl. Während der Zeit, in der du bewußtlos warst, hat sich viel ereignet, und es ist jetzt höchste Zeit, mit dir über das Unheil zu sprechen, das über uns hereinzubrechen droht. Kennst du die letzten Neuigkeiten?»

«Leider ja», antwortete Imhotep ernst. «Sobald es mir etwas besser ging, hat die Prinzessin mir alles über die Lage in Oberägypten berichtet.»

«Ich habe die notwendigen Vorkehrungen getroffen, um die Revolte niederzuschlagen», sagte der Pharao selbstbewußt. «Im Augenblick liegt mir vor allem daran, mit dir über die wesentlichen Dinge zu sprechen. Ich denke an genaue Anweisungen, die ich dir geben will!»

«Ich erwarte sie in aller Ergebenheit.»

«Du mußt unverzüglich abreisen, teurer Imhotep!»

Der Große Baumeister fuhr auf. Doch Djoser streckte ihm beruhigend die Hand entgegen und fügte hinzu:

«Ich habe soeben die Nachricht vom Tode des Hohenpriesters in Junu bekommen, und ich habe beschlossen, dich zum Nachfolger dieses edlen Mannes zu ernennen.»

Sprachlos vor Überraschung blickte Imhotep den Pharao an und versuchte, auf seinem Gesicht eine Erklärung für diese Entscheidung zu lesen. Djoser trat lächelnd auf ihn zu:

«Arzt! Bildhauer! Baumeister! Du glaubtest, auf dem Gipfel deines Lebensweges angelangt zu sein, Imhotep! Oh, nein! Ich will aus dir auch einen berühmten Gottesdiener machen. Von nun an wirst du der Oberste Priester des Sonnengottes in der Stadt des Deltas sein.»

Und Djoser fuhr fort, Imhotep solle in Begleitung von Nefer, Senui, dem kleinen Rahotep und einem Gefolge sobald wie möglich aufbrechen. In dem bedeutenden Heiligtum von Junu würde er unter dem Schutz seines Titels und dessen Autorität nichts mehr zu fürchten haben, was immer die Zukunft bringen werde. Er könne die Prinzessinnen schützen und dabei gleichzeitig vollständig genesen.

Von widersprüchlichen Gefühlen hin- und hergerissen

senkte Imhotep schweigend den Kopf. Konnte, durfte er Djoser in diesen schweren Zeiten allein lassen? War es nicht im Gegenteil ratsam, in seiner Nähe zu bleiben, um ihn in seinem Kampf zu unterstützen? Aber zeugte nicht andererseits die Entscheidung, Nefer und Senui in Sicherheit zu bringen, von großem Weitblick? Er selbst fühlte sich noch sehr schwach. Konnte er mit seiner noch nicht verheilten Wunde dem jungen König überhaupt nützlich sein? Unvermittelt fragte er:

«Und du, Djoser, was wirst du tun?»

«Ich habe General Uni bereits entsandt, um Truppen von den Fürsten des Deltas zu holen», antwortete der Pharao ruhig.

«Sobald er zurück ist – was nicht mehr lange dauern dürfte –, werde ich an der Spitze dieser Armee nach Schmunu aufbrechen, um gemeinsam mit Gouverneur Anknetef den Angriff vorzubereiten. Dort unten am Nil wird die entscheidende Schlacht geschlagen werden.»

«Was willst du mit Nebka tun, wenn er dir in die Hände fällt?»

«Ich werde ihn töten!»

«Er ist dein Bruder, Djoser! Und er ist der Sohn eines Pharaos!»

«Aber er ist auch ein Ungeheuer! Denk an sein Verbrechen!»

«Und wenn er gewinnt?»

«Lebend werde ich ihm nicht in die Hände fallen!»

Diese für ihn so unerwartet folgenschwere Unterhaltung hatte Imhoteps Kräfte überfordert, er brach plötzlich zusammen. Der Pharao half ihm behutsam, sich auf dem Boden auszustrecken, und rief dann seine Diener, die den Verwundeten bequemer lagerten.

Währenddessen begann Imhotep leise zu sprechen. Mit wachsender Erregung beschrieb er den Ernst der Lage: die weit verstreute Armee, die fehlenden Informationen über das tatsächliche Ausmaß der Rebellion, das heimtückische Wirken des Verrückten aus den Oasen, der unsichere Versuch des General Uni, die Truppen wieder zu sammeln... Djoser fiel ihm ins Wort:

«Heute sehe ich klarer, bin ich realistischer als du. Denn noch bist du krank, und ich bin im Vollbesitz meiner Kräfte. Du mußt folgendes wissen: Wenn es mir bestimmt ist, jetzt aus der Welt abzutreten, werde ich nicht zögern, es zu tun. Die Menschen des Landes Kêmi brauchen nicht Djoser, sie brauchen den Frieden! Sie brauchen einen wohlgeordneten Staat, wie wir ihn, du und ich, für ihre Zukunft aufgebaut haben. Ich bin der festen Überzeugung, daß mein Bruder Nebka, falls er aus diesem Kampf um die Macht siegreich hervorgehen sollte, es nicht wagen wird, dies alles wieder zu zerstören. Und selbst wenn er es wollte, könnte er es nicht. Du, Imhotep, hast diesem Land eine entscheidende Wendung gegeben. Es gibt zu viele hohe Beamte, zu viele Priester, zu viele Schreiber, zu viele Künstler und Handwerker, die jetzt wissen, wie die Zukunft aussehen soll. Und sie werden sie ihrem Pharao aufzwingen, wer er auch sei!»

«Was du sagst, macht mir großen Eindruck», murmelte Imhotep.

«Höre mir gut zu, Großer Baumeister, denn dies betrifft dich ganz im besonderen», fuhr Djoser fort und ergriff Imhoteps Hand. «Wenn ich verliere, muß alles an seinem Platz bleiben: die Menschen, die Verwaltung, die Baustellen, die Schulen... Nichts darf zerstört werden! Nichts darf verändert werden! Aus diesem Grund mußt du am Leben bleiben, und darum mußt du nach Junu gehen!»

Imhotep neigte zustimmend den Kopf.

Djoser stand auf, nahm zwei vorbereitete Papyrusrollen von seinem Arbeitstisch und reichte sie dem Großen Baumeister. Die eine enthielt Imhoteps Ernennung zum Obersten Priester des Gottes Junu, die andere eine Hymne, die der Pharao zum Ruhme des Sonnengottes verfaßt hatte.

«Ich will, daß diese Rolle eines Tages ihren Platz in meinem Grabe findet.»

General Uni war mit sechstausend von den Fürsten des Nordens gestellten Soldaten nach Memphis zurückgekehrt. Die Westprovinz, die Königskindprovinz und die östliche Harpunenprovinz, die schon von alters her ihre Grenzen gegen die Nomaden der Sandwüsten und gegen Plünderer verteidigen mußten, hatten ein starkes Kontingent von mehr als tausend Bogenschützen geschickt. Diese Elitetruppe war in Abteilungen zu vierzig Soldaten eingeteilt, die jeweils von einem Offizier geführt wurden. In ihren Köchern aus Ziegenleder steckte ein reichlicher Vorrat an Pfeilen. Der Garde des Pharaos war eine Hundertschaft schwarzer Schildträger angegliedert, die mit Lanzen bewaffnet waren. Bogenschützen und Schildträger bildeten den festen Kern dieser Armee. Der Rest hingegen war nur ein schlecht ausgebildeter Haufen von Söldnern, deren unzulängliche Bewaffnung man überstürzt aus den Waffenhäusern zusammengetragen hatte. Sie bestand hauptsächlich aus Steinkeulen oder primitiven Beilen.

Da das sinkende Hochwasser und der ungünstige Wind es unmöglich machten, den Nil stromaufwärts zu fahren, brach Djoser, von seiner Leibwache umgeben, zu Fuß auf und marschierte am Rand der Kulturen entlang über holprige, schlecht gebahnte Wege gen Süden. Nach und nach folgten die Truppen des Generals, aber es war schwierig, sechstausend undisziplinierte Männer geschlossen vorwärts zu bringen. Trotz aufmunternder Rufe und ständigen Zuredens ihrer Anführer brauchte die Armee acht volle Tage, bis sie Schmunu erreicht hatte.

Der Pharao war schon zwei Tage früher vor den Toren der Stadt erschienen. Fürst Anknetef, der von Kurieren benachrichtigt worden war, hatte ihn mit den Anführern seiner Truppen empfangen, doch das Volk, das den jungen Pharao während seines ersten Besuches beim Gott Thoth so herzlich aufgenommen hatte, war in der Stadt geblieben. Die Zeit der Freuden war vorbei, und der Krieg machte den Menschen angst.

Bei dem Wiedersehen mit Anknetef dankte Djoser ihm für seine redliche Haltung. Dann übermittelte er ihm die Grüße von seiner Gemahlin und seinen Kindern und schilderte im einzelnen die Maßnahmen, die er zu ihrem Schutz und ihrer Sicherheit getroffen hatte:

«Prinzessin Senui und Königin Nefer befinden sich in der Obhut des Obersten Dieners Sepa. Dein Sohn Rahotep wurde der Amme Neset anvertraut. Ich habe sie alle unter den Schutz Imhoteps gestellt, den ich zum Hohenpriester von Junu ernannt habe. Für jeden Menschen, der die Götter ehrt, sind sie in dem größten Heiligtum des Landes unangreifbar.»

Nach diesen persönlichen Mitteilungen sprach Djoser über seine Vorkehrungen zur Erhaltung von Ruhe und Sicherheit im Lande und darüber, daß er alles Notwendige veranlaßt habe, damit die Bevölkerung nicht allzusehr unter dem Kampf zwischen seinem Bruder und ihm leiden werde.

Beeindruckt von Djosers Weitblick und seiner kaltblütigen Entschlossenheit war der Gouverneur von Schmunu innerlich froh darüber, sich auf die Seite des jungen Pharaos gestellt zu haben.

«Majestät», schlug er dem Pharao vor, «darf ich Euch einladen, in meinem Palast etwas auszuruhen, damit Ihr nach diesem langen Marsch wieder zu Kräften kommt?»

«Kann man sich überhaupt ausruhen», antwortete der Pharao mit einem flüchtigen Lächeln, «während mit jedem Augenblick, der verstreicht, die entscheidende Auseinandersetzung näherrückt? Geleite mich lieber zum Fluß und erkläre mir an Ort und Stelle, welche Vorkehrungen du für die Schlacht getroffen hast.»

Als er sah, wie der Gouverneur und seine Offiziere plötzlich beschämt zu Boden blickten, fragte er mit leichtem Spott: «Nun, Leute von Schmunu! Solltet ihr etwa nichts zur Verteidigung eures Herrschers vorgesehen haben?»

Nach einigem Zögern gestand der Gouverneur, daß er nur über fünfhundert Soldaten und die wenigen anwesenden Offiziere verfügte.

Djoser sah sie lange schweigend an. Dann sagte er:

«Ihr seid tapfer, denn ihr habt euch entschlossen, Nebka nur mit einer Handvoll Soldaten entgegenzutreten. Ich liebe und bewundere euren Mut!»

Und nun erst eröffnete er ihnen die gute Nachricht von der bevorstehenden Ankunft des Generals Uni und seiner sechstausend Soldaten.

Das Gesicht des Fürsten hellte sich auf.

«Gehen wir zum Nil, Majestät», rief er, «ich will Euch meine Flußsperre zeigen!»

Sie erreichten das Ufer an der Stelle, wo der Nil sich in mehrere Arme teilte und seinen Weg zwischen zahlreichen mit Schilfdickicht bewachsenen Inseln fortsetzte.

Anknetef zeigte nacheinander auf verschiedene Stellen.

«Seht! Dort, oder auch dort ist der Fluß auf eine kaum sichtbare Weise durch starke, dicht über der Wasseroberfläche gespannte Seile versperrt.»

Die Falle bestand darin, die Schiffe aufzuhalten und manövrierunfähig zu machen. Während die Besatzungen damit beschäftigt sein würde, ein Kentern zu verhindern, könnte man sie von beiden Seiten des Ufers aus mit Pfeilen beschießen. Denn Berichten von Spionen aus dem Süden zufolge hatte sich Nebka mit dem Schwarzen Meru verbündet. Sie zogen mit ihren Rebellen von Provinz zu Provinz, benutzten aber nur den Wasserweg.

Djoser, der seinen älteren Bruder gut kannte, bezweifelte dessen Bereitschaft, den Fluß stromabwärts zu fahren. Dazu war er zu feige, und außerdem hatte er Angst vor dem Wasser. Daher würde wohl zuerst der nubische Wilde an Anknetefs Sperre auftauchen und Nebka wahrscheinlich zu Fuß am Rande der Wüste nachkommen.

«Was sollen wir unter diesen Umständen tun?» fragte der Gouverneur besorgt.

Djoser entwarf in Stichworten seinen Plan: Am Ufer des Nils Bogenschützen unter Anknetefs Befehl mit dem Auftrag, die Schiffe zu blockieren und am Anlegen zu hindern; am westlichen Ufer, zur Wüste hin, der Pharao selbst mit seiner königlichen Garde für den brudermörderischen Kampf; am östlichen Ufer General Uni, der je nach Bedarf den Fluß überqueren und auf der einen oder anderen Seite eingreifen sollte.

«Ohne Armee war es mir unmöglich, meinen Bruder in Nechen zu stellen», sagte der König mit geballten Fäusten, «also werde ich hier in Schmunu, in der Stadt des Gottes Thoth, die entscheidende Schlacht schlagen.»

7

Ein Hagel von Pfeilen prasselte auf das Schiff nieder, das in der Mitte des Flusses blockiert war, und tötete viele der nubischen Wilden, die sich an Bord zusammendrängten.

Das erste feindliche Schiff war in Anknetefs Falle geraten. Bereits bei Tagesanbruch war ein großer Transportkahn, zum Bersten voll mit Merus Soldaten, an der schwierigen Durchfahrt zwischen den Inseln und Sandbänken aufgetaucht. Unter den wachsamen Augen der Bogenschützen von Schmunu, die sich in den Stechginsterbüschen am Ufer verborgen hielten, hatte er zunächst langsam manövrierend die Untiefen umschifft. Doch jäh war er durch die über der Wasseroberfläche gespannten Seile gestoppt worden. Die Matrosen hatten die Kontrolle über das Fahrzeug verloren, das sich mehrere Male um sich selbst gedreht hatte und dann an einen Felsen geprallt war.

Anknetef machte sich die dadurch ausgelöste Panik zunutze und gab in genau diesem Augenblick das Signal zum Angriff. Er sprang mit vorgestreckter Faust aus seinem Versteck und schrie aus voller Kehle:

«Tötet sie alle! Keine Gnade! Tötet sie alle!»

Sogleich schwirrten Hunderte von Pfeilen durch die Luft. Die Nubier waren so zahlreich und dichtgedrängt, daß jeder abgeschossene Pfeil ein Ziel erreichte. Die Getroffenen brachen schreiend zusammen, viele stürzten über Bord, und ihr

Blut färbte das Wasser rot. Unfähig, auf diesen von unsichtbaren Gegnern geführten Angriff zu reagieren, schwangen Merus Söldner, die in ihrem blockierten Schiff gefangen saßen, mit drohenden Gebärden die Wurfspeere über ihren Köpfen und boten so den Angreifern ein leichtes Ziel. Die Bogenschützen waren mit Leib und Seele bei der Sache. Ohne Unterbrechung zischten die Pfeile über das Wasser.

Anknetef und seine Offiziere liefen mit dem Schwert in der Hand am Ufer des Nils entlang, feuerten ihre Leute an und achteten darauf, daß kein Fliehender an Land gelangen konnte. Diejenigen, die durch ein Wunder den Pfeilspitzen oder dem Ertrinken entkommen waren und festen Fuß fassen konnten, wurden unerbittlich mit Lanzen- oder Schwerthieben niedergemacht. Dennoch gelang es einem von ihnen, das Ufer hinaufzuklettern. Wie ein Wahnsinniger stürzte er mit einem Dolch in der Hand auf Anknetef zu. Durch einen Soldaten gewarnt, drehte sich der Gouverneur flink um, gerade noch rechtzeitig, um seinen Angreifer mit einem Schwertstoß zu durchbohren. Schreiend fiel der Nubier ins trübe Wasser zurück, wo ein Krokodil ihn mit sich riß. Vom vielen Blut angelockt, kamen die schreckenerregenden Reptilien immer zahlreicher an den Ort des Kampfes, um sich unter den Verwundeten und Toten ihre Beute zu holen.

Als die Sonne ihren höchsten Stand erreicht hatte, war die ganze Besatzung des feindlichen Schiffes vernichtet und Anknetef seines Sieges sicher. Überschwenglich beglückwünschte er seine Truppen und ließ ein reichliches Essen austeilen. Dann entsandte er einen Boten mit der Siegesbotschaft für den Pharao gen Schmunu und einen anderen zu General Uni, der den Durchgang am Fuß der Kalkfelsen verteidigte.

Djoser konnte sich über den Sieg nicht recht freuen. Die Falle hatte gut funktioniert, gewiß, doch schien es ihm verwunderlich, daß nur ein einziges Schiff den Fluß herunter gekommen sein sollte. Seinen Einschätzungen nach konnte es sich nur um eine Vorhut gehandelt haben. Er war überzeugt davon, daß der eigentliche Kampf gegen Nebka und seine Truppen vor Schmunu stattfinden werde und hatte daher sein Lager außerhalb der Stadt aufgeschlagen, an einem Nebenarm des Nils, der sie im Westen umfloß.

Er war von hundert königlichen Gardesoldaten und etwa dreitausend Mann Fußvolk umgeben. Die übrigen in den Provinzen des Deltas rekrutierten Soldaten waren am Tag ihrer Ankunft unter dem Befehl von General Uni am gegenüberliegenden Ufer des Flusses gleich weitergezogen. Ihr Auftrag lautete, die östlichen Wege so zu blockieren, daß sich die Rebellen um keinen Preis von dieser Seite der Stadt nähern konnten.

Entgegen Djosers Erwartungen hatte sich Nebka aber gerade für diesen Weg entschlossen.

Die ersten Scharmützel fanden bei den Alabasterbrüchen von Hatnub statt, wo eine Patrouille von kleinen Sumpfmännern versehentlich auf das Gros der feindlichen Truppen stießen. Trotz ihrer Geschicklichkeit gelang es ihnen nicht zu entkommen. Sie unterlagen der Übermacht und ließen sich alle gefangennehmen.

Als Nebka sie völlig nackt mit auf dem Rücken gefesselten Händen vor sich knien sah, knurrte er vor Genugtuung.

«Wenn man mir nur Zwerge eures Schlages entgegenzusetzen hat, wird es mir nicht die geringste Schwierigkeit bereiten, Memphis zu erobern», sagte er und erhob sich von seinem Feldsitz.

Er ging auf die Gefangenen zu und traktierte sie mit Fußtritten. Fürst Meru, der neben ihm stand, ein großer, sehr dunkelhäutiger Mann mit wildem Blick, brach in schallendes Gelächter aus.

«Dein Bruder macht sich über uns lustig, Majestät! Das mußt du ihm mit gleicher Münze heimzahlen.»

Nebka, der sehr empfindlich war, runzelte gekränkt die Brauen.

«Was willst du damit sagen, Fürst von Kusch?»

«Gib ihm seine Krieger zurück!»

«Bist du verrückt geworden, Meru? Oder machst auch du dich über mich lustig?»

Der Nubier lachte.

«Schneide ihnen Nasen, Geschlechtsteile und Ohren ab und schicke sie deinem Bruder zurück. Das wird die anderen Soldaten in Angst und Schrecken versetzen.»

Diese ausgeklügelte Grausamkeit gefiel Nebka.

Als die armen Menschen, denen man die Wunden nach den gräßlichen Verstümmelungen mit glühenden Eisen ausgebrannt hatte, vor Schmerz fast wahnsinnig in ihr Lager zurückkehrten, verbreitete sich bei ihrem Anblick unter den Soldaten des Generals Angst und Grauen. Diese Männer waren Bauern, und ihre Herzen waren gegenüber den Greueltaten des Krieges noch nicht abgestumpft. Viele von ihnen wurden bei dem Gedanken, daß auch sie auf diese Weise mißhandelt werden könnten, von panischem Entsetzen ergriffen, desertierten im Laufe der Nacht und kehrten in den Norden zurück.

Sehr schnell begriff General Uni den Ernst der Lage. Er würde mit einer unerfahrenen und zahlenmäßig stark dezimierten Armee dem Angriff von Nebkas Rebellen standhalten müssen. Sofort schickte er einen Boten mit einem ausführlichen Bericht zu Djoser, warnte ihn vor dem unmittelbar bevorstehenden feindlichen Angriff auf dem rechten Ufer und unterrichtete ihn von der unerwarteten Schwächung seiner Truppen.

Als der Pharao einsehen mußte, wie sehr er sich in seinen Erwartungen getäuscht hatte, faßte er den Entschluß, mit all seinen Soldaten auf die andere Seite des Flusses überzusetzen, um dem General zu Hilfe zu kommen. Djoser besaß nicht die Talente eines großen militärischen Befehlshabers. Die Wirren des Kampfes ließen ihn unsicher werden. Er fühlte sich nicht mehr als Herr der Lage. Der Kampf würde also nicht vor

Schmunu stattfinden, wie er es vorgesehen hatte, sondern in Hebenu auf dem gegenüberliegenden Ufer am Fuße der östlichen Felshänge. Aber er fand sich mit der Änderung ab. Jedenfalls würde es sehr bald zu der von ihm herbeigewünschten Auseinandersetzung mit Nebka kommen.

Atemlos kam ein Kundschafter über den Uferpfad gelaufen und brach erschöpft vor Anknetef zusammen:

«Sie kommen!» keuchte er. «Drei Schiffe... voller Wilder... ganz in der Nähe!»

Der Gouverneur ließ sofort wieder dieselbe Aufstellung einnehmen, die am Vortage so erfolgreich gewesen war, und ermahnte seine Offiziere eindringlich, für genügend Pfeile in den Köchern zu sorgen.

«Wir müssen gut zielen, denn die Feinde sind diesmal sehr zahlreich. Unter keinen Umständen darf geschossen werden, bevor ich das Zeichen dazu gebe!»

Dann bezog er wieder seinen Beobachtungsposten. Als er auf das Wasser hinaussah, bemerkte er zu seinem Entsetzen den schweren Fehler, den er begangen hatte. Der gestrandete Kahn war im Flußbett liegengeblieben. Im Siegestaumel hatte er versäumt, ihn zerstören zu lassen, und niemand sonst hatte daran gedacht. Dieses Wrack mußte zwangsläufig die Aufmerksamkeit des anrückenden Feindes auf sich ziehen, und der würde sehr auf der Hut sein. Aber es war zu spät, um noch irgend etwas zu unternehmen.

Schon tauchte an einer Biegung des Flusses das erste feindliche Fahrzeug auf, aber anstatt sich in der Mitte der Strömung zu halten, um dort eine Durchfahrt zu suchen, näherte es sich dem Ufer. Im Schutze einer kleinen Bucht zog das Schiff eine Schleife, um seine Fahrtgeschwindigkeit zu verringern, und legte dann an einer natürlichen Anlegestelle des Ufersaumes an. Mit verzweifeltem Blick mußte Anknetef zusehen, wie der

Schwarze Meru seinen Fuß an Land setzte. Die mit Steinkeulen bewaffneten nubischen Soldaten, die ihn begleiteten, befanden sich außer Reichweite der Bogenschützen. Und so mußte der Gouverneur machtlos mit ansehen, wie zwei weitere Schiffe voller Soldaten an der gleichen Stelle landeten.

Angesichts dieser neuen Situation versammelte er schnell seine Offiziere um sich. Nach kurzer Besprechung der Lage schickte er eine Hundertschaft Bogenschützen gegen den Feind, mit dem Auftrag, ihn aus sicherem Abstand anzugreifen und aufzuhalten. Unter keinen Umständen durfte es dabei zum Nahkampf kommen. In dieser Kampfart waren die Nubier weit überlegen.

General Uni hatte bei einer Bestandsaufnahme feststellen müssen, daß von den dreitausend Mann, die Djoser ihm übergeben hatte, nur noch die Hälfte übriggeblieben war. Der Rest war desertiert. Um das Vorrücken der Rebellen verhindern zu können, nahm er also am schmalsten Durchgang zwischen dem Nil und den Felshängen von Hebenu Aufstellung.

«Sie greifen an!» schrie plötzlich ein Vorposten.

Uni sprang vor, in der rechten Faust das Schwert und in der linken das Beil.

«Standhalten!» rief er den in der vordersten Reihe stehenden Soldaten zu. «Laßt sie nicht durch!»

Mit diesen Worten stürzte sich der General dem anstürmenden Feind entgegen. Seine Klinge wirbelte durch die Luft. Seine unbezwingbare Raserei riß die tapfersten seiner Männer mit sich. Unaufhaltsam kämpfte er sich vorwärts. Eine wilde Glut loderte in seinen Augen. Er tötete, metzelte um sich herum alles nieder und verbreitete in den Reihen der Feinde Angst und Schrecken.

Unter der unerhörten Gewalt dieses Zusammenpralls wichen die rebellischen Truppen trotz ihrer zahlenmäßigen Übermacht langsam zurück, ergriffen dann plötzlich die

Flucht und verschwanden so schnell, wie sie gekommen waren.

Jetzt erst ließ der General die Arme sinken. Auf sein Schwert gestützt, blieb er einen Augenblick stehen, holte erschöpft Luft, richtete sich dann jedoch schnell wieder auf und befahl:

«Sammelt euch!»

Sein Kommando wurde von den Offizieren weitergegeben, und als alle versammelt waren, sagte der General:

«Keine Verfolgung. Die Feinde sind zu zahlreich. Wir dürfen uns auf keinen Fall verzetteln. Solange wir zusammen bleiben, sind wir unbesiegbar!»

Trotz dieser zuversichtlichen Äußerung machte sich Uni wenig Hoffnung. Wenn Djoser nicht bald mit Verstärkung einträfe, würde seine kleine Armee einem neuen Ansturm des Feindes nicht standhalten können.

Anknetef war ratlos. Ununterbrochen landeten weitere Schiffe, und Horden von Nubiern kletterten an Land. Die feindliche Übermacht wuchs und wuchs. Die Lage wurde immer aussichtsloser. Als plötzlich mitten auf dem Fluß zwei voll besetzte Kähne auftauchten und gegen das am Vortage versenkte Wrack stießen, schwenkte der Gouverneur seine Standarte und gab den Befehl zum Angriff, obwohl er ahnte, daß der Kampf chancenlos war.

«Tötet sie! Tötet sie alle!»

Seine rauhe Stimme vibrierte, denn zum erstenmal seit Beginn der Kampfhandlungen hatte er Angst.

Die Leute von Schmunu spannten hastig ihre Bögen. Die Pfeile zischten durch die Luft und gingen auf die Nubier nieder.

Und wieder stürzten die Angreifer scharenweise in den Fluß.

Einen Augenblick lang glaubte Anknetef, der Kampf würde sich zu seinen Gunsten wenden. Doch da tauchte neben ihm aus dem Dickicht Meru der Schwarze auf. Mühelos hatte er den Widerstand der hundert Bogenschützen, die ihn aufhalten sollten, gebrochen. Tausende von Rebellen nach sich ziehend, hatte er das Dickicht längs des Ufers zertrampelt und sich mit seiner Keule einen Weg gebahnt.

Kaum hatte Anknetef ihn erblickt, stürzte er ihm mit blankem Schwert entgegen. Der im Nahkampf erfahrene Meru ließ den Gouverneur dicht herankommen und sprang erst in letzter Sekunde zur Seite. Vom Schwung mitgerissen, schoß Anknetef über sein Ziel hinaus. Und noch bevor er Zeit hatte, sich umzuwenden, traf ihn Merus Keule ins Genick und streckte ihn zu Boden. Der Gouverneur war tot.

Weit unterhalb der von Anknetef errichteten Sperre gelangte Djoser ans Ufer des Nils. Er fand dort die zahlreichen Fischerboote vor, deren flinkes Hin und Her es den Truppen des Generals schon einmal ermöglicht hatte, auf das rechte Ufer überzusetzen. Er begann sogleich mit dem Verladen der Soldaten.

Sobald der General erfuhr, daß der Pharao angekommen war, eilte er ihm entgegen. Die beiden Männer umarmten sich herzlich.

«Hast du Nebka gesehen?» fragte der Pharao.

«Nein. Nur seine Soldaten.»

«Was ist mit Anknetef?»

«Ich habe nichts Neues erfahren!»

«Habt ihr Schiffe den Nil hinabfahren sehen?»

«Nein, nicht ein einziges!»

«Das ist gut», sagte Djoser sichtlich zufrieden darüber, daß der entscheidende Kampf noch bevorstand. «Anknetefs Falle hat sich bewährt, und endlich wird Nebka mir gegenüberstehen.»

«Majestät, ich habe es Euch schon gesagt: Ich habe nur seine Soldaten gesehen.»

«Feigling!» murmelte Djoser. «Dieser feige, elende Nebka!»

Ein Offizier trat auf ihn zu:

«Die Feinde greifen an, Majestät. Unsere Kundschafter haben eine große Zahl von ihnen bei den Klippen gesehen.»

«Ich komme», rief Uni.

«Nein, du bleibst hier. Jetzt werde ich kämpfen. Du brauchst Ruhe, und deine Männer auch.»

Von seiner nubischen Garde gefolgt, machte der Pharao sich auf den Weg.

Nebka, der bei den ersten Zusammenstößen Verluste erlitten hatte und unsicher geworden war, wählte die einfachste und wirksamste Taktik. Sich seiner zahlenmäßigen Überlegenheit bewußt, beschloß er, alle seine Truppen in den Kampf zu werfen und gleichzeitig stürmen zu lassen. Das Kräfteverhältnis wäre zehn zu eins, und er selbst würde wie gewöhnlich die Nachhut befehligen. Als er durch einen Boten vom Sieg des Schwarzen Meru auf dem Nil erfuhr, lachte er hämisch: Nun war er sicher, Pharao in Memphis zu werden.

Djoser mußte seine bescheidenen militärischen Kräfte so wirksam wie möglich einsetzen und hatte deshalb die Lanzenträger in vorderster Reihe aufgestellt. Mit ihren horizontal vorgestreckten Waffen und ihren großen lederüberzogenen Holzschilden, hinter denen sie sich verschanzen konnten, bildeten sie eine gefährliche Front scharfer Klingen. Allerdings hatte Djoser sie auf Grund der unzureichenden Ausrüstung auf eine einzige Linie strecken müssen. In zweiter Reihe standen die größeren, muskulöseren Soldaten, die mit Dolch und Steinaxt bewaffnet waren und jedes Eindringen des Gegners verhindern sollten. Hinter ihnen hielt sich Djoser mit dem Rest seiner Truppen bereit, einzugreifen und den nachgebenden Linien zu Hilfe zu eilen.

Der Aufeinanderprall der beiden Armeen war furchtbar.

Mit gutturalen Schreien, die nichts Menschliches mehr an sich hatten, stürzten die Männer aufeinander zu.

Im wilden Schlachtgetümmel kämpften die Männer Schulter an Schulter. Von Schweiß, Staub und Blut bedeckt, trampelten sie über Tote und Verwundete, und unter den Lärm der Waffen mischten sich verzweifelte Todesschreie.

General Uni, der sich über die Härte der Schlacht im klaren war, hatte seinerseits auch den Kampf wieder aufgenommen. Eine Zeitlang konnten Djosers Truppen dank der von ihm ersonnenen Schlachtordnung die Rebellen in Schach halten. Der Ansturm der feindlichen Soldaten schien vorübergehend sogar nachzulassen, als Djoser und Uni all ihre Kräfte in die Schlacht geworfen hatten. Doch dann tauchte plötzlich Meru der Schwarze hundert Meter hinter ihnen mit tausend nubischen Kriegern auf. Nachdem er Anknetefs Bogenschützen aufgerieben und die Sperre zerstört hatte, war er zunächst den Fluß stromabwärts gefahren und dann, an Hebenu vorbei, auf der rechten Seite des Flusses am Ufer entlanggezogen.

Als Uni begriff, daß der Kampf verloren war, eilte er zum Pharao und rief ihm zu:

«Alles ist verloren, Majestät! Wir müssen fliehen!»

Djoser, den ein heftiger Keulenschlag in den Rücken getroffen hatte, sah ihn benommen und willenlos an. Uni ergriff ihn beim Handgelenk und zerrte ihn mit sich zum Nilufer hinunter.

DRITTES BUCH

DER HOHEPRIESTER

I

Der Tempel von Junu in Unterägypten war der älteste der Beiden Länder. Sein Ursprung reichte weiter zurück als alle Aufzeichnungen der Schreiber. Doch existierte noch ein Zeugnis dieser so fernen Epoche, die vor der Geschichte der Pharaonen lag, ein heiliger Stein, der auf wunderbare Weise vom Himmel gefallen war. Lange vor der Regierungszeit des alten Narmer, als sich die Könige noch «die Verehrer des Horus» nannten, hatte ein Gott ihn senkrecht in den Schlamm des Deltas gepflanzt. Man nannte ihn Ben-Ben, den versteinerten, vom Schöpfergott auf die Erde der Menschen entsandten Sonnenstrahl.

Im Laufe der Jahrhunderte waren um diesen heiligen Meteoriten herum konzentrische Umfassungsmauern erbaut worden. In ihrer Mitte, innerhalb eines rechteckigen, mit feinem Sand bestreuten Hofes, ragte der göttliche Obelisk mit seiner goldglänzenden Spitze gen Himmel. Um den Mittelpunkt des Heiligtums verlief ein gewölbter Gang mit wenigen Öffnungen, die zu den Götterkapellen und Kultkammern führten. Im weiteren Umkreis, aber immer noch innerhalb der Mauern, lagen die Wohnungen der ‹Diener des Tempels›. Die hoch über dem Fluß auf einem Hügel gelegenen Bauten bildeten zusammen einen Komplex von monumentalen Ausmaßen und archaischer Schönheit.

Nach einer halben Tagesreise kam Imhotep am frühen

Nachmittag in Junu an. Wie Nefer und Senui hatte auch er in einer bequemen Reisesänfte Platz genommen. Der kleine Rahotep reiste zusammen mit seiner Mutter. Ihnen folgte eine Karawane kleiner grauer Esel, die mit Möbeln und großen Gepäckstücken beladen waren. Seneb hatte ein wachsames Auge auf die Fracht und trug persönlich dafür Sorge, daß kein einziges Stück aus dem Besitz seines Herrn unterwegs verlorenging. Den Schluß des Zuges bildeten Sepa und Neset mit der Dienerschaft und einigen Soldaten.

Die Priester des Gottes Atum, denen ein Bote Imhoteps Ankunft angekündigt hatte, kamen mit Palmen und Kandelabern dem Mann entgegen, den der Pharao zu ihrem Obersten Herrn bestimmt hatte. Ihre Köpfe waren kahlrasiert, und bekleidet waren sie mit einem weißen Lendenschurz und einem Leopardenfell, das mit einer Goldspange über der Schulter zusammengehalten wurde. Mit einem natürlichen Gefühl für das Zeremoniell verneigten sich alle Priester gleichzeitig vor Imhotep, dann wandten sie sich um und stellten sich auf den Stufen der Treppe auf, die vom Eingang bis zum Portal des Heiligtums emporführte.

«Es ist besser, wenn ich allein in den Tempel gehe», sagte Imhotep zu Senui und Nefer. «Laßt euch unterdessen schon zu den Wohnungen bringen. Sepa wird sich um alles kümmern. Ich folge später nach.»

«Wirst du dir auch den Schädel rasieren lassen?» fragte Senui leise mit einem spöttischen Lächeln.

«Ja, denn so ist es Brauch», antwortete er ernst.

Imhotep schritt zwischen den schweigend auf beiden Seiten der Treppe stehenden ‹Dienern von Junu› hindurch auf das innere Tor zu und gelangte in den von gleißendem Sand bedeckten, weiträumigen Hof, in dessen Mitte der lichtumflutete Stein Ben-Ben stand.

Ehrfurchtsvoll beugte Imhotep ein Knie. Und da seine linke verletzte Schulter durch eine Schiene noch ruhiggestellt war, hob er als Zeichen der Verehrung nur seinen gesunden Arm lange zur Sonne empor.

Währenddessen hatten sich die Priester im Halbkreis hinter ihm versammelt und wiederholten in einer schwer zu erklärenden Übereinstimmung spontan die Gesten ihres neuen Hohenpriesters: das Knie gebeugt, die rechte Handfläche der Sonne entgegengestreckt.

Als sich Imhotep unversehens umdrehte, um die Priester zu grüßen, überraschte er sie in dieser Haltung. Ganz gewiß entsprach sie nicht ihrer Tradition, doch war sie ein beredter Ausdruck des Einflusses, den er jetzt schon auf sie ausübte. In ihren Augen stand deutlich zu lesen, daß sie ihn als ihren Obersten Herrn anerkannten.

Seneb hatte sich mit der Einrichtung der Wohnräume seines Herrn besondere Mühe gegeben und seinen ganzen Ehrgeiz darauf verwandt, die Anordnung des Arbeitskabinetts aus Memphis hier so weit wie möglich wiederherzustellen. Die Pläne und Papyrusrollen lagen sorgfältig geordnet auf den mitgebrachten Tischen bereit. Als Imhotep nach beendeter Zeremonie in Begleitung seines Dieners die neuen Gemächer betrat, war er angenehm überrascht, alles an seinem Platz vorzufinden. Doch kaum hatte er sich niedergelegt, um ein wenig auszuruhen, kündigte ihm Seneb einen wichtigen Besuch an.

Im großen Prunkgewand, mit einem goldenen Pektorale auf der Brust und dem Befehlsstab in der Hand verneigte sich der Gouverneur der Provinz tief vor Imhotep.

«Ich danke dir, daß du sofort zu mir gekommen bist», sagte Imhotep, «denn ich bin erst seit kurzem in deiner Stadt. Ich denke, du bist über den Grund meiner Anwesenheit hier informiert. Der Horus Neter-er-chet hat mich zum Hohenpriester des Atum-Rê ernannt.»

«Mit dieser Ernennung erweist uns Djoser, der Herr der

Beiden Länder, eine große Ehre! Möge ihm Leben, Gesundheit und Macht verliehen sein in Ewigkeit!»

Bei diesen Worten verneigte sich der Gouverneur von Junu erneut. Er war ein Mann von ungefähr vierzig Jahren mit aufrechtem Blick und einem gefälligen Gesicht. Sein Auftreten jedoch war steif. Er schien unsicher zu sein und sich übergenau an das Protokoll zu halten.

Imhotep verwickelte ihn sogleich in ein Gespräch.

Er wollte wissen, ob dem Volk die gegenwärtige Situation bekannt sei und die sich daraus ergebenden Konsequenzen von allen wahrgenommen würden.

«Leider ja! Oh, großer Seher!»

Diese merkwürdige Bezeichnung, die Imhotep noch nicht kannte, ließ ihn überrascht aufblicken.

«Warum nennst du mich so?»

«Die Bezeichnung ‹Großer Seher› ist von alters her der offizielle Titel des Obersten Priesters von Junu. Du mußt wissen, daß du ebenfalls als ‹Bewahrer der Geheimnisse des Himmels› betrachtet wirst.»

Imhotep zeigte sich durch all diese Bezeichnungen sehr geehrt, versuchte dann aber wieder, den Gedanken seines Besuchers auf die Spur zu kommen.

«Was weißt du über die Rebellion?»

«Ich weiß nur, was mir General Uni erzählt hat, als er mich – wie alle anderen Gouverneure des Deltas – gebeten hat, Truppen nach Memphis zu entsenden, um dem Pharao zu helfen.»

«Hast du Soldaten gestellt?»

«Fünfhundert gut bewaffnete Männer und meine Leibwache.»

«Weißt du, daß Nebka, der leibliche Bruder des Pharaos, ihm den Thron streitig macht?»

Mit dieser entscheidenden Frage hoffte Imhotep, die Redlichkeit seines Gesprächspartners auf die Probe zu stellen und ihn zu zwingen, Partei zu ergreifen.

Aber der Fürst vermied es, sich festzulegen.

«Natürlich. Das ganze Delta weiß es. Die Nachrichten laufen schnell von Mund zu Mund.»

Der Große Baumeister entschloß sich, ihn in die Enge zu treiben.

«Und was wirst du tun, Fürst von Junu, wenn der Verfluchte triumphiert?»

«Ich werde tun, was alle tun: Ich werde mich seinen Befehlen beugen. Ich werde Gouverneur meiner Provinz bleiben, wenn das möglich ist... oder vielmehr, wenn er es will!»

«Und was wird deiner Meinung nach aus dem Tempel?»

«Der Tempel ist einer der heiligsten Bereiche unseres Landes, Großer Seher. Niemand kann ihn schänden!»

«Selbst der Pharao nicht?»

«Der Pharao ist ein Gott! Und die Götter respektieren sich untereinander», antwortete der Gouverneur und verbeugte sich erneut.

«Du bist ein kluger Mann, Fürst von Junu», sagte Imhotep, zufrieden mit den erhaltenen Antworten. «Dein Wort ist gerecht und diplomatisch. Wir werden sicherlich in gutem Einvernehmen leben.»

«Das ist mein größter Wunsch!»

Ohne sich zu rühren, blieb der Fürst stehen, und aus seiner Haltung ging deutlich hervor, daß er noch etwas sagen wollte, aber nicht den Mut dazu hatte. Imhotep sah es ihm an und fragte:

«Kann ich noch etwas für dich tun?»

Der Gouverneur errötete leicht und antwortete:

«Ich möchte dir eine theologische Frage stellen, Großer Seher!»

«Ich höre dir zu, Fürst von Junu!»

«Warum nennst du den Gott, den wir immer unter dem einfachen Namen Atum verehrt haben, Atum-Rê?»

Imhotep senkte einen Augenblick lang den Kopf, als wolle

er sich kurz besinnen, verschränkte dann die Arme über die Brust und blickte dem Gouverneur fest in die Augen:

«Deine Frage ist berechtigt. Da du auf Grund deiner Funktionen während meiner Abwesenheit für den Tempel verantwortlich bist, ist es angebracht, daß ich dir als erstem die neuen Namen unseres Gottes bekanntgebe. Morgen, wenn sich die Priester am Fuße des Ben-Ben versammelt haben, werde ich ausführlich darüber sprechen, dir aber enthülle ich das Geheimnis jetzt: Atum ist in Wahrheit Atum-Rê, die Sonne, die man im Westen verehrt, wenn sie sich anschickt, uns zu verlassen, um in die Finsternis zu gleiten. Am Morgen ist sie Chepri, das ruhmreiche Gestirn, das im Osten aufgeht und im heiligen Skarabäus verkörpert ist. Mittags, in all ihrer Kraft, wenn sie den höchsten Punkt am Zenit erreicht, ist sie Rê, der große Sonnengott. Dieses Wissen wurde uns von den Pharaonen offenbart, die seit Horus Narmer Söhne des Gottes Rê sind. Künftig werden wir uns gemeinsam in die alten Schriften versenken und uns mit den theologischen Erkenntnissen auseinandersetzen, um aus dieser Stadt das Zentrum des Sonnenkultes im Lande Kêmi zu machen.»

Der Fürst hatte den Worten des Hohenpriesters andächtig gelauscht. Er verbeugte sich tief und erklärte mit vor Ergriffenheit bebender Stimme:

«In dir, Großer Seher, haben wir jetzt einen wahren Obersten Hüter der Geheimnisse des Himmels!»

«Mögen wir diese Geheimnisse des Himmels in Frieden bewahren können!» gab Imhotep zur Antwort.

Es war schon tiefe Nacht, als der königliche Schreiber Hesirê an der Pforte des Tempels von Junu erschien. Er verlangte, unverzüglich zum Hohenpriester vorgelassen zu werden. Es mußte wahrlich ein ernster Grund vorliegen, wenn jemand zu dieser nächtlichen Stunde um eine Unterredung bat. Imhotep, der nach diesem anstrengenden Tag immer noch wachte, empfing ihn sofort.

«Dein Blick ist bekümmert, Hesirê. Was ist geschehen? Sag mir die Wahrheit, auch wenn es dir schwerfällt.»

«Ich war in Memphis, als uns bei Einbruch der Dunkelheit die Nachricht erreichte, die ich dir jetzt bringe. Anknetef ist tot, sein Schädel wurde von einem Beilhieb zertrümmert. Meru, der Fürst von Kusch, hat ihn erschlagen!»

«Erschlagen? Anknetef! Und Djoser?»

«Niemand weiß, wo er ist.»

«Was soll das heißen? Ist er tot? Oder verwundet?»

«Ich weiß nicht mehr als du, Imhotep. Die Soldaten, die ich gefragt habe, wußten nichts über ihn.»

«Ist er auf Nebka gestoßen?»

«Der Verfluchte ist Sieger. Er marschiert auf die Hauptstadt zu, und niemand kann seinem Vormarsch Widerstand entgegensetzen.»

«Aber General Uni und seine Armee von sechstausend Mann, was ist denn aus ihnen geworden? Wo sind sie geblieben?»

«Die einen sind in der Schlacht umgekommen oder in den Strudeln des Flusses ertrunken. Die meisten aber sind feige geflohen oder ins andere Lager übergewechselt. Was Uni betrifft, so ist er ebenfalls verschwunden.»

«Verschwunden! Was soll das heißen, verschwunden?» sagte Imhotep gereizt.

«Verzeih», antwortete Hesirê mit ruhiger Stimme. «Ich verstehe deinen Schmerz, aber ich bin dafür nicht verantwortlich. Ich will nur sagen, daß niemand weiß, wo der Pharao und sein oberster General sind. Niemand kann augenblicklich sagen, ob sie leben oder tot sind... ob sie Nebkas Gefangene sind... oder in der Wüste... oder in den Strudeln des Nils.»

«Wo können sie nur sein?» fragte Imhotep noch einmal ratlos.

Nach langem Schweigen wagte Hesirê erneut, das Wort zu ergreifen und fragte zögernd:

«Was sollen wir tun, Großer Baumeister?»

«Ich weiß es nicht! Ich will es nicht wissen! Morgen ist immer noch Zeit, zu entscheiden. Jetzt blutet mein Herz. Meine Gedanken weilen bei Djoser und können ihn nicht verlassen.»

Imhotep ging rasch in den hinteren Teil des Saales. Dort öffnete er eine Truhe und entnahm ihr eine Papyrusrolle.

«Nimm, Königlicher Schreiber! Dies ist das Werk unseres Herrschers: Es ist eine Hymne an die Sonne, die der Herr der Beiden Länder zu Ehren seines Gottes verfaßt hat. Du bist der beste Vorleser im Land Kêmi! Nimm diese Rolle und lies!»

Hesirê entrollte die Handschrift und verlas mit seiner klaren Stimme:

Ich bin das Heute
Ich bin das Gestern
Ich bin das Morgen
Ich bin die geheimnisvolle und göttliche Seele,
Die einst alle Götter geschaffen hat.
Ich bin die Jugend und die ewige Kraft,
Die sich in all ihren Geburten wiederfinden.
Oh, ihr Geister mit den Falkenköpfen,
die ihr mit undurchdringlichem Blick
die magischen Worte hört!
O ihr, die ihr der Sonne vorausgeht und ihr folgt
Auf ihrem Weg zum Zenit des Himmels,
Wenn sie die Früchte der Erde hervorsprießen läßt.
O ihr alle, höret mich an und wisset dies:
Wahr ist: Ich bin das Licht,
Und Rê, der Gott der Sonne, der Einzige, ist eins mit mir.

«Gut gelesen, Hesirê!» sagte Djoser, der völlig unerwartet mit General Uni im Türrahmen aufgetaucht war.

Wie versteinert sahen der Große Baumeister und der Königliche Schreiber den Pharao auf sich zukommen. Beine und Oberkörper waren blutverkrustet, der Schurz zerfetzt und mit Schlamm bespritzt. Tiefe Falten der Erschöpfung durchzogen sein Gesicht. Dennoch strahlte er große Würde aus. Mit einem leichten ironischen Lächeln ging er auf Imhotep zu und schloß ihn in seine Arme.

«Ich habe in Heben alles verloren», sagte er leise zu ihm, «alles! Bis auf mein Leben, meine Frau und die Menschen, die ich liebe.»

Uni, der hinter ihm stand, machte einige taumelnde Schritte und hatte gerade noch die Kraft zu sagen: «Wir sind erschöpft, Imhotep, zu Tode erschöpft», ehe er zu Füßen des Königs zusammenbrach.

In der Stille und Abgeschiedenheit des Tempels von Junu kamen die Flüchtlinge schnell wieder zu Kräften. Freilich hielten sie sich gut verborgen. Außer einigen treuen Dienern wußten nur wenige Menschen von ihrer Anwesenheit im Heiligtum.

Imhotep und Senui ließen es an tatkräftiger Fürsorge nicht fehlen. Die Prinzessin war schmerzlich betroffen gewesen, als sie vom Tod ihres Gemahls erfahren hatte, denn Anknetef war ein guter, aufrichtiger und großzügiger Mann gewesen. Nefer weinte unter den bewegten Blicken Imhoteps um ihren vermeintlichen Vater, den sie zärtlich geliebt hatte. Sie litt darunter, seinen armen geschundenen Körper nicht geziemend bestatten zu können, und dieser Kummer ließ sie nicht zur Ruhe kommen.

Einige Tage waren vergangen, da versammelte der Pharao die Menschen, die ihm nahestanden, um sich:

«Die Zeit des Abschieds ist gekommen», verkündete er betrübt. «Noch länger hier zu bleiben, wäre unvorsichtig.»

«Warum willst du gehen, Djoser?» fragte Senui besorgt. «Wo kannst du mehr Sicherheit finden als hier?»

Imhotep gab dem König recht: Nebka konnte eines Tages von Djosers Anwesenheit in Junu erfahren, und mit Sicherheit würde er seinen Bruder nicht lange im Lande Kêmi dulden.

«Muß der Pharao das Land verlassen?» fragte die Prinzessin besorgt und sah ihre Tochter an.

Nefer, die schweigend neben ihrem Gemahl gestanden hatte, ging auf ihre Mutter zu, umarmte sie und sagte:

«Ich weiß nicht, was er beschlossen hat, aber ich werde mit ihm gehen, du wirst das verstehen. Würdest du an meiner Stelle nicht ebenso handeln?»

Mit Tränen in den Augen küßte Senui ihre Tochter.

Bei Einbruch der Nacht brachen sie auf. Imhotep hatte ihnen ein wenig Gepäck herrichten lassen, das von zwei Dienern getragen wurde. General Uni und Seneb begleiteten sie. Beim Abschied schloß Imhotep Senui in den Arm.

«Beruhige dich», sagte er sanft. «Seneb weiß, wohin er sie führen muß.»

Am Tag von Djosers Abreise kehrte auch Hesirê nach Memphis zurück. Die ganze Stadt war von Angst ergriffen. Die Straßen schienen wie ausgestorben, jeder hatte sich in seinem Haus vor Merus Söldnern verbarrikadiert. Würden diese Wilden, vom Siegesrausch hingerissen, die Stadt plündern? Und was würde Nebka, der neue Pharao, tun? Er stand in dem Ruf, jähzornig und gewalttätig zu sein. Wie würde er sich verhalten, wenn er an der Waage der Beiden Länder eintraf? Würde ner den Norden unterjochen oder der gerechte König Beider Länder sein wollen? Und hatte er in diesem Fall die erforderliche Autorität, um die Ordnung im Lande Kêmi aufrechtzuerhalten?

Mit vielen hilfreichen Ratschlägen von Imhotep versehen, nahm Hesirê die Leitung der laufenden Angelegenheiten des Landes in die Hand. Er besaß die Autorität, während der Übergangsperiode jede Anarchie zu verhindern, und seine Gegenwart gab allen Sicherheit. Er beschränkte sich darauf, die von Djoser kurz vor den tragischen Ereignissen erlassenen Anweisungen in die Tat umzusetzen.

«Wenn ich verliere», so hatte Djoser gesagt, «soll alles an seinem Platz bleiben: Menschen, Institutionen, Baustellen, Schulen... Nichts darf zerstört, nichts soll verändert werden!»

Dieser Befehl des geliebten Pharaos wurde vom Obersten Schreiber dem Verwaltungsapparat, den er selbst aufgebaut hatte, weitergegeben, und so erfuhr jeder Bewohner des Niltals, vom Arzt bis zum letzten Bauern, was er unter den widrigen Umständen, die gegenwärtig herrschten, zu tun hatte.

Gleichzeitig aber setzte sich auf eine schleichende, hartnäckige Art die tolle Hoffnung in den Köpfen fest, der Horus Neter-er-chet sei noch am Leben.

Nebka, der Sieger, rückte indessen weiter vor. Er stieß auf keinen Widerstand mehr, der seinen Vormarsch aufhalten könnte. Die Soldaten, die General Uni leichtfertig über die Oasen verteilt hatte, waren noch dabei, sich zu sammeln. Doch sie würden sich dem neuen Pharao unterwerfen, denn niemand dachte jetzt mehr daran, sich dem ältesten Sohn des Pharaos Chasechem zu widersetzen.

Einen Monat nach der entscheidenden Schlacht zog Nebka in Memphis ein. Und zur großen Verwunderung der Stadtbewohner vollzog sich dieser Einmarsch nahezu geräuschlos, ohne Musik und ohne großes Gepränge. Niemand sah Nebka den königlichen Palast betreten, nichts schien sich verändert zu haben. Fast unbemerkt hatte ein neuer Pharao die Herrschaft über Ägypten angetreten.

2

Unruhig ging Nebka, der neue Pharao, im hohen Saal des Palastes von Memphis mit kurzen schnellen Schritten hin und her. Seine Stimme klang rauh und abgehackt, als er sich an die Beamten seines Landes wandte: «Meine Krönung soll mich dem Volk des Landes Kêmi im strahlenden Glanz meiner Macht zeigen. Ich will es der Welt verkünden: Ich bin Nebka, König von Ober- und Unterägypten, der Herr der Beiden Länder. Ich werde die doppelte Krone unter dem Schutz der Göttinnen Nechbet und Uto tragen.»

Die Gouverneure und hohen Beamten, die man zum König befohlen hatte, standen regungslos zu beiden Seiten des Saales und hörten ihm schweigend zu.

«Keiner soll es wagen, meine Legitimität in Zweifel zu ziehen! Ich werde die Tradition der Vorfahren weiterführen! Ich werde Lotos und Papyrus verknoten, ich werde die weißen Mauern umlaufen und damit allen Menschen meine Kraft zeigen. Ich habe gesprochen!»

Der Pharao war mitten im Raum stehengeblieben. Plötzlich hob er die Arme über den Kopf und schrie unbeherrscht:

«So hat es Djoser, mein jüngerer Bruder getan, als er meinen Thron eingenommen hat! Also werde ich ebenso handeln und zurückholen, was mir gehört!»

Er blickte die Umstehenden einen nach dem anderen herausfordernd an:

«Ihr schweigt! Ihr waret seine Bewunderer und seine Komplizen!»

Er stampfte mit dem Fuß auf, den Arm immer noch drohend vorgestreckt.

«Jetzt werdet ihr meine Diener sein. Ich will euch euren Treuebruch verzeihen, wenn ihr euch mir ergeben zeigt. Aber seht euch vor, es ist das erste und letzte Mal. Jeder, der versucht, mich zu hintergehen, wird enthauptet, und seine Überreste werden den Krokodilen zum Fraß vorgeworfen.»

Nach diesem Ausbruch änderte Nebka Ton und Haltung. Er neigte den Kopf und verschränkte die Hände auf dem Rükken.

«Ich verzeihe auch Djoser. Ich glaube, daß er unerkannt in der Schlacht gefallen ist, und daß ihn der Nil, wie viele andere, mit sich fortgerissen hat. Das habe ich nicht gewollt. Manchmal, so sagt man, gibt der Fluß die Toten den Inseln des Deltas zurück. Mein Bruder ist königlichen Blutes und muß darum geziemend bestattet werden. Aus diesem Grund, ihr sollt es alle wissen, habe ich den Fürsten Meru in das Gebiet der Sümpfe entsandt, um nach den sterblichen Überresten Djosers zu suchen. Weiterhin habe ich den Befehl gegeben, die Ewigkeitsstätte von Sakkara nach den von Imhotep entworfenen Plänen weiterzubauen.»

Wie ein wildes Tier im Käfig nahm er seinen unruhigen Gang wieder auf.

«Das Grabmal wird aus Stein erbaut werden. Ich befehle, daß auch alle anderen begonnenen oder geplanten Arbeiten vollendet werden. Ich will, daß die Verwaltung weiterhin die Geschäfte des Landes regelt, so als habe sich nichts verändert.»

Von den eigenen Worten überrascht hielt er plötzlich inne.

«Was sage ich da? Nichts soll sich verändern? Im Gegenteil, alles soll sich verändern!» Und in schneller Folge zählte er planlos neue Verfügungen auf, die er treffen werde: Verstärkung der königlichen Garde – Verteilung der aus den Oasen zurückgeholten Armee auf die vier Provinzen, die die Waage der Beiden Länder umgeben – Verringerung der Garde jedes Gouverneurs auf nur fünfzig Mann – Errichtung eines Waffenhauses mit Schmiede, um Streitäxte und Pfeilspitzen herzustellen – Verdreifachung des Erzabbaus in der Wüste – Abschaffung des Amtes des Großen Baumeisters, er selbst werde die Arbeiten leiten! – Ernennung von zwei Ministern: Meru aus dem Land Kusch für Oberägypten und Kabaû für Unterägypten.

Mit hochrotem Kopf holte Nebka tief Luft und rief: «Kabaû! Komm her!»

Der Gouverneur der Krokodilprovinz, dessen Organisationstalent zu Recht berühmt war, hatte sich sofort der Sache des neuen Pharaos verschrieben. Sein ausgeprägter Opportunismus hatte ihn rasch in das stärkere Lager überwechseln lassen. Fast zu eilig trat er vor und warf sich Nebka zu Füßen.

«Fürsten des Deltas, dies ist euer neues Oberhaupt! Ihr schuldet ihm ebenso Gehorsam wie mir selbst!»

Er wies Kabaû an, ab sofort die Leitung des Schatzhauses von Unterägypten und des Lebenshauses zu übernehmen. Die offizielle Krönungszeremonie werde im zweiten Monat der Jahreszeit Prôjet, also in vierzehn Tagen, stattfinden. Nachdem er alle Anwesenden zu den bevorstehenden Festlichkeiten eingeladen hatte, entließ er sie.

Schweigend warfen sich die Gouverneure, Fürsten und hohen Beamten zu Boden. Als sie schließlich der Tür zustrebten, deren Flügel die Palastwache weit geöffnet hatte, schrie Nebka:

«Halt! Ihr sollt noch folgendes wissen: Da von nun an Horus im Lande Kêmi regiert, habe ich einen Namen zu seiner Ehre gewählt. Am Tage meiner Inthronisation werde ich Horus Sanacht sein, was bedeutet ‹der Sohn des Sieges›, und ich werde diesem Titel den des ‹Herrschers von Hebenu› hinzufügen, denn dort habe ich Djoser besiegt.»

Für Prinz Meru war das Nildelta mit seinen Sümpfen und dem undurchdringlichen Papyrusdickicht ein unheimlicher Ort. Er war ein Mann aus dem Süden, und seine Augen kannten nur den gelben Ockerton der Wüste und das unveränderliche Azurblau des Himmels. Hier im Norden fand er sich mit einemmal in eine Hölle getaucht, wo das Wasser des Flusses meergrün wurde, wo der Himmel über ihren Köpfen graugrüne Töne annahm und die milchige Transparenz einer zu feuchten Luft hatte. Diesen Wüstenbewohner, der sich vor nichts fürchtete, beschlich in der ungewohnten Umgebung allmählich eine seltsame Angst.

«Die Erde!» murmelte er vor sich hin. «Wo ist nur die Erde geblieben?»

Als er aus dem Boot stieg, versanken seine Füße unangenehm tief in einem Grasteppich. Wo war der feine Staub, dessen Berührung und Farbe er so sehr liebte? Hier kam ihm alles weich und unbestimmt vor. Diese Inseln schienen ohne festen Grund auf formlosem Schlamm zu schwimmen. Selbst das wimmelnde Leben der Tiere des Sumpfes konnte ihn nicht beruhigen. Jede Bewegung scheuchte irgendein wildes Tier auf, das davonflog oder fortlief, bevor man es erkannt hatte. Bei jedem neuen Geräusch schreckte er auf. Was für eine Idee, ihn in diese verfluchte Provinz zu schicken!

«Du mußt um jeden Preis Djosers Leiche finden!» hatte der Pharao ihm in einem Ton befohlen, der keine Diskussion zuließ. «Bringe ihn mir so schnell wie möglich. Nur so kann ich seinen Tod beweisen. Geh ins Delta und suche ihn!»

Bei der Erinnerung an den erhaltenen Befehl runzelte Meru seine dichten Brauen, und die Stirn unter dem krausen Haar schien noch niedriger zu werden. Er begann laut vor sich hin zu schimpfen:

«Warum will er ausgerechnet diese Leiche? Ich habe schon Dutzende gefunden. Alles Soldaten! Keiner von ihnen sah aus wie ein Pharao. Aber was ist denn überhaupt der Unterschied zwischen einem nackten Pharao und einem nackten Soldaten? Bei der Schlacht von Hebenu sind über tausend Tote vom Fluß weggerissen worden. Woher soll man wissen, ob Djoser dabei war? Niemand kann es sagen! Warum will Nebka, daß ich ihn gerade hier suche? Das ist doch lächerlich! Und sinnlos! Ich kehre um!»

Als er so in seine Überlegungen vertieft war, erblickte er zwei nubische Soldaten auf der Lichtung, die den Körper eines nackten weißen Mannes an den Beinen hinter sich herschleiften.

«Den da», sagte einer von ihnen hämisch grinsend, «würde selbst seine Mutter nicht wiedererkennen!»

Krokodile, vielleicht auch Geier hatten den Leichnam zerfetzt. Der Unterleib war aufgerissen, der Kopf und ein ganzer Arm fehlten. Ein grauenhafter Anblick.

«Ihr Idioten! Was soll ich mit so einem Aas machen?» sagte Meru gefühllos. «Werft ihn zurück in den Nil!»

«Wir haben aber dieses Armband an seinem Handgelenk gefunden, Fürst, und er trug Sandalen an den Füßen», protestierte einer der beiden Soldaten.

Er reichte Meru ein breites Goldarmband und einige vergoldete Lederstücke.

«Gut! Gebt her! Wer kann schon den Schmuck eines Fürsten von dem eines Pharaos unterscheiden! Rollt die Reste dieses Kadavers in eine Matte. Wir nehmen ihn mit. Unser Auftrag ist beendet. Blast den Befehl zum Sammeln.»

Glücklich über diese gute Nachricht eilten die Soldaten davon, und bald hallten laute Hornsignale durch das Sumpfgelände. Die Suchtrupps waren jedoch so weit verstreut, daß sie sich erst bei Einbruch der Nacht wieder gesammelt hatten. Jeweils zu zweit oder zu dritt machten sie sich in kleinen Papyrusbooten auf die Rückfahrt zum Hauptarm des Nil. Von zwei mit Bootshaken bewaffneten Nubiern begleitet fuhr Meru voran. Die anderen Boote folgten in kurzem Abstand und drängten sich dicht aneinander, aus Furcht, sich in diesem schwankenden Labyrinth zu verlieren. Die hereinbrechende Dunkelheit verwandelte das Sumpfgelände in eine noch feindlichere Welt. Beklommen lauschten alle dem unheimlichen Konzert unbekannter Geräusche, dem Fauchen, Schreien, Rascheln, das sich in das Plätschern des Wassers mischte, und die stolzen Krieger, die vor nichts Angst hatten, wenn sie durch den Sand der Wüste stapften, wurden von einer unbezwinglichen Furcht ergriffen. Dieses Land, in dem man nie festen Boden unter den Füßen spürte, war ihnen fremd und unheimlich. Das zähfließende Wasser unter ihnen schien noch schwärzer zu sein als der Himmel. Bösartige Geister umzingelten sie.

Plötzlich rief Fürst Meru erregt:

«Licht! Dort vor uns! Ein Feuer! Ich erkenne Schatten von Menschen. Auf, tapfere Soldaten, mir nach!»

Er lachte laut. Mit einem Schlag war das allgemeine Unbehagen verflogen. Kräftig stakend und rudernd strebten alle, blind gegenüber jeder Gefahr, dem Lichtschein entgegen. Jeder wollte als erster da sein.

Doch ebenso plötzlich wie das Feuer erschienen war, erlosch es.

Schreie. Flüche. Kenternde Boote. Dann fiel von oben ein Netz, ein riesiges Netz herab auf die mit dem Wasser kämpfenden Männer. Fürst Meru blieb keine Zeit mehr, herauszufinden, was vor sich ging, er wurde von einem heftigen Hieb am Kopf getroffen, Schlamm drang ihm langsam in Mund und Nasenlöcher. Meru versank tot im schwarzen Fluß.

«Wir haben sie mit einem Schlag vernichtet, diese Wilden!» verkündete Djoser zufrieden lächelnd.

«Nicht ein einziger hat überlebt! Alle wurden erschlagen oder sind ertrunken!» pflichtete Uni siegesstolz bei. «Glaubt Ihr, Majestät, daß auch Fürst Meru dabei war?»

Djoser, der auf das große Holzfeuer zugegangen war, das den Feind in die Falle gelockt hatte, fuhr herum und wies den General zurecht:

«Verlierst du denn niemals diese Angewohnheit? Nenne mich nicht mehr Majestät! Hier darf niemand wissen, wer ich bin.»

Während Uni sich verlegen zu entschuldigen suchte, kam ein kleiner nackter Mann auf sie zu und sagte lachend:

«Ich habe ihren Anführer mit meiner Keule getötet! Bevor er wie ein Stein unterging, habe ich ihm dieses Schmuckstück abgerissen, das er um den Hals trug.»

Djoser nahm es in die Hand und hielt es nah an die Flammen, um besser sehen zu können. Es war ein breiter Brustschmuck aus massivem Gold mit einer ungeschickten einfachen Gravierung. Mühevoll entzifferte er: «Meru, Fürst von Kusch, geliebt von Meruka.»

«Jetzt gibt es keinen Zweifel mehr. Es war ein voller Erfolg. Glückwunsch, Mahor», rief er und reichte dem Häuptling des Dorfes das Pektorale zurück, «du hast uns von unserem hartnäckigsten Feind befreit. Ohne ihn wird Nebka sich nicht mehr aus Memphis heraustrauen. Von heute an werden wir die Rückeroberung vorbereiten. Sammelt die Gefährten! Wir wollen zur Großen Insel zurückkehren. Wir alle haben eine ruhige Nacht verdient.»

3

Einige Jahre lang lebte Nebka in Frieden, wenn auch ohne Ansehen und ohne Ruhm. Er überließ die Führung des Landes der wirkungsvollen Verwaltung, die Imhotep unter Djosers Herrschaft aufgebaut hatte. Prinz Kabaû war sein Erster Minister und der Schreiber Hesirê der Oberste Leiter aller Arbeiten. Der Pharao mischte sich nur gelegentlich in die Regierungsgeschäfte der Beiden Länder ein, wenn er unangebracht in Wut geriet. Die meiste Zeit verbrachte er auf der Jagd, bei Festessen und in langen ausschweifenden Nächten mit gleichaltrigen Höflingen. Da aber in Beiden Ländern ein gewisser Wohlstand herrschte, ertrug das Volk seinen ungeliebten Pharao ohne Murren.

Dieses ohnehin gefährdete Gleichgewicht wurde indessen durch ein unvorhergesehenes Ereignis gestört, das schwerwiegend genug war, um von einigen als eine göttliche Strafe gedeutet zu werden. An jenem Tag las Kabaû, der Kanzler Unterägyptens, die wöchentlichen Berichte. Und was für Berichte! Lange, mit überflüssigen Details überladene Briefe, die ihm seine Gouverneure regelmäßig zuschickten.

«Diese Menschen des Deltas sind unverbesserliche Schwätzer», sagte er und rieb sich die Augen. «Sie beschreiben ganze Papyrusrollen, wo einige Zeilen genügen.»

Vielleicht war diese Weitschweifigkeit nur eine verschleierte Form von Auflehnung. Wie sollte er es beweisen? Warum überhaupt? Der Horus Sanacht war schon reizbar genug, und man mußte sich davor hüten, einen seiner häufigen Wutanfälle auszulösen. Er seufzte resigniert und nahm seine Lektüre wieder auf:

«Seit den alten Zeiten des Horus Narmer ist es uns in geduldiger Arbeit gelungen, weite fruchtbare Landstriche urbar zu machen, die im Übermaß Weizen hervorbringen können, um Brot herzustellen, Gerste, um Bier zu brauen, und den blaublühenden Flachs, um Stoffe zu weben. Im Achet, wenn der erste Tag des Jahres anbricht und der wohltätige Nil sein Bett verläßt, ergießt sich das Wasser in die von unseren Vorfahren gegrabenen Kanäle und bedeckt die Felder. Dort halten wir es zwischen den Deichen fest, und es füllt die großen Reservoire, aus denen wir schöpfen und bewässern können.»

«Jetzt werde ich wohl über die Methoden der Bewässerung belehrt!» sagte sich Kabaû. «Die ganze Vorrede ist überflüssig, all das weiß ich schon seit langem. Hält er mich für einen Dummkopf? Worauf will er hinaus?»

«Leider ist der Nil in diesem Jahr nicht so stark über die Ufer getreten wie sonst. Das Hochwasser hat nur die tiefliegenden Gebiete getränkt, die höheren aber nicht erreicht, und wir werden nur wenig Korn ernten. Dafür gibt es zwei Gründe, und es scheint mir notwendig, sie beide dem Kanzler des Pharaos (möge ihm Leben, Gesundheit und Macht auf ewig verliehen sein) zuzutragen, damit er weiß, warum die Ernte schlecht sein wird.»

«Da haben wir es!» rief Kabaû. «Es geht um die Getreideernte. Diese Leute haben also bald nichts mehr zu essen! Mal sehen, welche Gründe er dafür ins Feld führt.»

«Die Arbeit der Landbevölkerung ist durch den Krieg gestört worden. Ohne den gewohnten Druck von Aufsehern und Soldaten, haben die Bauern zum notwendigen Zeitpunkt nicht gearbeitet. Infolgedessen wurden die Bewässerungskanäle entgegen den alten Bräuchen nicht instand gehalten.»

«Das mag stimmen», sagte Kabaû und wischte sich die Stirn. «Schlechte Leute haben immer gute Ausreden.»

«Das ist besonders mißlich, da das schwache Hochwasser in den tiefliegenden Gebieten stehengeblieben und nicht in die schlecht gereinigten Bewässerungsgräben geflossen ist. Alle höher gelegenen Felder sind so trocken und staubig wie die Wüste. Wäre die Überschwemmung so stark gewesen wie sonst, wären die Auswirkungen der unzureichenden Instandhaltung nicht so katastrophal gewesen. So aber ist die ungenügende Bewässerung der Hauptgrund für die Lebensmittelknappheit, die in unserer Provinz um sich greift.»

«Das war Punkt eins!» rief der Kanzler, den die Lektüre dieses Berichts zunehmend beunruhigte. «Durch diese Nachlässigkeit werden wir gezwungen, den angrenzenden Gebieten Nahrungsmittel zu entziehen. Eigentlich verdienten diese Bauern, daß man sie zur Strafe verhungern läßt.»

«Der zweite Grund unserer Schwierigkeiten ...»

«Unserer Schwierigkeiten! Dieser Gouverneur macht sich wohl über mich lustig! Warum schreibt er nicht richtiger ‹meiner Mißwirtschaft›?»

«... besteht darin, daß man auf den Feldern, die durch das wohltätige Hochwasser des Nils ausreichend bewässert wurden, nur Flachs ausgesät hat. Schon seit langem haben die Bauern die Erfahrung gemacht, daß der Anbau dieser Pflanze in den niederen Gebieten bessere Erträge bringt als in den höheren Lagen. Daher haben sie es sich zur Gewohnheit gemacht, die blauen Blumen in der Nähe des Flußbettes anzupflanzen. Diese Ernte wird sehr gut ausfallen, und wir werden in der ganzen Provinz große Mengen feiner Stoffe weben können.»

«Wenn ihr nicht vorher alle Hungers gestorben seid!» brummte Kabaû, als er diesen Schluß las. «Die Leute sind wirklich zu dumm: sie jubeln darüber, daß sie sich gut kleiden können, und machen sich keine übermäßigen Gedanken, ob sie ausreichend zu essen haben. Setzen sie nicht zu sehr auf die Großzügigkeit des Pharaos?»

Schnell überflog der Kanzler den Schluß der Nachricht mit den traditionellen Höflichkeitsformeln. Sein rundes Gesicht war rot vor Zorn.

«Hoffen wir, daß sich die anderen Regionen besser gehalten haben als diese hier», sagte er sich, «sonst...»

Während er die vor ihm aufgereihten Papyrusrollen durchlas, wurde ihm nach und nach klar, daß die Lage überall besorgniserregend war und die Getreideernte äußerst schlecht ausfallen würde. Es kam jetzt darauf an, so bald wie möglich die Kornmengen vom Vorjahr, die noch in den Speichern lagerten, zu erfassen, um Korn für die nächste Aussaat sicherzustellen. Darüber hinaus mußten wichtige Entscheidungen getroffen werden, um jede Verschwendung zu unterbinden, die Verteilung über das ganze Land zu regeln und auf diese Weise die Gefahr einer großen Hungersnot abzuwenden. Der Einsatz des Militärs schien unerläßlich, und der Kanzler entschloß sich, den Horus Sanacht umgehend über die Situation zu informieren.

Die nubischen Gardesoldaten, die ständig den Eingang zu bewachen hatten, saßen auf der Schwelle des Palastes von Memphis und schnarchten laut.

Voller Zorn traktierte Kabaû sie mit Fußtritten und schrie:

«Aufgestanden! Los! Steht auf, ihr Trunkenbolde!»

Doch sie waren völlig betrunken und außerstande, sich auf den Beinen zu halten. Hastig eilte der Kanzler durch die Gänge zum Empfangssaal. Mit Entsetzen mußte er unterwegs feststellen, daß sich alle Wachtposten im gleichen Zustand befanden. Als er in einer Mauerecke einen Hauptmann entdeckte, der auf dem Boden hockte und nicht ganz so betrunken schien wie die anderen, fuhr er ihn an:

«Was ist denn hier los? Warum seid ihr alle betrunken?»

Der Hauptmann sah ihn einfältig lächelnd an. Kabaû packte ihn an den Haaren und versetzte ihm kräftige Ohrfeigen:

«Wirst du wohl antworten, du Trunkenbold? Wer hat dir zu trinken gegeben?»

Durch die Schläge ein wenig ernüchtert, kam der Mann mühevoll auf die Beine, lehnte sich an die Wand und antwortete lallend:

«Der Pharao, Alter! Ich sage dir... es war der Pharao! Und sogar... guter Wein!»

Aufgebracht stürmte der Kanzler mit einer für seine Korpulenz überraschenden Behendigkeit zu den Gemächern des Pharaos. Dort angelangt stellte er überrascht fest, daß der Haushofmeister auf seinem Posten war, bleich, offenbar nüchtern und bei klarem Verstand.

«Endlich!» stöhnte Kabaû. «Endlich ein normaler Mensch. Ich bin froh über deine Enthaltsamkeit. Kannst du mir die Gründe für diese allgemeine Trunkenheit nennen?»

Der andere antwortete nicht. Mit dem Rücken an die Wand gepreßt, stand er da und zitterte an allen Gliedern. Panischer Schrecken stand in seinen Augen, die unruhig umherblickten.

Der Kanzler spürte, wie ihm ein Frösteln über den Rücken lief. Seiner Veranlagung nach war er nicht besonders mutig, und als er plötzlich hinter sich jemanden im Laufschritt näherkommen hörte, hätte er vor Schreck beinahe laut aufgeschrien. Gerade noch rechtzeitig erkannte er Hesirê und stammelte:

«Was ist los? Was ist denn hier los?»

«Eben sind die Wachen am Eingangsportal gestorben», sagte der Oberste Schreiber. «Vergiftet!»

«Und ich hielt sie für betrunken!» sagte Kabaû.

«Nein! Es besteht kein Zweifel: Sie wurden vergiftet!»

«Ihr habt recht, Herr», rief der Haushofmeister, der allmählich wieder zu sich kam. «Ich habe alles gesehen!»

«Also rede, schnell!» befahl Hesirê.

Noch unter der Wirkung des Schocks begann der Mann mit unsicherer Stimme zu berichten.

«Ich habe einen auffälligen Mann gesehen, groß und hager und ungestüm in allen seinen Bewegungen. Er ist dunkelhäutig und hat ein merkwürdiges Flackern in den Augen. Als ich ihn erblickte, bekam ich Angst vor ihm und habe mich zunächst versteckt. Nachdem ich wieder etwas Mut gefaßt hatte, habe ich ihn verfolgt und von weitem beobachtet. Er trug einen Weinschlauch auf dem Rücken und ging damit von einem Soldaten zum anderen. Jedem bot er im Namen des Pharaos einen Becher Wein an. Doch als die Soldaten schon nach wenigen Tropfen betrunken schienen, habe ich sofort begriffen, daß mit seinem Getränk etwas nicht in Ordnung war. Als der Fremde allen zu trinken gegeben hatte, schrie er: ‹Ich werde Horus vernichten zum Ruhme des Gottes Seth! Ich werde dich töten, Nebka, Sohn des Chasechem, so wie ich Djoser und Imhotep getötet habe!› Dann verließ er mit irrem Gelächter den Palast.»

«Der Verrückte der Oasen!» entfuhr es Hesirê. «Komm schnell, Kabaû! Gehen wir in mein Arbeitszimmer und überlegen wir, was zu tun ist.»

Die Entscheidung war schnell getroffen. Die beiden Minister nahmen das königliche Schiff, das im Hafen von Memphis vor Anker lag, und fuhren nilabwärts. Schon am Nachmittag kamen sie in Junu an und gingen zum Sonnentempel.

Als Kabaû die Augen zum heiligen Obelisken erhob, dessen goldglänzende Spitze über den Mauern schimmerte, überkamen ihn plötzlich Zweifel, und er sagte zu Hesirê:

«Ob der Oberste Priester uns überhaupt empfangen wird?»

Über das bedrückte, strenge Gesicht des königlichen Schreibers huschte ein kurzes Lächeln:

«Gewiß, denn wir werden im Namen des Volkes von Kêmi um Audienz bitten.»

In seiner Werkstatt in der Nähe des Haupthofes war Imhotep dabei, einen gewaltigen Kalksteinblock mit seinem Meißel zu bearbeiten. Er war mittlerweile vollständig von seiner Verletzung genesen und arbeitete an einer lebensgroßen Statue: Djoser auf seinem Thron sitzend. Es war ein noch nie dagewesenes Vorhaben, denn bisher hatten die Künstler der Beiden Länder trotz all ihrer Begabung nur verkleinerte Nachbildungen ihrer Könige geschaffen. Der Oberste Priester des Gottes Atum-Rê nutzte die Ruhe, die ihn umgab, um das auf dem Wüstenplateau von Sakkara begonnene Werk weiterzuführen. Die Arbeiten an diesem gigantischen Steinmonument, dessen Pläne er entworfen hatte, wurden unter der Leitung seines Vaters, des Architekten Kanufer, fortgesetzt, er aber wollte dafür Statuen in Lebensgröße schaffen, die Djoser, seine Familie und seine Götter darstellen sollten.

Imhotep empfing seine Besucher mit offenen Armen. Als Kabaû Anstalten machte, sich vor ihm niederzuwerfen, nahm er ihn bei den Schultern und half ihm wieder auf.

«Ich freue mich über deinen Besuch», sagte er und umarmte ihn. «Es war eine ausgezeichnete Idee, den Obersten Schreiber hierher zu begleiten. Durch ihn habe ich von deiner Ernennung zum Kanzler erfahren. Du bist also gewissermaßen mein Nachfolger. Ich beglückwünsche dich dazu. In unserem Land wird alles gutgehen, solange Männer wie du die wichtigen Ämter bekleiden.»

Von der Erhabenheit des Ortes und dem hohen Rang seines Gesprächspartners beeindruckt, antwortete Kabaû zögernd:

«Warum, Großer Seher, empfängst du einen ergebenen Diener der doppelten Krone mit so viel Freundschaft? Gewiß, ich tue mein Bestes, um die gesamte Organisation, die du an der Waage der Beiden Länder aufgebaut hast, funktionsfähig zu halten, doch mein Verdienst und mein Wissen sind gering.»

«Keine falsche Bescheidenheit!» warf Hesirê ein, der immer noch streng dreinblickte. «Du bist gewissenhaft und leistest gute Arbeit, und darum verdienst du die Achtung des Großen Sehers. Jetzt aber laß uns lieber die Gründe unseres Kommens erklären.»

Ausführlich trugen die beiden Minister Imhotep ihre Sorgen vor. In erster Linie sprachen sie über die Hungersnot und deren Ursache, die unzureichende Höhe der Flut. Es war wichtig zu wissen, warum sich der Nil so ungewöhnlich verhielt. Welcher Gott mußte angerufen werden? Wie konnte man ihn besänftigen? Unter den gegebenen Umständen mußte man auch die Störungen durch die blutigen Ereignisse der letzten Jahre in Betracht ziehen. Sie waren der Anlaß für die mangelnde Instandhaltung der Bewässerungskanäle. Sollte man sofort einschreiten und sie herrichten lassen, oder erst die nächste Überschwemmung abwarten?

Danach sprachen sie über Nebka, seine grundlosen Wutanfälle, seinen schlechten Lebenswandel, seine Führungsschwäche. Schließlich wagte Kabaû sogar zu fragen, ob die im ganzen Land umgehenden Gerüchte über eine mögliche Rückkehr des Pharaos Djoser wirklich begründet seien.

Hier unterbrach ihn Imhotep.

«Wenn es stimmen sollte, daß der Horus Neter-er-chet eines Tages zurückkehrt, um seinen Thron wieder einzufordern, so sei gewiß, Kanzler von Unterägypten, daß er das Glück der Menschen zu sehr achtet, um es mit Gewalt zu tun. Er würde um jeden Preis einen neuen Krieg und sinnloses Blutvergießen vermeiden. Das eben Gesagte bitte ich dich, lieber Kabaû, für dich zu behalten und in der Tiefe deines Herzens zu verschließen.»

Zuletzt brachten die Minister das Gespräch auf den Unruhestifter aus den Oasen. Dieser unheimliche Mann, dessen man nicht habhaft werden konnte, war in den Palast eingedrungen, hatte die Wachen vergiftet und gegen Nebka wilde Drohungen ausgestoßen. Und bevor er geflohen war, hatte er sich noch des Mordes an Djoser und Imhotep gerühmt!

Der Hohepriester lächelte, als er davon erfuhr.

«Wir haben es offenbar mit einem Geisteskranken zu tun. Als er mir einen Pfeil in die Brust schoß – denn wahrscheinlich war er es, der mich auf dem Plateau von Sakkara verwundet hat – glaubte er, mich zu töten. Doch konnte er sich nicht mit eigenen Augen von meinem Tod überzeugen. Und das Verschwinden Djosers hat er sicherlich den mächtigen Verwünschungen zugeschrieben, die er gegen ihn ausgestoßen hat. Er hält sich für einen großen Magier! Und jetzt bedroht er auch Nebka! Es täte mir nicht leid, wenn er bei diesem endlich Erfolg hätte. Aber wir dürfen die Sache nicht auf die leichte Schulter nehmen, denn dieser Mensch ist bösartig und eine ständige Gefahr für uns alle. Wir müssen ihn vernichten!»

Am Schluß des Gesprächs kam Imhotep auf die Hungersnot zurück und gab den beiden Ministern genaue Anweisungen, wie sie verfahren sollten, um die Ernte zu erfassen, das Saatgut für die kommende Saison sicherzustellen und die verfügbaren Mengen so gerecht wie möglich zu verteilen. Die Produktion von Gemüse und Früchten mußte gesteigert und die Instandhaltung der Bewässerungskanäle, wenn nötig mit Gewalt, durchgesetzt werden. Das ungewöhnliche Verhalten des Nils würde von allen Priestern von Junu erörtert werden.

Als Hesirê und Kabaû noch am selben Abend zur Hauptstadt zurückkehrten, waren sie sich darüber einig, daß sich im Land Kêmi in Wahrheit noch nichts entscheidend verändert hatte.

Vom Palast des Pharaos in Memphis führte eine überdachte Allee, die nur dem Herrscher vorbehalten war, zum unmittelbar angrenzenden Tempel.

Jeden Morgen schritt Nebka durch diesen Gang, um an den religiösen Zeremonien teilzunehmen und auf dem Altar seine Opfergaben darzubringen. Nebka war kein frommer Mann, doch in der Tiefe seines Herzens griff wirrer Aberglauben Platz. Als ihm sein Kanzler Kabaû von der drohenden Hungersnot infolge der unzureichenden Überschwemmung berichtete, beschloß er sogleich, die Götter um Hilfe zu rufen.

Seit altersher verehrte man an der Waage der Beiden Länder ‹Ptah mit dem schönen Gesicht›, den Schöpfer der Welt und Schutzherrn der Künstler, und es schien Nebka angebracht, sich gut mit ihm zu stellen.

In dem Augenblick, als Nebka das Heiligtum betrat, beendete der Hohepriester, ein edler, kahlköpfiger Greis, seinen Gottesdienst mit einer Hymne zum Ruhme der Gottheit:

Dein Kopf ist im Himmel
Deine Füße sind auf der Erde
Dein Sein ist im unterirdischen Königreich.
Dein ganzes Werk vollbringst
Du selbst mit deinen Armen.
Du gebrauchst nur deine Kraft
Du ruhst in dir selbst, gestützt auf das Geheimnis.

Nebka zuckte verächtlich die Schultern. Diese liturgische Poesie ließ ihn gleichgültig. Die Statue der Gottheit allerdings interessierte ihn lebhaft, denn sie war aus massivem Gold und schimmerte im Halbdunkel des Tempels im tausendfachen Widerschein der Öllampen. Sie überragte einen mit blauen Lotossträußen geschmückten Opfertisch aus Alabaster. Dort legten die Priester nun alle Sorten Brot, Früchte und Nahrungsmittel nieder, bevor sie sich in langsamer Prozession zurückzogen.

Nebka trat vor, in der einen Hand einen Opferkelch, in der anderen ein Räuchergefäß. Er besprengte den Altar, entzündete den Weihrauch und erhob seine Stimme:

«Ich, Nebka, Horus Sanacht! Herrscher von Hebenu! König von Ober- und Unterägypten! Ich bringe Ptah, dem großen Gott, dieses alles dar. Möge er mir Leben, Gesundheit und Macht verleihen auf ewig! Möge er Hapi, dem Herrn des Nil, den Reichtum der fruchtbringenden Fluten und die Fruchtbarkeit ihres Überflusses schenken!»

Von seinen eigenen Worten ergriffen, war er beinahe enttäuscht, keine Antwort zu erhalten. Er legte die Opfergaben am Fuße des Altars nieder, ging auf den Hohenpriester zu und sagte:

«Ich möchte Apis, die Inkarnation des Gottes, grüßen. Führe mich zu ihm!»

Apis war der heilige Stier, die lebende Offenbarung der herrlichen Seele des Ptah. Er lebte seit ungefähr zwölf Jahren dort im Tempel. Die Priester von Memphis hatten ihn in der Provinz des Göttlichen Kalbes entdeckt, nachdem sie alle wilden Herden gesichtet hatten, die im Delta weideten. Sein weißes Fell wies die charakteristische schwarze Zeichnung der Gottheit auf: ein Kreuz auf der Stirn, ein Geier auf dem Rükken, ein Skarabäus unter dem Maul. Er lebte ständig in einem weitläufigen, runden Gehege, das zum Tempel gehörte. Apis lag im Schatten eines für ihn erbauten Schutzdaches und käute beharrlich das fette Gras wieder, das ihm in einer Raufe aus massivem Gold dargeboten wurde.

Als Nebka in Begleitung des Hohenpriesters auf der Estrade erschien, sprang der Stier auf. Der ungewohnte Besuch hatte ihn erschreckt. Er kam auf den Pharao zu und senkte den schweren Kopf. Bedrohlich ragten seine Hörner Nebka entgegen, als wolle er den ungebetenen Gast angreifen.

«Sei gegrüßt!» sagte Nebka gebieterisch.

Der Stier brüllte mehrmals laut auf und scharrte unruhig mit den Hufen.

Wieder begann Nebka selbstsicher und laut, da er sich außer Reichweite des Tieres wußte:

«Ich bin Horus Sanacht! Sei gegrüßt, Großer Gott!»

Der Stier aber wurde böse. Zornig rannte er im Gehege hin und her.

«Wir verehren dich, Apis!» rief der Hohepriester flehend und warf sich nieder. «Siehe! Der lebende Horus, der König von Unter- und Oberägypten ist gekommen, um dich zu verehren.»

Angesichts der wachsenden Feindseligkeit des heiligen Stieres kniete auch Nebka nieder aus Furcht, in Anwesenheit der Priester von dem Gott zurückgewiesen zu werden.

«Ich verehre dich, Apis», sagte er jetzt mit matter und tonloser Stimme. Zu seiner großen Erleichterung beruhigte sich das Tier sofort.

«Ich bin gekommen, um eine Gunst von dir zu erbitten, mächtiger, fruchtbringender Gott», fuhr Nebka fort und streckte ihm die Arme entgegen. «Laß den Fluß über die Ufer treten! Möge er unsere Böden befruchten, damit das Korn keimen kann! Wende die Hungersnot ab vom Lande Kêmi!»

Unbeeindruckt von diesem Bittgesuch drehte sich Apis um und trottete gemächlich zu seiner Goldraufe.

4

Am ersten Tag der Jahreszeit Achet im fünften Jahr der Regierungszeit des Horus Sanacht, als der Stern Sothis wie üblich am Horizont erschienen war und das neue Jahr ankündigte, trat der Nil wider Erwarten nicht über die Ufer.

Auf Verlangen des Pharaos Nebka zogen die Schreiber des Lebenshauses die alten und ältesten sorgfältig verwahrten Chroniken zu Rate, um herauszufinden, ob dieses merkwürdige Phänomen in der Vergangenheit schon einmal vorgekommen sei. Sie stießen dabei auf die Spur eines ähnlichen Ereignisses, das während der Herrschaft des Horus Ninéter ein Jahrhundert zuvor stattgefunden hatte. Zu jener Zeit war das erwartete Hochwasser erst mit einer Verspätung von über drei Dekaden eingetreten. Und obwohl die Überschwemmung den Chronisten zufolge sehr niedrig ausgefallen war, hatte doch eine magere Getreideernte eingebracht werden können.

Als die Einwohner von Memphis und nach und nach alle Menschen des Landes Kêmi dies erfuhren, schlug die anfängliche Angst in die Hoffnung um, der Wasserspiegel werde doch noch steigen. Auf den Feldern rammten die Bauern markierte Pflöcke in den Boden, um das mögliche Ansteigen des Wassers zu beobachten. Männer und Frauen, jung und alt, reich und arm, richteten ihre ganze Aufmerksamkeit auf das geheime Leben des großen Flusses.

Am ersten Tag des zweiten Monats im Achet war der Nil

nicht um einen Fingerbreit gestiegen! Während in der Stadt Panik ausbrach, vertieften sich die Schreiber wieder in die Archive. Ihren Beobachtungen nach war die Überschwemmung seit vier Jahren regelmäßig schwächer geworden. Im vergangenen Jahr war sie besonders unzureichend gewesen und die Ernte entsprechend schlecht ausgefallen. Doch dank der Rationierung von Weizen und Gerste und der von Hesirê und Kabaû eingeführten Kontrollen, hatte noch niemand wirklich Hunger leiden müssen. Da aber Jahr für Jahr die Getreideproduktion zurückgegangen war und man leichtfertig alle Vorräte verbraucht hatte, waren nun keine Rücklagen mehr vorhanden.

Am letzten Tag des vierten Monats im Achet herrschte allgemeine Niedergeschlagenheit und Bestürzung. Man mußte den Tatsachen ins Auge sehen: Der Nil hatte sich geweigert, über die Ufer zu treten, und im Laufe des Jahres würde es an Brot fehlen. Allmählich breitete sich in Memphis das Gerücht aus, Apis zürne dem Pharao. Gleichzeitig wurden die religiösen Zeremonien häufiger und inbrünstiger, und Scharen von Menschen strömten zu den Kultstätten, in der Hoffnung, den Zorn der Götter besänftigen zu können.

«Erinnert sich der Mensch wirklich nur dann seiner Götter, wenn er einen leeren Magen hat, und verdoppelt sich seine Frömmigkeit, wenn eine Hungersnot droht?» fragte Imhotep die Priester von Junu ironisch.

Er hatte sie im großen Hof um den Ben-Ben-Stein versammelt und erteilte ihnen seine Anweisungen.

«Trotz der gegenwärtigen Umstände, die ihr alle kennt, werden wir nicht das geringste an unserem Verhalten im heiligen Tempelbereich ändern: keine Versammlungen der Gläubigen, keine außergewöhnlichen Veranstaltungen, keine besonderen Anrufungen. Wir werden weiterhin unsere alten

Riten zelebrieren und Atum-Rê die Huldigung darbringen, die ihm zukommt. In der gesamten Provinz hingegen und soweit möglich auch in den angrenzenden Regionen werden wir unverzüglich einen großen Bewässerungsplan in Gang setzen, dessen Einzelheiten in diesen Papyrusrollen erläutert sind. Wir werden zahlreiche Brunnen graben lassen. Neben jedem Brunnen wird eine einfache Vorrichtung aufgestellt, die das Wasser mit geringer Kraftanstrengung an die Oberfläche befördert. Diese Vorrichtung besteht aus einer langen Holzstange, die in ihrer Mitte auf einem in den Boden eingelassenen Pfosten beweglich befestigt und mit einem Gegengewicht versehen wird, das ein Gefäß voll Flüssigkeit hochziehen kann. Ich habe die Pläne dafür aufgezeichnet. Seht euch das alles an und schreibt euch meine Anweisungen ab. Ich wünsche, daß in kürzester Frist jeder von euch ein Bewässerungsspezialist wird, der die Bauern lehren kann, wie man trotz Trockenheit Getreide anpflanzt.»

«Wann sollen wir aufbrechen, Großer Seher?» fragte der Älteste, während er sich tief verbeugte.

«Sofort!» antwortete Imhotep. «Doch ich bitte euch, jeden Morgen zum Tempel zurückzukehren, Bericht zu erstatten und die Kulthandlungen vorzunehmen.»

Sie grüßten in vollkommenem Einklang, richteten sich wieder auf und gingen würdevoll und gemessenen Schritts hinaus. Nachdenklich blieb der Oberste Priester von Junu stehen, bis der letzte von ihnen gegangen war und kehrte dann in seine Gemächer zurück. Im Grunde seines Herzens bewunderte er den stillen Gehorsam und die ruhige Ausgeglichenheit dieser Männer, und ihm wurde bewußt, daß diese Männer, mit ihrer Weisheit und Klugheit, deren Ruf weit über die Grenzen der Provinz hinausgedrungen war, großen Einfluß auf die Bevölkerung hatten, ja, daß sie eine große Macht im Staate darstellten.

In den ersten Räumen traf er niemanden an, weder Senui, noch Neset, noch Seneb, ja, nicht einmal den jungen Rahotep. Leicht beunruhigt, da die Prinzessin nicht gesagt hatte, daß sie fortgehen wolle, zog er sich in seine Werkstatt zurück. Imhotep, der seit frühester Jugend mit der Bildhauerarbeit vertraut war, liebte diese Arbeit mit den Händen sehr. Das Führen von Hammer und Meißel bereitete ihm eine tiefe innere Freude. Es brachte ihm zugleich die Befriedigung der körperlichen Anstrengung und die intellektuelle Begeisterung schöpferischer Arbeit. Er trat an die noch unfertige Statue von Djoser heran und fuhr mit der flachen Hand über die bereits herausgearbeiteten Partien. Dann griff er zu seinem Werkzeug, das auf einem Gestell bereit lag und machte sich an die Arbeit. Mal kraftvoll schlagend, mal vorsichtig glättend, arbeitete der Große Baumeister, bis das sinkende Tageslicht seinen Eifer unterbrach. Als er merkte, wie spät es war, erschrak er: «Ich habe Senui noch gar nicht gesehen!»

Besorgt ging er in ihre Gemächer, fand sie aber nicht. Das ganze Haus leer? Das war ungewöhnlich! Offenbar war am Nachmittag, ohne daß er es wußte, irgend etwas geschehen.

«Ich hole Sepa!» war sein erster Gedanke. Mit schnellen Schritten ging er zum Ausgang des Tempels, blieb dann aber stehen: Jeweils zwei Stufen auf einmal nehmend, kam Seneb ihm auf der Treppe entgegen.

«Wo ist die Prinzessin?» rief Imhotep besorgt.

«Beruhige dich, Herr... sie... lebt!» brachte Seneb atemlos hervor.

Doch anstatt Imhotep zu beruhigen, bewirkten diese Worte das Gegenteil.

«Was ist geschehen? So rede doch!» schrie er und packte Seneb bei den Schultern.

«Rahotep... entsetzlich! ... Von einer Kobra gebissen!»

Augenblicklich erwachte in Imhotep wieder der Arzt von Schmunu: «Da ist keine Zeit zu verlieren, die Wunde muß eingeschnitten werden und ausbluten, damit das Gift herauskommt. Bring mich zu ihm, ich muß ihn behandeln! Komm, schnell!»

Seneb sank vor ihm auf die Knie.

«Es ist zu spät, Herr. Er ist tot!»

Imhoteps ganze Erregung legte sich wie mit einem Schlage. Langsam hockte er sich neben seinen Diener nieder und sagte traurig:

«Senuis Sohn! Sie hat ihn so geliebt.»

«Sie weigert sich, ihn zu verlassen, und ich bin gekommen, dich zu holen.»

«Wo ist sie?»

«Am Ufer des Flusses, nicht weit von hier. Neset, die Amme, ist bei ihr. Wir können sie noch vor Einbruch der Nacht erreichen.»

«Komm, brechen wir sofort auf. Wir haben schon zuviel Zeit verloren!»

Während er mit weit ausholenden Schritten neben dem Hohenpriester herging, schilderte Seneb den verhängnisvollen Spaziergang.

«Prinzessin Senui wollte zum Abendessen den Tisch schmücken, und so sind wir gemeinsam aufgebrochen, um am Nilufer Lotosblumen zu pflücken. Unterwegs erzählte Neset, es gäbe ein Stückchen weiter flußabwärts eine alte Kapelle, in deren Ruinen man manchmal Amulette aus blauem Stein finden könne. Das Kind wollte dorthin, und um ihm eine Freude zu bereiten, willigte seine Mutter ein. Rahotep ist glücklich vorausgelaufen. Voller Freude sprang er vor uns her. Als er in der Nähe der verfallenen Mauern kam, hörten wir ihn rufen: ‹Frösche! Hier ist alles voller Frösche!› Dann schrie er plötzlich: ‹Mama! Mama! Sie hat mich gebissen!› Wir liefen sogleich hin. Der Kleine lag am Boden, Blut floß aus seinem Mund. Die Kobra hatte ihn ins Gesicht gebissen, wahrscheinlich in die Lippen. Die Prinzessin preßte ihn an ihre Brust und bedeckte ihn mit Küssen... Der Biß war zu schlimm... immer wieder wurde er von Krämpfen geschüttelt, dann lief sein Gesicht blau an, und sein Körper wurde steif. Er starb in ihren Armen...»

Nach Einbruch der Dunkelheit erreichten sie das alte Heiligtum.

Senui saß mit verlorenem Blick am Boden. Sie sang ein trauriges Schlaflied und streichelte die Stirn des toten Kindes, das sie im Schoß hielt. Neset stand mit verweinten Augen einige Schritte hinter ihr und wiederholte unaufhörlich:

«Wir müssen jetzt zurück, Herrin! Wir müssen nach Hause!»

Der Oberste Priester kniete neben ihr nieder und redete leise auf sie ein: «Niemand kann deinen Schmerz lindern. Er ruht in deinem Herzen, und du wiegst ihn mit deinem armen Kleinen. Ich weiß, daß es für einen solchen Kummer keine tröstenden Worte gibt. Ich will dir einfach nur sagen: Ich liebe dich.»

Senui summte noch immer das Lied. Ohne zu antworten, legte sie den Kopf an Imhoteps Schulter. Lange saßen sie so Seite an Seite, regungslos und schweigend.

Nach einer Weile räusperte sich Seneb. Er hatte Angst vor der Nacht.

«Laß uns heimgehen, meine Geliebte!» sagte Imhotep. «Gib mir das Kind und nimm meinen Arm. Ich werde langsam gehen.»

Sie erhob sich schweigend.

Seneb ging voran. Ihm folgte Neset mit den Lotosblumen, die sie gepflückt hatte. Als sie die Ruinen der Kapelle verließen, stand der Mond am Himmel. Sein Widerschein auf dem Wasser des Flusses erleuchtete ihren Weg.

Am nächsten Tag besprach sich Imhotep mit Senui und beschloß, den Körper des kleinen Rahotep zu mumifizieren, so wie er es einst mit Meri-Anch getan hatte, um ihn später auf dem Plateau von Sakkara zu begraben. Das war, so schien es ihm, die beste Art, seinen Vater, Fürst Anknetef, zu ehren, der in Djosers Diensten gestorben war und dessen Körper man nie gefunden hatte. Da er in seinen Plänen bereits den Bau mehrerer Grabstätten vorgesehen hatte, schrieb er dem Architekten Kanufer, er solle den Bau nun in Angriff nehmen. Dann verfaßte er ein Schreiben an den Kanzler Kabaû, in dem er ihm neue Maßnahmen zur Bekämpfung der drohenden Hungersnot vorschlug und schickte einen Boten mit beiden Papyrusrollen zur Hauptstadt.

Kanufer bekam die Nachricht auf der Baustelle der Nekropole, die er kaum noch verließ. Die Arbeiten hatten jetzt ein Stadium erreicht, das seine ständige Gegenwart erforderte: Der Grabschacht und sein abfallender Gang waren bereits vollendet, der Sarkophag aus rosa Granit war aufgestellt worden. Gegenwärtig wurden die unterirdischen Räume des ‹Ka des Königs› in fünfzig Ellen Tiefe ausgehoben, und gleichzeitig wurde über der Erde ein quadratisches Monument von hundertzwanzig Ellen Seitenlänge gebaut. Die dazu verwendeten Steinblöcke wurden mit Mörtel zusammengefügt und bis auf fünffache Mannshöhe übereinandergeschichtet.

Der Architekt erbrach das Siegel und las:

«Imhotep, Oberster Priester von Junu, an seinen geliebten Vater Kanufer, Vorsteher der Architekten des Landes Kêmi. Sie gegrüßt!

Ich hätte Dich so gern in meine Arme geschlossen, lieber Vater, und Dir selbst erklärt, was ich in Sakkara zu verwirklichen wünsche, doch die gegenwärtigen Umstände hindern mich daran. Daher schicke ich Dir diese Pläne: Entlang der jetzigen Konstruktion soll in kürzester Frist eine Reihe von zehn Grabschächten ausgehoben werden, ausgerichtet an dem Grab, das ich selbst damals für meine geliebte Gemahlin Meri-Anch ausgehauen und dessen genauen Standort ich Dir gezeigt habe. Sie sind für die Toten der königlichen Familie oder ihrer nächsten Verwandten bestimmt. Sie brauchen nicht sehr groß zu sein; indessen scheint mir aber eine Tiefe von sechzig Ellen erforderlich, um die Anordnung der unterirdischen Räume des königlichen Grabes nicht zu stören. Hesirê, den ich oft treffe, informiert mich regelmäßig über das Fortschreiten der Arbeiten. Ich werde Thoth, dem großen Gott, niemals genug für das unvergleichliche Glück danken können, das er mir mit einem solchen Vater geschenkt hat. Ich hoffe, Dich bald wiederzusehen.»

Als Kanufer die Rolle beiseite legte, wischte er sich verstohlen eine Träne fort, an der sowohl Freude wie Kummer ihren Anteil hatten.

Die Beisetzung des kleinen Rahotep fand vierzig Tage später statt. Und die Mumifizierung dieses Leichnams machte Imhoteps neue Wissenschaft überall bekannt. Die Zeremonien hielt der Oberste Priester in Junu ab, um einem der unberechenbaren Wutanfälle des Horus Sanacht aus dem Wege zu gehen. Dann wurde der Holzsarkophag, den Senui selbst geschmückt hatte, auf dem Wasserweg zur Nekropole gebracht. Seneb übernahm es, ihn in einem der zehn Gräber, die Imhotep hatte ausheben lassen, beizusetzen.

Auf dem Rückweg nutzte Seneb die Gelegenheit und machte in der Stadt Memphis Halt, um einige alte Freunde zu besuchen. Vor der Stadt stieß er zu seiner Überraschung auf Schilfhütten, in denen zahllose Menschen mehr schlecht als recht hausten. Diese armen Leute hatten, vom Hunger getrieben, ihre Heimat verlassen und drängten sich jetzt hier in diesen Notquartieren zusammen. Tagsüber bettelten sie in den Straßen der Stadt um ein Stück Brot. Manche waren entsetzlich abgemagert und schienen sich verzagt in ihr Schicksal zu ergeben. Andere, die noch etwas kräftiger waren, durchwühlten den Unrat auf der Suche nach etwas Eßbarem. Am meisten Mitleid erweckten die hungernden Frauen mit ihren abgemagerten Säuglingen.

Beim Anblick dieses Elends machte Seneb auf der Stelle kehrt. Er fuhr so schnell wie möglich nach Junu zurück, um Imhotep über den Ernst der Lage aufzuklären.

«Was ich gesehen habe, bricht mir das Herz! Noch nie hat es im Land Kêmi so viel Elend gegeben», sagte er, als er dem Großen Meister von seinem kurzen Abstecher nach Memphis berichtete.

«Das ist leider erst der Anfang», antwortete Imhotep ernst. «Wir werden nicht einmal wissen, wieviele Menschen im Laufe des Jahres noch verhungern werden. Wir können nicht allen helfen.»

«Nebka ist ein Ungeheuer!» schrie Seneb außer sich. «Warum läßt dieser verfluchte Pharao all diese Dinge zu?»

«Es nützt nichts, neben der reißenden Hyäne wie ein Schakal zu kläffen!»

Lange ging Imhotep in Gedanken verloren auf und ab. Seneb sah ihm erwartungsvoll zu.

«Er wird eine Lösung finden!» sagte er sich. «Er findet immer eine Lösung.»

Nach einer Weile hielt der Oberste Priester inne und gab seinem Diener mehrere Anweisungen: «Du wirst sofort ins Delta zur Großen Insel aufbrechen und Djoser alles berichten, was du gesehen hast. Laß nichts aus, nicht das kleinste Detail. Berichte ihm auch von uns. Bringe Nefer schonend die Nachricht vom Tode ihres kleinen Bruders bei. Halte dich nicht lange auf, geh aber, bevor du zurückkehrst zu Mahor, dem Häuptling des Dorfes, und richte ihm folgendes aus: Er soll den Fischfang intensivieren und größtmögliche Mengen von Trockenfisch produzieren. Er soll den Fisch von Bedjmes Lastkähnen zu den Speichern von Sakkara bringen lassen, damit er später an alle Hungernden verteilt werden kann. Geh!

Die Zeit drängt! Ich verlasse mich darauf, daß du alles überzeugend erklärst.»

Seneb sah seinen Herrn mit einem erleichterten Lächeln an: «Er hat sie gefunden!» sagte er triumphierend zu sich selbst. «Ich war mir sicher, daß er die Lösung finden wird.»

5

Mit seinen flachen Lastkähnen vollbrachte Bedjmes wahre Wunder. Er fuhr auf dem ruhig dahinfließenden Nil unermüdlich flußauf- und flußabwärts und transportierte sowohl die Steine für Kanufer, als auch die lebensnotwendigen Nahrungsmittel. Aber trotz dieser Bemühungen war es, wie Imhotep vorausgesagt hatte, unmöglich, alle Hungernden ausreichend zu versorgen. Es gab einfach zu viele Menschen im ganzen Land, die nichts zu essen hatten, es langte kaum für diejenigen, die an die Ufer des Flusses gekommen waren. Die Menschen in den weitab gelegenen Provinzen waren ihrem traurigen Schicksal hilflos ausgeliefert, und Unzählige fielen dem schrecklichen Hungertod zum Opfer.

Angesichts der Untätigkeit des Horus Sanacht begann das Volk seinem Unmut Luft zu machen:

«Wir sind die Opfer seiner Gottlosigkeit!»

«Apis hat ihm seine Gunst entzogen.»

«Nebka wurde von seinem Vater verflucht, und dieser Fluch fällt auf uns zurück!»

Doch wie der Große Baumeister gesagt hatte und Seneb ständig wiederholte, «nützt es nichts, wie ein Schakal zu kläffen...» Obwohl Imhotep keine offiziellen Machtbefugnisse besaß, gelang es ihm dank der beharrlichen Unterstützung durch die Priester von Junu, in den Beiden Ländern das tägliche Leben so zu organisieren, daß die meisten Menschen trotz der allgemeinen Knappheit morgens und abends wenigstens etwas zu essen hatten. Die hohe Sterblichkeitsrate, die die Bevölkerung in den ersten Monaten der Hungerszeit spürbar dezimiert hatte, ging allmählich zurück. Die Bewässerungsmethode mit den neuartigen Schöpfbrunnen begann ihre Früchte zu tragen, und schließlich konnte eine kleine Getreideernte eingebracht werden. Obwohl sie in Qualität und Quantität nur mäßig ausfiel, konnte nun die größte Not gelindert werden. Die Menschen faßten wieder Vertrauen, und mit dem Vertrauen wuchsen Einfallsreichtum und Unternehmungsgeist: In kurzer Zeit wurden mehr Kanäle und Bewässerungsgräben angelegt als je zuvor. Die Lösung aus Junu hieß: Alle müssen nach Kräften mithelfen, damit das Land bewässert werden kann und die nächste Aussaat Frucht bringt, auch wenn das wohltätige Hochwasser des Hapy ausbleiben sollte.

«Ändert eure Gewohnheiten!» predigten die Priester von Junu. «Wartet nicht auf das Ansteigen des Wassers! Zwingt es in eure Felder!»

Und tatkräftig zupackend zeigten sie, wie mit Hacke und Schaufel gearbeitet werden mußte.

Imhotep war zufrieden mit der Wende, die die Ereignisse genommen hatten, hielt es aber für nötig, zur dauerhaften Sicherung des Aufschwungs auch Soldaten einzusetzen. Er verfaßte ein kurzes Schreiben an Kabaû und schlug ihm vor, bei Nebka die Erlaubnis für den Einsatz der Armee zu erwirken. Wenn man verhindern wollte, daß die Speicher geplündert würden, mußte das Getreide für die kommende Aussaat bewacht werden. Darüber hinaus mußten dringend Soldaten abgestellt werden, um den Bauern beim Graben der notwendigen Brunnen zu helfen.

Der Brief erreichte den Fürsten der Krokodilprovinz in seinem Haus in Memphis, in das er sich nach beendeter Arbeit gerne zurückzog. Kabaû las den Brief, legte ihn beiseite und klatschte in die Hände.

«Ich bin erschöpft», sagte er mit müder Stimme zu den herbeieilenden Dienern. «Helft mir ein Bad zu nehmen und laßt den alten Harfenspieler kommen, damit er mein Gemüt mit sanften Liedern beruhigt. Danach will ich einen kräftigen Imbiß zu mir nehmen. Holt alle Speisen, die ich liebe, und vergeßt zum Abschluß nicht den Honigtee. Geht! Richtet alles zum Besten!»

Alles verlief so, wie er es gewünscht hatte. Und nachdem Kabaû es sich, erfrischt und gestärkt, im Schatten einer Sykomore auf einem weichen Diwan bequem gemacht hatte, grübelte er bis zum Sonnenuntergang über die traurigen Ereignisse, die die Beiden Länder erschütterten und über den schwierigen Auftrag, den Imhotep ihm aufbürdete, nach. Er verspürte nicht die geringste Lust, sich einem Wutanfall des Pharao auszusetzen. Doch da er gewissenhaft die bestehende Ordnung respektierte, kam er zu dem Entschluß, sich trotz allem zum Palast des Pharao zu begeben.

«Ist der Pharao allein?» fragte er den Haushofmeister, bevor er durch die Tür zu den Gemächern des Herrschers schritt.

«Möge der Große Minister mir gegenüber nachsichtig und wohlwollend sein», antwortete der andere und verneigte sich unterwürfig. «Ich weiß nicht viel, denn mein Amt erlaubt es mir nicht, diesen Platz zu verlassen. Ich kann also nicht sagen, was außerhalb des Vorzimmers geschieht.»

«Du wirst doch wohl wissen, wen ich bei Nebka antreffe, wenn ich um Audienz bitte!»

«Ja, gewiß, Großer Kanzler! Ihr werdet viele Frauen und einige Freunde des Königs treffen, die essen oder trinken und ihm Gesellschaft leisten. Aber ich weiß nicht, ob alle noch einen klaren Kopf haben.»

Kabaû zögerte einzutreten. Aber vielleicht, so sagte er sich, ist der Zeitpunkt günstig, Nebka bei guter Laune anzutreffen.

«Melde mich an!» befahl er dem Haushofmeister.

Der Diener öffnete die Türflügel. Musik, Gesang und schrilles Gelächter übertönten fast seine Stimme, als er in feierlichem Ton verkündete:

«Der Kanzler Unterägyptens bittet um die Erlaubnis, sich vor Seiner Majestät niederwerfen zu dürfen.»

«Er soll mir willkommen sein!» antwortete Nebka laut lachend. «Hier kommt Kabaû der Fette! Tritt näher, treuer Beamter! Verscheuche den düsteren Blick aus deinen Augen und trink einen Krug von diesem köstlichen Wein.»

Der große Empfangssaal war überall mit Matten und Kissen ausgelegt. Auf niedrigen Tischen türmten sich Antilopenkeulen, gebratene Wildgänse und riesige geröstete Zwiebeln. Große Platten waren überhäuft mit süßen Trauben und Feigen. Die Gäste, deren Becher ständig neu gefüllt wurden, lagerten auf weichen Kissen. Ihre Augen waren vom Alkohol schon getrübt. Sie klatschten rhythmisch in die Hände, während in der Mitte des Raumes etwa zwanzig nackte junge Mädchen zu den Klängen von Flöten, Harfen und Tamburinen tanzten.

«Sieh, wie schön sie sind!» rief Nebka. «Es sind Libyerinnen. Wenn dir eine von ihnen gefällt, nimm sie. Ich schenke sie dir!»

Kabaû schüttelte den Kopf und nippte an dem Becher, den ein Diener ihm gebracht hatte.

«Ich danke Eurer Majestät zutiefst», sagte er höflich lächelnd, «doch bereiten mir die Frauen jetzt eher Sorgen, als daß ich Freude an ihnen hätte.»

«Schau nur, Kabaû!» beharrte der Pharao. «Sieh, wie sie mit ihrem Hintern und ihren Brüsten wackeln! Bist du etwa kastriert, daß du ihren Reizen gegenüber gleichgültig bleiben willst?»

Einige Gäste des Pharaos hatten ihre Wahl schon getroffen. Und nachdem auch sie sich entkleidet hatten, liebten sie vor aller Augen die fremdländischen Schönen. Nebka beobachtete das hemmungslose Treiben, lachte laut auf und sagte zu Kabaû:

«Na, was sagst du? Erregt dich das wirklich nicht?»

Dem Kanzler brach der Schweiß aus allen Poren. Sein Besuch verlief völlig anders, als er erwartet hatte. Lieber noch wollte er seines Herrschers schlechte Laune ertragen.

«Leider kann mir kein einziges dieser bezaubernden Wesen bei der Lösung meiner Führungs- und Verwaltungsprobleme helfen, Majestät. Diese Hilfe kann nur von Euch kommen, denn in Eurer Hand liegt alle Macht. Dringende Beschlüsse müssen gefaßt werden, Majestät, man müßte...»

«Du gehst mir auf die Nerven!» schnitt ihm Nebka das Wort ab und zog eine Grimasse. Dann griff er einen Weinkrug, trank ihn in einem Zug aus, rülpste dem Kanzler laut ins Gesicht und schrie:

«Du bist ein miserabler Gast, Kabaû! Wenn du keine Frau willst, tu was anderes, iß oder trink, aber laß mich in Ruhe!»

Der König erhob sich, hielt sich einen Augenblick lang schwankend auf den Beinen und fiel dann schwer zurück in die Kissen.

«So hilf mir doch, du Fettwanst», brüllte er, während er sich mühsam wieder aufrichtete, «und gib mir Wein!»

«Hört auf zu trinken, Majestät!» sagte der Kanzler, «hört auf, das ist unvernünftig!»

Eine Tänzerin brachte Nebka einen Weinkrug. Er hängte sich mit einem Arm an ihren Hals, versuchte zu trinken, aber nach dem ersten Schluck wurde ihm übel, und er erbrach sich.

Angewidert trat Kabaû einige Schritte zurück. Als die junge Frau das gleiche tat, ging Nebka haltlos in die Knie. Er verkrampfte beide Hände über dem Magen und mußte sich immer noch übergeben. Als der Kanzler endlich seinen Ekel überwunden hatte und ihm helfen wollte, kippte Nebka vornüber in das Erbrochene.

In diesem Augenblick wurden die beiden Flügel der Eingangstür von außen kräftig aufgestoßen.

«Wo ist der Horus Sanacht?» schrie ein großer, hagerer Mann, der zur Tür eintrat.

Beim Klang der wilden Stimme wandten sich alle Gäste schreckensbleich zur Tür.

«Wo ist der Horus Sanacht?» brüllte der Fremde noch einmal und schwang drohend einen Bogen in seiner ausgestreckten Faust.

Wie versteinert verharrten die Anwesenden auf ihren Plätzen.

Wild umherblickend legte der Mann einen Pfeil auf die Sehne und spannte den Bogen. Nebka, der wie besinnungslos am Boden gelegen hatte, richtete sich mühsam auf und erhob den Arm. Er blutete aus der Nase, und während Erbrochenes und Blut an ihm herabtropften, sagte er mit schwerer Zunge:

«Ich bin der Horus Sanacht!»

Im gleichen Augenblick zischte der Pfeil und traf den Pharao in die Brust. Mit einer instinktiven Bewegung versuchte Nebka, ihn herauszureißen. Als er den Kopf zu seinem Mörder hob und ihm flehend eine Hand entgegenstreckte, bohrte sich ein zweiter Pfeil tief in eines seiner Augen. Nebka fiel tot um.

«Horus, verfluchter Sohn des Chasechem, das ist die Rache des Gottes Seth!» brüllte der Verbrecher und rannte, das entstandene Durcheinander ausnutzend, mit ausholenden Schritten durch die Gänge des Palastes davon.

Völlig außer Atem erreichte Kabaû die Gemächer des Hesirê. Doch angesichts der Unruhe, die sich schnell im Palast ausgebreitet hatte, erschien Hesirê, noch bevor Kabaû sich bemerkbar machen konnte, auf der Türschwelle und fragte ärgerlich: «Was bedeutet dieser Lärm?»

«Schlimmes! Sehr Schlimmes!» sagte Kabaû. «Nebka ist tot!»

«Tot?»

«Von dem Verrückten ermordet!»

«Bist du dir dessen wirklich sicher?»

«Ganz ohne Zweifel! Ich selbst habe seinen Leichnam den Priestern des Ptah übergeben. Dann bin ich hierhergelaufen, um dich zu benachrichtigen. Bald wird der Tag anbrechen. Was sollen wir tun? Sollen wir sofort nach Junu aufbrechen?»

«Selbstverständlich! Wir müssen Imhotep die Nachricht überbringen», antwortete Hesirê ohne zu zögern.

VIERTES BUCH

DER ARCHITEKT

I

Als Imhotep vom Tod des Horus Sanacht erfuhr, traf er sofort Vorbereitungen für seine Abreise. Er gab Seneb die Anweisung, seine persönliche Habe zu verladen und hinterließ Senui eine kurze erklärende Nachricht. Dann setzte er in Begleitung von Kabaû und Hesirê über den Fluß und machte sich auf den Weg zur Hauptstadt.

Dieser schnelle Aufbruch traf Imhotep keineswegs unvorbereitet, immer wieder hatte Imhotep in Gedanken durchgespielt, was zu tun wäre, wenn dem Pharao plötzlich etwas zustoßen würde. Vordringlich mußte der Fortbestand der legitimen Herrschaft gesichert werden. Nebka war in seiner erbärmlichen Einsamkeit nicht dazu imstande gewesen und hinterließ, da er keinen Erben hatte, einen leeren Thron. Seit der Schlacht von Hebenu wußte in der Hauptstadt niemand, ob sein Bruder Djoser noch lebte. In einer solchen Situation konnte nur der Große Seher von Junu den Ausbruch von Anarchie verhindern. Er mußte sich dem Volk offenbaren und feierlich versichern, daß der Horus Neter-er-chet, der geliebte König, der unrechtmäßig seiner Macht beraubt worden war, wirklich in den Sümpfen des Deltas lebte. Und in der Zwischenzeit, während man auf die Rückkehr des Pharaos wartete, mußte er, der Große Baumeister aller Arbeiten, wieder seine alten Ämter übernehmen.

Nach einer knappen Tagesreise gelangten die drei Männer

an den Stadtrand von Memphis. Imhotep ließ anhalten und schickte Kabaû voraus.

«Geh zu den Priestern!» wies er ihn an. «Teile ihnen mit, daß in der Nekropole von Sakkara für den verstorbenen Herrscher ein Grab hergerichtet ist. Er kann seinem Rang gemäß bestattet werden.»

«Das wird sie sicherlich von ihrer größten Sorge befreien», antwortete der Kanzler, während er sich den Schweiß von der Stirn wischte.

Imhotep pflichtete ihm bei. Er mußte sich das Wohlwollen der Priester erhalten, und so war es nur geschickt, ihnen zuvor einen Gefallen zu erweisen. Danach wäre es leichter, sie auf seine Rückkehr zur Waage der Beiden Länder vorzubereiten.

Hesirê äußerte einige Befürchtungen, weil diese Priester besonders eifersüchtig auf ihre Vorrechte bedacht waren. Daß der Hohepriester des Gottes Rê nach Memphis kam, konnte als eine Art Herausforderung interpretiert werden. Doch war er schnell beruhigt, als Imhotep ihm sagte, er wolle als erstes versuchen, die Gunst des Apis-Stieres zu erringen.

«Erkundige dich vorsichtig danach, wann seine Diener ihn gewöhnlich aufsuchen und was seine Lieblingsnahrung ist. Ich will kein unnötiges Risiko eingehen und darum die Gewohnheiten des Stieres nicht stören.»

Nachdem der Kanzler sich verabschiedet hatte, machten es sich der Königliche Schreiber und der Große Baumeister im Schatten eines Akazienwäldchens bequem und besprachen lange die schwierige Lage des Landes.

In der Abenddämmerung kehrte Kabaû zurück und ließ sich neben Hesirê und Imhotep nieder.

«Ich bin vollkommen erschöpft», sagte er stöhnend. «In meinem ganzen Leben bin ich noch nie so viel gelaufen!»

«Gehen ist die beste Therapie, um bei guter Gesundheit zu bleiben», entgegnete Imhotep und lachte herzlich. «Beklage dich also nicht, guter Freund, und berichte über den Verlauf deiner Mission.»

«In Memphis ist alles ruhig», erklärte der Minister, während er sich die Beine massierte, «und Nebkas Tod hat niemanden sonderlich betrübt. Der wahnsinnige Mörder ist geflohen, ohne den geringsten Versuch unternommen zu haben, die Macht an sich zu reißen. Niemand weiß, wo er jetzt ist. – Und was Apis, die prächtige Seele des Gottes Ptah, betrifft: Der heilige Stier erwartet dich morgen in aller Frühe. Wenn du ihn wirklich erfreuen willst, biete ihm leicht gesalzene, zerstoßene Gerste an. Das ist seine liebste Nahrung.»

«Gut!» sagte Imhotep. «Dann laßt uns unauffällig in die Stadt zurückkehren. Wir werden bei dir wohnen, Kabaû.»

Das Nachtmahl nahmen sie im Garten des Kanzlers unter Palmen ein. Der Koch hatte sich selbst übertroffen und den hohen Besuch bestens zufriedengestellt. Als sie ihr Mahl gerade beendet hatten, meldete ein Diener einen Offizier der königlichen Garde.

«So spät noch?» knurrte der Minister. «Was will er von mir? Was soll das alles bedeuten? Ist er bewaffnet? Sind Soldaten bei ihm?»

«Nein! Er ist unbewaffnet und allein!»

«Was soll ich tun?» fragte Kabaû den Großen Baumeister.

«Empfange ihn in unserer Gegenwart», antwortete Imhotep, «dieser späte Besuch macht mich neugierig.»

Kabaû befahl seinem Diener, den Soldaten einzulassen.

«Wäre es nicht ratsam, sich gegen einen möglichen Angriff zu sichern?» fragte Hesirê plötzlich beunruhigt.

«Auf dem Tisch liegen Messer!» sagte Imhotep, ohne eine Miene zu verziehen. «Doch warum sollte man Kabaû nach dem Leben trachten?»

Vom Fackelträger geleitet kam der Offizier über die Allee, die durch den Garten führte, auf sie zu und verneigte sich tief.

«Ich möchte dem Kanzler Unterägyptens eine Mitteilung

von höchster Wichtigkeit machen», sagte er und hob den Kopf.

«Du kannst sprechen! Ich höre dir zu!» sagte Kabaû.

Zu seiner großen Überraschung blieb der Mann stumm. Er starrte Imhotep an und fiel dann plötzlich vor ihm auf die Knie.

«Steh' auf, Narbiger!» befahl der Große Baumeister. Unschwer hatte Imhotep den früheren Hauptmann der Garnison des Fürsten von Memphis wiedererkannt, der seinerzeit den Befehl erhalten hatte, ihn zu töten.

«Du bist der Arzt von Schmunu!» rief der Soldat.

Schnell sprang er auf. Er wischte sich mit dem Handrücken die Schweißperlen von der Stirn und versicherte, wie unendlich dankbar er dem Mann ewig sein werde, der sein Gesicht wiederhergestellt hatte.

Imhotep mußte feststellen, daß die Zunge des Offiziers nichts von ihrer Gewandtheit verloren hatte. Er unterzog ihn einem schnellen Verhör.

«Was führt dich her?»

«Ich bin gekommen, um eine wichtige Meldung zu machen: Ich weiß, wo sich der Verrückte der Oasen, der Mörder des Horus Sanacht, aufhält!»

Hesirê und Kabaû fuhren überrascht auf.

«Er kommt jeden Abend nach Memphis in eine Soldatenkaschemme nahe der Stadtmauer.»

«Bist du ihm dort begegnet?»

«Nein, ich habe ihn nur von einem Nebenraum aus beobachtet. Die Dienerin ist eine alte Bekannte von mir.»

«Wirklich?» sagte Imhotep lächelnd. «Wäre sie auch diskret genug, mich zu empfangen, ohne jemandem etwas zu sagen?»

Der Narbige fuhr auf.

«Was, Großer Baumeister? Willst du selbst dorthin gehen?»

«Ja, wenn du dafür bürgst, daß ich unerkannt bleibe. Ich

will diesen Verrückten aus der Nähe sehen, bevor ich irgend etwas entscheide.»

Hesirê nahm Imhotep beim Arm. Er warnte ihn leise vor der Gefahr, der er sich mit diesem Schritt aussetze. Seiner Meinung nach würde es vollkommen genügen, diesen bösartigen Menschen töten zu lassen.

Der Große Baumeister schüttelte den Kopf. Bevor er verurteilte, wollte er selbst urteilen und wissen, wer dieser Mann war. Er bat um eine gewöhnliche Perücke und einen Umhang, denn die Nacht war kühl.

«Geh voran!» sagte er zum Offizier.

Im östlichen Viertel, das an die Stadtmauer grenzte, wohnten die Diener und Soldaten mit ihren Familien. Die kleinen Häuser aus getrocknetem Schlamm standen dicht aneinander gedrängt in einem wahren Labyrinth von schmalen Gassen, von denen eine der anderen glich.

Imhotep folgte dem Offizier, der ihn mühelos durch diesen düsteren Irrgarten führte. Nachdem sie lange schweigend hintereinander hergegangen waren, gelangten sie schließlich auf einen vom Mondlicht erhellten kleinen Platz.

«Hier ist es!» sagte der Narbige und klopfte an eine Tür, hinter der erregtes Stimmengewirr und heftiger Beifall zu hören war. Der Narbige sagte leise: «Hörst du? Er ist da!»

Die Tür wurde geöffnet: «Ach, du bist es!» sagte eine Frau, die den Kopf hervorstreckte, «ich dachte, du würdest heute abend nicht kommen.»

Während sie sprach, musterte sie Imhotep von Kopf bis Fuß.

«Gehen wir hinein!» sagte der Offizier ungeduldig und stieß die Tür auf. «Wenn du klug bist und uns hilfst, wird dir mein Freund etwas schenken.»

«Hier, nimm!» sagte Imhotep, streifte sein feines Goldarmband vom linken Handgelenk und gab es ihr. «Ich schenke dir dieses Schmuckstück zum Dank für deine Freundlichkeit.»

Blitzschnell griff sie zu. Ein strahlendes Lächeln erhellte ihr Gesicht, und der Große Baumeister sah im Schein der Öllampe, daß ihre Gastgeberin zwar nicht mehr ganz jung, aber doch noch recht hübsch war.

Aus dem Nebenraum drangen laute und erregte Stimmen herüber. «Komm!» sagte der Narbige leise. «Sieh dir den Mann an.»

Über einige Stufen gelangten sie zu einem Verschlag unter einer Treppe, in dem sich ein Lager aus Kissen und Matten befand. Wortlos zeigte der Offizier auf einen Spalt in der Wand. Imhotep kniete sich auf das Lager und preßte sein Auge gegen die Öffnung. Zunächst konnte er die einzelnen Leute, die um den Tisch herum saßen, nur schwer erkennen. Aber schließlich gewöhnte Imhotep sich an das schlechte Licht und konnte trotz der unbequemen Lage Einzelheiten unterscheiden. Der Redner sprach abgehackt. Nur Satzfetzen und einzelne deutlicher ausgesprochene Wörter waren zu verstehen: «... der Betrug der Söhne des Pharaos Chasechem ... Peribsen seines Thrones beraubt ... Seth wird Horus beherrschen ...», und mehrere Male hintereinander der haßerfüllte Ruf: «Djoser! Djoser! Djoser!»

Höhnisches Gelächter ertönte. Der Mann mußte irgend etwas Ungebührliches gesagt haben. Ein Stuhl fiel um. Es herrschte kurze Stille. Und nun konnte Imhotep den Mörder des Pharaos sehen. Er war aufgesprungen und warf wütende Blicke um sich. Zu seinem Erstaunen stellte der Große Baumeister fest, daß er ein edel geschnittenes, intelligentes Gesicht vor sich hatte. Doch plötzlich nahm Imhotep die Stimme, die in irrem Zorn einen Schwall von wilden Verwünschungen ausstieß, nicht mehr wahr, sah nicht einmal mehr das verzerrte Gesicht des Fremden. Er war ganz auf einen einzigen Punkt seiner Beobachtung konzentriert, auf das Schmuckstück, das der Fremde auf der Brust trug. Es war ein Skarabäus. Und was für ein Skarabäus! Dieses grüne Dioritamulett hätte er unter Tausenden wiedererkannt, denn er selbst hatte es mit eigener Hand geschaffen.

«Hori!» murmelte er, und Tränen traten ihm in die Augen.

«Hast du etwas gesagt, Großer Baumeister?» flüsterte der Narbige.

«Nein, nichts. Gehen wir!» antwortete Imhotep, der sich schnell wieder gefaßt hatte. «Ich habe gesehen, was ich sehen wollte.»

Nach einer kurzen Nachtruhe erschien Imhotep bei Morgengrauen allein im Tempel des Ptah. Er trug einen makellos reinen Leinenschurz und hatte dazu ein prächtiges Leopardenfell angelegt, die traditionelle Tracht des Großen Sehers von Junu. An den Füßen trug er aus goldenen Riemen geflochtene Sandalen, und in der rechten Hand hielt er seinen Befehlsstab.

Er schritt zum Hauptaltar und begrüßte den Hohenpriester, einen würdigen kahlköpfigen Greis, der seit vielen Jahren dem Heiligtum vorstand.

«Ich freue mich, dich wiederzusehen, ergebener Diener des Ptah! Ich verehre den Gott, der die Handwerker beschützt!»

«Es ist eine seltene Freude, dich an diesem Ort willkommen zu heißen, Oberster Hüter der Geheimnisse des Himmels!» antwortete der Priester mit einem freundlichen Lächeln.

Am Tage zuvor war er mit Kabaû zusammengetroffen und hatte mit ihm ein langes Gespräch geführt, um in gegenseitigem Einvernehmen die Rückkehr Imhoteps vorzubereiten. Nun, da Imhotep wieder in die Hauptstadt zurückgekehrt war, sprach er diesen Punkt sogleich an.

«Werden wir das Vergnügen haben, dich hin und wieder in Memphis begrüßen zu dürfen?»

«Gewiß! Und häufiger, als du denkst, denn ich verlasse das

Delta, um in die Hauptstadt zurückzukehren. Dort werde ich von nun an wieder meine Funktionen als Großer Baumeister aller Arbeiten übernehmen», antwortete Imhotep und erwiderte sein Lächeln.

«Das ist eine erfreuliche Nachricht! So werden in Zukunft die Beiden Länder wieder gut regiert werden. Doch liegt mir eine Frage besonders am Herzen.» Ihre Stimmen hallten in dem Gewölbe wider. Unauffällig hatten sich die Priester nach und nach um den Opfertisch versammelt und lauschten gespannt jedem Wort. Imhotep hatte sein Ziel erreicht: Das ideale Auditorium, das er sich gewünscht hatte, war anwesend. Ruhig gab er zur Antwort:

«Ich will dir alle Fragen, die in meine Zuständigkeit fallen, ohne Umschweife beantworten.»

«Großer Seher», sagte der Greis würdevoll, «wenn du es weißt, sage uns, wer jetzt unser Pharao ist.»

Der Hohepriester nahm Imhotep bei der Hand und führte ihn auf den erhöhten Zeremonienplatz.

Imhotep war entschlossen, jetzt die Wahrheit zu verkünden.

«Hört alle her!» rief er. «Die Antwort, die ich dem Hohenpriester des Ptah geben will, betrifft auch euch!» Mit weit geöffneten Armen forderte er die Priester auf, näherzukommen, und als sie vor der Estrade versammelt waren, fuhr er mit seiner mächtigen, tiefen Stimme fort:

«Ich bin Imhotep, der Arzt von Schmunu, der Zimmermann von Nechen, der Oberste Priester von Junu. Und dies will ich euch verkünden: Der Horus Sanacht ist tot, ermordet von einem Wahnsinnigen. Wir werden dieses Verbrechen bestrafen. Doch bei aller Trauer, die eure Herzen erfüllt, sollt ihr wissen: Der Thron der Pharaonen steht nicht leer, die doppelte Krone hat weiterhin einen stolzen Träger.

Hört meine Worte, Diener des Apis. Ihr wißt, daß man ihnen glauben kann. Vor eurem Gott verbürge ich mich für das, was ich euch nun kundtun werde:

Der Horus Neter-er-chet lebt! Djoser, der König von Ober- und Unterägypten, der Schützling der mächtigen Geiergöttin und der Uräusschlange, ist in unserer Nähe. Er lebt im Delta, und ihr werdet ihn bald an der Waage der Beiden Länder wiedersehen. Daher fordere ich euch auf, Priester des Ptah, geht in die Stadt und in die Dörfer und sagt allen Männern und Frauen, daß der geliebte Pharao endlich heimkehrt. Legt Zeugnis ab für euren Herrscher, Djoser, den Prächtigen! Mögen die Götter ihm Leben, Kraft und Gesundheit verleihen in Ewigkeit!»

Diese letzten Worte wurden mit großem Beifall aufgenommen. Gelassen lächelnd wartete Imhotep, bis wieder Ruhe eingetreten war. Mit einer Handbewegung brachte er die letzten Jubelrufe zum Schweigen.

«Die Diener des Apis sollen mich jetzt zu seiner Wohnung führen! Ich werde der prächtigen Seele des Gottes Ptah huldigen und ihm selbst die gute Nachricht bringen.»

Die Priester geleiteten Imhotep bis in die äußerste dunkle Ecke des Tempels, dorthin, von wo ein breiter Balkon zur heiligen Arena führte.

Sobald Imhotep die äußere Estrade betreten hatte, die auf das kreisförmige Gehege des heiligen Tieres hinausführte, beugte er ein Knie, und sofort taten es ihm alle seine Begleiter nach. Der göttliche Stier lag unter seinem Schutzdach und blickte ihnen entgegen, ohne sich zu rühren.

«Laßt uns Apis verehren und die Gesänge zu seinem Lob anstimmen!» psalmodierte der Hohepriester.

Während unter dem gleichgültigen Blick des Tieres die heiligen Litaneien erklangen, ließ Imhotep in einem vergoldeten Holzkübel die zerstoßene, mit Salz vermengte Gerste zubereiten, die er in einem kleinen Beutel aus geflochtenem Papyrus mitgebracht hatte.

Begleitet von den Tierpflegern, die das Futter trugen, stieg er gemessenen Schrittes zu Apis hinab.

Als er näher kam, erhob sich der heilige Stier in majestätischer Schwerfälligkeit. Er reckte und schüttelte sich und starrte den Ankommenden entgegen. Einen Augenblick lang senkte er seine Hörner und machte Anstalten, Imhotep anzugreifen. Aber die Anwesenheit der ihm vertrauten Pfleger und die rituellen Lieder, an die er gewöhnt war, beruhigten ihn.

Imhotep war sich bewußt, welches große Risiko er einging. Er war aber auch von der Bedeutung seiner Geste zutiefst überzeugt. So ergriff er den Futtereimer und hielt ihn dem Stier entgegen. Und Apis nahm das Futter an!

Die Priester des Ptah waren von Imhoteps großer Geste tief beeindruckt. Unter allgemeinem Jubel verließ Imhotep den Tempel und begab sich zum Lebenshaus.

Auf seinem Weg durch die Straßen der Stadt warfen sich Männer und Frauen vor ihm nieder oder schwenkten bunte Bänder und schlossen sich singend dem Zug an. Die Menschen von Memphis huldigten ihn, als sei er göttlich:

«Möge dir ein langes Leben und nie versiegender Überfluß beschieden sein!»

«Du, der du alle Krankheiten heilen kannst, befreie uns vom Hunger!»

«Möge der mächtige Gott, der mit dir geht, dich auf ewig unter seinem Schutz behalten!»

«Der du alles erreichen kannst, fülle unsere Getreidespeicher mit Korn!»

«Mögen die Götter deine Worte erhören!»

«Befiehl dem Strom, über die Ufer zu treten, und er wird dir gehorchen!»

«Großer Baumeister, rette uns vor dem Hunger!»

Gerührt von soviel Sympathie und Verehrung, setzte Imhotep seinen Weg fort, streichelte hier ein Kind, dort einen

Säugling und lächelte freundlich. Doch die hohen Erwartungen, die dieses Volk des Landes Kêmi, das er so sehr liebte, in ihn setzte, machten ihn für einen Augenblick unsicher. Würde er dieses grenzenlose Vertrauen rechtfertigen können?

Vor dem Lebenshaus blieb er stehen und wandte sich noch einmal grüßend zur Menge. Hesirê und Kabaû erwarteten ihn im Arbeitszimmer, zusammen mit allen hohen Beamten, Architekten und Schreibern der ‹Mannschaft des Ka›, die der Kanzler versammelt hatte. Ihre Gesichter strahlten vor Freude, den Großen Baumeister wiederzusehen.

Doch die erste Person, die Imhotep im Lebenshaus entgegentrat, war sein Vater. Von Hesirê benachrichtigt, hatte er gleich am Morgen die Baustelle in der Nekropole verlassen, um die Rückkehr seines Sohnes zu erleben. Jetzt fielen sie sich in die Arme.

Kanufer war zu Tränen gerührt. Er teilte seinem Sohn mit, daß die Grabschächte ausgehoben seien und er zur Zeit das große Monument und die unterirdischen Gemächer vollende. Und mit einem Hauch von Vorwurf in der Stimme fügte er hinzu: Leider habe er immer noch nicht erfahren, wie die riesige eingeebnete Esplanade bebaut werden solle.

«Alles zu seiner Zeit», antwortete Imhotep begütigend. Ihm stand das Ziel seiner Pläne klar vor Augen, er brauchte nur noch die nötigen Zeichnungen anzufertigen. Aber das war jetzt nicht das Wichtigste. Im Augenblick war das entscheidende Problem, wie die Wassernot zu beheben sei.

Nach einem intensiven Arbeitstag war der gemeinsam mit allen Mitarbeitern des Lebenshauses entworfene Plan zur Bekämpfung der Lebensmittelknappheit fertig, und Imhotep ließ sich in einer Sänfte zu Kabaûs Haus bringen.

Zu seiner großen Überraschung traf er dort die königliche Amme an. Sie war von Prinzessin Senui in die Hauptstadt geschickt worden, um dort die neuen Wohngemächer einzurichten. In Junu verlief alles planmäßig, und jeder befolgte die Anweisungen des Großen Sehers für die bevorstehende Rückkehr nach Memphis.

Doch sie mochte einen noch so beruhigenden Ton anschlagen, ihr verstörter Blick stand in deutlichem Gegensatz zu dem, was sie sagte.

Schließlich nahm Imhotep ihre Hände in die seinen und fragte ernst:

«Ist etwas nicht in Ordnung, liebe Neset? Sag, was du auf dem Herzen hast.»

Sie schluchzte auf und stammelte: «Hori! Horis Skarabäus!»

Schon nach diesen wenigen Worten wußte Imhotep, warum sie so verzweifelt war.

«Hast du etwa auch den Mann gesehen, der dieses Amulett um den Hals trägt?»

Bei dieser Frage hob sie den Kopf und starrte Imhotep mit großen erstaunten Augen an. Tränen strömten über ihre Wangen.

«Woher weißt du das, Imhotep? Wer kann es dir gesagt haben, ich habe doch niemandem etwas davon erzählt!»

Beruhigend streichelte der Große Meister ihre Hände und sagte:

«Trockne deine Tränen, Neset! Tröste dich! Durch einen seltsamen Zufall habe ich kurze Zeit vor dir den Mann gesehen, der diesen Skarabäus trägt. Daher weiß ich von seiner Existenz. Komm! Setz dich zu mir und erzähle, wie du ihm begegnet bist.»

«An der Anlegestelle ist er mir aufgefallen», sagte sie. «Als ich das Schiff verließ, bin ich ausgerutscht und dabei ungeschickt zu Boden gefallen. Er ist auf mich zugekommen und hat mir mit freundlichen Worten aufgeholfen. Mehrere Male hat er gefragt, ob ich mich verletzt hätte. Und als ich die Augen zu ihm erhob, um ihm zu danken, habe ich mit Schrecken den grünen Skarabäus gesehen, der um seinen Hals hing. ‹Wer hat dir dies geschenkt?› habe ich ihn sofort gefragt. ‹Ich weiß es nicht›, hat er mir traurig geantwortet. ‹Ich trage diesen Talisman seit meiner Kindheit und weiß nicht, woher er stammt.› ‹Und wer bist du? Wie heißt du?› habe ich gefragt. ‹Das wirst du später erfahren, wenn ich meinen Auftrag erfüllt habe›, hat er da plötzlich in hartem Ton gesagt und ist davongelaufen. Doch bevor er verschwand, hat er sich umgedreht und mir zugerufen: ‹Leb wohl! Ich liebe dein Gesicht und werde es immer in Erinnerung behalten.› All das ist sehr schnell gegangen. Aber ich höre noch seine tiefe Stimme: Sie klingt wie deine, Imhotep!»

«Glaubst du wirklich, daß dieser Mann Hori ist?» fragte der Große Baumeister nachdenklich, «sieht er dem Kind ähnlich, das man dir geraubt hat?»

«Ja! Er hat die gleichen Augen!»

2

In dem Dorf auf der großen Insel inmitten der Sümpfe des Deltas stand seit einigen Jahren ein weitläufiger Palast mit ganz ungewöhnlichen Proportionen. Man gelangte zu ihm durch einen schmalen, langen Gang, den auf beiden Seiten vierzig Säulen aus schlanken, gebündelten Akazienstämmen säumten. Die anmutig geschwungenen Dächer der verschiedenen Gebäudetrakte verliehen dem Bauwerk einen sehr eigentümlichen Stil, der jedoch mit den umliegenden Schilfhütten harmonisierte, da die verwendeten Materialien die gleichen waren: Holz, Palmenwedel, Schilf und Papyrusstangen.

Nefer, die Gemahlin des Pharaos, hatte mit eigener Hand die Pläne zu diesem Gebäudekomplex entworfen. Eine Arbeit, die sie als talentierte Architektin auswies. Sie ahnte nicht, daß sie dieses besondere Talent vielleicht von Imhotep, ihrem wirklichen Vater, geerbt hatte. Im ersten Planungsstadium war es ihr zunächst darum gegangen, behagliche Wohnräume zu schaffen. Dann fand sie Gefallen an ihrer Arbeit und erweiterte ihre Pläne nach und nach, bis sie schließlich in einer unvergleichlichen natürlichen Umgebung einen Traumpalast verwirklichte.

Seit der schrecklichen Nacht, als sie Djoser nach der Niederlage von Hebenu tapfer in sein Exil gefolgt war, konnte sie mit ihrer Familie ein ruhiges, angenehmes Leben führen. Bei ihrer Ankunft im Dorf war sie von den Männern des Sumpfes als ihre Königin aufgenommen worden. Denn sie verehrten sie ebenso wie Djoser. Der treue Seneb konnte ihnen allein durch seine Gegenwart das Einleben in diese ungewohnte Umwelt erleichtern, denn er war, da er lange Zeit in dieser Gegend gelebt hatte, jedem dieser redlichen Menschen bekannt und vertrat in ihren Augen Imhotep, den Arzt von Schmunu, der großes Ansehen genoß.

Nefer hatte drei schöne Kinder zur Welt gebracht, zwei Mädchen, die Zwillinge Intekas und Nebti und anderthalb Jahre später einen Sohn, den sie Djoser-Atoti nannte. Die Prinzessinnen und der kleine Prinz lebten das einfache und glückliche Leben der gleichaltrigen Dorfbewohner: Sie gingen angeln, schwammen wie Fische im Wasser, fütterten die Vögel in den Volieren oder begleiteten ihre Eltern auf die Entenjagd. In dem Bemühen, ihren Kindern eine gute Erziehung zu geben, hatte Nefer zusammen mit einem alten Schreiber eine Lese- und Schreibschule eingerichtet, und da die Schule allen offenstand, kamen bald die meisten Knaben der Insel – weniger um Hieroglyphen zu lernen, als um ihren Freund Djoser-Atoti zu begleiten.

Imhotep hatte das große Schiff und die Besatzung an einem Flußarm zurückgelassen und ruderte mit einem leichten Boot durch das Gewirr von Kanälen. Allein und ohne Hast steuerte er auf das Dorf zu, wo er den Pharao wiedersehen sollte. Seit jener längst vergangenen Zeit, da Mahor ihn gefangengenommen hatte, bevor er ihn dann herzlich aufnahm und vor den Schergen von Senuis Vater schützte, war Imhotep niemals wieder an diesen Ort zurückgekehrt. Die Landschaft hatte sich nicht im geringsten verändert: Mit großer Freude und mit einem Hauch von Wehmut fand er das grüne Paradies wieder, in dem es sich so glücklich leben ließ. Als er sich den ersten Hütten näherte, sah er mit Staunen Nefers Palast vor sich auftauchen. Die Qualität des Baus war seinem fachkundigen

Auge nicht entgangen, und er war begierig, sich alles aus der Nähe anzusehen. Mit kräftigen Schlägen ruderte er und legte an. Er bewunderte den langen Säulengang, wagte aber nicht, weiter vorzudringen, denn niemand war da, um ihn zu empfangen.

In der Nähe hörte er Kinderstimmen, die stockend einen Text aus seinen «Lehren» aufsagten, und unwillkürlich mußte er lächeln.

«Die Männer werden beim Fischfang sein, und die Frauen sind damit beschäftigt, die Fische zu zerlegen», sagte er sich, «mir bleibt nichts anderes übrig, als die Schule zu besichtigen.» Gutgelaunt trat er ein und fragte scherzhaft:

«Braucht Ihr nicht einen guten Schreiblehrer?»

«Imhotep!» rief Nefer, als sie ihn erkannte. «Welch eine Freude!»

Sie lief ihm entgegen und umarmte ihn. Dann wandte sie sich den staunenden Schülern zu.

«Das ist er! Das ist der Große Baumeister, dessen Schriften ihr lest. Begrüßt unseren Gast!»

Gemeinsam beugten sie ihre Knie.

«Steht auf, ihr braven Schüler! Ich gebe euch eine Sonderpause!» sagte er herzlich lachend.

Der alte Schreiber, der die Königin in ihrer Rolle als Lehrerin unterstützte, küßte Imhoteps Hände und murmelte:

«Mein ganzes Leben lang habe ich davon geträumt, mich dir nähern zu dürfen, Großer Baumeister, und nun ist das Wunder geschehen! Du bist zu uns gekommen!»

«Danke Thoth, dem Gott der Schreiber, der dir gewährte, was du dir gewünscht hast», mischte sich Nefer ein. «Auch wir müssen ihm danken.»

Sie nahm ihre Töchter bei der Hand und schob sie Imhotep entgegen:

«Dies sind Intekas und Nebti! Unsere Zwillingstöchter! Unsere Ältesten!»

Dann fuhr sie mit ihrer Hand über die Locken des kleinen Jungen, der sich an sie schmiegte:

«Und dies ist Djoser-Atoti, der Letztgeborene.»

Das Kind hob den Kopf. Es hatte hellbraunes Haar, schöne strahlende Augen und ähnelte seinem Vater sehr. Ohne mit der Wimper zu zucken, hielt er Imhoteps Blick stand. Die Mädchen, die Senui ähnlich sahen, strahlten ihn an.

«Ich grüße euch, Prinz und Prinzessinnen des Deltas», sagte Imhotep etwas zurückhaltend und neigte leicht den Kopf.

Er hatte sich zusammennehmen müssen, um nicht dem unbändigen Wunsch nachzugeben, seine Enkelkinder in die Arme zu schließen und ihnen ins Ohr zu flüstern: «Ich bin euer Großvater!» Diese Willensanstrengung fiel ihm unsagbar schwer, doch er war sie Senui schuldig, die ihr Geheimnis nicht preisgeben wollte, und ebenso Nefer und Djoser, deren harmonisches Leben nicht durch eine solche Enthüllung gestört werden durfte.

«Könnte ich ein Blatt Papyrus haben?» fragte er unvermittelt, «so etwas muß in einer königlichen Schule doch vorhanden sein, nicht wahr?»

«Wir haben einige Blätter!» antwortete Nefer lächelnd. «Nicht viele, und nicht von so guter Qualität, wie du es gewohnt bist. Die Arbeiter unserer Werkstatt sind auf diesem Gebiet noch nicht fachkundig genug.»

Sie reichte ihm ein Blatt. Imhotep nahm es zwischen Daumen und Zeigefinger und prüfte seine Geschmeidigkeit. Dann hielt er es in Augenhöhe gegen das Licht.

«Nicht schlecht», sagte er, «gar nicht schlecht! Noch ein wenig Übung, und es ist vollkommen. Da ich nun alles habe, was ich brauche», fügte er hinzu, während er ein Schreibzeug vom Tisch nahm, «laßt uns zusammen den Palast besichtigen. Während ich auf Djosers Rückkehr warte, möchte ich von diesem Bauwerk gern einige Skizzen anfertigen. Wer hat es denn entworfen?»

Nefer errötete vor Freude. Sie nahm diese Frage auf wie ein Kompliment.

«Das war ich», sagte sie. «Und ich bin stolz darauf.»

Imhotep, der bereits auf den Säulengang zuging, drehte sich um. Diese Antwort hatte ihn aus der Fassung gebracht.

«Du? Wirklich du?» fragte er ungläubig.

«Ja! Ich allein!»

«Aber wo hast du denn Architektur gelernt?»

«Nirgendwo!»

«Das ist unglaublich. Wie hast du das gemacht?»

«Ich habe einfach nur so zum Spaß gezeichnet und immer wieder aufs neue begonnen, bis der Entwurf mir gefiel. Dann habe ich ihn Djoser gezeigt.»

«Und was hat er gesagt?»

Freudestrahlend antwortete Nefer: «Er hat gesagt, ich könnte ebensogut zeichnen wie der Große Imhotep. Und er hat meine Pläne sofort verwirklichen lassen.»

«Djoser hat einen guten Geschmack und ein sicheres Urteil. Auch mir gefällt dein Werk sehr und ich erbiete mich...»

Imhotep fand nicht die Zeit, den Satz zu vollenden, denn plötzlich erscholl fröhlicher Gesang von der anderen Seite des Sees. Nefer lief zum Strand und winkte mit weitausholenden Armen. Die Fischerboote kamen vom Fischfang zurück, an ihrer Spitze fuhr Djoser, begleitet von General Uni. Beide sahen so verändert aus, daß nichts an ihrem Äußeren ihren hohen Rang ahnen ließ. Sie sahen aus wie einfache Fischer des Deltas, zwar größer und stärker als ihre Gefährten, doch ebenso sonnenverbrannt, ebenso schlecht rasiert und dürftig gekleidet.

Sobald er ihn aus der Ferne erblickte, legte der Pharao seine Hände trichterförmig an den Mund und rief aus vollem Hals: «Willkommen auf der Großen Insel, lieber Imhotep!»

Alle anderen wiederholten im Chor: «Willkommen, Imhotep!»

Zur gleichen Zeit kamen die Frauen, die ihre Arbeit beendet hatten, gruppenweise den Uferweg entlang. Sie umringten den Architekten und jubelten ihm zu, als Djoser ihn herzlich in die Arme schloß.

Unerwartet stürmisch bahnte sich jemand einen Weg durch die Menge, warf sich vor Imhotep zu Boden, umschloß mit beiden Armen die Knie des Großen Meisters, küßte sie und weinte vor Aufregung.

«Wer bist du?» fragte Imhotep und zwang ihn, den Kopf zu heben. «Und warum weinst du?»

«Ich bin Mahors Sohn», antwortete der Mann. «Erinnere dich, Arzt von Schmunu! Dir verdanke ich, daß ich wieder gehen kann!»

Am nächsten Morgen brachen Imhotep und Uni in aller Frühe auf, um die Fischverarbeitungsanlagen zu besichtigen.

«Der Gestank ist wirklich entsetzlich!» sagte Imhotep und verzog das Gesicht.

Uni reichte ihm ein Büschel Pfefferminzblätter:

«Nimm! Halte dir dies unter deine Nase. Ich habe dich vor dem Gestank gewarnt.»

Der General, der sich in seinem neuen Aufgabenbereich sehr wohl fühlte, berichtete:

«Wir haben auf deinen Wunsch hin den Fischfang so stark intensiviert, daß wir mit den Abfällen nicht mehr fertig werden. Wenn wir sie ins Wasser zurückwerfen, locken wir damit die Krokodile scharenweise an, und das kann gefährlich werden. Wenn wir sie hingegen ein wenig weiter weg abladen, halten wir zwar die Gefahr fern, haben aber auch sehr viel mehr Arbeit. Und so häufen sich oft, so wie jetzt, die Abfälle an Ort und Stelle und verfaulen.»

Sie gingen an den überdachten Tischen entlang, wo die Frauen geschickt mit ihren Silberklingen hantierten. Die einen schuppten die Fische ab, nahmen sie aus und zerlegten sie. Andere brachten sie zu den Trockenleinen, die über eine große Lichtung gespannt waren. Mit Salz bestreut und in dünne Scheiben geschnitten, dörrte der Fisch in der Sonne allmählich aus.

«Es gibt mehrere dieser Trockenanlagen», kommentierte Uni. «Während wir die eine auffüllen, wird in einer anderen der trockene Fisch abgenommen, in Säcke verpackt und auf einem Lastkahn verladen.»

«Eure Arbeit trägt sehr zur Linderung des Hungers bei. Es ist schöne und gute Arbeit», sagte Imhotep.

«Möchtest du bei einem Fang dabeisein?» fragte der General.

«Nein danke!» lachte Imhotep. «Dieser Tätigkeit bin ich lange genug selbst nachgegangen. Übrigens war ich bei meiner ersten Begegnung mit den Menschen des Sumpfes in einem ihrer Netze gefangen!»

«Kann ich dir noch etwas anderes zeigen?»

«Nein. Kehren wir zum Palast zurück. Djoser wird uns erwarten!»

Die beiden Männer gingen eine Weile schweigend nebeneinander her, aber schließlich konnte Uni sich nicht mehr zurückhalten:

«Ich vermute, daß du nicht hierher gekommen bist, um spazierenzugehen oder um unsere Fischproduktion zu inspizieren. Ist es indiskret, dich zu fragen, warum du hier bist?»

Während Imhotep kräftig ausschritt, setzte er dem General die Gründe seines Besuches auseinander: Nach Nebkas Tod hatte er unter allgemeiner Zustimmung vorübergehend die Regierungsverantwortung übernommen. Aber die beiden Länder brauchten einen Pharao. Seiner Meinung nach durfte Djoser nicht länger zögern, er mußte sich zu erkennen geben. Er, Imhotep, war jetzt in die Sümpfe gekommen, um ihn so schnell wie möglich nach Memphis zurückzuholen.

«An all unserm Unglück ist der Verrückte der Oasen schuld», murmelte Uni vor sich hin.

Der Große Meister zuckte die Schultern:

«Vergiß nicht, daß er immer noch frei ist! Er hat uns einen Dienst erwiesen, indem er Nebka beseitigt hat, aber er bedroht uns noch immer. Wir müssen ihn lebend fangen! Und das wird nicht einfach sein.»

Als sich der General wunderte, warum man ihn nicht gleich töten solle wie ein bösartiges Tier, wies Imhotep ihn zurecht. Jede Verurteilung unterliege einer richterlichen Entscheidung.

«Ich verstehe deine Haltung nicht», antwortete Uni.

«Daran gibt es nichts zu verstehen. Es ist ein Befehl!»

Hinter diesem überraschenden Ausbruch verbarg sich Imhoteps Unsicherheit. Er konnte sich nicht dazu durchringen, den Mann zum Tode zu verurteilen, der vielleicht sein Sohn war. Er mußte ihn zunächst anhören, ihn befragen, die Wahrheit erfahren.

Der Mensch, den er in der Taverne gesehen hatte, war nicht verrückt. Jähzornig, gewalttätig, gewiß, aber nicht verrückt! Kabaû, der Augenzeuge, hatte in seinem genauen Bericht den Verbrecher als einen Eiferer geschildert, einen fanatischen Rächer und nicht als einen Verrückten. Seine Begegnung mit Neset, seine Freundlichkeit und Zuvorkommenheit gegenüber der Amme, seine Gefühle, die in einem einzigen Satz hervorgebrochen waren, ehe er in eine Gasse verschwand, all dies bewies seine geistige Gesundheit und erklärte den edlen, intelligenten Gesichtsausdruck des Oasenmenschen. Hori war normal! Es bestand kein Zweifel mehr! Wirklich normal!

«Wir nähern uns dem Dorf», verkündete Uni, der verdrossen neben Imhotep herging und versuchte, das Gespräch wieder in Gang zu bringen.

Imhotep antwortete nicht. Er war in seine Gedanken versunken und hörte die Worte seines Gefährten nicht einmal. Er dachte nur an Hori. Hori? Warum Hori? War dieser Mann wirklich sein Sohn? Das Kind von Meri-Anch? Er hatte keine Gewißheit darüber, nur zwei Hinweise: den Skarabäus aus grünem Diorit und den mütterlichen Instinkt der Amme Neset. Hinweise, aber keinen Beweis! Er hatte wahrlich kein Glück mit seinen Nachkommen. Hori war ein verlorener Sohn und Nefer eine Tochter, zu der er sich nicht bekennen durfte. Darüber hinaus war der Verrückte der Oasen vielleicht ein Halbbruder der Königin. Sollte er es nicht lieber bei der Ungewißheit belassen und dafür sorgen, daß der Verrückte für immer verschwand, damit die königliche Familie vor der grausamen Wahrheit bewahrt blieb?»

«Unsinn!» rief er laut. «Deswegen tötet man nicht!»

Uni sah ihn verstohlen von der Seite an, gewahrte zwei tiefe Furchen auf der Stirn seines Freundes und begriff, daß Imhotep verzweifelt war.

«Komm!» sagte er und nahm ihn beim Arm. «Gehen wir schwimmen, bevor wir zum Palast zurückkehren. Das wird uns guttun.»

Djoser hatte sein Gesicht glattrasiert und seine königlichen Kleider wieder angelegt. Er trug einen Schurz aus plissiertem Leinen und eine schwere Perücke, über der das blaugestreifte Königstuch lag. Auf seiner Brust prangte in Gold gefaßt der heilige Skarabäus aus grünem Diorit, den er einst von seiner Mutter erhalten hatte.

Als Djoser erfuhr, daß Imhotep und General Uni im See badeten, schickte er ihnen seinen Barbier und einige Diener mit neuen Kleidern entgegen.

«Wir sind wieder elegant wie bei Hofe», sagte Imhotep wenig später scherzhaft und verneigte sich vor dem Herrscher.

«Und wir sind Ihrer Majestät zutiefst dankbar, daß Sie uns mit soviel Aufmerksamkeit bedacht hat», fügte Uni förmlich hinzu.

«Es gebührt einem Pharao im allgemeinen, sich seinem Rang gemäß zu kleiden», antwortete Djoser halb im Scherz, halb im Ernst. «Und es ist nur selbstverständlich, daß seine engsten Mitarbeiter das gleiche tun.»

Djoser hatte sich in der Nähe eines Fensters niedergelassen und forderte seine Gäste mit einer Handbewegung auf, sich zu ihm zu setzen.

«Du bist also gekommen, um mich zu holen, Imhotep», sagte er ernst.

«Ja, Djoser! Aus diesem Grund bin ich hier!»

«Hast du niemals daran gedacht, daß ich den Wunsch haben könnte, hierzubleiben?»

«Doch, das habe ich. Und das Glück, das ich hier überall sehe, würde es mir begreiflich machen. Aber das Schicksal eines Pharaos ...»

«Wer entscheidet über mein Schicksal», unterbrach ihn Djoser, «du oder ich?»

«Keiner von uns beiden, Majestät», entgegnete Imhotep, «sondern das Volk des Landes Kêmi! Es hat Hunger und es hat Angst. Das Volk braucht einen Pharao, der es nährt und beschützt wie früher Horus seinen Vater Osiris.»

«Durch deinen Mund spricht Ma'at, die Göttin der Gerechtigkeit und Wahrheit. Sei unbesorgt! Imhotep, ich weiß seit jeher, wo mein Platz ist. Mein Thron steht an der Waage der beiden Länder, und dort werde ich ihn wieder besteigen.»

«Wir müssen uns beeilen!»

Djoser antwortete nicht. Er sah mit gespannter Aufmerksamkeit durch das Fenster hinaus auf den See. Aus einem Kanal auf der gegenüberliegenden Seite war ein Boot aufgetaucht. Es wurde von zwei Männern, die jeweils am Bug und Heck standen, gelenkt. Sie waren ihrer Größe und ihrer Haltung nach keine Sumpfbewohner. In der Mitte des Bootes saß unter einem Sonnendach eine Frau, die ein langes, weißes Leinengewand trug. Zu ihren Füßen saß eine vierte Person, die mit heftigen Armbewegungen den anderen Anweisungen zu geben schien. Als sich das Boot näherte, erkannte der König die Ankommenden.

«Prinzessin Senui kommt. Seneb begleitet sie», sagte Djoser, «heißen wir sie gemeinsam am Ufer willkommen, obwohl es nicht ganz dem Protokoll entspricht.» In seiner Stimme schwang eine Spur von Wehmut mit. «Noch sind wir ja nicht in Memphis!»

Für Nefer kam die Ankündigung der Abreise zur Hauptstadt einer Katastrophe gleich. Sie hatte mit Djoser so viele glückliche Tage auf der Großen Insel verbracht, daß sie sich ein Ende dieses Glücks nicht vorstellen konnte. Jeder versuchte auf seine Weise, sie zu trösten und ihre Vorbehalte zu entkräften. Man redete ihr zu und überhäufte sie mit Versprechungen, um sie von den Vorzügen des neuen Lebens, das sie erwartete, zu überzeugen.

Uni versprach ihr eine Leibgarde schwarzer Nubier. Imhotep bot ihr an, alle Pläne und Skizzen, die er vom grünen Palast angefertigt hatte, in ein steinernes Bauwerk umzusetzen. Djoser beschloß, ihre öffentliche Inthronisation als Große Königliche Gemahlin voranzutreiben und mit einem prachtvollen Fest zu feiern. Zuletzt aber gelang es Senui mühelos, ihre Tochter mit einem einfacheren und dabei überzeugenderen Argument umzustimmen:

«Wir werden miteinander in einer großen Familie leben, denn ich werde offiziell die Gemahlin des Großen Baumeisters. Und gemeinsam werden wir unsere Kinder aufziehen.»

«Unsere Kinder?» wunderte sich Nefer und musterte aufmerksam ihre Mutter.

«Ja, jetzt kann ich es dir sagen. Ich habe Imhotep gestern abend mitgeteilt, daß ich schwanger bin. Das ist eine große Freude für uns.»

Mutter und Tochter fielen sich in die Arme. Am Abend teilte Nefer ihrem Mann die Neuigkeit mit und flüsterte ihm zu:

«Ich bin nicht mehr so traurig darüber, daß wir nach Memphis zurückkehren müssen. Das Glück wird mit uns gehen!»

3

Der Hunger blieb weiterhin das vordringlichste Problem. In den alten Chroniken der Schreiber des Landes Kêmi war keine annähernd so dramatische Situation verzeichnet.

Der Große Baumeister stand noch immer vor der fast unlösbaren Aufgabe, die wenigen vorhandenen Lebensmittel so gerecht wie möglich im ganzen Land zu verteilen. Er beschloß, die Arbeiten in der Nekropole von Sakkara vorläufig einzustellen und die Lastkähne ausschließlich zur Verteilung der Nahrungsmittel einzusetzen.

Bedjmes, der Sohn von Neset, der sich bei der Beförderung der Granitblöcke mit seinen Schiffen bewährt hatte, erwies sich auch bei dieser neuen Tätigkeit als äußerst tüchtig. Um den Bedürfnissen der Bevölkerung besser gerecht werden zu können, unternahm Imhotep gemeinsam mit ihm eine große Informationsreise. Was er sah, brach ihm fast das Herz.

Horden von hungernden Bauern durchstreiften das Land auf der Suche nach eßbaren Wurzeln oder einigen kümmerlichen Bissen. Andere lagen entkräftet am Boden und waren unfähig, die geringste Anstrengung zu unternehmen. Während der Vergabe von Getreide und Trockenfisch mußte ständig energisch durchgegriffen werden, um zu verhindern, daß die weniger Schwachen die Hilflosesten rücksichtslos beraubten. Wie viele Schwierigkeiten waren zu überwinden, wollte man die Verteilung täglich gerecht durchführen! Nur wo noch die Autorität eines Gouverneurs vorhanden war, schienen die Dinge insbesondere durch den Einsatz von Soldaten etwas besser zu stehen. Oft aber schafften die Soldaten den größeren Teil der Nahrungsmittel beiseite und verteilten den Rest nach Gutdünken.

Der Große Baumeister tat, was in seinen Kräften stand. Wohin er kam, ließ er den Unglücklichen seine Pflege zuteil werden oder er gab genaue Ratschläge, wie die wenigen vorhandenen Nahrungsmittel am besten verwendet werden könnten. Überall wurde er wie ein Retter empfangen, man hörte auf ihn und folgte willig seinen Anweisungen. Und so lebten allmählich Mut und Hoffnung wieder auf.

Djoser, der von seinem Minister über die ernste Lage informiert worden war, ordnete an, daß anläßlich seiner Rückkehr zur Waage der beiden Länder keine Feste veranstaltet werden sollten. Und Nefer, der Djoser ihre offizielle Inthronisation als Große Königliche Gemahlin versprochen hatte, bestand darauf, daß diese wichtige Zeremonie auf später verschoben wurde.

Den Menschen, die sich über ihre Entscheidung wunderten, erklärte sie:

«Ein solches Fest muß der unmittelbare Ausdruck eines wahren Glücks sein, nicht nur für mich und die Meinen, sondern auch für die Menschen des Landes Kêmi. Wir können also unmöglich zum jetzigen Zeitpunkt feiern. Warten wir auf bessere Zeiten.»

Das königliche Schiff setzte den Pharao mit seiner Familie an der Anlegestelle von Memphis ab, ohne daß die Bewohner der Hauptstadt davon wußten. Die Leibgarde geleitete sie sogleich zum Palast. Die wenigen Menschen, die an diesem Morgen auf den Straßen waren und die ihren Herrscher vorbeikommen sahen und wiedererkannten, begrüßten ihn mit freudigen Willkommensrufen. Dann aber fiel wieder ein drükkendes Schweigen über die vom Hunger geplagte und in Untätigkeit darniederliegende Stadt.

So übernahm der Pharao infolge der tragischen Ereignisse noch einmal ohne großes Aufsehen seine Herrschaft.

Horus Neter-er-chet hatte seinen Thron wieder bestiegen und lebte in engem Kontakt mit den Göttern. Schon in seiner frühesten Kindheit war er von den bedeutendsten Weisen des Landes unterrichtet worden. Sie hatten ihm ihr Wissen über die Götter weitergegeben. Djoser verehrte Rê, den Sonnengott, den seinem Herzen nach einzigen Gott. Gleichwohl aber kannte er auch die anderen Unsterblichen, die sein Volk in den verschiedenen Heiligtümern des Stromtales und des Deltas verehrte. Nachdem er lange über die Probleme, die auf beiden Ländern lasteten, nachgedacht hatte, entschloß er sich, bei den Göttern Fürsprache einzulegen und fragte Imhotep um Rat.

Der Große Baumeister überlegte lange, bevor er sich dazu äußerte. Wenn das Unglück, das über sie gekommen war, tatsächlich göttlichen Ursprungs sein sollte, müßte man an der Quelle des Nils den Grund dafür suchen. Am Katarakt von Aswân auf der Insel Elephantine inmitten des Flusses befand sich das Heiligtum von Chnum, dem Gott der Quellen. Vielleicht könnte eine Reise des Pharaos dorthin bewirken, daß das wohltätige Hochwasser nicht länger ausbleibt.

Djoser griff diese Idee begeistert auf.

«Du wirst mit mir kommen, aber in Schmunu Station machen. An diesem Ort habe ich einst das Gelübde abgelegt, den Tempel des Thoth, des ibisköpfigen Gottes, wiederaufzubauen. Ich möchte gern Wort halten. Du könntest an Ort und Stelle die Möglichkeiten prüfen.»

«Ich möchte, daß Senui mich begleitet», sagte Imhotep, «denn wir werden einige Zeit dort bleiben müssen.»

«Du hast recht», sagte der König abschließend, «ich werde auch Nefer bitten, mir nach Nechen zu folgen.»

Da auf der königlichen Barke nicht alle untergebracht werden konnten, wurde eine kleine Flottille von fünf Schiffen für die Reise ausgerüstet. General Uni leitete die Expedition.

Wohlweislich teilte der Große Baumeister den Zweck dieser Reise der ganzen Hauptstadt mit. Und am Tag der Abreise kam das Volk, das für die Fürsprache des Herrschers bei den Göttern dankbar war, in Scharen ans Ufer des Flusses und jubelte ihm zu.

Djoser saß regungslos auf seinem Thron, der von vier kräftigen Männern getragen wurde. Er hatte die prächtige Doppelkrone von Ober- und Unterägypten angelegt, kreuzte Krummstab und Geißel über seine Brust und nahm die Huldigung seines Volkes entgegen.

Nach einer störungsfreien Fahrt von einigen Tagen erreichte die Flottille den Hafen von Schmunu. Senui und Imhotep gingen an Land, gefolgt vom treuen Seneb und einigen Soldaten, die das Gepäck trugen. Djoser fuhr sogleich weiter südwärts.

Die Stadt Schmunu bereitete ihrem berühmten Gast einen begeisterten Empfang und nahm ihn auf wie einen König. Hier hatte Imhotep sein öffentliches Leben begonnen und sich einen dauerhaften Ruf als Arzt geschaffen. Nun kam er zurück an diesen geliebten Ort, um seinen Traum, einen monumentalen Bau aus behauenem Stein, zu verwirklichen.

Alles schien zum Gelingen des Projektes beizutragen: die sprichwörtliche Geschicklichkeit der einheimischen Arbeiter, das völlige Vertrauen der Priester des Thoth-Tempels, die unbegrenzte Hilfsbereitschaft der Bevölkerung und ihre Begeisterung. Überdies war die Provinz reich und hatte kaum unter dem Hunger zu leiden. Die Frauen des Landes liebten und bewunderten Prinzessin Senui, die ihre ganze Jugend dort verbracht hatte. Ebenso wie Imhotep konnte sie auf ihre völlige Ergebenheit rechnen.

Lange und geduldig hatte sich der Große Baumeister darauf vorbereitet, mit dem, was er das «Material der Zukunft» nannte, zu arbeiten.

In seinen jungen Jahren hatte er auf Befehl des damaligen Pharaos Chasechem einen Kenotaph in Abydos errichtet, dessen Innenraum aus Steinmauern bestand. Der dazu verwendete Sandstein war in Ziegelgröße gehauen und wie diese zusammengefügt worden. Das war ein erster Versuch gewesen, der Rest des Gebäudes war in der traditionellen klassischen Bauweise errichtet worden.

Später, in Sakkara, hatte er die Pläne für die Ewigkeitsstätte Djosers entworfen, im wesentlichen allerdings, um eine in den Fels getriebene unterirdische Architektur zu verwirklichen. Nur der Teil der Anlage oberhalb des Schachts und der Totengemächer bestand aus behauenen Blöcken, die von seinem Vater Kanufer zu einem regelmäßigen Parallelepiped übereinandergeschichtet worden waren.

Im roten Granitsteinbruch von Aswân hatte er dann zusammen mit Bedjmes die Abbau- und Transportmethoden entwickelt. Schon das war ein Meisterstück.

Nun war endlich der Augenblick gekommen, einen freistehenden Tempel zu entwerfen. Ganz aus Stein. Für die Ewigkeit.

«Beruhige dich, Arzt von Schmunu», sagte Senui scherzend, als sie sah, wie er einen Entwurf nach dem anderen fortwarf. «Beruhige dich, mein Geliebter, sonst wirst du über diesen Papieren noch den Verstand verlieren.»

«Du hast recht», antwortete er und legte seinen Pinsel nieder, «mit ausgeruhtem Kopf zeichne ich wirklich besser. Und dennoch drängt die Zeit. Ich möchte die Baustelle so schnell wie möglich in Betrieb nehmen.»

«Wem jagst du nach, wenn du so baust, dem Ruf oder dem

Ruhm? Möchtest du beide in die Ewigkeit hinein verlängern, indem du Steine übereinandersetzt wie ein Maurer der Ewigkeit?»

«Mach dich nicht über mich lustig, Senui. Ich liebe diesen Beruf aus tiefstem Herzen, das weißt du.»

«Ja, das weiß ich, und ich weiß auch, daß du nur ungern über deine Pläne sprichst. Aber vergiß darüber nicht, daß du auch Arzt bist. Die Menschen dieses Landes werden das niemals tun, also vergiß es auch selbst nicht, Arzt von Schmunu!»

Djoser war überaus glücklich, jetzt nach all den schweren Jahren in sein Geburtshaus nach Nechen zurückzukehren. Der Gouverneur, der nur einen Flügel des Palastes bewohnte, hatte den ganzen Komplex gut instand gehalten. Nun beabsichtigte er sogar, die berühmten Fresken des Empfangssaales restaurieren zu lassen, und versuchte, beim Pharao die Ernennung einiger Künstler aus dem Lebenshaus zu erwirken.

Nefer richtete sich in den ehemaligen Gemächern der Königin Nimaathapu ein. Das große Wasserbassin und die blühenden Gärten fanden vor allem bei den Kindern, die sich auf der langen Reise gelangweilt hatten, großen Anklang.

Die Bevölkerung von Stadt und Land hatte unter dem Hunger sehr zu leiden, denn das oberägyptische Tal zwischen den im Osten und Westen angrenzenden Wüsten war schmal, und der vorhandene Ackerboden konnte auch in guten Zeiten kaum genügend Nahrung für die Bevölkerung hervorbringen.

Der feierliche Gang des Pharaos zu den Göttern fand daher großen Beifall und besiegelte endgültig die Versöhnung mit den Provinzen, die sich seinerzeit auf Nebkas Seite gestellt hatten.

Nach einigen geruhsamen Tagen in Nechen setzte Djoser in Begleitung des Generals Uni und seiner Soldaten die Reise in den Süden fort. Nefer und die Kinder blieben in Nechen zurück. Die Reise war überaus beschwerlich. Stromaufwärts machten die zahlreichen Sandbänke und kleinen Stechginsterinseln vor dem ersten Katarakt die Durchfahrt gefahrenvoll und mühselig. Als der Wasserstand des Stroms so niedrig war, daß es für die Schiffahrt gefährlich wurde, zog der Pharao mit seiner Eskorte zu Fuß weiter und überließ es dem General, die Schiffe von seinen Soldaten nach Aswân treideln zu lassen. Eile war geboten, denn der Pharao wollte vor Auftauchen des Sternes, der den Beginn des neuen Jahres und der neuen Flut ankündigt, ans Ziel gelangen. Endlich kam die Insel Elephantine in Sicht. Tief bewegt von der Schönheit der Landschaft, beschloß Djoser, an diesem Ort das Lager aufzuschlagen und bis zum nächsten Tag Rast zu machen. Er wollte ausgeruht vor dem Gott Chnum erscheinen. Auch entsandte er einen Boten nach Abu, um den Bewohnern seine Ankunft zu melden.

In dieser Nacht erschien der Stern Sothis am Horizont. Bei Sonnenaufgang kamen die Priester und alle Menschen der Umgebung dem Herrscher entgegen und warfen sich zu seinen Füßen nieder. Nach dieser Huldigung geleiteten sie ihn feierlich zum Ufer, wo für ihn ein mit bunten Wimpeln reich geschmücktes Boot bereitlag, das ihn nach Abu, auf die Insel Elephantine, übersetzte.

Das schmucklose Heiligtum war vor undenklichen Zeiten aus Holz und rohen Ziegeln erbaut worden. Es beherbergte eine Statue aus massivem Gold, die auf einem Ebenholzsokkel stand und den widderköpfigen Gott darstellte, der in seiner rechten Hand eine kleine Kinderstatue aus rotem Ton hielt.

Djoser verneigte sich ehrerbietig vor dem Bildnis der Gottheit, zündete ihm zu Ehren einige Weihrauchkugeln an und erhob die Stimme, damit alle ihn hören konnten:

«Ich bin der König von Ober- und Unterägypten. Ich bin

Horus Neter-er-chet und ich besuche Dich, Herr der Katarakte, an diesem außergewöhnlichen Tage, an dem das Zeichen des Himmels das neue Jahr verkündet.»

Dann wickelte er die schmalen, mit kostbaren Steinen geschmückten goldenen Armbänder von seinem Handgelenk ab und legte sie der Statue wie eine Kette um den Hals.

«Ich bringe dir diese Geschenke dar zum Zeichen meiner Freundschaft und meiner tiefen Verehrung. Und als Unterpfand meiner absoluten Aufrichtigkeit übereigne ich Dir, Großer Gott, Unternubien und die Provinz von Aswân, auf daß Du dort auf ewig herrschen mögest!»

Der oberste Priester trat dicht an den König heran und sagte leise zu ihm:

«Chnum wünscht Horus in seinem Allerheiligsten zu empfangen.»

Djoser, der seit frühester Kindheit mit allen Riten vertraut war, wußte, daß er nun an einem Ort, zu dem nur der Hohepriester von Abu oder der Pharao Zutritt hatte, mit dem Gott zusammentreffen sollte. Ein unmerkliches Lächeln der Befriedigung spielte um seine Lippen. Jetzt hatte er die Gewißheit, daß er sich an den richtigen Ort begeben hatte, um «die Gabe des Nils» zu erhalten.

«Der Horus nimmt an!» entgegnete er fast unhörbar. «Führe mich!»

Sie gingen um den Steinsockel herum, auf dem das goldene Bildnis des Gottes stand, und gelangten zu den ersten Stufen einer in den Granit gehauenen, steil abfallenden Treppe, die zu einem schmalen Anlegesteg führte. Dort warteten in einer großen Barke zehn Priester. Sie ruderten stromaufwärts und überquerten einige Wasserarme, in denen Inseln und Inselchen seltsamster Form lagen. Schließlich erreichten sie einen winzigen Landungssteg, der kaum eine halbe Elle breit war und am Ende eines felsigen Engpasses lag. Die Priester erfaßten die in den Fels eingelassenen Griffe und brachten das Boot zum Halten. Djoser und sein Führer stiegen aus. Den Rücken dicht an die Felswand gepreßt, schoben sie sich seitlich auf einem schmalen Sims vorwärts und gelangten etwas weiter auf eine große halbmondförmige Plattform, die kaum einen Fingerbreit über der Wasseroberfläche lag.

Zur Felswand hin öffnete sich der Zugang zu einer natürlichen, niedrig gewölbten Höhle.

«Diesen Ort wird man nicht jedes Jahr erreichen können», sagte sich Djoser, «dazu bedarf es gewiß einer außergewöhnlichen Trockenheit, wie sie gegenwärtig herrscht.»

Als hätte der Hohepriester von Abu seine Gedanken erraten, sagte er mit einer Verbeugung:

«Tretet ein, Majestät! Der Herr der Katarakte hat den Nil ausreichend sinken lassen, um Euren Besuch zu empfangen. Er erwartet Euch.»

«Geh du voran!»

Als sich seine Augen an das Halbdunkel gewöhnt hatten, bemerkte Djoser, daß die Grotte sich zu einer großen Höhle weitete, deren Dimension kaum auszumachen war.

Einige Schritte vor ihnen, in der Mitte des Raumes, stand Chnum! Ein Granitblock in Form eines riesigen Widderkopfes, dessen Ähnlichkeit man durch einige geschickte Meißelschläge und durch das Anbringen zweier in sich gewundener Goldhörner hervorgehoben hatte.

«Geh nun», murmelte Djoser zu seinem Begleiter, der neben ihm kniete: «Ich will mit ihm allein sein.»

Schritt für Schritt ging er im Dunkeln auf den Widder zu, bis seine Hand das steinerne Maul berühren konnte. Behutsam streichelte er das göttliche Bildnis und begann zu sprechen. Jedes seiner Worte wurde vom Echo der Höhle auf eine unwirkliche Weise verstärkt:

«Die Erde des Horus braucht das Wasser des Chnum. Tränke das Land Kêmi, Herr der Katarakte, und du wirst auf ewig verehrt werden!»

Tief in Gedanken versunken stand er da, regungslos wie das steinerne Tier vor ihm. Schließlich riß ihn das Plätschern des Nilwassers, das seine Knöchel umspülte, aus seinen Betrachtungen. Unmerklich war der Fluß gestiegen und hatte die Plattform überflutet.

4

Seneb war ein leidenschaftlicher Angler, und er verfügte nun über genug freie Zeit, um sich ausgiebig seinem Lieblingsvergnügen zu widmen. Imhotep hatte im Moment keinerlei Verwendung für seine Dienste, denn er verbrachte seine Tage auf der Baustelle des Tempels. Und Prinzessin Senui, deren Entbindung kurz bevorstand, ruhte in ihrem Garten in Gesellschaft einiger Damen aus Schmunu. Auch sie ließ Seneb seiner Wege gehen.

Am Ufer des Flusses hatte er sich einen Papyrusnachen hergerichtet und ihn an drei soliden, in den Schlamm gerammten Holzpflöcken festgemacht. In der Mitte des Bootes waren Schilfbündel zu einem Sitz gestapelt, und darüber hatte er, um es bequemer zu haben, einen Teppich aus trockenen Blättern gestreut. Ein kleiner Schirm schützte ihn vor der Glut der Sonne, während er die Schnur auswarf. Vor seinen Füßen lag weiteres Angelzeug bereit, dazu ein Messer, verschiedene Köder und die Reuse aus geflochtenen Weidenruten, in der er seinen Fang aufzubewahren pflegte. Leider waren Fische selten geworden. Mit dem Niedrigwasser schienen sie sich nach Norden zurückgezogen zu haben.

Gemütlich auf seinem Sitz ausgestreckt und vom sachten Schaukeln der Barke gewiegt, war Seneb gerade eingenickt, als ihn plötzlich ein anhaltendes Gefühl von Nässe an den Füßen aufweckte. Im ersten Augenblick glaubte er, sein Schiff sinke, und er müsse sich ans Ufer retten, erkannte aber schnell, daß sein Boot nicht leck war. Es lag fest zwischen den Pfählen, aber es war zu kurz angebunden, so daß es jetzt langsam vollief. Mit einem Schlag wurde Seneb klar, was geschehen war.

«Das Wasser steigt!» brüllte er und sprang ans Ufer. «Das Wasser steigt!»

Außer sich vor Freude rannte er wie ein Besessener zur Stadt. Unterwegs traf er Bauern, die nach getaner Arbeit gemächlich von den Feldern zurückkehrten.

«Das Wasser steigt!» rief er ihnen atemlos zu. «Lauft ans Ufer und seht selbst.»

Und er lief noch schneller. In den Straßen schrie er ununterbrochen: «Das Wasser steigt! Das Wasser steigt!»

Im Palast fiel er erschöpft vor der Prinzessin auf die Knie.

«Was ist los mit dir, Seneb?» fragte sie besorgt. «Bringst du eine schlechte Nachricht?»

Er schüttelte den Kopf und rang nach Luft. Als er wieder sprechen konnte, stieß er keuchend hervor:

«Der Nil tritt über die Ufer, Prinzessin! Imhotep hat recht gehabt.»

Unterdessen schickte sich Djoser an, das Dorf Abu zu verlassen. Seit seiner Begegnung mit Chnum, dem Herrn der Katarakte, sahen die Priester und Einwohner in ihm einen Gott. Der tiefe Respekt, den sie ihm bisher erwiesen hatten, war zu einer stummen Anbetung geworden. Auch auf dem Rückweg, den der Herrscher ohne Eile zu Fuß zurücklegte, wurde er auf die gleiche Weise verehrt. Überall lagen die Leute im Staub, wenn er an ihnen vorüberkam, und selbst Uni und seine Soldaten warfen sich vor ihm nieder, als er schließlich bei den Schiffen anlangte.

Das gleiche wiederholte sich in noch weit größerem Ausmaß, als die Schiffe im Hafen von Nechen festmachten. Alle Einwohner der Hauptstadt des Südens hatten sich auf den Kais versammelt, um den Herrscher willkommen zu heißen. Als Djoser an Land ging, trug er die doppelte Krone von Ober- und Unterägypten. Kein Ausruf, kein Laut war zu hören. Ehrfürchtig, schweigend lag die Menge vor ihrem Pharao auf den Knien.

Diese inbrünstige Verehrung war nur den mächtigen Gottheiten vorbehalten. Doch seit das Volk des Landes Kêmi erfahren hatte, daß sein König den Unsterblichen und dem Fluß befehlen konnte, war es davon überzeugt: der Horus Neter-erchet mußte ein wahrer Gott sein, der lebende Horus unter den ewigen Göttern!

Einige Tage später ging Djoser wieder mit Nefer und den Kindern an Bord der königlichen Barke und fuhr den Nil stromabwärts nach Schmunu. Und wie überall auf dieser Reise wurde ihm auch von dieser Stadt ein begeisterter Empfang bereitet. Darüber hinaus erwarteten ihn dort der Große Baumeister und Prinzessin Senui.

Als sie endlich allein waren, sagte Djoser: «Wir haben es geschafft, Imhotep, der Hunger ist besiegt!»

«Chnum hat dich erhört! Die Ernte wird gut sein!» begann Imhotep ruhig und fuhr fort: «Jetzt ist es wichtig, in Sakkara zu bauen!»

«Willst du außer meiner Grabstätte noch ein anderes Monument dort bauen? Ich dachte, das Ganze sei schon bald vollendet.»

Imhotep war plötzlich sehr ernst geworden. Er erläuterte Djoser, daß man die Veränderungen berücksichtigen müsse, die seit dem Beginn der Bauarbeiten auf der Nekropole eingetreten waren, insbesondere das, was an den Katarakten geschehen war. Denn ein erfolgreicher Besuch bei Chnum hatte den Pharao zum lebenden Gott gemacht. Das war ein bedeutsames Ereignis in der Geschichte der Beiden Länder. Die Menschen des Landes Kêmi hatten durch die Vergöttlichung ihres Herrschers über seine Zukunft entschieden. Mit einer monumentalen Kultstätte neben dem Haus für die Ewigkeit müsse ihnen die Möglichkeit gegeben werden, ihn für immer wie einen Gott zu verehren.

Djoser blickte ihn nachdenklich an. Diese Auffassung des Obersten Priesters von Junu war die entscheidende Bestätigung der Meinung seines Volkes.

«Du hast recht», sagte er, «wird es dann aber nicht notwendig sein, dort ein heiliges Abbild aufzustellen, das den Gott sichtbar verkörpert?»

Imhotep nickte zustimmend, und ein geheimnisvolles Lächeln umspielte seine Lippen.

«Ich habe deine Statue lebensgroß in Stein gehauen.»

Als zögere er noch, eine Entscheidung zu treffen, gab Djoser zu bedenken, daß nicht ein einziger Pharao vor ihm in der Nähe seines Grabes einen Tempel habe erbauen lassen.

«Du bist aber auch der erste», antwortete Imhotep, «dem der Nil gehorcht!»

«Ich habe ihm keinen Befehl erteilt! Ich habe die Hilfe von Chnum erbeten!»

«Und Chnum hat dich erhört, denn das Wasser ist gestiegen.»

«Du glaubst nicht, daß es auch ohne mein Eingreifen gestiegen wäre?»

«Das werden wir niemals erfahren.»

Djoser setzte sich und verbarg das Gesicht in den Händen. Lange saß er schweigend da, während Imhotep ihn regungslos beobachtete. Als der Pharao endlich die Hände sinken ließ und sich erhob, hatte er seine Gelassenheit wiedergefunden.

«Es ist unwesentlich zu wissen, ob der Fluß mir wirklich gehorcht», sagte er lächelnd. «Für mich zählt nur eins: Rê ist der Große Gott! Der Sonnengott! Der Einzige! Und ich bin Sohn des Rê. Diese Gewißheit habe ich von meinem Vater. Ich werde sie an meinen Sohn weitergeben und durch ihn an alle meine Nachkommen.»

Imhoteps Augen leuchteten: Bei einer solchen Haltung würde Djoser ein großer Pharao werden! Nun waren alle drei Bedingungen, die Chasechem noch quälende Sorgen bereitet hatten, erfüllt: eine mächtige Zentralgewalt, die die Einheit der beiden Länder garantiert, eine dauerhafte, auf die Verwendung von Stein gegründete Architektur und ein frommer, ergebener Klerus, der den Pharao verehrt.

Djoser trat auf den Architekten zu und umarmte ihn. Er gab ihm den Auftrag zum Bau des Tempels und bat ihn, er solle außerdem alle Gräber der alten Könige öffnen, die kostbaren Vasen und Alabastergeschirre, die noch vorhanden waren, bergen und sie alle in einen Gang der unterirdischen Wohnung bringen lassen, wo sie zum größten Ruhm dieser Könige für immer aufbewahrt werden sollten.

5

Als die königliche Barke im Hafen von Memphis anlegte und die riesige Menge, die in stummer Verehrung wartete, vor dem Pharao auf die Knie fiel, setzten bei Senui die ersten Wehen ein.

«Genau wie damals!» dachte Imhotep beunruhigt, als er sah, wie sich Senuis Gesicht verzerrte.

In unzähligen Einzelheiten tauchten die Leidensstunden seiner ersten Frau wieder vor ihm auf. Auf demselben Schiff waren sie damals nach Nechen gekommen, und er fragte sich, was die Übereinstimmung der Situation nach so vielen Jahren wohl bedeuten könne. Die Ähnlichkeit der beiden Frauen war sicherlich erstaunlich, konnte aber eine solche Übereinstimmung wohl kaum erklären. Wo mochte also der Sinn dieser schicksalhaften Fügung liegen?!

Um sich selbst zu beruhigen, reagierte er zunächst als Arzt: «Wenn ich das Problem genau analysiere», überlegte er, «muß ich feststellen, daß es beträchtliche Unterschiede gibt: Meri-Anch war Erstgebärende, während Senui ihr drittes Kind zur Welt bringen wird. Die eine war sehr jung, zart und kränklich, die andere ist älter, kräftig und bei ausgezeichneter Gesundheit. Die Situation ist also gar nicht vergleichbar!»

Er nahm die Hand der stöhnenden Prinzessin und sagte beruhigend: «Ich bleibe bei dir. Wir werden dich so schnell wie möglich in einer Sänfte zum Palast bringen. Dort kümmern sich dann die Hebammen um dich. Ich werde in deiner Nähe bleiben.»

Und in Gedanken an die dramatischen Geburten von Hori und Djoser entfuhr es ihm unwillkürlich:

«Und dieses Mal wird keine Königin zur gleichen Zeit einen Pharao gebären!»

Die Nacht brach herein. Die Straßen hatten sich geleert. Die Stadt lag in friedlicher Ruhe. Lange noch hatten die Menschen mit ihren Nachbarn über die Rückkehr des Horus Neter-et-chet geschwatzt, nun waren alle frohen Herzens nach Hause gegangen. Das Hochwasser des Nils hatte alle Hoffnung neu belebt.

Im Palast hingegen herrschte große Besorgnis, denn seit dem frühen Nachmittag waren Nefer und ihre Zwillinge, Intekas und Nebti, verschwunden.

Djoser ging unruhig in seinem Zimmer auf und ab. Gemeinsam mit Imhotep wartete er auf Sepas Rückkehr, der den Auftrag hatte, mit anderen Dienern alle Säle, Gänge, Terrassen, Höfe und Gärten des Palastes zu durchsuchen.

Aus dem Nebenzimmer drangen in regelmäßigen Abständen Senuis Schmerzensschreie herüber. Entgegen der Annahme des Arztes erwies sich die Geburt als sehr schwierig. Von Zeit zu Zeit schickte Imhotep eine Dienerin hinüber, um sich nach dem Befinden zu erkundigen. Und stets kam sie mit der gleichen Nachricht zurück: Alles verläuft gut; die «Arbeit» geht langsam voran, doch ohne Komplikationen, man muß Geduld haben.

«Das Warten dauert endlos lang!» murmelte Imhotep sorgenvoll. «Dieses Gefühl der Ohnmacht ist unerträglich.»

Djoser nickte schweigend mit dem Kopf. Auch ihn ließen die Sorgen nicht zur Ruhe kommen. Schließlich stand Imhotep auf:

«Ich gehe in mein Arbeitskabinett. Ich werde Seneb sagen, er solle Uni aus dem Waffenhaus und Hesirê aus dem Lebenshaus holen. Vielleicht brauchen wir sie, um Nachforschungen anzustellen. Wie denkst du darüber?»

«Tu, was du willst», antwortete der König nur. «Ich für meinen Teil möchte ohne sie auskommen.»

Kaum war Imhotep hinausgegangen, als Sepa beim Herrscher erschien.

«Rede!» sagte Djoser ungeduldig.

«Die Königin und die Prinzessinnen sind nicht im Palast, Herr!»

«Sind sie ausgegangen? Irgend jemand hier muß doch wissen, wo sie sind. Warum antwortest du nicht?»

«Keiner ihrer Diener oder Dienerinnen weiß etwas!»

«Wer hat sie zum letzten Mal gesehen?»

«Wahrscheinlich Neset, meine Frau. Sie ist seit Ankunft des Schiffes nicht von der Seite der Königin gewichen.»

«Hole Neset, ich will sie befragen!»

«Sofort, Herr.»

Djosers Angst nahm zu: Nefer sollte den Palast verlassen haben, ohne jemandem etwas zu sagen? Das war nicht ihre Gewohnheit. Und wohin konnte sie gegangen sein? Und warum hatte niemand etwas davon bemerkt? Warum hatte sie ihre Töchter mitgenommen? Fragen über Fragen, die sich in seinem Kopf drängten und ohne Antwort blieben.

Im Nebenzimmer wurden Senuis Schreie immer heftiger. Auch die Zurufe der Hebammen, die der Prinzessin zur Seite standen, wurden lauter, als wollten sie die Stimme der Gebärenden übertönen.

Mit sorgenvollem Gesicht ging Imhotep langsam über den Flur, der von den Schreien widerhallte. Vor der Tür zu Senuis Zimmer zögerte er kurz, ging jedoch mit Rücksicht auf die Bräuche weiter und trat beim Pharao ein.

«Diese Geburt will kein Ende nehmen», sagte er matt. «Was für ein Elend! Mein Herz ist voller Furcht und Mitleid.»

«Nefer ist nicht zu finden», murmelte Djoser niedergeschlagen. «Im Palast ist sie nicht. Sepa holt seine Frau: Sie hat sie zum letztenmal gesehen. Wo ist Seneb?»

«Seneb ist auch verschwunden. Niemand kann mir sagen, wo er sich aufhält. Wenn er bei Nefer ist, könnten wir eher beruhigt sein. Mir wäre lieber, sie wäre in der Nacht nicht allein.»

Die königliche Amme war in Tränen aufgelöst, als sie eintrat. Wortlos fiel sie dem Herrscher zu Füßen.

«Rede!» sagte Djoser gereizt. «Laß das Weinen! Wann hast du die Königin heute verlassen?»

«Am späten Nachmittag, Majestät», sagte sie und verbarg den Kopf in ihren Händen.

Imhotep ging auf sie zu, nahm sie freundschaftlich beim Arm und half ihr auf. Sehr sanft fragte er sie dann:

«Warum weinst du, Neset? So kannst du uns nicht helfen. Du mußt alles sagen, was du weißt. Ich bitte dich, Neset!»

«Ich weiß nicht viel», antwortete sie und hielt mühsam ihre Tränen zurück. «Als die Königin fortging, wollte sie ihre Mutter besuchen und ihr Mut machen. Sie ging allein, und die Töchter spielten mit ihrem Bruder in meinem Zimmer.»

«Und dann?» fragte Djoser ungeduldig.

«Mehr weiß ich nicht!» rief sie voller Angst und fiel erneut auf die Knie.

«Doch, du weißt noch etwas. Du mußt alles sagen», sagte Imhotep und kauerte sich neben sie.

«Ich habe die Kinder ungefähr eine Stunde lang allein gelassen. Das war mein Fehler... Ich hätte sie niemals ohne Aufsicht lassen dürfen. Das war ein schrecklicher Fehler... Als ich zurückkam, waren die Prinzessinnen nicht mehr da. Bestraft mich! Ich verdiene den Tod.»

Neset war völlig gebrochen und schluchzte heftig. Sie war

nicht mehr die schöne königliche Amme, deren stattliche Erscheinung allseits Bewunderung erregte, sondern nur noch eine arme, niedergeschlagene und mitleiderregende Frau.

«Und mein Sohn? Wo ist mein Sohn?» fragte Djoser besorgt.

Aufgeregt wehrte sie ab: «Nein! Nein! Djoser-Atoti ist hier! Er ist jetzt bei Sepa.»

«Hol ihn! Lauf schnell und komm mit ihm zurück!»

Imhotep nickte:

«Du hast recht. Der kleine Prinz wird wissen, wo seine Schwestern und seine Mutter sind.»

Während die Amme fortlief, wurden Senuis Schreie immer lauter, zwischendurch hörte man die beruhigenden Stimmen der Hebammen. Dann trat unverhofft Stille ein ... eine lange, nicht endenwollende Stille.

Imhotep rührte sich nicht. Plötzlich öffnete sich die Tür, und die Amme hielt ihm mit ausgestrecktem Arm das neugeborene Kind entgegen.

«Es ist ein Junge!» rief sie lachend. «Großer Baumeister, es ist ein Junge!»

Imhotep stürzte ins Nebenzimmer.

Senui lag bleich und erschöpft, aber lächelnd auf ihrem Lager.

«Ich bin glücklich, Arzt von Schmunu», sagte sie leise. «Es ist ein schönes Kind.»

Zwischen der Freude über die Geburt seines Sohnes und der Sorge um das Verschwinden ihrer Tochter hin- und hergerissen, beschloß Imhotep, die Wahrheit zunächst zu verschweigen. Er küßte seine Gemahlin zärtlich und murmelte:

«Ich liebe dich! Ruhe dich jetzt aus!»

Auf dem Rückweg ins königliche Gemach begegnete er Sepa und Neset, die Djoser-Atoti zu seinem Vater brachten. Der kleine Junge lief ihm sofort entgegen. Imhotep nahm ihn auf den Arm, küßte ihn liebevoll, setzte ihn dann auf den Boden zurück und sagte:

«Komm, Prinz des Deltas, gehen wir zum Pharao, ich glaube, er will dich sprechen.»

Das Kind, das bereits Verständnis für das Protokoll aufbrachte, richtete sich stolz auf und ergriff Imhoteps Hand:

«Führe mich zu ihm, Großer Baumeister!»

Djoser fragte seinen Sohn ziemlich schroff:

«Sage mir, wo deine Mutter ist, und sage mir, wo deine Schwestern sind!»

«Sie sind zusammen, denn Mama hat sie abgeholt.»

«Warum bist du nicht bei ihnen?»

«Ich wollte nicht mitgehen, weil ich so schon gespielt habe! Ich habe Krieg gegen die Wilden gespielt.»

«Hat deine Mutter gesagt, wohin sie gehen wollte?»

«Ja! Aber ich erinnere mich nicht mehr an den Namen.»

«An welchen Namen?»

«An den Namen des Dorfes! Sie wollte dort Heilkräuter für Senui pflücken.»

«Erinnere dich, Djoser-Atoti! Denk gut nach, sag mir diesen Namen!»

«Ich weiß ihn nicht, Vater! Ich weiß ihn nicht!» Der Junge war den Tränen nahe, denn das ernste Verhalten der Erwachsenen um ihn herum machte ihm angst.

Imhotep nahm ihn auf den Arm.

«Versuche einmal daran zu denken, kleiner Mann! Das ist doch für einen Prinzen des Deltas, der seine Mutter liebt, nicht schwer. Senui hatte sie dorthin geschickt, sagst du?»

«Ja! Ja! Sie hat das zu Intekas und Nebti gesagt. Sie hat sogar gesagt, es wäre ‹da, wo du geboren bist›.»

Blitzartig trat Imhotep die Verkettung der Ereignisse vor

Augen. Erstens: Nefer besucht ihre Mutter. Da die Geburt schwer zu werden droht, schickt Senui ihre Tochter, um die Kräuter zu sammeln, die allen Frauen bekannt sind, weil sie die Niederkunft beschleunigen können. Und sie legt dieser Entscheidung eine magische Bedeutung bei, indem sie Anchtué, den Geburtsort des Vaters, auswählt. Zweitens: Nefer bricht sogleich auf, wahrscheinlich in Begleitung von Seneb. Der Ort liegt ganz in der Nähe der Stadt am Ufer des Nils. Sie holt ihre Töchter zu diesem Spaziergang ab, Djoser-Atoti will nicht mitkommen. Drittens... Drittens was?

«Prinzessin Senui ist eingeschlafen», verkündete eine der Hebammen, «der Sohn Imhoteps auch. Sie brauchen dringend Ruhe.»

Die ganze Nacht lang durchstreiften Hunderte von Soldaten mit Fackeln die Ufer des Flusses, die in der Nähe des Dorfes Anchtué besonders sumpfig waren. Der Pharao selbst leitete die Suchaktion in Begleitung des Großen Baumeisters. Doch alles Rufen und Suchen war vergeblich.

Erst bei Tagesanbruch fand man Seneb mit ausgebreiteten Armen in einer Blutlache liegend. Zwei Pfeile steckten in seiner Schulter. Imhotep, der unverzüglich benachrichtigt wurde, ließ ihn zum Palast bringen. Er lebte noch, war aber bewußtlos und unfähig, auch nur das Geringste zur Aufklärung der Ereignisse beizutragen.

Als man endlich in einem Stechginsterbusch die halb im Wasser liegenden blutüberströmten Körper der beiden Mädchen entdeckte, packte die Suchenden Grauen und Entsetzen. Die königliche Familie wurde offenbar von einem ebenso ungerechten wie unbarmherzigen Schicksal verfolgt. Dies war zweifellos das furchtbare Werk des Verrückten der Oasen. Auch die beiden Kinder waren im Rücken von einem Pfeil getroffen. Den ganzen Tag wurde die Suche fortgesetzt, blieb aber vergeblich. Nefer blieb unauffindbar. General Uni mobilisierte alle verfügbaren Soldaten und durchkämmte noch einmal Schritt für Schritt die ganze Gegend um das Dorf Anchtué herum und entlang der Ufer des Nils. Ohne Erfolg!

Djoser schloß sich in seine Gemächer ein. In einem Zustand tiefster Niedergeschlagenheit blieb er mehrere Tage lang allein und ließ niemanden zu sich.

Imhotep fiel die schmerzliche Pflicht zu, Senui das Unfaßbare schonend beizubringen. Als er ihr die Nachricht vom Tod ihrer Enkelinnen und vom Verschwinden ihrer Tochter brachte, verlor sie das Bewußtsein. Und als sie wieder zu sich kam, las der Arzt von Schmunu in ihren Augen eine so tiefe Verzweiflung, daß er tief erschrak.

«Ich fürchte um ihren Verstand», vertraute er seinem Freund Uni an, der gekommen war, um ihm zur Seite zu stehen.

«Kein Wort kann sie trösten, und die Liebe, mit der ich sie umgebe, scheint mir lächerlich gering im Vergleich zu ihrem Leid. Allein das mütterliche Gefühl, das sie für ihr Neugeborenes empfindet, wird ihr helfen können, mit dieser entsetzlichen Prüfung fertig zu werden.»

«Wie willst du deinen Sohn nennen?» fragte der General in der Absicht, das Gespräch auf ein weniger trauriges Thema zu lenken.

«Senui will ihn Rahotep-Nefer nennen. Er soll die Namen der beiden Kinder tragen, die sie verloren hat.»

Imhotep hatte Senebs Wunden versorgt, die Pfeilspitzen entfernt, die Blutungen gestillt und dann versucht, durch geeignete Heilkräuter dem Wundfieber vorzubeugen.

Nach einigen Tagen umsichtiger Pflege erlangte der Diener das Bewußtsein wieder. Man brachte ihn auf einer Bahre in die Gemächer des Pharaos, Djoser und Imhotep setzten sich an sein Lager, und Seneb schilderte, immer wieder von gequältem Schweigen oder kurzem Aufschluchzen unterbrochen, mit leiser Stimme den tragischen Abend:

«Als wir das Dorf Anchtué verließen, in das die Prinzessin Senui uns geschickt hatte, um Heilkräuter zu sammeln, wollte Königin Nefer ihren Spaziergang bis zum Fluß hin ausdehnen. Der Nil schien sie anzuziehen. Die Landschaft erinnerte sie an die Große Insel und die Sümpfe des Deltas, die sie so sehr liebte.

Ich habe sie mehrmals gewarnt. ‹Das Wasser steigt, Majestät!› habe ich ihr gesagt, ‹diese Stelle ist gefährlich. Es wäre besser, umzukehren.› Aber sie hat gelacht... sie hat gelacht und sich über meine Angst lustig gemacht. Als sie mitten im Schilfrohrdickicht schöne Blumen entdeckte, die sie noch nicht kannte, hat sie mir die Prinzessinnen anvertraut. Sie sprang von einem Schilfbüschel zum anderen und pflückte einen ganzen Strauß. Und dann geschah es! Sie rutschte aus und versank bis zu den Hüften in einem Wasserloch. Ich ließ Intekas und Nebti auf festem Boden zurück und eilte ihr zu Hilfe, aber plötzlich...»

Der Diener stockte. Imhotep ergriff tröstend seine Hand.

«Nur Mut, tapferer Seneb! Wir müssen alles wissen!»

Djoser ging einige Schritte hin und her. Er wandte ihnen den Rücken zu, um seinen tiefen Schmerz zu verbergen.

«Plötzlich zischte ein Pfeil, dann ein zweiter», fuhr der Diener fort und richtete sich erregt auf seinem Lager auf. «Die Kleinen fielen schreiend zu Boden. Ich hörte den Verrückten der Oasen höhnisch lachen... ein gräßliches Lachen! Kaltblütig hatte er sie umgebracht. Die Königin, die diesem Verbrechen ohnmächtig zusehen mußte, stieß einen herzzerreißenden Schrei aus, und ich, zwischen ihr und ihm, wußte nicht, was ich tun sollte... ich wußte nicht, was ich tun sollte... Und dann sah ich das Krokodil! Es kam langsam näher, direkt hinter der Königin. Ein riesiges Krokodil, das aus dem schlammigen Wasser auftauchte. Ich fiel auf die Knie und flehte den Gott an: ‹Sobek! Gott des Flusses! Verschone die Königin! Verschone die Gemahlin des lebenden Horus.› Und dann habe ich mich zu dem Mann umgedreht, der einen neuen Pfeil auf die Sehne seines Bogens gelegt hatte, und habe auch ihn angefleht: ‹Schieß auf das Krokodil, rette sie! Schieße aus Mitleid! Rette meine arme Herrin!› Aber jener begann wieder wie ein Irrsinniger zu lachen! Und ich bin zu ihr gewatet, in der Hoffnung ... aber sie ist im Nil verschwunden, von Sobek fortgerissen. Dann spürte ich einen heftigen Schmerz im Rükken. Der Verrückte lachte noch immer. Schreiend vor Entsetzen stürzte ich nieder, mir wurde schwarz vor Augen, und ich glaubte, es sei das Ende.»

Seneb begann zu weinen.

Nach langem Schweigen wies Imhotep die Diener an, den Verwundeten zurück auf sein Lager zu bringen.

«Ich werde gleich nach dir sehen und dir deine Heilmittel bereiten, damit du besser schlafen kannst», sagte er freundlich.

Als er mit dem König allein war, ging Imhotep zu ihm und schloß ihn wortlos in seine Arme, und Djoser legte den Kopf auf seine Schulter. Es gab in diesem Augenblick keinen Pharao und keinen Großen Baumeister, sondern nur zwei unglückliche Männer, die in ihrer tiefen Freundschaft Trost und Beistand beieinander suchten.

«Du verstehst meinen Schmerz», sagte der Herrscher mit dumpfer Stimme, «denn du hast ihn einst selbst empfunden. Deine Frau Meri-Anch ist tot, und Hori, dein Kind, wurde geraubt. Unsere Schicksale sind merkwürdig ähnlich.»

Imhotep überging bewußt die Erwähnung seines Sohnes Hori und antwortete ernst:

«Unser Geschick ist tatsächlich vergleichbar. Wir haben dieselbe Hoffnung, denn uns bleiben unsere Söhne!»

6

Um sein Leid zu verbergen, zog Djoser sich in die Einsamkeit seiner Gemächer zurück. Er verfügte neue Regeln für Protokoll und Hofetikette und ein strenges Zeremoniell, das seine Umgebung täglich an seine Gottgleichheit erinnern sollte. Unnahbar geworden für sein Volk, war er jedoch für seine persönlichen Freunde, zu denen auch General Uni gehörte, weiterhin jederzeit zu sprechen. Eines Tages ließ Uni sich vom Haushofmeister ankündigen.

«Er soll eintreten!» sagte der König, der mit unbeweglichem Gesicht auf seinen Thron saß.

Uni warf sich zu seinen Füßen nieder, stand aber umgehend wieder auf, denn der Herrscher hatte ihn von dem neuen Zeremoniell befreit, das vorschrieb, jeder Besuch müsse den Boden zu Füßen des Lebenden Gottes küssen und vor ihm liegen bleiben.

«Auf deinem Gesicht lese ich alle Anzeichen der Ungeduld. Nimm dir dennoch die Zeit, dich erst einmal zu setzen», sagte Djoser und wies auf einen Schemel. «Was beschäftigt dich?»

«Nun sind es bald siebzig Tage, daß Imhotep an der Mumifizierung der Körper der kleinen Prinzessinnen arbeitet», begann Uni etwas verlegen, «und nach Eurer Entscheidung, Majestät, soll die offizielle Beisetzung, soviel ich weiß, übermorgen stattfinden.»

«Ja, so ist es. Oder hast du Gründe, die dagegen sprechen, General?»

«Ich muß Euch etwas Wichtiges mitteilen. Ich habe es von dem Offizier erfahren, der Eure königliche Garde befehligt und dem Imhotep den Beinamen ‹der Narbige› gegeben hat.»

«Aus gutem Grund nennt er ihn so!» bemerkte Djoser, der für alles, was den Architekten betraf, ein gutes Gedächtnis hatte.

«Und was sagt dieser Mann?»

«Er sagt, der Verrückte der Oasen würde an jenem Tag auch nach Sakkara kommen!»

Djoser zuckte zusammen, bezwang sich aber sofort.

«Er hat also vor, mich während der Zeremonie zu ermorden?»

Wortlos senkte Uni den Kopf.

«Woher will der Narbige solche Informationen haben?»

«Er hat es mit eigenen Ohren aus dem Munde des Verrückten gehört, Majestät!»

«Er weiß also, wo er sich befindet?»

«Er weiß es!»

Auf diese Weise erfuhr Djoser, daß der Mörder sich zeitweilig in einer Spelunke der Unterstadt aufhielt und vergeblich versuchte, eine Revolte gegen den Horus Neter-er-chet anzuzetteln.

«Als wir auf der Großen Insel lebten», fügte Uni hinzu, «gab mir der Große Meister den Befehl, ihn lebend zu ergreifen, weil er ihn verhören und dann verurteilen will. Darum werde ich bei Einbruch der Nacht die Gassen von meinen Soldaten abriegeln lassen, um ihn zu fangen und ihn Eurer Majestät zu übergeben.»

«Nichts dergleichen wirst du tun, General!» antwortete der Pharao und stand plötzlich auf. «Seit Imhotep dir seine Anweisungen erteilt hat, ist viel geschehen: Dieser Mann hat Intekas und Nebti ermordet. Kraft meiner göttlichen Macht über Leben und Tod eines jeden Menschen verurteile ich den, der kaltblütig zwei unschuldige kleine Mädchen vor den Augen ihrer Mutter umgebracht hat: Er muß erbarmungslos getötet werden!»

Als durchlebte er noch einmal den erschütternden Bericht vom Tod seiner Kinder, lehnte der König mit verlorenem Blick seine Stirn gegen die Wand. Uni, der unfreiwillige Zeuge seines Schmerzes, wußte weder was er tun, noch was er sagen sollte. Nach langem Schweigen wandte sich Djoser wieder dem General zu und sagte, sorgfältig seine Worte wählend:

«Ich habe lange Zeit geglaubt, daß der Nil, nachdem er mir gleichzeitig die wunderbare Überschwemmung und die ewige Gottgleichheit gewährt hatte, meine geliebte Gemahlin als Entgelt für diese unermeßlich großen Gaben zu sich geholt habe. Jetzt weiß ich, daß das ein Irrtum war. Der Gott Sobek hatte Mitleid mit Nefer und mir. Wenn er sie auf den Grund der Fluten mitgenommen hat, dann einzig, um sie vor dem infamen Tod zu bewahren, den ihr ein niederträchtiger Mörder zugedacht hatte. Eines Tages werde ich sie wiedersehen, und wir werden uns für immer gehören. Ich werde ihr von Imhotep in der Königsnekropole eine ewige Wohnung erbauen lassen, die in allen Einzelheiten der meinen gleicht. In einen rechteckigen Sarkophag aus dem rotem Granit von Aswân werde ich ein mit ihrem Namen gezeichnetes Goldkrokodil legen und dazu eine Statue, die ihre Züge trägt. In den unterirdischen Sälen, deren mit türkisblauen Fayencen verkleideten Wände uns an die Tage des Glücks im Palast der großen Insel erinnern sollen, werden wir gemeinsam Seite an Seite auf ewig leben.»

Tief beeindruckt von dem Vertrauen seines Herrschers fragte General Uni leise:

«Wie lauten Eure Befehle, Majestät? Was soll mit dem Verrückten geschehen?»

Djoser ging einige Schritte auf und ab und sagte mit fester Stimme:

«Ich will den Verbrecher mit eigener Hand töten und diese Tat Nefer im Reich des Osiris zum Geschenk machen. Er darf mir nicht entkommen. Mobilisiere alle Truppen und lasse rund um die Stadt Wachen aufstellen. Das Verlassen der Stadt ist unter Todesstrafe verboten. Für jedermann! Überwache die Stadtmauer und die Tore. Dulde keinen Verstoß: diese Anweisung gilt für alle, ohne Ausnahme! Und wenn die ganze Stadt sicher umschlossen ist, hole mich und bring diesen Offizier mit, den man den Narbigen nennt. Er wird mich zum Mörder führen. Geh und sorge dafür, daß meine Befehle ausgeführt werden. Bei Anbruch der Nacht muß jeder an seinem Platz sein.»

Kurz vor Sonnenuntergang kam ein heftiger Sandsturm auf und überzog die ganze Stadt mit einer feinen Decke aus rotem Wüstenstaub. Wie verabredet, erschien der General beim letzten Schein der Dämmerung im Palast. Der König saß bei einem kargen Imbiß. Er war wie ein einfacher Soldat gekleidet.

«Hast du den Narbigen gefunden?» fragte er.

«Ja! Er erwartet uns am Eingang des Palastes.»

«Kennt er seinen Auftrag?»

«Er kennt ihn. Man kann sich auf ihn und auf seine Verschwiegenheit verlassen.»

«Das ist gut! Brechen wir auf!» sagte Djoser.

Nach einem langen schweigenden Marsch durch die engen Gassen der unteren Stadtviertel gelangten sie an die Tür der Spelunke. Auf ein Zeichen des Generals blieben sie stehen, nahmen die Örtlichkeiten genau in Augenschein und erkundeten die unmittelbare Umgebung.

Der Sturm hatte sich gelegt. In der Luft hing noch ein feiner Staub, der das Licht des Vollmondes leicht verschleierte.

Der Offizier klopfte an die Tür, und die Wirtin öffnete ihnen mit einer Lampe in der Hand. Sie war offensichtlich über den Besuch informiert worden, denn sie ließ die Männer wortlos eintreten.

«Ist er da?» flüsterte Uni.

Warnend legte die Frau den Zeigefinger an die Lippen und nickte zustimmend. Als sie den Saal betraten, zündete sie weitere Lampen an. Dann schloß sie die Augen und legte ihr Gesicht seitlich an die zusammengefalteten Hände, und die Männer begriffen, daß der, den sie suchten, im Nebenraum schlief.

Djoser zog langsam seinen Dolch aus dem Gürtel und sah Uni fest an. Mit einer Armbewegung forderte er den General auf, den schweren Vorhang anzuheben, der den Zugang zum Zimmer versperrte. Mit wenigen Schritten stand er im Durchgang, bereit, seinen Feind zu töten. Aber durch den schnellen Wechsel von Licht und Dunkelheit konnte er nichts mehr sehen und blieb unwillkürlich stehen.

Der Verrückte der Oasen war aufgewacht und hatte blitzschnell die Situation erfaßt. Im Gegenlicht erkannte er die Silhouetten der drei Männer und beschloß, lieber zu fliehen als sich zu wehren. Behende wie ein Affe sprang er auf sein Lager, schwang sich mit beiden Händen an einen Balken und durchstieß mit einem kräftigen Schwung seiner Beine die dünne Lehmdecke des Raumes.

Djosers Augen hatten sich mittlerweile an das Halbdunkel gewöhnt, und er sah seinen Feind im herabrieselnden Staub verschwinden.

«Er flieht über die Dächer!» schrie er. «Ihm nach!»

«Nein! Nein!» rief die Wirtin, die das Haus genau kannte. «Die Terrassen kann er nicht erreichen. Er ist im Dachgeschoß gefangen.»

«Ergib dich!» brüllte der General. «Komm aus deinem Loch, oder wir räuchern dich aus.»

Mit einer Handbewegung gebot Djoser Ruhe und befahl:

«Uni, klettere über die äußere Treppe nach oben und schneide ihm den Weg ab. Du, Narbiger, gehst nach draußen! Überwache das Haus von allen Seiten. Du, Frau, verriegele alle Ausgänge und verlaß den Saal nicht. Ich bleibe hier. Der erste von uns, der ihn sieht, alarmiert die anderen.»

Schweigend führten sie seine Befehle aus.

Nach einer kurzen Stille wurden im Dachstuhl dumpfe Schläge laut.

«Hori!» schrie die Wirtin. «Schlag nicht alles kaputt! Du kannst nicht fliehen!»

«Hori?» fragte Djoser überrascht. «Ist das sein Name?»

«Er hat selbst gesagt, daß er so heißt!»

Über ihnen erschien plötzlich das verzerrte Gesicht des Verrückten.

«Dreckige Hure! Du hast mich verraten! Sei verflucht!» stieß er hervor und verschwand sofort wieder.

Am liebsten wäre Djoser ihm nachgesprungen, doch war ihm das ungeheure Risiko, dem er sich damit aussetzte, bewußt, und so blieb er stehen, wo er war. Haßerfüllt umklammerte er seinen Dolch.

Oben hob der Lärm erneut an.

«Er versucht, eine Mauer zu durchbrechen», sagte die Wirtin.

Auf diese Wendung war Djoser nicht gefaßt. Er entschloß sich, die Dinge zu beschleunigen.

«Das muß verhindert werden!» rief er, «ich lege Feuer! Wir werden ihn wie einen Fuchs ausräuchern.»

«Tu das nicht!» schrie die Wirtin. «Dann bin ich ruiniert. Mein Haus ist alles, was ich besitze. Tu das nicht, ich verbiete es dir!»

Überrascht von diesem Ton, starrte Djoser sie an. Er war es nicht gewohnt, Befehle zu erhalten. Aber er mußte unerkannt bleiben, und so sagte er nur schroff:

«Fürchte nichts! Ich arbeite für den Pharao und gebe dir mein Ehrenwort, daß er dir deine Herberge hundertmal schöner wieder aufbauen läßt.»

Beeindruckt von seiner natürlichen Autorität, nickte sie zustimmend und sagte halblaut:

«Wenn das so ist, tu was du willst! Auch ich arbeite für den Pharao. Ich habe Hori verraten, um den Horus Neter-er-chet zu retten.»

Djoser, gerührt von der Treue dieser Frau aus dem Volk, sagte weniger grob:

«Ich danke dir in seinem Namen. Ich werde ihm das, was du für ihn getan hast, berichten, und du wirst es nicht zu bereuen haben, glaube mir.»

Dann ergriff Djoser eine Öllampe, setzte einige Papyrusmatten in Brand, nahm die Frau bei der Hand und zog sie schnell nach draußen.

«Uni! Komm von der Terrasse herunter!» schrie er, «ich habe das Haus angezündet!»

In diesem Augenblick fiel ein Mauerbrocken herunter, und der Verrückte sprang auf die Straße. Sein kühner Versuch, die Hauswand zu durchbrechen, war ihm gelungen. Er entkam und rannte so schnell er konnte davon.

Sofort heftete Djoser sich an seine Fersen. Eine wilde Verfolgungsjagd begann, in der jeder seine äußersten Kräfte einsetzte. Der Fliehende versuchte verzweifelt, sein Leben zu retten, der Verfolger wollte um jeden Preis seinen Rachedurst stillen. In kurzem Abstand verschwanden beide hintereinander in den düsteren Gassen längs der Befestigungsmauern. Der Sandsturm hatte wieder eingesetzt und schürte die Flammen, die schon weit hinter ihnen den Himmel mit ihrem unheilvollen roten Schein erhellten.

Der General und der Narbige waren nach einem kurzen Versuch, Djoser und Hori einzuholen, zurückgeblieben.

«Er wird versuchen, aus der Stadt herauszukommen!» sagte

Uni atemlos. «Alles wird sich in der Nähe des Osttores abspielen. Gehen wir direkt dorthin!»

Tatsächlich steuerte der Flüchtige auf dieses Tor zu. Es war ihm nicht gelungen, Djoser, der ihm dicht auf den Fersen war, abzuschütteln, und er hoffte nun, im Dickicht am Fluß unterzutauchen. Als das Tor in Sicht kam, beschleunigte er seine Schritte in der Überzeugung, endlich die Freiheit gewonnen zu haben. Er konnte einige Längen Vorsprung gewinnen, doch in dem Augenblick, als er vor den gewaltigen Pfeilern des Tores erschien, stellten sich ihm Wachen in den Weg. Mit einem wilden, verzweifelten Schrei bog er in vollem Lauf seitlich in eine dunkle Gasse ein. Aber diese Richtungsänderung war sein Verhängnis. Mit wenigen Sätzen war Djoser bei ihm und versetzte ihm einen heftigen Schlag. Aus dem Gleichgewicht gebracht, fiel er schwer vornüber.

«Ich bin unbewaffnet!» schrie er und drehte sich mit ausgebreiteten Armen auf den Rücken. Der Sturz hatte ihm das Gesicht aufgeschürft. Er blutete heftig an der Stirn, und das Blut machte ihn blind.

«Ich auch!» brüllte Djoser, während er seinen Dolch wegwarf, «aber du wirst dennoch sterben!»

Von wahnsinnigem Zorn übermannt, warf er sich auf den am Boden liegenden Mörder. Er saß rittlings über ihm und drückte seine Brust mit den Knien wie mit einem Schraubstock zusammen. Mit beiden Fäusten hämmerte er auf das zerschundene, blutüberströmte Gesicht ein, bis sein Gegner das Bewußtsein verlor. Dann preßte er mit erbarmungsloser Entschlossenheit seine Vergeltung suchenden Hände um die keuchende Kehle und erwürgte ihn langsam. Erst nach einem letzten Aufbäumen seines Opfers löste er die tödliche Umklammerung und riß mit einer heftigen Bewegung dem Toten ein Amulett vom Hals.

«Da sind sie!» «Dort drüben!» «Hierher!» «Schnell!» ertönten von allen Seiten Rufe und Schreie.

Uni rannte mit einer Fackel in der Hand zum Pharao. Djoser starrte ihm regungslos entgegen. Neben der Leiche kniend, hielt er in jeder Hand einen Skarabäus aus grünem Diorit. Und der General glaubte zu sehen, daß über das von Erschöpfung gezeichnete Gesicht des Pharaos Tränen liefen.

Imhotep konnte keinen Schlaf finden, denn der Gesundheitszustand seiner Frau machte ihm große Sorgen.

Durch das Fenster seines Zimmers sah er am Rande der Stadt roten Feuerschein.

«Wenn der Wind sich nicht bald legt», dachte er, «wird binnen kurzem ein ganzer Häuserblock in Flammen stehen. Es scheint mir ratsam, den Bewohnern einige Soldaten zu Hilfe zu schicken.»

Trotz der vorgerückten Stunde entschloß er sich, den Wachkommandanten selbst zu alarmieren. Aber zu seinem großen Erstaunen konnte er keinen Wachtposten finden. Beunruhigt ging er zu den Gemächern des Herrschers. Alle Türen standen offen, niemand war zu sehen. Er wollte gerade jemanden herbeirufen, als er Schritte auf dem Gang vernahm. Es war Sepa, der Vorsteher der Diener, der angelaufen kam.

«Wo ist der König?» fragte Imhotep.

«Er ist ausgegangen, Großer Baumeister», antwortete Sepa. «General Uni ist bei ihm.»

«Und die Wachen? Warum sind sie nicht auf ihrem Posten?»

«Alle Soldaten sind zu einer nächtlichen Übung gerufen worden.»

«Und wo warst du?»

«Ich bin dabei, das Abendessen für Seine Majestät vorzubereiten. Er hat fast nichts zu sich genommen und wird hungrig sein, wenn er zurückkommt.»

Von diesen Worten beruhigt, sagte Imhotep gelassen:

«Ich warte hier auf seine Rückkehr. Wir werden dieses Mahl

gemeinsam einnehmen. Was den Brand betrifft, so nehme ich an, daß Uni das Feuer bemerkt und Verstärkung hingeschickt hat.»

Bald darauf kündigten kurze Befehle und ein lärmendes Durcheinander im Eingangshof die Rückkehr der Wachen an. Und wenig später erschienen der Pharao und der General am Ende des Ganges. Imhotep traute seinen Augen nicht, als er sie langsam und erschöpft näherkommen sah. Vor allem Djoser erschien ihm erschreckend müde und abgespannt.

«Hast du auf mich gewartet, Großer Baumeister?» fragte er leise, als er vor Imhotep stand.

«Ja! Ich konnte nicht schlafen!» antwortete Imhotep mit einem flüchtigen Lächeln.

Der König wandte sich an Uni:

«Du kannst uns nun allein lassen! Ruh dich aus, du hast es wohl verdient!»

Der General grüßte mit einem kurzen Kopfnicken, machte wortlos kehrt und zog sich zurück. Djoser nahm erschöpft auf einem Stuhl Platz und lud Imhotep ein, sich zu ihm zu setzen.

«Ich habe eine traurige Nacht verbracht», sagte er mit dumpfer Stimme. «Ich habe mit eigenen Händen den Verrückten der Oasen erwürgt! Und dies hier habe ich auf seiner Brust gefunden.»

Auf seiner Handfläche hielt er Imhotep den Skarabäus entgegen.

«Das Amulett, das ich seit meiner Geburt selbst trage, gleicht ihm bis ins kleinste Detail. Es sind ohne jeden Zweifel die Schmuckstücke, die du in deiner Jugend angefertigt und meiner Mutter geschenkt hast.»

Er nahm den Skarabäus ab, den er um den Hals trug, legte ihn neben den anderen und fragte leise:

«Willst du dich selbst überzeugen?»

Imhotep wischte sich den kalten Schweiß von der Stirn und antwortete kaum hörbar:

«Einer von beiden muß der sein, den die Königin meinem Sohn Hori geschenkt hat, dem Kind, das Meri-Anch an dem Tag geboren hat, an dem du in Nechen zur Welt kamst.»

«Als ich dieses Amulett fand», fuhr der Pharao fort, «wußte ich sofort, daß ich deinen Sohn getötet habe. Und ich habe für dich geweint. Doch auf dem Rückweg hierher habe ich mir überlegt, daß es sich vielleicht um einen gestohlenen Schmuck handeln könnte. Was glaubst du?»

«Ich weiß es nicht!» sagte Imhotep immer noch verstört. «Wie sollen wir es jetzt erfahren? Er allein hätte es uns sagen können!»

«Er wollte dich töten! Er hat Nebka umgebracht. Und er hat meine Töchter niederträchtig ermordet! Er war ein Verbrecher. Vergiß ihn! Du warst nicht sein Vater!»

Nach langem Schweigen stand Imhotep langsam auf.

«Wir werden es niemals erfahren!»

Er ging auf die Tür zu und blieb an der Schwelle noch einmal stehen.

«Was hast du mit seiner Leiche gemacht?»

«Ich habe sie ins Wasser geworfen!»

«In den Nil?» fragte Imhotep überrascht.

«Ja! In den Fluß», wiederholte Djoser. «Ich habe ihn Sobek dargebracht, dem Gott der Krokodile.»

7

Djoser lebte mehr und mehr zurückgezogen in der Welt der Götter. Imhotep hingegen stürzte sich in immer neue Aktivitäten. Er nahm die Arbeiten an der gewaltigen Tempelanlage in Sakkara wieder auf. Er ernannte Hesirê und Kabaû zu den Kanzlern von Ober- und Unterägypten. Als kluge und besonnene Verwalter vertraten sie ihn tatkräftig und befreiten ihn von jeder Sorge um die Führung des Landes.

Bedjmes bestätigte er in seinen Funktionen als Leiter der Schiffahrt, und Nesets Sohn, der sowohl für den Flußtransport als auch für die Versorgung der Arbeiter zuständig war, erfüllte seine Rolle hervorragend.

Die Leitung der ‹Mannschaft des Ka des Königs› übernahm Imhotep selbst. Seinem Vater Kanufer gönnte er eine wohlverdiente Ruhepause in seinem Heimatdorf. Imhotep verbesserte die Zusammenarbeit der Bauleute, indem er neue Arbeitsgruppen schuf: für den Abbau des Baumaterials in den Steinbrüchen, für seine termingerechte Beförderung, für den Bau von Rampen oder Gerüsten... Doch auf allen Ebenen der Hierarchie wurden Menschen gebraucht, die in der Lage waren, die Anordnungen auch richtig auszulegen. Daher teilte Imhotep die Zuständigkeitsbereiche eines jeden sehr sorgfältig auf und trug dabei allein den Fähigkeiten des einzelnen Rechnung. So wurden zahlreiche Handwerker oder Steinhauer zu Vorarbeitern oder Aufsehern ernannt, um die Masse der Arbeiter zu betreuen, die sich weiterhin aus Bauern zusammensetzte. Denn diese waren während der jährlichen Überschwemmungen zur Untätigkeit verurteilt.

Der Nil trat wieder regelmäßig über die Ufer. Er befruchtete die Böden, sicherte reichliche Ernten und verwies den Hunger in das Reich der bösen Erinnerungen.

Mit den Arbeitern, die periodisch auf dem Plateau von Sakkara versammelt wurden, kehrte immer wieder Leben und Schaffensfreude auf die Baustelle der Nekropole zurück. Sieben Jahre hintereinander erbauten hunderttausend Menschen unter der direkten Leitung von Imhotep die Ewigkeitsstätte ihres Pharaos Djoser, des Lebenden Gottes.

Noch niemals zuvor in der Geschichte der Beiden Länder war ein so gewaltiges Unternehmen geplant und realisiert worden. Die riesige planierte Fläche wurde von einer zwanzig Ellen hohen Mauer umfriedet, die für sich allein schon ein Meisterwerk der Baukunst war. Die besten Steinmetze paßten mit großer Genauigkeit die Verkleidungen von Basteien und Brustwehren ein. Und vierzehn Scheintüren verliehen dem Ganzen ein unmittelbar spürbares, für Jahrtausende gültiges Ebenmaß.

In der Mitte des so geschützten riesigen Hofes erhob sich nach und nach die Stufenpyramide zu ungeahnten Ausmaßen.

Anfangs war es nur ein einfacher quadratischer Bau aus regelmäßig übereinandergeschichteten Steinblöcken, der sich über dem gewaltigen Königsgrab erhob. Er hatte einen Umfang von zweihundertvierzig Schritten und fünffache Menschenhöhe und war von Kanufer vollendet worden. In der Folge hatte Imhotep dann zehn Grabschächte ausheben lassen, in einer an Meri-Anchs Grab ausgerichteten Reihe. Vier von ihnen dienten Nebka, Rahotep und den Töchtern des Pharaos als letzte Ruhestätte. In zwei weiteren lag das heilige Geschirr, das aus den Gräbern der früheren Pharaonen geborgen und ehrfürchtig zusammengesammelt worden war. Die übrigen vier ließ Imhotep wieder zuschütten.

Um schließlich alle diese Gänge abzudecken und für immer vor Plünderung zu sichern, vergrößerte er das ursprüngliche Massiv. Dann hatte er den genialen Einfall, drei weitere in der Form identische, aber kleinere Monumente zu errichten, in der Absicht, auf diese Weise jeden der Verstorbenen, der hier ruhte, zu ehren. Im weiteren Verlauf der Arbeiten beschloß Imhotep, diesen Gedanken weiterzuführen und mit dem übrigen Werk in Einklang zu bringen. Er erhöhte die ursprüngliche Stufenpyramide um zwei Stufen: eine zum Ruhme Djosers, die andere zum Andenken an seine erste Gemahlin, die sanfte Meri-Anch.

Der Tempel, der für den Kult des Horus Neter-er-chet bestimmt war, wurde an der Nordseite errichtet, über dem Eingang zu den Gängen, die zum Sarkophag des Herrschers führten. Die unterirdischen Gemächer der Königin Nefer, die bis in jedes Detail genau denen König Djosers glichen, wurden an der Südseite innerhalb der Umfassungsmauer ausgehoben, doch nirgendwo wurde ihr Name eingraviert, da ihr Körper nicht hier ruhte. Er lag auf dem Grund des Flusses, hinweggetragen von Sobek, dem Gott der Krokodile.

Schließlich erfüllte Imhotep das Versprechen, das er seiner Tochter gegeben hatte. In feinstem Kalkstein verwirklichte er die versteinerte Kopie des Pflanzenpalastes der Großen Insel.

Nach langen Jahren ununterbrochener Arbeit und Mühe bat der Architekt eines Tages den Pharao um eine Audienz. Er wollte die Vollendung der Arbeiten ankündigen. Das Grabmal erhob sich nun einhundertzwanzig Ellen über den Erdboden.

Djoser nahm die Mitteilung mit einem kaum merklichen Lächeln der Befriedigung zur Kenntnis und sagte:

«Mein Grab ist weithin sichtbar. Es ist ein Meisterwerk! Es wird deine Kunst unsterblich machen und dem unterägyptischen Volk den Reichtum seiner eigenen Schöpfungskraft bewußt werden lassen. Ohne dich existierte nichts von alledem.»

Imhotep schwieg. In seiner Erinnerung war die Vergangenheit und mit ihr der wahre Ursprung dieses großen Abenteuers wieder aufgestiegen. Deutlich sah er das Wüstenplateau vor sich und den Grabschacht, den er Jahre zuvor unter der sengenden Sonne mühselig ausgehoben hatte. Seit der Mumifizierung und Beisetzung von Meri-Anch hatte ihm die Idee einer unverletzbaren Grabstätte für seine über alles geliebte Gemahlin keine Ruhe gelassen.

Jetzt erhob sich über dem Körper der jungen, im Wochenbett gestorbenen Mutter ein riesiger Stufenbau. Ganz oben, unter den letzten Stein, hatte er ehrfürchtig den Skarabäus aus grünem Diorit gelegt, den der Pharao von der Brust seines Sohnes Hori gerissen hatte.

Nun erst, das wußte Imhotep, war er befreit von allem Zwang, war Herr über sein eigenes Schicksal.

Dank Imhoteps unermüdlicher Pflege hatte sich im Laufe der vergangenen sieben Jahre der Gesundheitszustand der Prinzessin Senui nach und nach gebessert. Es hatte lange Zeit gedauert, bis sie ihre frühere Lebensfreude wieder zurückgewonnen hatte und bis der Kummer verblaßt war.

Als Imhotep eintrat, saß sie an einem kleinen Tisch und schminkte sich zum erstenmal seit langer Zeit die Augen.

«Ach», sagte sie, als sie ihn kommen sah. «Bist du heute schon so früh zurück?»

Der muntere Ton freute ihn, er erinnerte ihn an die Senui von einst.

«Ich war bei Djoser», sagte er und küßte sie zärtlich auf den Nacken.

«Hast du noch einen Augenblick Zeit für mich?» fragte sie freundlich. «Ich höre so lange mit dem Schminken auf.»

«Mach nur weiter», antwortete er und setzte sich zu ihr, «es gefällt mir, daß du wieder Sorgfalt auf dein Gesicht verwendest. Sobald du fertig bist, habe ich eine gute Nachricht für dich.»

Sie betonte ihre äußeren Augenwinkel mit einem Kholstrich und drehte sich zu ihm um:

«Ich hatte plötzlich Lust, mich ein wenig zu verjüngen. Ich weiß nicht, warum. Aber nun rede du! Was ist das für eine Nachricht, die du mir bringst?»

«Die Ewigkeitsstätte des Pharaos ist vollendet. Wenn du willst, meine Geliebte, können wir morgen abreisen», sagte er, und seine Stimme klang feierlich.

«Abreisen?» fragte sie überrascht. «Aber wohin denn?»

«Nach Schmunu.»

«Nach Schmunu? Ist der Tempel des Thoth denn noch nicht vollendet?»

«Von Baukunst ist nicht mehr die Rede», sagte er ruhig. «Ich möchte in dieser Stadt, die wir beide so sehr lieben, leben und meinen Beruf ausüben ... meinen wahren Beruf.»

Zitternd vor Aufregung und Freude ging sie auf ihn zu, nahm seine Hände und fragte ungläubig:

«Die Heilkunde? Ist das wirklich wahr, Imhotep? Kehrst du endlich zur Heilkunde zurück?»

«Ja! Niemals wieder werde ich Baumeister, Hoherpriester oder Minister des Pharaos sein.»

Ein flüchtiger Schatten huschte über Senuis Gesicht.

«Deine Träume von Größe hast du teuer bezahlt! Du hättest die Kranken niemals verlassen dürfen. Ich habe es immer gesagt!»

«Immer!» sagte Imhotep lächelnd. «Und du hattest recht!»

Liebevoll schloß er sie in seine Arme, und sie schmiegte sich an ihn:

«Ich bin glücklich, Arzt von Schmunu! Ich bin so glücklich! Deine Weisheit trägt alles mit sich fort.»

Leseffutter

John Barth
Der Tabakhändler
rororo 5621

Barbara von Bellingen
Die Tochter des Feuers
rororo 5478

Barbara Taylor Bradford
Deutsch von Sonja Schleichert
Bewahrt den Traum
Roman
640 Seiten. Gebunden (Wunderlich Verlag) und als rororo 12794
Und greifen nach den Sternen
Roman
528 Seiten. Gebunden (Wunderlich Verlag)
Wer Liebe sät
Roman
496 Seiten. Gebunden (Wunderlich Verlag) und als rororo 12865

Fanny Deschamps
Jeanne in den Gärten
rororo 5700
Jeanne über den Meere
rororo 5876

Robert S. Elegant
Sturm über Schanghai
Roman
Deutsch von Alfred Hans
816 Seiten. Gebunden
Die Dynastie
rororo 5000
Mandschu
rororo 5484
Mandarin
rororo 5760

C 2271/4